昭和の銀行員

第2巻

システム開発篇

上杉幸彦
Yukihiko Uesugi

1971-1977年

花伝社

昭和の銀行員　第2巻　システム開発篇――1971―1977年◆目次

第三章　オンラインシステム開発　5

目次

第1巻　支店遍歴篇◈目次

第三章　オンラインシステム開発

一　オンライン班着任（一九七一年三月）

昭和四六年三月一日、月曜日、武田俊樹は六年間の地方支店勤務を終えて本店に初出勤する日を迎えていた。武田が目覚めると、妻の裕子は一足先に洗面を済ませ一階に降りていった。武田はヒゲを剃り顔を洗い、背広に着替えてから食堂に向かった。武田の両親、真一郎と洋子が食事を終えて入れ違いになった。武田はテーブルの椅子に腰かけ、裕子が作った朝食を手早く済ませた。新居からの初出勤なので時間に余裕を持たせて七時に食堂を出た。ちょうど父が玄関を出るところだったので一緒にバス停まで歩くことにした。ほぼ同じ距離に常磐線松戸駅に行くバス停もあるが、総武線市川駅に出るバスの方が本数が多いということだった。父は昨年末に新居に引っ越してきて、秋葉原の事務所に通っていた。分譲地の坂道を下ると父は右に回る車道から離れて、まっすぐ雑木林の中の狭い山道を登りはじめた。登りきってしばらく歩くと車道に合流した。緩やかな坂を下ってゆくと県立国分高校の校舎が見えてきた。家から一〇分で高校前のバス停に着いた。始発駅なので停車中のバスに乗りこみ座ることができた。武田はずいぶん田舎に引っ越したもんだと思ったが、父はあまり苦にしていないようだった。

バスは片側一車線の道を走りだしたが、市川駅に近づくにつれて渋滞が始まった。京成電鉄の踏切を渡るのにだいぶ時間をロスして市川駅に着くまでに三〇分もかかってしまった。総武線の快速電車はかなり混んでいたがつり革を掴むことはできた。最近、総武線は東京駅まで延伸し快速は東京駅直通になっていたので、錦糸町駅で新宿方面行きの黄色い車体の鈍行に乗り換えた。父は秋葉原で先に下り、武田は飯田橋で下車した。飯田橋で地下鉄東西線に乗り換え、ようやく九段下に着いた。階段を上って地上に出ると交差点の一郭に新本店ビルがあった。入行したときにあった都電の架線やレールはなくなっていた。家を出てから一時間二〇分経っていた。金沢支店では三〇分もかからないマイカー通勤だった。本店勤務では満員電車の長時間通勤を覚悟しなければならない。

広い前庭を擁した真新しい本店は一四階建ての立派なビルで、愛社精神とは無縁な武田だったが、きれいなオフィスで働くことに悪い気はしなかった。地下一階にある行員通用口から入り、エレベーターで事務管理部のある二階に昇った。

エレベーターは建物中央部分にあり、九段坂に面したスペースは明るく広々としていて、融資営業部門が机を並べていた。事務管理部の部屋は日影の反対側にあった。始業時間の三〇分も前に着いたので室内は人影もまばらだった。机の拭き掃除をしていた女性が武田に気づき応接室に案内してくれた。しばらくすると二人の若手行員が相次いでやってきた。名古屋支店で一緒だった二年後輩の山下と、大阪支店から来たという三年後輩の興津だった。

始業時間の八時五〇分に女性行員が呼びにきて、武田らを部長応接室に案内した。広い部屋でガラスのテーブルをはさんでソファーが向かいあっていた。入口側の上席に男が一人座っていて、武田らに隣に座るように合図した。武田と山下が並んで腰を下ろした。ソファーは三人がけだったので興津は折りたたみのパイプ椅子に腰を下ろした。ほどなく佐藤次長と三〇代後半の色白で整った顔の男性が入ってきて反対側のソファーに座った。次長は武田が名古屋支店に赴任したときの次長だった。最後に年配の男がやってきて両ソファーの頂点に位置する肘掛け椅子に腰を沈めた。すると次長が自ら名乗ってから、同席している役席の紹介を始めた。肘掛け椅子に座った年長者が取締役事務管理部長の香川で、三〇代の男性がコンピュータ課長の伊吹だった。武田は密かに伊吹に「白皙の貴公子」とあだ名を付けた。次に新入部員が順番に自己紹介をした。武田の隣にいる男性は業務推進部から来た松木だった。昭和三九年入行で武田の一年上だった。

それぞれの紹介が済むと部長が口を開いた。

「えー、このたび事務管理部コンピュータ課にオンライン班が設置されることになって君たちが配属されることになった。都銀各行ではすでに普通預金のオンライン化を実現しており、今はそのほかの預金や貸付などの第二次オンラインシステムの開発に鎬《しのぎ》を削っている。長信銀（長期信用銀行）でも興銀、長銀はな、最近第一次オンラインシステムを開始している。そこで当行もな、オンラインシステムの開発を進めるためにプロジェクトチームを立ちあげて君たちに専任してもらうことになった。オンライン班は伊吹課長が指揮することになるが、君たちは当行の将来を左右する重要な任務を背負っているので大いに頑張ってもらいたい」

部長の言葉には茨城弁のような訛りがあった。「システム」は「シシテム」と聞こえた。そのせいか年齢も地位も遥かに上だったがそれほど威圧感はなかった。武田は部長の話でオンライン開発のためのプロジェクトチームに招集されたことを初めて知った。事務管理部への転勤を喜んでいたが、さらに最先端のオンライン開発に関われることに心が躍った。

部長、次長との面接が終わると、一行は伊吹に案内されて事務管理部各課に挨拶回りをした。ざっと見たところ金沢支店より人数は多いようだった。部長席の一番近くに事務企画課があった。全店の事務指導、事務規定や事務マニュアルの作成を担当していた。課長の久我は小柄で精悍な顔をしていた。その隣にコンピュータ課があり、貸付、債券、預金などのバッチ処理の開発と運用を担っていた。武田の同期の高林がいた。高林は「不銀」（日本不動産銀行）がコンピュータを導入した二年前からシステム開発の主力として活躍していた。コンピュータ課の隣にオンライン班四名の机が向かいあわせに並んでいて、その奥にベテランの浜田課長率いる統計課の島があった。統計課は大蔵省や日銀への統計資料などを作成する部署だった。

部内の挨拶回りを終えると、伊吹は午後にオンライン班の打ち合せをするので、それまでは自由に過ごすようにといった。

武田らはそれぞれの席に着いた。武田と興津が横に並び、向かいに松木と山下が並んだ。机の横に二段キャビネが置かれていた。武田は自席に座って机の引出しを開けてみると、算盤、ボールペン、朱肉、スタンプ台、日付判などが収められていた。新しい名刺もあった。机の上には金沢支店から送った段ボール箱が置かれていた。私物の辞書や資料を取りだし、引出しやキャビネに収めた。

事務企画課の総務担当の女性がやってきて、着任の手続きを進めてくれた。

一段落すると武田、山下、興津はその日が本店初出勤だったので、各自挨拶回りに出かけた。武田は挨拶回りは苦手だったが、名古屋支店時代の上司だった木村や仲人をしてくれた竹越、山仲間だった槙原、金沢支店の次長だった村川らを訪ねて着任の挨拶をした。それから同期の仲間を訪ねて回った。名古屋支店で一緒だった三村は外国部、内川は鑑定部にいたが、二人とも中堅行員として自信を持って仕事をしているようだった。本店内を回っていると顔を知らない行員の方が遥かに多かった。女子行員にいたっては見たことのない顔ばかりだった。本店では数百人が働いていて、支店と違って全員の顔を覚えるのは不可能だった。本店は大きいなと実感した。

昼食は松木に案内されて九階の食堂に行った。副食が一品だけの支店食堂と違って、A定食、B定食、カレーライス、麺類と種類が多かった。食事の後、コーヒー、紅茶などが飲める喫茶スペースで昼休みを過ごした。

午後一時半から部入口の横にある会議室でオンライン班の打ち合せが行われた。奥の方にも出入口があった。三人がけのテーブルが長方形に並べられ、奥にホワイトボードがあった。武田らがテーブルの両側に分かれて座っていると、定刻に奥の入口から伊吹が数冊の本を抱えて入ってきた。伊吹はホワイトボードの前にあるテーブルに座ると穏やかな口調で話しはじめた。

「これからオンライン班のキックオフミーティングを始めます。オンライン開発は当行にとってもっとも重要な経営的課題となっており、このたびオンライン班を設置することになりました。みなさんはそのスターティングメンバーとしてこれからオンライン開発の中心となって活動してもらいたいと思います」

伊吹は目許が優しく、いつも微笑みを浮かべながら話しかけてくる。武田は「白皙の貴公子」とあだ名を付けたが、「微笑みの貴公子」でもいいかなと思った。キックオフミーティングというしゃれた言葉は初耳だったが意味は通じた。伊吹は英語をひけらかすタイプではなさそうなので多分コンピュータ業界でよく使われる用語なのだろう。

「オンライン班の仕事の進め方ですが、今朝の部長の説明ではオンラインシステムの開発を進めるためにオンライン班を立ちあげたというようなお話をされましたが、正確にいいますとすぐにオンラインシステムの開発に取りかかる訳ではありません。オンライン班設立の経緯を説明しますと、昨年末の常務会でオンラインシステムが必要かどうかを検討するチームを発足させることが承認されました。従ってオンライン班の当面の任務はオンラインシステムが必要かどうかを常務会に答申するということです。ですからオンライン開発の入口の入口というステージに立ったということです。もちろん私たちはオンライン開発は不可避と考えていますから、その方向で答申し、みなさんにはオンライン開発の中心になって働いてもらいます。今回の異動では人事部にはそういう長期的な役割に相応しい人材の派遣をお願いし、本部や支店のエキスパートを選んでもらいました。今後答申案はみんなで議論して決めてゆきますが、議論する範囲が広いので、一人一人に担当分野を決めておきたいと思います。松木さんは債券本部で活躍されていたので、経営や本部サイドのニーズに応える情報システムの開発を担当してもらいます。武田さんは事務全般に詳しいので業務処理システムを担当してもらいます。山下さんは庶務係を経験し営繕関係に詳しいのでコンピュータセンター建設を担当してもらいます。興津さんは営業で活躍してこられたので営業に役立つ情報システムとＭＩＳ（マネジメント・インフォメーション・システム）を担当して頂きます」

武田は伊吹がオンライン開発を見越して必要なスキルを持った人材を人事部に要求していたことを知りその周到さに感心した。武田は自分が事務管理部に拾われたのは「フォートラン」の勉強をしていたからだろうと思っていたが、むしろ事務のエキスパートとして召集されたようだ。事務の経験など銀行員のキャリアとして何の足しにもならないだろうと思っていたが、業務処理システムの設計には多少役に立つのかなと思った。

「さて、オンライン班はこれからオンライン開発の必要性を検討していく訳ですが、そのためにはオンラインシステムとはいかなるものかを知らなければなりません。そこでみなさんにはコンピュータやオンラインシステムについての基礎的知識を勉強してもらいます。そのためコンピュータメーカーの研修に参加したり、セミナー会社の銀行オンラインシステム講習を受講してもらいます。またコンピュータメーカーの営業担当者が売り込みにきていますので彼らから話を聞くのも勉強になります」

伊吹の話しぶりは無駄がなく理路整然としていた。

「研修に参加するのも有効ですが、自習もたいせつです。そこで参考書を幾つか紹介しますのでそれを読んで勉強して下さい」

伊吹は立ちあがり、テーブルの上に重ねていた本を一冊ずつ取りあげ、ホワイトボードに書名、著者名、出版社名、定価を書いていった。書きおわるとそれぞれについてコメントした。武田はノートに書名などを書き写しながら大学時代のゼミを思い出していた。伊吹は銀行員というより大学教授のようだった。伊吹が最後に取りあげたのはジェームズ・マーチンの『電子計算機リアルタイム・プログラミング』という分厚い本だった。リアルタイム（オンライン）技術については我が国ではまだ適当な参考書が出版されておらず、本書が業界のバイブル的な著作になっているということだった。定価は二五〇〇円と、他の本の三倍から五倍もする高価な本だった。

伊吹は「これらの本は事務管理部の書棚に揃えてありますからみなさん順番に読んで下さい」といった。伊吹の推薦した本が部の書籍として閲覧できると聞いてみなほっとしたようだった。

「それから四月になったら日本事務能率協会の通信教育『電子計算機講座　システム・プランニング・コース』を受講してもらいます。期間は一年です。これは行務として受講してもらうので費用は銀行が負担します」

向かいに座っている興津は浮かない顔をしていた。これから毎日勉強しなければならないのかとがっかりしているようだった。

キックオフミーティングは一時間ほどで終了した。オンライン班の仕事は当面勉強することだけのようだった。

終業時間になった。本部では勘定が合ったという連絡もなく至って静かに終業時間を迎える。武田が帰ろうとしたとき、松木がちょっと飲みに行かないかとみんなに声をかけてきた。武田は引越荷物が今日届いているはずなので早く帰らないと裕子に悪いなと思ったが、せっかくの誘いなので付き合うことにした。

オンライン班の班長は伊吹が兼務することになっていたので、松木は上司ではないが班員の中では一番年次が上である。伊吹はコンピュータ課長なので常にオンライン班を見ている訳にはいかない。伊吹がいないときは松木を先任として立てるのは当然だ。松木自身、主要業務本部からオンライン班のリーダーとして送り込まれてきたという自負が滲み出ていた。松木が飲みに行こうと誘ったのも率先してチームも引っぱっていこうという気持の現れだろう。武田も松木を引き立てていく立場であることは自覚していた。

松木に案内されて一行は旧本店建物があった場所に近い裏通りにある小料理屋に入った。最近開店したような新しい店だった。さして広くはないがカウンター席とその後ろに小上がりがあった。カウンターに一人先客がいた。松木は一番奥の小上がりに席を取った。座卓に二人ずつ向かいあって座り、まずはビールを頼み、松木が何品か料理を見繕って注文した。ビールと突出しが運ばれてくるとみんなでビールを注ぎあった。

「それではオンライン班の発足を祝して乾杯しよう」

松木の音頭でグラスを打ち合わせて一気に飲み干した。料理も運ばれてきてテーブルの上に並べられた。

武田は松木に話しかけた。

「伊吹課長は大学教授のような雰囲気がありますね」

「そうだね。当行の二期生で東大卒だが、当行には珍しい紳士的で理知的な人だよ。まあオンライン開発のリーダーとしてはもっとも適任だろうな」

「香川部長は多少訛りがあって親しみやすい方のようですね。コンピュータにご理解はあるんですか」

「まあ、大正生まれだからコンピュータのことは分からないだろうけど、理解力はあるし部下のいうことはきちんと上に伝えてくれると思うよ。大蔵省から転出してきた『大蔵省七人組』の一人だ。香川さんは朝鮮銀行OBが朝鮮銀行の残余財産をもとに新銀行設立を目指していたとき、大蔵省銀行局にいて当行との交渉相手だったそうだ。水戸っぽだから骨のある人だと思うよ」

武田は香川の訛りはやはり茨城弁だったのかと納得がいった。

「それから佐藤次長も『大蔵省七人組』の一人だよ」

松木は本部にいただけあって役員や行員の人事に通じていた。

「そうなんですか。僕が名古屋支店に赴任したとき次長でしたが、決算の一次予想資料を一件一件算盤を入れて確かめていましたよ。次長が検印者のようなことをするのでびっくりしました」

「いかにも佐藤さんらしいね。佐藤さんはティーショットを三番アイアンで打つそうだよ」

ビール瓶が空になったので松木がめいめいで好きな酒と料理を注文してくれと品書を回してきた。

武田は品書に「甘エビ」があったので東京でも食べられるのかとうれしくなった。また酒のリストに「菊姫」と「天狗舞」があったので仲居に「甘エビ」と「天狗舞」を注文しながら、「この店は石川県に縁があるんですか」と聞いてみた。中居は「オーナーが金沢出身なんです」と答えた。

興津がびっくりしたように武田に聞いた。

「何で石川県と分かったんですか」

「『菊姫』と『天狗舞』は石川県の地酒だからね。それに甘エビも金沢でよく食べたからね」

興津は合点がいったようだった。

「オーナーが金沢出身とは知らなかったな。それじゃ僕は『菊姫』を飲んでみようかな」

松木は山下と興津にも追加の注文を聞いてまとめて中居に伝えた。

追加の酒と料理が運ばれてきて、また一段と賑やかになった。甘エビは小振りで量も少なかったがねっとりとした舌触りと甘さは本場と変わらなかった。

「山下君はどこの出身ですか」

松木が訊ねた。

「僕は札幌です」

山下はおとなしく口数が少ない。聞かれたこと以上の話はめったにしないので武田が付けくわえた。

「山下君は名古屋支店の独身寮でしばらく一緒でした。入寮してすぐにスバルを購入してよくドライブに行っていましたよ。マイカー族のはしりですね」

山下は苦笑しながらいった。

「中古のポンコツでしたが、今回処分してきました」

松木は興津の方を向いた。

「君の出身地はどこですか」

「僕は信州上田の出身です」

「東京育ちの慶應ボーイかと思っていたよ」

武田が冗談をいった。

「東京育ちの軽薄な連中と一緒にしないで下さいよ。そういう武田さんこそ麻布出のお坊ちゃんじゃないですか」

興津は先輩に対しても物怖じしないタイプのようで、三年上の武田にも遠慮はなかった。しかも武田の出身高校まで知っているのには驚かされた。かなりの情報通のようだった。

「麻布だって良家の子息ばかりじゃないんだよ。案外月謝が安いんで安サラリーマンのせがれもいるんだよ」

アルコールが入って興津の顔は赤くなっていた。

「みなさんはそれぞれ理由があってオンライン班に集められたようですが、僕は何で呼ばれたのかよく分かんないんですよ。これから一日中机に向かってシンネリムッツリとコンピュータの勉強をしなければならないかと思うと憂うつになりますよ」

武田は興津が今回の異動を喜んでいないようなので驚いた。

松木が興津を宥めるようにいった。

「一日中勉強している訳ではなく、本店各部にヒアリングしたり、他行のオンラインシステムの見学に行ったり、外に出る機会もあるさ」

「そうだといいんですけどね」

興津は多少気を取り直したようだった。武田も付けくわえた。

「伊吹課長は君に営業に役立つ情報を提供できるようなシステムを考えてほしいといっていただろ。営業のセンスがある君には適任だと思うよ」

「武田さん、おだてるのがうまいな。だけど当行はもっと『あきんど』の精神が必用だと思いますよ。『あきんど』の基本はお客さんに対するサービス精神ですが、当行ではこれが決定的に欠けていますよ。僕は菓子屋の次男で小さいころから店を手伝ってきましたから商売のたいへんさがよく分かるんです。今でも実家が忙しいときには手伝いに行ってるんですよ。それで今からお願いしておきますが、五月の飛び石連休中に年休を取らして下さい。実家は柏餅のシーズンで大忙しなんです」

興津がちゃっかりと連休中の休みを申し出たのでみんな大笑いした。興津はオンライン班の四人の中では一番社交的な性格のようだった。当人は慶應ボーイと呼ばれるのを嫌っていたが、武田には慶大卒らしい社交性と幅広いネットワークを持っているような感じがした。

興津が「お二人はもう結婚されているんですか」と松木と武田に聞いた。

松木と武田は頷いた。

山下が「武田さんの奥さんは名古屋支店で才色兼備の方でしたよ」と付けくわえた。

武田はよくある社交辞令なので敢えて否定せずに受け流した。

興津は我が意を得たりとばかりにいった。

「武田さんは行内結婚ですか。実は僕も大阪支店に彼女がいるんです。だから本当のことをいうともう少し大阪支店にいたかったんですよ」

武田は興津が今回の異動をあまり喜んでいないのはそのせいかと納得した。

「でもいずれ結婚するんだろ」と武田が聞いた。

「僕はそのつもりなんですが、先方の両親に話をする前に転勤になっちゃって」

「遠距離交際になってしまうが二人の気持が一つなら何とかなるさ」

興津はうなずいてから、松木に話しかけた。

「松木さんは行内結婚ですか」

「いや、僕は違う」

松木は短く答えた。あまりその話題には触れたくないという感じだった。

二時間ほど飲んでいるうちに店内は満席になってきた。松木はそろそろお開きにしようといって最後を締めた。

「今日、オンライン班がスタートしたが、人、物、カネで都銀や興長銀（興銀、長銀）に劣後している当行がオンライン化を進めるのは容易なことではないが、一方で後発のメリットもあるはずだ。他行に負けない最先端のシステムを作るという意気込みでやっていこう」

武田はオンライン班発足の日に飲み会を開いた松木に敬意を表すべく、「僕らは松木さんをリーダーとして大いに頑張っていこう」といった。山下も興津も同意して、お開きになった。

松木は上背はないががっちりとした体躯で苦み走った容貌に威圧感があった。自らの信念に基づきまっすぐ進むタイプのようだった。

大雑把に給料比例で勘定を精算し店を出た。松木は家が近いからといってタクシーを拾った。武田たちは九段下駅に向かった。興津はまだ飲み足りないようで、「武田さん、もう一軒行きませんか」といったが、武田は引っ越しの荷物を整理しなければならないので今日は勘弁してくれと断った。興津は諦めて一緒に地下鉄の階段を降り、大手町駅経由で大森寮に帰っていった。武田は中河原寮に入った山下と一緒に飯田橋駅まで行き、国電に乗り換えてホームで別れた。

帰りの電車も混んでいた。市川駅でバスに乗り国分高校前に着いたのは九時ちょっと前だった。終点で降りたのは数人で、バス停の先の方に歩いて行くのは武田と中年の男の二人だけだった。男は上り坂の手前で左側の路地に消え、坂道を登ってゆくのは武田一人になった。坂を登り切り、農家の間の細い道を通り雑木林の中の山道を下った。途中に街灯が一つあるだけの淋しい道だった。女性にはちょっと怖い道だろう。山道を下ると分譲地の家屋の灯りが広がりほっとした。分譲地のまんなかの坂道を上りようやく我が家に着いた。

二階に上がると家具はすでに部屋に収まっていた。

「もうすっかり片づいているな。たいへんだっただろう」

「お義母さんが手伝ってくれて案外早く片づいたわ」

武田はオーバーと背広を脱いでパジャマに着替えながら裕子の話を聞いていた。引っ越しの荷物は一〇時ごろ届いて業者が二階まで運んでくれたので置く場所を指定するだけでよかったという。武田の書籍は並べ方が分からないので段ボール箱に入れたままだという。荷物の整理が一段落した後、分譲地内の一角にある魚屋、肉屋、八百屋、雑貨店などを見てまわり、必要な物はだいたい揃っているということだった。また母と相談して朝食は別々に、昼食と夕食は裕子が作ることにしたという。嫁、姑関係はまずは平穏にスタートしたようなので武田はほっとした。裕子は明日は松戸の市役所に行って住民票の届出をしてくるといった。今週中にマイカーの住所変更手続きもしてくるという。けっこう忙しそうだがそれを苦にしている風はないので武田は気が楽になった。

二　体調不良（一九七一年四月）

オンライン班での日常が始まった。当面はコンピュータの勉強が第一だった。武田は神保町の書店で伊吹がリストアップした書籍を自費で買い求めて読みはじめた。名古屋支店に着任したとき最初に六法全書の質権の項を読むようにいわれたときのことを思い出した。意味が分からず眠くなって困ったものだが、コンピュータの本は六法全書より分かりやすかった。あまり居眠りもせずに読んでいた。ジェームズ・マーチンの『電子計算機リアルタイム・プログラミング』が一番難しかった。リアルタイム処理の原理が事細かく書かれていた。そこまで理解しなくてもコンピュータは使えるだろうと思ったが、原理原則を知っておくのは無駄ではないだろうと真面目に勉強していた。

四月中旬の日曜日に事務管理部のゴルフコンペがあった。幹事に人数合わせで強引に誘われ参加することにした。ゴルフは名古屋支店時代にパブリックコースに三回行っただけで、コンペは初めてだった。ハンデキャップは最大の三六にしてくれた。五時に起きて車で出発したが松戸から所沢市にある西武園ゴルフ場までは遠かった。首都圏でゴルフをするのはたいへんだなと実感した。

スターティングホールで始球式が行われ、事務管理部担当の市橋常務がスモークボールで打ち初めをした。赤い煙を吹き出しながらボールがフェアウェイに飛んでいくとギャラリーの歓声が上がった。コンペが始まり、一組目のオナーになった松木のドライバーショットには目を見張った。低く飛びだしたボールは途中でグーンと浮きあがるように上昇して二五〇ヤード近く飛んでいった。市橋常務は堅実にフェアウェイに二〇〇ヤードほど運んだ。二組目の香川部長は癖のあるフォームだったがフェアウェイのまんなかに飛んだ。三組目の佐藤次長は噂通り三番アイアンで一八〇ヤードほどフェアウェイに運んだ。その腕前であればドライバーならもっと距離がでるだろうにと思った。

武田は最終組だった。ギャラリーもいなくなりいくぶん気が楽になったが、力みすぎてドライバーショットは大きくスライスしてラフに入った。出だしはトリプルボギーだった。それでも大崩れすることもなく一〇八打でラウンドを終えた。

コンペの結果はまったく予想もしなかった優勝だった。一位は八五打のベストグロスだった松木だった。ハンデを引いた打数で僅か一打及ばなかった松木は非常に悔しがっていた。表彰式で武田は副賞として常務から「シェークスピア」のパターを贈られた。高級パターだが自分には合わないので景品として提供するということだった。優勝といってもハンデのせいでありそれほどうれしくはなかった。今までの平均スコアは一二〇程度だったのでできすぎだった。同じパブリックコースでも名古屋の森林コースは距離が十分あったが、西武園は短かったのでスコアがよくなったのだろう。

表彰式の最後に優勝者とブービーは次回幹事となるといわれて気が重くなった。ゴルフ場の予約を取るのがたいへんということだった。予約開始日の早朝に電話をかけてもなかなかつながらないそうだ。ブルジョワのスポーツといわれていたゴルフも今やサラリーマンの間でブームになっていた。

翌週、ゴルフの疲れもあってか身体がだるかった。四月初めに扁桃腺が腫れて喉が痛くなり熱も出たが二、三日で治まった。代わりに咳が出てきた。空咳のような乾いた咳だったがいったん出はじめるとなかなか止まらなかった。混雑する電車の中や銀行で咳が出ると周りの人の視線が気になった。医者に診てもらおうと思って母に近くに病院がないか聞いてみた。母は引っ越してきたばかりでこの辺の病院のことは分からないので、昨年まで住んでいた青戸の並木医院に行ってみたらといった。父が以前微熱が続いたとき、並木医師が他の病院では分からなかったごく早期の肺結核を見つけてくれたということだった。武田はさっそく銀行の帰りに並木医院に寄ってみることにした。浅草橋駅で都営地下鉄に乗り換え京成青砥駅近くの医院を訪ねた。並木医師は胸のレントゲン写真を撮って「気管炎」と診断した。武田は病名を知らされてむしろほっとした。炎症止めの薬と咳止めの薬を処方してくれて、通院はたいへんだろうからと四週間分の薬を出してくれた。

武田はその晩から、毎日、朝、昼、晩に欠かさず薬を飲んだ。しかし咳はなかなか止まらなかった。その内に胃の調子が悪くなってきた。四月二〇日の月曜日だった。仕事を終えて帰宅中、総武線の車中でカバンを網棚に乗せて右手で吊革を掴んでいた。秋葉原でどっと乗客が乗りこんできて武田の背後に詰めてきた。武田は前に押され吊革を強く握って踏んばった。電車が動きだすと掴まるところがない乗客がどどっと車両後方に倒れかかる。カーブに差しかかるとぐっと武田の背中に倒れかかってくる。武田はそのつど吊革を握った手に力を込めて防波堤のように背後の人を押し返した。だんだんと疲れがたまってきた。その内、腕の筋肉だけでなく全身に倦怠感を感じるようになった。立っているだけで辛かった。今まで経験したことがない疲労感だった。

翌日、銀座のガスホールで開かれる「オンライン・システム技術の動向」というセミナーに参加するため直接セミナー会場に向かった。ふだんより遅く家を出たので通勤ラッシュのピークを過ぎていて楽だった。四時半にセミナーを終え、松木に報告して直帰することにした。帰宅ラッシュ前だったので電車はそれほど混んでいなかったが吊革に掴まっているうちにまた倦怠感が襲ってきた。立っているのが辛くて恥も外聞もなく床に腰を下ろそうかと思ったほどだった。

翌日はふだん通りに出勤したがやはり体に力が入らず、帰りの電車では立っているのがやっとだった。しかし倦怠感だけで休む訳にもいかず出勤を続けていた。何とか週末を迎えひたすら休養するつもりだったが、やらなければならないことがあった。四月から通信教育の「電子計算機講座」が始まっていた。月初に四月分の教材が送られてきて、それは何とか読みおわったが、巻末に添付されているテストには手を付けていなかった。月末までに主催者宛に郵送しなければならないので慌てて取りかかった。答案作成に半日かかってしまった。早めに仕上げておけばよかったと後悔した。解答用紙を封筒に入れ、裕子に郵便ポストに投函してもらった。

翌週も相変わらず倦怠感に悩まされたが何とか三日間持ちこたえて天皇誕生日になった。一日中何もせずに寝ていたが疲労感は消えず、その上食欲もなくなってきた。胃の調子もよくないので気管炎の薬の服用は中止した。このところ倦怠感の方が心配で咳どころではなくなっていた。裕子も心配になってきたのかもう一度病院に行った方がいいといった。武田は翌日並木医院に行くことにした。

三〇日は月末だったが支店と違って事務管理部では特に忙しいということはなかった。武田は定時に銀行を出て並木医院に寄った。待合室にいた患者は少なく間もなく診察室に通された。並木医師はカルテを見て武田を思い出したようだ。武田は一〇日ほど前から倦怠感が酷くなっていることを訴えた。医師は聴診器を胸や背中に当て、血圧も計ったが、特に異常はないと首を傾げていた。結局しばらく様子を見ましょうということになった。武田は何となく釈然としなかったが医師の判断に従うほかはなかった。

五月一日は土曜日で武田は週休を取っていたので三日の憲法記念日まで三連休となった。本来なら裕子とどこかに旅行でもしようかと思っていたのだが体調回復に専念することにした。何とか朝食を取ったがしばらくすると吐き気がしてきた。やたらにゲップがでる。用を足しにトイレにいくと赤褐色の尿が出た。やはりどこかが悪いのだろうと思った。昼食も夕食もほとんど食べられなかった。

翌日、何となく熱っぽいので体温を測ってみると三七度を超えていた。相変わらず吐き気がする。せっかくのゴールデンウィークに寝ているのは情けなかった。近所の医院も休診しているので我慢するよりほかはなかった。布団の中でじっとしているだけだった。食物もほとんど喉を通らず昨日から便通がなかった。

三日も状態は変わらなかった。この日は夜が更けても眠れなかった。三日間も便通がないので、深夜トイレに入った。三〇分も便座に座って息み、兎の糞のような固まりがポトン、ポトンと便器の水溜まりに落ちた。石のように硬そうでまっ黄色だった。翌朝、体温を計ってみると三七度三分だった。

もう一度並木医院に行ってみようと思った。

四日は連休の谷間で、病欠を申し出るのもためらわれ出勤した。電車は比較的空いていた。オンライン班では興津が休みを取っていた。今ごろは実家で家業を手伝っているのだろう。武田は何とか仕事を終えると並木医院に寄った。院長に赤褐色の尿が出て、便が黄色で、吐き気がして、微熱が続いていると伝えると、ちょっと驚いたようだった。四日前には様子を見ましょうということだったが、今回は胸に聴診器を当てたり、目をチェックしてから、「白眼が黄色くなっていて黄疸の症状が出ています。少し痩せすぎですね。もう少し体力を付けた方がいいですよ」といった。まるで虚弱児を見るような視線に武田はショックを受けた。これでも学生時代には山で鍛えてきた身体である。

「最近食欲がないものであまり食べていないんですが」

つい言い訳じみたことをいったが、院長はそれには反応せずに所見を続けた。

「尿検査をしてみましょう。尿検査の結果が出ればはっきりしますが黄疸とみて間違いないでしょう。三日後に結果が出ますのでもう一度来て下さい。薬はそのとき決めましょう。それまで安静にしていて下さい。それから食事は脂っぽいものは避けて鶏肉とか卵とか高蛋白なものを食べて下さい」

「分かりました。それから今まで飲んでいた気管炎の薬はもう止めていいですか」

武田の質問に院長が一瞬動揺したように見えた。院長は慌ててカルテのページをめくり、四月初めに武田が咳を訴えたときの処方を調べているようだった。

「咳の方はよくなっていますか」

「いくぶん咳の出る頻度が減ってきているようです」

実際は倦怠感や微熱の方が気になって、咳のことはほとんど気にならなくなっていた。

「それでは気管炎の薬は服用を中止して下さい」

武田は院長にはいわなかったがここ数日は薬を飲んでいなかった。院長の様子を見ていて今回の体の不調は気管炎の薬の副作用だったのだろうと思った。しかし確かめはしなかった。

診察が終わり、武田は看護婦に導かれてトイレの前で紙コップを渡された。尿はやはり赤茶色をしていた。

並木医院を出て駅に向かいながら武田はほっとしていた。この半月の間苦しめられてきた倦怠感の原因が分かったからだ。赤褐色の尿も、黄色い便も、白眼が黄色かったのも黄疸の症状であり、それは咳止めの薬の副作用で肝臓が悪くなったに違いないと思った。原因が分からないから不安だったが、原因が分かれば不安はなくなる。もともと武田は薬が苦手で市販の風邪薬を飲んでもすぐ胃の調子が悪くなり三日と続けられなかった。ところが今回は咳が止まらないので珍しく四週間近く飲みつづけていた。その薬はすでに服用を中止していたのでもう悪くなることはないだろう。武田は足取りも軽くなり我が家に急いだ。帰宅すると裕子に診察結果を報告し、明日から脂っぽい食材を避け、蛋白質の多い食事にしてくれと頼んだ。

五日はこどもの日でゴールデンウィークの最終日だった。前夜は久しぶりにぐっすり寝られた。まだ微熱があったがあまり気にならなかった。朝食を取りに一階に降りると五月晴れで芝生の緑が眼に沁みた。まだ食欲は回復していなかったがトーストと目玉焼きを何とか平らげた。裕子は市川駅まで出かけ食事療法の本と弁当箱と体重計を買ってきた。その日から肝臓によい料理が食卓に並ぶようになった。武田も出されたものはできるだけ完食するようにした。

夕食後、何日ぶりかに風呂に入った。脱衣所で裕子が買ってきた体重計に乗ってみると四七キロだった。武田は我が目を疑った。最近計ったことはなかったが学生時代から五七キロ前後だった。一〇キロも減っていることが信じられなかった。鏡を見てみると肋骨が浮きでてまるで骸骨を見ているようだった。これでは並木医師から虚弱児みたいに見られたのも無理はないと思った。これからしっかりと食事を取り体重を取り戻そうと思った。

連休明けの六日、目覚めて体温を測ってみると三七度を切っていた。体調は快方に向かいはじめていた。武田は布団の中でうれしさをかみしめていた。それにしても体調悪化がゴールデンウィーク中でよかったと思った。朝食を普通に食べ、裕子に作ってもらった低脂肪高蛋白の弁当を持って家を出た。銀行の食堂は揚げ物など脂っこい献立が多かったからだ。

出勤すると久しぶりにオンライン班全員が揃った。山下は札幌の実家に帰郷し、興津は連休前半は大阪の彼女に会いに行き、後半は実家に帰って家業を手伝ってきたという。それぞれに楽しい帰郷だったようだ。

昼食の時間になりいつも一緒に食堂に行く山下と興津が立ちあがったが、武田は「ちょっと肝臓を悪くして脂っぽいものを食えなくなったので今日から当分弁当にする」と宣言した。興津は「愛妻弁当ですか。いいなあ」といった。武田の体調を気づかうより愛妻弁当を羨ましがっていた。部員の半数が食事に出ていったが武田はどこで弁当を食べるか思案していた。食堂で弁当を広げている女性行員を見たことはあったが男性は見たことがない。食堂で弁当を使っていたら興津のように「愛妻弁当かい」などと同期に冷やかされるだけだ。かといって事務室の机の上で弁当を取る者もいなかった。結局武田は空いている会議室で食べることにした。二段重ねの弁当箱に卵焼きや鶏肉、野菜がたっぷり入っていた。果物もあった。米粒一つ残さず食べて満足した。

八日、土曜日の帰りに並木医院に寄り尿検査の結果を聞いた。黄疸であることが確認された。武田が熱も下がり疲労感もなくなったと報告すると、並木院長は目の黄色みも消えているのでもう大丈夫でしょうといった。当分無理をしないで食事療法を続ければよいだろうといった。ただしアルコールは慎むようにいわれた。並木は黄疸用の薬を処方しなかったが武田は薬に懲り懲りだったので不満はなかった。自分の力で治すに限ると思った。ゴールデンウィークの間に休養することができたので年休を取らずに済んだ。肝臓を痛めたのは薬の副作用だけでなく、転勤による環境変化、特に遠距離通勤による疲労の蓄積もあったのだろう。当分無理をせず体力の回復に努めようと思った。

一週間後の土曜日に事務管理部の部内慰安旅行があった。武田は体調不良ということで連休明けに幹事に欠席を申し出ていた。休日くらい銀行から解放されたいという思いはあったが今まで社内旅行にはすべて参加してきた。キャンセルは不本意だったが今回は健康回復を優先した。直前のキャンセルだったので旅行積立金は没収された。土曜日の終業時間は午後二時一五分だったが、参加者の多くは二時ごろには仕事を終えて着替えのためにロッカー室に向かっていた。オンライン班の仲間も早めに事務室を出て行った。武田は旅行不参加なので当然終業時間まで残っているつもりだった。そのとき「部長がお呼びです」と女性行員が伝えに来た。武田は急いで部長のもとに行った。

「武田君ね、僕らはこれから出発するから君は終業時間までちゃんと残って電話などの応対に当たってくれたまえ」

「はい、分かりました」

武田は表情には出さなかったが当然のことを念押しされて心外だった。その口ぶりから部長が武田の不参加を快く思っていないのは明らかだった。香川は「行員は家族」と考えるタイプだった。懇親旅行は部の重要な行事だから全員参加が当然と思っている。武田は四月から五月初めにかけて肝臓を患っていたのだが、表面上は普通に出勤していたので「体調不良」という不参加理由を疑っていたのかもしれない。酒を飲まなければ大丈夫かなというくらいには回復していたが、やはり体調回復を第一にしたので部長の不興を買っても仕方がないと思った。楽しそうに出かけていく仲間を見送りながら、「協調性に欠ける」という烙印を押されたのかなと複雑な気持だった。

三　コボル研修（一九七一年五月）

五月中旬、オンライン班の四名は九時過ぎに銀行を出てタクシーを拾い、半蔵門にある高千穂交易本社ビルに向かった。この日から四日間、コボルの研修を受けることになっていた。不銀は三年前に米国バロース社のコンピュータを導入した。バロースは日本支社を作らず総合商社の高千穂交易を代理店として販売活動を行っており、ユーザー研修も高千穂交易が担当していた。半蔵門の交差点角にある本社ビル一階の受付に行くと、すぐに営業課長の竹島が出迎えてくれた。都銀、長信銀の中でバロースのコンピュータをメインにしているのは不銀だけなので、高千穂交易は不銀をたいせつにしているようだった。課長は不銀一行と名刺交換をした後、わざわざ研修室まで案内してくれた。

研修室はグレーのフロアマットが敷かれ、横長のテーブルもしっかりした造りで、椅子の座り心地もよかった。こんな贅沢な環境で授業を受けるのは初めてだった。研修室にはほかのユーザーの社員十数名が集まっていた。

九時半に若い男性講師が現れ、慣れた口調で講習を開始した。「コボル」が開発された経緯や「コボル」という名称の由来などを説明し、人間の言語に近い構文で書くことができるといった。またファイルを読み書きできる機能があり、データを一〇進数で加減乗除でき、帳票の作成・印刷が容易であるなどを挙げて事務処理に適した言語であると強調した。それから具体的に「コボル」の構文について講義を進めた。武田は支店にいたころにＮＨＫの電子計算機講座で「フォートラン」と「コボル」を習っていたので楽に講義に付いていけた。

昼休みになり松木たちは食事を取りに外に出て行った。武田は弁当持参だったが、ほかにも何人か弁当を使いはじめたので気兼ねなく弁当を広げた。裕子が作る彩りも鮮やかな弁当は毎日の楽しみだった。体重も少しずつ回復していた。

午後の講義が始まり、少し眠い時間もあったがおおむね真面目に講師の話を聞いていた。

二日目、三日目は例題についてプログラムを書いてゆく実習となりだいぶ難しくなってきた。

最終日の木曜日には練習問題が出され、各自が配布されたコーディング用紙にプログラムを書きこんでいった。武田は何とか書きおえたが、初めてプログラミングに挑戦した三人は四苦八苦していた。

結局、時間切れで講師による添削は行われずにコボル研修は終了した。

研修を終えて銀行に戻り、会議室で伊吹に研修の報告をした。すると伊吹は各人が作成したプログラムをコンピュータに流してみようといって、その場で不銀計算センターの部長に電話をかけていた。しばらくすると涼しげな目許をした若者が会議室に入ってきた。三崎は昭和四二年四月に不銀計算センター（略称ＦＣＳ）に入社した一期生で慶應大学出身ということだった。伊吹はオンライン班のメンバーを三崎に紹介し、本題に入った。

「オンライン班のメンバーがコボルの研修を受けてきましてね、練習問題のプログラムを書いてきました。せっかくだからコンピュータに流してみてくれませんか」

三崎は快諾して四人の書いたコーディング用紙を集めた。

「さっそくマシンにかけてみます。シンタックスエラーがでたらどうしましょうか」

シンタックスエラーというのはコボルの文法上のエラーのことで、エラーが残っているかぎりプログラムは実行できない。

「エラーを修正してプログラムができるまで面倒見てもらいましょうか」

「分かりました。ソースプログラムを完成させ、実行までやってみましょう」

コボルで書かれたプログラムをソースプログラムといい、これをコンピュータが機械語に翻訳してコンピュータに命令を実行させるということだった。三崎は明日中に一回目の結果を届けますといって不銀本店ビル一〇階にある不銀計算センターに戻っていった。

武田らの書いたコーディング用紙は不銀計算センターのパンチャーに回され、コーディング用紙の一行ごとに一枚のパンチカードが作成される。そのパンチカードをコンピュータオペレータがカード読取機にセットして「コボル」プログラムを実行させ文法チェックを行う。この文法チェックで間違いが発見されるとエラー箇所とエラーの原因と思われる事項がエラーメッセージとして打ち出されてくる。そのエラー部分を修正して再度文法チェックを行い、文法上のミスがゼロになればプログラムの実行が可能となるのである。

翌週月曜日の午後に三崎から練習プログラムの結果が出たという連絡があり、みんなで一〇階にある不銀計算センターに出向いた。事務室の奥にマシンルームがあり、手前の作業スペースで三崎は各人にB４用紙より大きいつづら折りのラインプリンターで打ち出した用紙を配った。武田は自信があったので正常に終わっているだろうと期待してページをめくってみた。英文のメッセージが数ページにわたって印字されていた。武田はコンピュータは紙食い虫だなと思った。その中に「ERROR」という単語を含むメッセージが幾つか連なっていた。どうやら文法エラーがあった行についてエラー内容を書きだしているようだった。武田の書いたプログラムは五〇行くらいの短いものだったのに、そんなに多くの間違いがあったのかとショックだった。エラーメッセージを読みはじめたがその意味が理解できなかった。どこが間違っているのか見当が付かず頭を抱えていると、三崎が武田の後ろにきてエラーメッセージを見てくれた。

「この行の最後にピリオドが抜けていますね」

武田はびっくりして聞きかえした。

「確かにピリオドが抜けていますね。だけどエラーメッセージにはピリオドが抜けているとは書かれていませんよね」

「そうなんです。コンピュータはピリオドが抜けているとは思わないで次に現れるピリオドまでを一つの命令文と理解してしまいます。それで見当違いのエラーメッセージを羅列するんです」

「なるほど、人間ならピリオドが抜けているとすぐに気が付くんですが、コンピュータは案外抜けていますね。これではエラーメッセージはあまり当てになりませんね」

「ですからデバッグするときは一行一行、一字一字を機械になったつもりでチェックしてみるといいですよ。まあ、ちょっと経験を積めばすぐに分かるようになりますよ」

デバッグというのは「虫（バグ）を取りのぞく」という意味で、プログラムのミスを発見し修正する作業を表す業界用語だった。武田は他人の書いたプログラムをさらっと見ただけで即座にエラーの原因を見つけた三崎に感心していた。

「最初のプログラムでシンタックスエラーが一個所というのは優秀ですよ。そこを直しましょう」

三崎は壁際にあるカード穿孔機でピリオドが抜けていた一行をブラインドタッチであっという間に打ち出してくれた。武田は五〇枚ほどのカードの中からピリオドが抜けていたカードを取りだし、修正したカードと差しかえて文法チェックを終了した。

ほかの三人もやはりエラーメッセージの意味が分からないようで悪戦苦闘していた。三崎が順番にプログラムをチェックしてバグを見つけて修正させていた。

手持ちぶさたになった武田はガラス張りの仕切りの先に見えるマシンルームを眺めていた。専用の空調設備を備えた室内にバロースＢ３５００の中央処理装置、磁気テープ装置、ラインプリンターなどが整然と並んでいた。ユニフォームを着た二人のオペレータが働いていた。高校を出たばかりのような若い男性だった。一人はコンソール装置の前に座りコンピュータに命令を与えていた。もう一人は磁気テープ装置で磁気テープのリールを着脱したり、ラインプリンターから打ち出された用紙を取りだしたりしていた。オペレータは三崎のようなシステムエンジニア（ＳＥ）とは違う職種のようだった。コンピュータは非常に高価なので二四時間稼働させ、オペレータは三直制で対応しているという。武田は同じビルの中に一晩中灯りがついているフロアがあることを初めて知った。

五時半にようやく全員の一回目のデバッグが終了し、三崎は今夜中に流しておくといった。

翌日の午前中に三崎が二度目の処理結果を持ってきた。オンライン班メンバーは会議室でそれぞれのリストを手渡された。一個所修正しただけの武田のプログラムは正常に終了していた。文法上の誤りがなくなるとコボルは自動的に機械語に翻訳されプログラムを実行する。今回の練習問題は売上げデータを読みこみ、売上げ明細表を打ち出す問題だった。品目名、売上げ個数、単価のデータはカードで入力する。プログラムはそのカードを読みこみ、個数に単価を掛けて売上金額を計算し、その品目のデータを一行で打ち出す。これを繰り返して売上明細表を作成するというものだった。武田は思い通りの売上明細表が打ち出されているのを期待してリストを捲《めく》った。しかし一行目に項目名タイトルが正しく打ち出されていたが、二行目に最初の品目データがプリントされているだけだった。「あれっ」と思いながら次のページを見るとやはり二行目に二番目のデータだけが打ち出されていた。どうやら一件打ち出すごとに改頁処理をしてしまったようだ。三崎の用意してくれたテストデータは一〇件だったので本来は一頁に収まるはずだった売上明細表は一〇頁になっていた。今回はテストデータが少なかったので九頁の無駄で済んだが、一〇〇件のデータなら九六頁のコンピュータ用紙を無駄にするところだった。間違った命令を与えるとコンピュータは暴走する。コンピュータは怖いもんだなと思った。武田はバグの原因を調べはじめた。武田は入力カードを読んで一行プリントするつど、「行数」をカウントアップし、「行数」が二五行になったとき「改頁フラグ」を「1」にすることにした。そして次のカードの処理に入ったとき「改頁フラグ」が「0」だったら次の処理に進み、そうでなければ改頁処理を行うように分岐を作っておいた。ところが実際は二件目のカードを処理するとき次の行にプリントせず、改頁処理を行ってしまっていた。「改頁フラグ」が「0」となっていないようだった。武田はデータ定義部で「改頁フラグ」を定義していたが、当然「0」になっていると思いこんでいた。三崎に「改頁フラグ」にどのようなデータが入っているのか聞いてみた。三崎はデータ定義部の「改頁フラグ」を目で追うと即座に初期値が「0」に設定されていないと指摘した。データ定義部で「改頁フラグ」を宣言してもデータ領域を確保しただけで、そこがどんな値になっているのかは分からないということだった。三崎は「改頁フラグ」のデータ定義部分に初期値を「0」にするという命令を加えればよいということだった。初心者によくあるミスのようだった。

武田が二度目のデバッグを終了したのを見て興津がぼやいた。

「こういう仕事はオラホには向いてないですよ。一つ直したらまた別のエラーが出てくるんだからまったく嫌になっちゃいますよ」

興津の会話にはときどき信州弁が出てくる。

「まあそういわずに機械になったつもりで一ステップずつチェックしていったら」

武田は三崎の受け売りで慰めた。

「それがオラホには苦手なんですよ。まあ僕たちがプログラムを書くことはないようですけど」

興津はうんざりしているようだったが、武田は自分の作ったプログラムでコンピュータを動かすことは面白かった。興津がいったようにプログラミングは不銀計算センターに委託するのが原則で、行員が直接プログラムを書くことは想定されていないようだった。しかし武田は行員がプログラミングを勉強することは無駄ではないと思った。プログラムを知っていれば、よりプログラマーに分かりやすい仕様書を書くことができるようになるだろう。

その日のデバッグの結果をもう一度ランして、オンライン班のコボル研修は終了した。武田は三度目の正直でようやく思いどおりの結果が打ち出されていた。

四　事務量調査で金沢へ（一九七一年七月）

六月中旬、伊吹課長がオンライン班のメンバーを会議室に召集した。事務企画課の調査役塚田が同席していた。伊吹が会議の主旨を説明した。

「事務企画課で七月から全店で事務量調査を行うことになりましたが、事務企画課だけでは人数が足りないのでオンライン班に手伝ってくれないかという申し出がありました。事務量調査のデータはオンラインシステムの設計にも役立つと思いますので、オンライン班としても積極的に協力したいと思います。事務量調査の内容、日程等につきましては塚田さんから説明して頂きます」

塚田が説明を始めた。

「事務量調査はワークサンプリングという手法で行いますが、月末前後の数日間、各営業店に臨店して調査することになります。第一回目は七月に札幌支店、高松支店、金沢支店で実施し、第二回目は八月に福岡支店、仙台支店、広島支店で行います。そこでみなさんにどこの支店に行くのか決めて頂きたいと思います」

オンライン班のメンバーは支店への出張を歓迎しているようだった。七月分を決めるとき武田は真っ先に前任地の金沢を希望した。松木は出身地に近い高松支店を希望し、山下も出身地の札幌支店を希望した。興津はどこにしようか迷っていたが、武田が「金沢はいいぞ」と宣伝すると、「それじゃ僕は金沢にします」といった。八月については武田は特に希望はなかったので最後に残っていた広島支店に行くことにした。塚田はオンライン班の行先が決まると、事務量調査の具体的な内容については後日企画課のメンバーと合同の説明会を開くといった。


七月二八日水曜日、武田は九時三〇分に自宅を出た。裕子は妊娠していた。つわりが酷そうなので見送りは不要といったがバス停まで送るという。武田はパンパンに膨らんだボストンバッグを右手に、背広の上着を左手にぶら下げて家を出た。出勤時間帯を過ぎた新興住宅地に人影はなかった。歩きだしてすぐに額に汗が滲みでてきた。バッグが重いので腕がしびれてきた。武田はたびたびバッグと背広を持ち替えた。バス停でバスが時間待ちをしていた。

「みなさんによろしくいっておいて下さいね」

「分かった」

「私も行きたいわ」

「仕事で行くんだからね」

恨めしそうな顔をしている裕子に武田はちょっと顔をしかめてみせた。

「それじゃ、行ってくるよ」と武田はバスに乗りこみ最後部の座席に腰を下ろした。荷物を横に置いてハンカチで汗を拭った。まもなくバスが出発した。振り向くと裕子が手を振っていた。

裕子が金沢に行きたがるのも無理はない。金沢支店での一年半、武田は仕事を通して金沢を見てきたが、裕子は毎日の生活で金沢と接していた。金沢を懐かしがる気持は一入《ひとしお》だろう。だが裕子の姿が見えなくなったとたん、武田はこれからの旅行の期待に胸がワクワクしてきた。四月から五月にかけての体調不良も癒え、心身共に充実していた。そんな折に思いがけなく金沢に出張することになった。入行以来ずっと支店暮らしで本部からの出張者を迎えていたが、今度は本部の一員として支店を訪問することになった。しかも今年の二月までいた金沢支店にである。何やら「故郷に錦を飾る」というような気分になっていた。金沢での六日間をどう過ごそうかと考えていると心が浮き浮きしてくる。

市川駅から直通で東京駅に着き、新幹線のホームに向かう長い通路を歩くのは初めてだった。人が溢れていて重い荷物がぶつからないように歩くのに苦労した。新幹線のホームに上ったのは発車二〇分前だった。間もなく長身の塚田調査役が大きなスーツケースを提げてやってきた。

「やあ、暑いね」

塚田は荷物を下ろしさっそく煙草に火を点けた。続いて久我が姿を現した。九州大学卒の九州男児である。太い眉と鋭い目をしていて多少せっかちのようだがいかにも遣り手という雰囲気を醸しだしていた。伊吹とは同じ二期生である。学究肌の伊吹とタイプは違うが共にこれからの不銀を背負ってゆく人材といわれている。発車時間が迫ってきたが興津が現れないので武田はハラハラしていた。車内清掃が終わりドアが開く寸前に興津が走ってきたのでほっとした。冷房の効いた車内で足を伸ばすとようやく人心地がついた。武田と興津は久我と塚田の後ろの席だった。一一時に列車は動きだした。しばらく雑談していた前席の二人はリクライニングシートを倒すと眠りはじめたようだ。企画課は事務量調査の準備で連日遅くまで残業していた。興津もしばらく武田と雑談していたがその内にウツラウツラし始めた。武田もいつの間にか眠っていた。

名古屋駅に近づき中日球場が見えてきた。武田は球場から歩いて七、八分の所で新婚時代を過ごしていた。ナイターの試合があると地鳴りのような歓声が聞こえてきたものだ。名古屋駅に到着して車外に出るとむっとする暑さが襲ってきた。武田が先に立って連絡通路を通り特急「しらさぎ」二号の待つホームに上がった。名古屋支店から金沢支店に赴任するときに裕子と乗った特急である。グリーン車はほぼ満席だった。ほどなく列車は真昼の太陽の下を走りだした。武田たちはすぐに食堂車に向かった。久我がビールを注文した。列車が揺れるのでビールを注ぐのが難しかった。武田は四月に体調を崩してから酒を飲んでいなかった。久しぶりのビールはうまかった。

久我が武田と興津に声をかけた。

「もう仕事は慣れたかい」

武田が答えた。

「はい、まだコンピュータの基礎的なことを勉強している段階ですが楽しくやっています」

「それはけっこう。これからは君たちのような若い者が中心になって頑張ってもらいたいね」

塚田が武田に聞いた。

「金沢はいい所らしいね」

「東京にくらべたら空気もきれいですし、古都の風情があって、魚も酒もうまいですよ」

武田の金沢への思い入れは一言ではいい表せないので月並みな観光案内のようなことを喋った。

久我が相槌を打った。

「確かに魚はうまいね。一度出張で金沢に行ったことがあるが、ブリとカニをご馳走になった。本当にうまかったな。何ていったかな、赤くて長い脚のカニ……」

「ズワイガニですね」

「そうそう、あれは絶品だね」

「今は夏なので残念ながらズワイは食べられないと思います」

料理が運ばれてきたので食事を始めた。食後のコーヒーを飲みながら久我が塚田に話しかけた。

「日曜日はどうするんだい。僕は二谷次長からゴルフに誘われているんだ」

「僕は武田さんが海釣りに行くというので興津さんと一緒に連れて行ってもらうことにしました」

「ほう、それは面白そうだね。でも君たちに釣られる魚がいるのかね」

久我が冷やかすようにいったので武田が答えた。

「能登の中島という所で一泊してのんびり船釣りをするんですが、能登の魚はすれていませんから素人でも釣れますよ。今ならキスが釣れます」

久我はちょっと羨ましそうな顔をした。

食事を終えて席に戻り、車窓の景色を眺めたり眠ったりしている内に金沢駅に着いた。

ホームに長谷川代理が出迎えに来ていた。

「やあ、暑いのにわざわざ出迎えご苦労さん」

久我が長谷川に声をかけた。行用車には乗り切れないので武田と興津はタクシーで後を追った。金沢は東京のように日進月歩する街ではないが、それでも南町辺りでは幾つかのビルが建設中だった。不銀の新店舗があるビルも新しくできた建物だった。一行は前後して支店に着き、通用口から店内に入った。営業時間が過ぎてシャッターを下ろした店内は静かだった。武田は新店舗がひどく眩しく感じられた。武田が二月に離任するときはまだ内装が完了していなかった。久我に従って渡部支店長と二谷次長の席の前で挨拶すると、支店長は一行を二階の支店長応接室に案内した。武田は早く支店の面々に挨拶したかったが、調査チームの一員として来ているので一人離れる訳にはいかなかった。支店長応接室で向かいあうと、久我が居住まいを正して今回の事務量調査の目的を述べ、支店の協力を求めた。久我は要点を押さえて自信を持って話すので説得力があった。支店長は調査を歓迎した。その後は雑談になった。どうやら終業時間まで続くような成行きだったので武田はトイレに行くような振りで応接室を抜けだした。武田が一階に下りてゆくと融資係のベテラン女性と出会い、「武田さん、東京に行ったら一段と垢抜けしたがいね」と冷やかされた。

最初に債券勧奨班に寄ってしばらく雑談した。

それから債券係に行って本橋に声をかけた。

「島尾さんは退職したんだね」

「急に結婚の話がまとまったということで五月に退職しましたよ」

島尾は色白の金沢美人だったが、武田が金沢を去る時点では退職の噂は聞いていなかった。

窓口にいた桜木が武田を見つけて話に加わった。

「武田さん、いつまでおいでるけ」

「来週の月曜日までいるよ」

桜木は以前と違う髪型をしていた。肩まであった長い髪は短くカットされていた。

「髪型変えたね。スッキリしてよく似合っているよ」

桜木がうれしそうに笑った。

本橋が冷やかすようにいった。

「桜木さんは武田さんが来るのを知ってずっと落ちつかなかったんですよ」

武田が苦笑していると、本橋は今年の新人二人を武田に紹介した。

「沖田さんと野田さんです」

「君たちは去年のクリスマスパーティーに来ていたね。沖田さんはゴーゴーダンスがうまかったな」

沖田はちょっと顔を赤らめた。

「私のことを覚えていてくださるなんてうれしいわ」

ゆったりとして抑揚の少ない不思議な話し方だった。その表情にはあどけなさも残っていたが、しっかりと武田の眼を見て話すところは大人びていて、短大を卒業したばかりの新人に適当にいなされているような感じがしないでもなかった。

「野田さんはもう仕事に慣れたかい」

武田が窓口担当の野田に声をかけると、高卒新人の野田ははにかみながらうなずいた。

終業時間が近づいていた。調査チーム一行は長谷川代理から食事に誘われていた。そろそろ支店長応接室に戻らなければならないので、武田は本橋らに声をかけた。

「明日、ビヤホールにでも行かないか」

女性たちは笑いながら互いに顔を見あわせていた。武田はあえて返事を確認せずに二階に戻った。ちょうど支店長応接室から調査チーム一行が出てくるところで、長谷川は調査チームをフロアの反対側にある小会議室に案内した。調査期間中に控室として使うようにということだった。

それから二谷次長と長谷川代理に案内されて一行は駐車場に向かった。本部からの出張者を飲食でもてなすことは慣習的に行われていたが、武田が接待される側になったのは始めてだった。駐車場では支店長車と二号車が待機していた。武田は運転手の野島と北島に挨拶すると笑顔で応えてくれた。支店長車に二谷と久我、塚田が乗り、二号車に長谷川、武田、興津が乗った。車は大和デパートの横の路地を入った所にある料理店の前で止まった。手荷物は二号車の運転手北島がホテルまで届けてくれるというので、一行は手ぶらで日本料理屋に入った。武田は初めての店で、格式の高い老舗料亭ではなかったのでいくぶん気が楽になった。座敷に通され事務管理部のメンバーは上座に座らされた。大卒換算の入行年次では二期生の久我が一番先輩で、次いで二谷、そして五期生の長谷川と塚田が続いていた。互いに顔見知りのようで、すぐにあぐらをかいてビールで乾杯した。金沢の話題で盛りあがり、運ばれてくる料理に舌鼓を打った。鮎の塩焼きは淡泊ながら味わいがあった。夏なのにズワイガニが出てきたのには驚いた。武田は小食の方だったがこの日は最後の粥まで残さず平らげた。

二次会は片町の社交会館にある次長行き付けのバーに行った。次長は久我と並んでママと楽しそうに談笑していた。ほかに若いホステスが三人いたがあまり愛想はよくなかった。

バーで解散し、タクシーで卯辰山中腹にあるパークホテルに着いたのは一一時過ぎだった。預けていたボストンバッグを受けとり各自部屋に向かった。武田はすぐバスタブに湯を張って汗を流し、風呂から上がるとそのままベッドに潜りこんだ。

翌日から事務量調査が始まった。早めに支店に行き控室で仕事の分担を打ち合わせた。塚田が庶務係、計算係、出納係を、武田が債券係、興津が預金係の事務量調査を担当することになった。久我は支店全体の観察と役席との面談を行うことになっていた。

九時五分前に一階事務フロアに下りると、支店行員は全員席について開店準備をしていた。武田は折り畳み椅子を係全体が見渡せる沖田の机の横に置いて座った。沖田は武田がすぐ隣に座ったので困ったような顔をしていた。武田は債券係四人分の調査票をバインダーにはさんで開店を待った。調査票には縦に起票、記帳、照査、検印、札勘、集計などの業務項目が並び、横に一時間単位の仕切りがあった。調査対象者がどんな業務を行っているのか三分おきに調べ、調査票の該当欄に「正」の字でカウントアップしてゆくのである。調査開始時間の九時になったので、武田はストップウオッチを押して調査を開始した。三分経過したとき、武田は四人を順番に観察してどのような業務をしているのか見極め、各人の調査票の該当欄に正の字の一画目を書いた。何をしているのか分からないときは聞きに行くこともあって三分間はあっという間に過ぎてゆく感じだった。しかし三〇分もすると慣れてきて余裕が出てきた。一時間もすると単調な作業に退屈していた。

一一時を過ぎて、三分経過したので武田は沖田を観察した。仕事が一段落したのか沖田がチラリと武田の方を窺った。視線が合って沖田はちょっと困ったような顔をして「何をしようかしら」と呟いた。何もしていないとサボっていると記録されるのではと心配しているようだった。

「仕事の合間は『手待ち』という項目があるから一休みしていればいいよ」と武田がいった。

「でも何か落ちつかないわ」

すぐ傍で観察されていたら当然だろう。武田は去年のクリスマスパーティーを思い出していた。沖田は黒いビロードのタイトなワンピースを着ていたのでひときわ目立った。ゴーゴーを踊っているときのなまめかしい動きが目に残っている。パーティーが終わって降りだした雪の中に大きなフードを目深に被って消えていった後ろ姿も印象的だった。

昼食時は興津と交代で、預金係、債券係の両方を調査した。来店客も少ないのでむしろ楽だった。午後になって退屈な作業に飽きてきた。本橋、桜木、野田は少し離れていたので何をしているか分からないときは傍に行って作業内容を聞いたり、ついでにちょっとおしゃべりをして気晴らしをした。むやみに話しかけてはいけないといわれていたが調査員にも息抜きが必要だ。もっとも沖田の仕事ぶりを見ているのは楽しかった。沖田には新人らしい初々しさが残っていた。伝票を切るのも丁寧に考えながら作成していた。ときには本橋の許に教わりに行った。伝票を書き損じて一人で顔を赤くしていた。そんな姿を間近に見ていると自分の新人時代を想い出した。

ようやく三時になり正面のシャッターが閉まった。武田は立ちあがって身体をほぐした。沖田が冷たい麦茶を持ってきてくれた。武田がうまそうに飲むのをじっと見ていた。

武田はブラリと本橋の傍に行って声をかけた。

「今日はみんな飲みに行けるかな」

「みんな行きたいといっていますがいいですか」

「構わないよ」

沖田は武田の顔を見ながら「うれしいわ」と言葉とは裏腹の抑揚のない声で呟いた。

事務量調査は調査対象行員が仕事を終えるまで続ける。債券係では六時ごろ仕事が終わった。調査を終えた武田が控室に戻ると、一足先に戻っていた興津が待っていたように話しかけてきた。

「武田さん、預金係に凄いべっぴんさんがいるね」

「長峰さんね。彼女は明るくて気立てもいい娘さんだよ。杉本君と付き合っているという噂だよ」

「えっ、杉本がリーチしているんですか。あいつも隅に置けないな」

興津はうらやましそうにいった。興津と杉本は慶應大学卒の同期だった。

塚田も戻ってきて調査用紙を整理して初日の調査を終了した。

その日の夜、久我と塚田は麻雀に誘われていた。武田は興津を債券係との飲み会に誘ってみたが、杉本と飲みに行くということだった。武田が女性陣と飲みに行くと知って羨ましそうな顔をしていた。

六時半に武田は債券勧奨班の西本とともに銀行の裏口で女性たちが出てくるのを待っていた。武田は西本と本橋が付き合っていることを知っていたので彼も誘っておいた。しばらくして互いに先を譲るようにしながら女性陣が出てきた。私服に着替えると個性が解き放たれるような感じがした。武田と西本が先頭に立って表通りに出た。日は暮れかけていたがまだ暑さが残っていた。武田は背広を脱いで肩にかけた。本橋と桜木が続き、その後ろを沖田と野田が手をつないで付いてくる。香林坊から片町に出て福銀ビル屋上にあるビヤホールに入った。早くも七、八割の席が埋まっていて賑やかな笑い声が溢れていた。武田たちは大きな丸テーブルを囲んで座った。武田がオーダーを取ると沖田と野田は中ジョッキで残りは大ジョッキだった。武田は野田の飲酒には目を瞑り、入口にあるカウンターで料理とビールを注文して料金を支払った。しばらくするとボーイが両手に六つのジョッキを持ってやってきた。アルバイト風のボーイはジョッキの重さに腕が下がり、今にもビールがこぼれそうだった。何とかテーブルまで持ちこたえてジョッキを置いた。ハラハラしながら見ていた女性陣が歓声を上げるとボーイは苦笑いした。武田はジョッキを持ち上げ「乾杯」の音頭を取った。みんなでジョッキを打ち合わせてからグッと飲んだ。ゴクゴクとビールを飲むときの快感に勝るものはない。武田は半分ほど空けてフーッと息をついた。沖田と野田は中ジョッキを一口一口飲んでいた。

「武田さんがいなくなってから金沢支店も淋しくなったたじ」

桜木が切りだした。

「僕の代わりに若い独身者が来て喜んでいるんじゃないの。だけど金沢支店はよかったな。金沢は第二の故郷のような感じがするよ」

「でも金沢に来た人はみな早く東京に戻りたいと思ってるじ」

「仕事中心に考えると早く本店に戻りたいんだろうね」

ビル屋上のビヤホールは開放的で気持がいい。頃合を見計らって武田が西本に聞いた。

「釣宿とレンタカーの予約を頼んでおいたけど取れたかな」

「宿の方は去年行った『ユリイカ』というドライブインに頼んでおきました。釣竿の方は船頭が用意してくれます。レンタカーの予約もしておきました。土曜日の三時に取りに行って下さい」

「何もかもやってもらって済まなかったね。土曜日は月末だけど何時ごろ終わるかな」

「そうですね、三時に終われば明るい中に着けるんですけど」

「本橋さんは行かないのかい」

武田が本橋に聞くと西本が遮るようにいった。

「今回は男性だけで行こうと思います」

「でも女性がいた方が楽しいじゃないか。車に余裕があるんだから一緒に来ればいい」

武田が本橋を誘うと、「私一人では……」とためらっていた。

「それなら君たちも行かないか。土曜日に能登中島に車で行って一泊し、翌日舟を出して釣りをしたり泳いだりするという予定なんだ」

桜木は用事があるので行けないと残念そうだったが、沖田と野田は行きたいといった。

武田は「泊まりがけの釣り旅行だけど家の人は心配しないかな」と二人に念を押した。

沖田は「銀行の人と行くといえば信用してくれます」と自信ありげにいった。野田も「いつも親孝行しているから大丈夫ですよ」としっかりしていた。

沖田と野田が参加することになったので、西本はあっさり前言を翻した。

「それじゃ僕と本橋さんは僕の車で行きますから、沖田さんと野田さんは武田さんの車でお願いします」

週末旅行の打ち合わせを済ませ、それからしばらく雑談して八時過ぎに散会した。費用は武田が支払った。出張手当などで賄うことができるだろう。

四日目の土曜日、この日は一泊旅行に出かけるのでホテルは一旦精算した。月末だったので行員は忙しく立ち働き、武田も事務量調査に集中していた。一二時にシャッターが降ろされると業務内容も単純化してきて調査も楽になってきた。しかし月末なので定時には仕事が終わらなかった。三時前に武田は自分の担当する調査票記入を興津に頼み、レンタカーを取りに行った。国道八号線沿いの小さな店だった。車は日産ブルーバードのスポーツタイプだった。レンタル手続きをして車に乗りこんだ。エンジンをかけると重い排気音が響いた。出足の加速もよかった。銀行の駐車場に車を置いて店内に戻った。仕事はまだ終わりそうもなかった。

ようやく調査が終わったのは四時だった。武田らは会議室で手早く着替えるとバッグを持って駐車場に行った。興津が助手席に塚田は後部座席に座った。西本も自宅に戻って車を運んできていた。しばらくして女性陣が出てきて、本橋は西本の車に、沖田と野田は武田の車の後部座席に乗りこんだ。沖田は黒いノースリーブのシャツと白い膝までのスラックスを穿いていた。野田はショートパンツと半袖シャツを着ていた。西本の車を先頭に武田が後に付いた。金沢から能登半島の東海岸まで約八〇キロ、二時間半で行けるだろう。夕日を浴びた河北潟が壮観だった。武田はスポーツ車の迫力ある排気音を聞きながら運転を楽しんでいた。窓から吹きこむ風が心地よい。高松、押水の辺りは高い松の枝が道に覆いかぶさるように張りだしている。武田の好きな道だった。ラジオのニュースで昨日発生した全日空機の墜落事故を伝えていた。自衛隊機が民間航空機の航路を横切って衝突し、自衛隊機の乗員は脱出装置で生還している。全員死亡した民間人の遺族はやりきれないだろう。今月初めに東亜国内航空の「ばんだい号」が函館郊外に墜落して全員死亡したばかりであった。

千里浜ドライブウェーに出た。波打ち際を疾走すると興津が感嘆の声をあげた。志賀町から能登半島を横切る国道に入った。やがて半島東側の海岸に突きあたった。周囲は暗くなってきた。穴水まで海沿いに北上し、能登中島を過ぎると国道から右に分かれ海岸沿いを走った。しばらくして今宵泊まるドライブインが見えてきた。建物の側に車を駐めエンジンを切ると急に静寂が襲ってきた。ドライブインは夜間は営業していないのですでに閉店していた。

店内に入ると三名の中年女性が残っていて、武田たちの食事の用意をするとライトバンに乗って帰っていった。留守番役の老人が一人残った。冷房も切れて暑かったが、腹が空いていたのでみんな食欲旺盛であらかた料理を平らげた。それから広い風呂に入り、湯上がりに外に出た。室内より外の方が涼しかった。堤防の側に船着場があった。興津と西本らは船着場に下りて桟橋の先端に向かって歩いていった。武田は堤防に腰を下ろした。湖のように静かな海は潮騒もない。ときおり船着場に繋がれているボートがギーっときしんだ。沖田がそっと近づいてきて武田の隣に座った。

「海の魚はもう寝ているのかしら」

「いや、夜行性の魚が動きだして獲物を狙っているかもしれないよ」

「まあ、怖いわ」

沖田は暗い海を見つめながら肩をすくめた。

三〇分ほどしてみんな宿に戻った。ドライブイン二階の大広間に布団が並んでいた。間仕切りもないので、男性は海側、女性は廊下側に布団を動かして横になった。明日の朝は早いので九時に消灯した。蒸し暑くてなかなか寝つかれなかったが武田はいつの間にか眠りに落ちていた。

遠くの方で人声がして武田は目を覚ました。腕時計を見ると三時半だった。釣り船は四時に迎えに来ることになっていた。武田が半身を起こすと、向かい側に寝ていた沖田が布団の上に座っていた。

夜明けの薄明かりの中でぼんやりと疲れたような顔をしていた。

「眠れなかったの」と武田が小声で聞くと、「でも大丈夫です」と気を取りなおしたようにいった。

武田が立ちあがると周りの者も起きだした。武田は階下の浴室で洗面を済ませると水泳パンツに着替えてその上にズボンを穿いた。部屋に戻って布団をあげ、釣船に持ちこむ着替えとタオルなどをナップサックに詰めた。武田は一足先に玄関で弁当を受け取って、船着場の手前で船を待った。靄のかかった夏の朝が始まっていた。沖田が武田の横に来て海を見つめていた。白いタオルの上掛けを羽織っていた。その下は水着なのだろう。青い帽子を目深に被っていた。

「その帽子はドイツの兵隊が被っていた鉄かぶとに似ているね」

武田が珍しい形の帽子を見ていると、沖田は庇の下から武田を見上げ右手をスッと上げて「ハイルヒットラー」といった。武田は思わず笑った。

西本たちがやってきた。駐車場に車が到着し数人の釣人が竿やクーラーボックスを持って船着場に向かった。沖の島影から二艘の船が現れこちらに向かっていた。間もなく軽快なエンジン音を響かせて一艘目の船が近づいてきて桟橋に接岸した。最初の船に先ほど到着した釣人が乗りこんで出発した。少し遅れて二艘目の西本が手配した船が接岸した。西本を先頭にドラム缶の上に板を渡した桟橋を歩きはじめた。桟橋が左右に揺れるので女性陣がキャーっと声を上げげた。長さ一〇メートルほどの釣舟で、まんなかに四角い板囲いの操舵室があり煙突と柱が立っていた。西本と塚田と本橋が船尾に乗り、武田と興津は船首に陣取った。沖田と野田は操舵室の前に並んで座った。

全員が乗るとすぐに船は沖に向かって出発した。舳先が波を切り舷側に白いしぶきが舞っている。ときおりしぶきが船の中に飛んできて甲板を濡らした。海面は朝日を受けてキラキラと反射していた。黒い大きな海鳥が水面すれすれを通りすぎていった。武田が朝食の弁当を食べはじめるとみんなも倣った。そのうちエンジンの単調なリズムが子守歌になって寝不足の一行は船縁や操舵室に寄りかかってウツラウツラしていた。沖田は青い帽子を目深に被って目を瞑っていた。ふと彼女が目を開いて武田と目が合った。沖田は武田の視線を咎めるでもなく表情を変えずに見返している。しばらくして安心したように眼を伏せた。一時間も走ったころ船は緑に覆われた小島の近くに停まった。船頭が釣りを開始するようにいった。初心者が多いので大騒ぎになった。船頭は女性陣の針先に餌のゴカイを付けていた。武田も船頭が用意してくれた短めのリール竿にエサを付けて軽く振った。チャポンと錘が着水して海底に落ちてゆく。それからゆっくりとリールを巻いて針先を動かし魚を誘う。何の当たりもなく船の真下まで戻ってきた。餌が取られてないか確認してまた投げる。二投目に銀鯛という口先の飛び出した小魚がかかった。名前は鯛だが歓迎されない「外道」である。体中がネバネバしていて針を外そうとするとキューキューと声を出して暴れる。ようやく針を外して海に戻した。掌がヌルヌルして気持悪いので船縁から身を乗りだして海水で手を洗った。

「あっ、かかったぞ」

興津が叫びながらリールを勢いよく巻きはじめた。かなり大きなシロギスが糸の先で跳ね回っていた。興津は釣った魚を海水を汲んだバケツに入れた。武田も四投目に当たりがあった。ビクン、ビクンとキス特有の力強い当たりだった。勢いよくリールを巻きあげるとキスが二匹上がってきた。かなりの良形だった。三〇分ほどして船頭は場所を変えた。武田はいつものように釣果を気にせず竿を振っている。ときどき沖田と野田の餌を付けかえてやった。二人とも一匹ずつ釣れたので針を外すのを手伝った。陽が昇ってくると当たりが少なくなった。船頭はまた場所を変えた。暖かくなってきたので泳ぎを楽しみにしていた興津が服を脱いだ。本橋と沖田、野田も続いた。四人は順番に船縁からそっと海に入った。興津はクロールでどんどん船から離れていった。海のない長野県出身の割りには泳ぎが達者だった。女性たちは平泳ぎで気持よさそうに泳いでいる。青く澄んだ海水の中で白い手足が伸び縮みして興津を追った。四人は三〇メートルほど先で止まると沖田が手招きした。武田も釣竿を片づけてズボンとシャツを脱いだ。手で海水温を確かめてからドボンと海に飛びこんだ。武田は平泳ぎでみんなに追いついた。武田は小学校のプールで泳ぎを覚え、六年生のとき平泳ぎで一五〇〇メートル泳いだことがある。泳ぎには自信があったが深い海で泳ぐのはスリルがあった。鏡のような海で思い思いに泳いだり戯れたりしていた。武田はクロールで一頻《ひとしき》り泳ぐと仰向けになって漂い空を見ていた。時間が止まったような不思議な感覚を味わっていた。

興津が泳ぎに満足したのか船に向かって戻っていった。武田が「そろそろ戻ろうか」と声をかけると女性たちもゆっくりと泳ぎはじめた。しんがりを務める武田はゆっくりと抜き手で後を追い、船縁の低い船尾の方から順番に船に上がった。

赤銅色をした初老の船頭は沖の方に船を移動した。西本は釣りに集中している。塚田は水着を持ってこなかったので海には入らなかった。武田たちも再び釣りをしたがぱったりと当たりがなくなった。一一時ごろ武田らはもう一度泳いだ。前より深い場所で水深は三〇メートルほどだった。遠くになだらかな緑の丘が連なる能登半島が見えた。大らかで静かで美しい海だ。こんな気持のよい泳ぎをしたのは初めてだった。

昼過ぎに一行はドライブインに戻った。シャワーを浴びてさっぱりした。それから食堂で昼食を取った。ドライブインを出たのは二時だった。窓を一杯に開けて走る。バックミラーを見ると後部座席のまんなかにいる沖田の長い髪がなびいていた。羽咋《はくい》辺りから海水浴帰りの車で渋滞が始まった。車が止まると車内は耐え難いほど暑くなった。クーラーはまだ高級車にしか付いていない。それでも遊び疲れた興津や塚田、野田は気持よさそうに眠っていた。眠らずにウチワで風を送ってくれている沖田が小声で「眠くないですか」と聞いた。

「大丈夫だよ。銀行ではよく居眠りするんだけど車を運転するときは居眠りしたことがないんだ。自分でも不思議だけどね」

ルームミラーをチラッと見ると沖田がクスッと笑っていた。

「君も疲れただろうから安心して眠ったらいいよ」

「私は疲れていませんから大丈夫です」

沖田はウチワで扇《あお》ぎつづけている。武田は沖田の多少風変わりな振舞に惹かれていたが、彼女の本性は思慮深く思いやりのある女性なのだろうと思った。

渋滞で時間がかかったがまだ明るい中に金沢市内に着いた。途中で西本の車と別れ、沖田と野田を家の近くで降ろし、塚田をパークホテルまで送った。武田と興津はレンタカーを返してからタクシーで独身寮に向かった。その日は二人で独身寮に泊めてもらうことになっていた。寮に着いたのは五時半だった。浴室でシャワーを浴びていると陽に焼けた肌が水滴を弾いていた。まだ十分若い肌だったがもう二八歳である。能登の海で遊んだ二日間は青春の残り火が一瞬燃えあがったような感じがして、武田の青春時代は終わったのだという諦観のようなものが脳裏に去来した。


八月二日の月曜日は事務量調査の最終日だった。久我課長は昨日ゴルフをした後、一足先に帰京していた。開店五分前に武田が一階に下りてゆくと本橋と沖田が「昨日はどうもありがとうございました」と笑顔で挨拶した。

「君たちはあまり日焼けしていないね」

武田が不思議そうに聞くと本橋が答えた。

「昨日、家に帰ってから氷で冷やしたんですよ。日焼けはお客さんに見苦しいでしょ」

武田は大した職業意識だと感心した。

シャッターが開き武田は調査票に記入を始めた。三〇分もしたころ沖田が手待ちの状態になったので小声で話しかけた。

「昨日は髪を伸ばしていたのに仕事のときは束ねているんだね」

「銀行は身だしなみに厳しいんですよ。私は伸ばしたままの方が好きなんですが」

武田は好きな髪型で働けばいいと思うが長い髪にクレームを付ける客がいるようだ。

この日は月初日だったが客は少なく、債券係も預金係も定時に業務を終了した。

武田は事務量調査を終えると各係を回って別れの挨拶をした。それから二階の控室に戻り後片づけをした。この日は支店が慰労会を開いてくれた。支店の参加者は二谷次長と長谷川代理と事務量調査の対象者だった女性六名と男性三名だった。接待に女性が参加することは滅多にないが、長谷川は四日間観察されていた全員を慰労しようと思ったのだろう。長谷川らしい気遣いだと武田は感心した。

慰労会は金沢都ホテルの中華レストランで行われた。旧支店が同じビルにあったので武田も何度か利用したレストランだった。二つの円卓に分かれ賑やかに会食が始まった。武田は一日中観察されていた支店の人々はさぞうっとうしかっただろうと思い一人一人に酒を注いで慰労した。

宴会がお開きになると、ほろ酔い機嫌の二谷が同じビルの一階にあるサロンドミヤコに行こうといった。二次会に参加した女性は債券係の本橋、沖田、野田と預金係の長峰だった。桜木は二次会に出られないというので、「それは残念だな。そろそろ好きな人を見つけたらどうだ」というと笑っていた。長身で色白の加賀美人だがはっきりとものをいう現代風の女性だった。

サロンドミヤコは落ちついた雰囲気のクラブだった。一行は壁際のU字型の長いソファーに陣取った。奥の方に次長、長谷川、塚田が座った。右側に本橋、興津、長峰が並び、左側に沖田、武田、野田が座った。ママとホステスがやってきて次長、長谷川、塚田の間に割りこんだ。長谷川と塚田は大卒換算同期で二人とも福島県出身だったので親しい間柄の様だった。役席者の方はママとホステスに任せ、武田と興津は両手に花という状態になった。武田は思いがけずに沖田ともう一度会話ができることを内心喜んでいた。武田はふと沖田はモディリアーニの画に似ていると思った。武田は大学受験勉強中に米国のグラフ雑誌『ライフ』に掲載されたモディリアーニの肖像画に心を奪われた。悲しげで気怠《けだる》そうでそれでいて何か心に秘めているようなブルーの目と表情に惹きつけられた。武田はその画を切り取って壁に貼った。勉強に疲れるとその絵を見てしばらく休憩してまた勉強に戻った。東大に合格したのはモディリアーニの画のお蔭だと思っている。武田が沖田に惹かれたのはモディリアーニの女性像に似ていたからだろうか。

照明は暗くテーブルに置かれたガラスの器に立てたロウソクがほのかに灯る。武田はウイスキーの水割りを手にして向かいあわせの六人と談笑した。

「武田さん、久しぶりの金沢、どうでしたか」と本橋が聞いた。

「やっぱり金沢はいいな。酒も旨いし肴も旨い。女性は優しくて金沢は僕の心の故郷だよ」

興津が持ち前の社交性を発揮して話を継いだ。

「武田さんに誘われて金沢支店に来たんだけど加賀美人というのは本当だね。びっくりしたよ」

女性陣は顔を見合わせて笑った。しばらく座持ちのよい興津を中心に会話が続いた。沖田は殻付きクルミをクルミ割り器で割っていた。乾いた音をたてて殻が割れると実を取りだして無言で武田に差しだした。武田は手の平で受け口に運んだ。渋皮の苦さと白い実の香ばしさが拡がった。沖田はひっそりとクルミを割りつづけていた。

三〇分ほどして長谷川がボーイにタクシーを呼ぶように頼んだ。女性たちが化粧室に向かったが沖田は座ったままだったので武田が声をかけた。

「東京に遊びにくることがあったら食事ぐらいご馳走するよ」

「私なんかでも会ってくれるんですか」

「もちろんだよ。同じ銀行に勤めた仲間だからね」

化粧室に行っていた女性陣が戻ってきたとき、窓からタクシーが何台か到着したのが見えた。一行はサロンを出た。塚田、武田、興津は先頭のタクシーに乗せられパークホテルに向かった。武田と興津も最後の夜はパークホテルに泊まることにしていた。

五　オンライン開発決定（一九七一年一二月）

八月中旬、米国大統領ニクソンはドル防衛措置を発表、この影響で東証株価は大暴落した。八月末には円は固定相場制を維持できず変動為替相場制に移行した。

九月三日の午後三時過ぎに母から電話がかかってきた。裕子が流産して市川の病院で治療を受けているので帰りに寄ってくれといった。付き添っていた母は夕食の支度のため家に帰るという。武田は伊吹に事情を話して早退した。市川駅から歩いて市川総合病院に向かった。産婦人科の受付で聞いた病室を訪ねると小さな個室で裕子がベッドに寝ていた。武田が声をかけるとポツリポツリと経過を話しはじめた。朝、破水したので病院に行こうとしたら、母が隣家の奥さんに頼んで車で病院まで送ってもらったという。診察を受けたら流産と判定され、その後流産の処置をして今ようやく痛みがなくなってきたところだといった。先ほど点滴をした腕がどんどん太くなるのでナースコールしたら点滴の針が外れていたそうだ。驚くほど太くなった左腕を見て武田もびっくりした。

「酷いもんだね。踏んだり蹴ったりだったな」というと、「悪いことは重なるもんね」とさすがに元気がなかった。後一時間もしたら帰宅していいということだった。武田はベッドの横の丸椅子に座って点滴の終わるのを待った。武田は慰める言葉もなかった。出産をしなければならない女性はたいへんだなと思った。

五時過ぎにタクシーに乗って自宅に戻った。

オンライン班の松木、武田、山下、興津はチーム発足以来、オンラインシステムの基本知識習得に努めてきた。九月になって伊吹はすでにオンラインシステムを開始している興銀、長銀にヒアリングを申しこんだ。長信銀三行は貸付、債券、預金で激しいシェア争いをしているが、反面、長信銀行としての利益共同体でもあるので業務部門ごとに定期的に情報交換を行っていた。システム部門でも同様の交流があったので伊吹が先進二行にヒヤリングを申し入れたようだ。両行とも不銀に対してはノウハウ流出の警戒感も少ないようで好意的に要望を受け入れてくれた。

最初に訪問したのは麹町にある興銀の大きくて堅牢なビルだった。数階建ての窓の少ないビル全体がコンピュータセンターだった。伊吹に引率されてオンライン班全員が参加した。先方はシステム開発部門の課長と担当者が応対してくれた。興銀システムの概要をレクチャーしてもらい、その後、伊吹がオンラインシステムの使用機種、開発工数、開発したプログラムのステップ数などを質問した。使用コンピュータは日立製だった。興銀は日立製作所のメイン銀行なので日立のコンピュータを応援するという面もあるようだ。その後、マシンルーム内を見学させてもらった。広い空調完備の部屋に中央処理装置、記憶装置などが整然と並んでいるのは壮観だった。

次に目黒にある長銀のセンターを見学した。長銀のセンターもオンラインシステムのために新築した大きなビルだった。先方課長の概括的な説明の後、武田と同年配の色白の若手行員がシステム開発の体験を具体的にレクチャーしてくれた。コンピュータはＩＢＭ製だった。若手行員は開発の中心メンバーだったようで伊吹の質問にも淀みなく答えていた。使用言語は「アセンブラ」で、自身も「アセンブラ」でプログラムを作成していたということで、そのことを誇りに思っているようだった。

両行の見学を終え、武田はまず興銀と長銀のコンピュータセンターの立派さに驚いた。センターを建設するには相当の費用がかかるだろう。オンラインシステムは実に金食い虫だなと思った。

それから間もなく伊吹はオンライン班の会議で「総合オンライン実施計画書」を一一月末までに作成するという方針を示し、一二月中には役員会に諮ってオンライン実施の決済を得たいといった。勉強の段階からいよいよオンライン開発の入口を開く作業になったので班員の意気は揚がった。その日から連日みんなで集まり、オンライン化対象業務、開発するプログラムのステップ数、開発工数、開発要員数、開発スケジュールなどを固める作業を開始した。

対象業務について伊吹は全科目オンラインを目指したいようだったが、現実的な目標として第一次オンラインでは債券、預金四科目、直接貸出、日計業務を開発することにした。そして事務処理のオンライン化だけでなく、営業活動をサポートするCIF（カストマー・インフォメーション・ファイル）を作成し、さらに本部の企画・統制に役立つ情報の提供を目指すことにした。これは当時提唱されはじめたMISを指向するものであった。

次にこれらのシステムを開発する期間、必要人員を見積もった。興銀や長銀にヒヤリングした結果を参考にして決めたが、武田はあまり当てになる数字とは思えなかった。しかし適当に数字を作らなければ先に進めないのでまさに「鉛筆をなめなめ」の作業だった。この結果、開発スケジュールは四七年七月に基本設計を開始し、四九年一〇月に第一号店実施ということになった。

実施計画書には総合オンラインシステムの収支予想表が必要だった。都長銀上位行はみなオンラインシステム導入済みといっても、採算の合わない投資を行う訳にはいかない。伊吹は収支予想表の作成を武田に命じた。武田は名古屋支店時代に貸出申請で貸出案件の収支予想を行ったことがある。オンラインプロジェクトの収支予想も同様の手順で行えばよかった。

収入についてはオンライン実施によって削減される人件費を計上することにした。現状の事務要員数に、オンラインシステムを導入した場合の事務量削減率をかけて削減される要員数を割りだし、これに一人当たりの人件費をかければ削減される人件費が算出される。問題は事務量削減率をどのように算定するかだった。武田はこの夏から秋にかけて事務企画課が実施した「事務量調査」のデータを使えるのではないかと思った。さっそく事務企画課から「事務量調査」の「調査票」を借りてきて、オンライン実施により処理時間が削減される業務項目を洗いだした。例えば「起票」という業務はオンライン導入により端末に取引データを入力すれば利息計算や起票はコンピュータが自動的に処理するので処理時間は大幅に削減される。「照査」や「検印」も同様である。武田は「調査票」を一枚一枚調べて「起票」、「記帳」、「照査」、「検印」などの業務項目ごとに削減率を計算した。さらにオンラインシステムではコンピュータセンターにデータが集約されるので、普通預金決算処理や債券保護預り自動乗換え処理、貸付金回収処理などはセンターで処理できるようになる。これを「センターカット」と呼んでいたが現場で処理する時間はゼロになる。武田が割りだしたセンターカット率は預金業務で五％、債券業務で一一％、貸付業務で七三％だった。オンライン処理による効果とセンターカットによる効果を合わせるとオンライン対象業務全体の平均で事務量削減率は二〇％だった。この分の人件費削減額が「収入」であり、オンラインシステム開発費の償還財源になるのである。なお「人件費」は給与やボーナスなどの狭義の「人件費」ではなく、行員一人当たりに必要な事務スペース費用、机、椅子などの「物件費」を含めた広義の「人件費」とした。広義の「人件費」は狭義の「人件費」の二倍となった。さらに「人件費」は近年驚くべき勢いで増加しており、直近三年間では年率一五％の伸びとなっていた。しばらくこの傾向は続くものとみて「人件費」は毎年一五％増として計算した。

次にオンラインシステムの「支出」を見積もった。コンピュータ一式の月額レンタル料は五〇〇〇万円とした。端末システムは買取で五億円とし、システムライフ（システムの寿命）中に均等償却することにした。コンピュータセンターの建物償却費、オペレータ費用、電力使用量等のセンター運用費や通信回線料を見積もった。さらにオンラインシステム開発に要した人件費等の開発コストもシステムライフ中に均等償却することにした。これらを集計して「支出」を計上した。

最後に収支を計算してみると、システムライフを五年とした場合は累積収支は赤字だったが、七年にすると黒字に転じた。武田はこの数字を見てほっとした。開発システムが七年以上持てばオンライン開発投資額は回収されるのだ。

武田の作成した収支予想表はオンライン班の討議を経て多少の修正の後、承認された。

班員が分担して作成した添付資料も揃い、最後にみんなで議論して「実施計画書」本文を作成した。事務の合理化だけでなく営業や本部の役に立つ情報を提供する総合オンラインであることを謳った前文に続き、「対象業務」は第一次オンラインで債券、預金四科目、直接貸出、日計、ＣＩＦを開発し、第二次オンラインで内国為替、外国為替、代理貸付等を開発することにした。

「開発スケジュール」は四七年七月に基本設計を開始し、四九年一〇月に第一次オンラインの一号店実施、五〇年一〇月に第二次オンラインの一号店実施とした。なおセンター建物は四八年一二月の完成を予定していた。

「開発要員」は四七年七月に男子一三名、女子二名、四七年一二月に男子二〇名、女子二名、四八年六月に男子五〇名、女子若干名とした。また「システムライフ」は「七年以上」とした。

「総合オンライン実施計画書」の作成に追われている一一月初めに、名古屋支店時代に武田が初めて仕事を教わった先輩である槙原から週末に近場の山に登ろうという誘いがあった。ここ四年ほど山に登っていなかった武田には願ってもないことで裕子も連れていこうと思った。裕子は九月に流産し落ちこんでいたが今は元気になっていた。槙原は関東の山には馴染みがないというので行先は武田に任された。武田は丹沢に登ることにした。

土曜日、槙原と小田急線の渋沢で待ちあわせた。バスで大倉に行き塔ヶ岳に向かった。「馬鹿尾根」といわれる長い尾根をひたすら登り広い塔ヶ岳山頂に着き、頂上の一角にある尊仏山荘に荷を解いた。愛用の「スベア」社の石油バーナーで食事の支度をしていると、次から次へと宿泊客がやってきた。早々に食事を済ませ寝場所を確保した。裕子はギュウギュウ詰めの山小屋に驚いていた。

翌日は曇りがちで眺望には恵まれなかったが、丹沢山への縦走路は樹林帯あり明るい草原ありの気持のよい道だった。丹沢山の山頂部は薄いガスの中にあり、山頂近くの山小屋はひっそりとしていた。ここから蛭ヶ岳に向かう主稜線を離れて右に向かい天王寺尾根を下った。あまり利用されていない道で歩きにくい所もあったが、紅葉もちらほら出てきて靴底の感触も柔らかくしっとりとした山道だった。秋の丹沢を満喫し、やはり山はいいなとしみじみ思った。天王寺峠から急斜面を本谷橋に下り、バスを拾って帰途についた。四年間も本格的な山から遠ざかっていたが、今回の山旅で消えかけていた山への情熱が甦ってきたような気がした。

一二月になると伊吹課長は席にいないことが多くなった。「総合オンライン実施計画書」の根回しに関係本部を回っているようだった。武田は松木から「根回し」という言葉を初めて聞いてずいぶん効率の悪いことをするんだなと驚いた。関係部を集めて説明会を行った上で回議書を回して決裁を得ればいいのではと思った。しかしコンピュータや端末だけでも買取換算で三〇億円以上、さらにコンピュータセンターの建築に何十億円もかかるという巨額投資だ。関係本部事務方の了解を取りつけ、それぞれの部長、担当役員に説明し、さらに副頭取、頭取、会長にも個別に説明して了解を取る必要があるらしい。学究肌の伊吹がそのようないかにも日本的な「根回し」を率先して行っていることに武田は感心した。その途中で伊吹から追加説明資料の作成依頼があったりした。「根回し」は伊吹課長以上の事務管理部上層部が行っていたので進行状況はまったく分からなかった。

一二月一四日、オンライン班の会議で伊吹から「総合オンライン実施計画書」が決済されたと報告があった。伊吹もほっとしたようにニコニコしていた。銀行としても重大な決断だったと思うが反対論はなかったということだった。武田は名古屋支店にいたころの出来事を思い出していた。当時副頭取だった正田が支店にやってきて行員を集め一頻り支店の業績不振を叱責した後、「若い諸君の意見も聞いてみたい」といった。入行二年目の武田は末席の方にいたがしばらく誰も手を挙げなかったので手を挙げた。「当行では貸付金の回収事務はコンピュータ処理されていますが、ほかの業務は未だに手計算で行われています。私は他業務もコンピュータ化してゆく必要があると思いますが、当行における今後のコンピュータ化の方針はどのようなものでしょうか」と聞いてみた。正田は「コンピュータの活用が重要であることは君のいうとおりだ。ただしコンピュータは非常に高価で設置場所を作るのも金がかかる。だから今は外部の計算センターに処理を委託しているが、新本店竣工時に合わせて自前のコンピュータを導入する予定になっている。コンピュータ化に必要な投資は積極的に行っていくつもりだ」と答えていた。武田は正田のコンピュータについての認識は正しいと思った。

二年前に頭取になった正田はオンライン開発についてもイニシアティブを発揮しているのではないかと思った。武田は当時自分がコンピュータ関係の仕事をやるとは思っていなかったが、オンライン開発が始まることになって、未踏の山に登るときのようなワクワクした気分を味わっていた。

ようやくオンラインシステムの開発が決まったが目指す頂きは高く厳しかった。もともと不銀のシステムは都市銀行にはない債券業務や長期貸付業務のシステムを作らなければならないから負担が大きい。一方事務量は都銀にくらべて遥かに少ないので、多くの科目を対象にした総合オンラインシステムにしなければ採算が取れない。技術的に難しいことになるだろう。行員数も少ないので開発要員も潤沢には集められないだろう。不利な条件は多々あるが最後発のメリットもないではない。都市銀行がオンラインを開始したときよりコンピュータのハード、ソフトは格段に進化している。最新の技術をいかに取り入れるかがポイントになるだろう。

六　提案書提出依頼（一九七二年一月）

一月四日、仕事始めの日は事務管理部でも和服で出勤してくる女性が多かった。コンピュータメーカーなど年始客も多く、応対する部長、次長、課長は忙しそうだった。

午後三時三〇分から九階食堂で年頭行事が行われた。各部は少数の留守番役を除き全員が召集されていた。武田は本店の年頭行事に参加するのは初めてだったが会場に集まった人数の多さにびっくりした。人事部長の司会で会が始まり、正田頭取が年頭の挨拶を行った。

「日本経済は戦後二〇数年続いた発展段階から次の段階に入るという転換の年を迎えています。現状を正しく把握し世界の動きに遅れないように一生懸命やってゆきます。それで息の続いたものが勝ち残ることになると私は思います。昨年、当行は国際化路線の皮切りにニューヨーク駐在員事務所を開設しました。今年はロンドンにも事務所を開き当行国際化の道を開いていくつもりです。また、国内においては合理化と努力によってお得意様との取引深耕をはかり、銀行の基礎を築いていくことが課題であります。本年はこの銀行ができて一五周年を迎えます。これを機会に株主のみなさんには当行の株式を三分の二増資することによってお礼をする。それから行員のみなさんには土曜休暇を増やしたいと思っています。仕事を前向きに推進するためにはもっと勉強し、スポーツで健康を増進する必要があると考えるからです。最後に銀行員というのは世間では楽をして高給を食んでいると見られています。ことに当行は非常に成長が目立つので社会一般から注目されています。どうかこの際自粛自戒してこの重大な時期を乗り切っていくようにお願いしたい」

武田は人垣の後ろの方で頭取の挨拶を聞いていた。挨拶は短かったが話しぶりは自信に溢れていた。武田が金沢支店に転勤となった昭和四四年一〇月に正田は頭取になった。銀行開設時から将来は頭取といわれていた実力者で満を持しての四代目頭取就任だった。最初に打ち出したのが「権限の委譲」だった。武田はワンマン経営を行うのだろうと思っていたので意外だった。それから若手のブレインを集めて今後の経営の方向付けを議論させ、四五年八月に「長期経営計画」を策定し、長期信用銀行としての公共的使命を果たすための具体的な経営目標を明確化した。その中には「国際化の推進」や「コンピュータの高度利用を中心とした効率的事務体制の確立」も挙げられていた。前頭取時代に定めた「第三次五カ年計画」の最中だったが、経済金融環境が急速に変化しているという理由で新しい「長期経営計画（七カ年計画）」に置きかえるという豪腕ぶりを発揮した。そして「長期経営計画」を推進するための機構改革を断行した。ずっと支店にいた武田は「五カ年計画」も「長期経営計画」もあまり関心はなかったが、本部に来てみてその重要性に気づかされた。「長期経営計画」でコンピュータの高度利用を強調したことを受けて、機構改革により事務管理部が三課に拡大強化され、さらにオンライン班を設置してオンライン開発に乗りだすことになった。武田はワンマンは嫌いだが正田の経営方針に間違いはないように思えた。

年明け早々のオンライン班会議で伊吹は本日よりコンピュータメーカー選定作業を開始すると宣言した。昨年末に決裁された「総合オンライン実施計画書」では七月から基本設計を開始することになっていたので、それまでにコンピュータメーカーと機種を決めなければならなかった。伊吹は二月末までにコンピュータメーカーに提示する「リクエスト・フォー・プロポーザル」を作成するようにといった。武田は「リクエスト・フォー・プロポーザル」という用語は初耳だった。コンピュータなどを購入するときにメーカーに提案書を提出するように依頼する文書ということだった。ユーザーが機器購入の目的を示し、提案事項などを列記するのが一般的であるという。これにより複数のメーカーの比較評価が容易になるということだった。武田はなかなかスマートな方法だと思った。同時に公平にオープンに業者を選定しようとしている伊吹に共感を覚えた。

伊吹は「提案依頼書」を交付するコンピュータメーカーについては、バンキングシステムに実績のあるＩＢＭ、ユニバック、バロース、日立製作所、日本電気、富士通の六社としたいといった。スケジュールについては三月初旬に六社を呼んで「提案依頼書」を手渡し、「提案書」の提出期限は二カ月後の五月末とした。そして各社「提案書」を比較検討し六月末までにメーカーとコンピュータ機種を決定したいということだった。武田は機種選定に六カ月もかけるのはちょっと長いなという気もしたが、焦らず一歩一歩着実にステップを進める伊吹らしいマネジメントだと思った。

オンライン班はその日から「提案依頼書」の作成に取りかかった。事務管理部に提案依頼書の見本となるものはなかったのでオンライン班で議論して作ってゆくしかなかった。まず不銀がどのようなシステムを開発したいのかを明確にしようということになった。我が国のオンラインバンキングシステムは都銀の普通預金を対象にしたオンラインシステムを嚆矢とする。これらは「第一次オンラインシステム」と呼ばれている。次に定期預金、通知預金、当座預金、短期貸付などの複数科目を対象にして科目間連動処理などを行う第二次オンラインシステムに移行しつつあった。さらに最近は従来の勘定系システムと経営管理面のニーズに応える情報系システムを有機的に関連付けた第三次オンラインシステムを目指して各行が鎬《しのぎ》を削っていた。このような状況下で不銀が第一次、第二次、第三次と段階を踏んでオンライン化を進めようとは誰も思わなかった。むしろ第三次オンラインシステムといわれる最先端のシステムを作るべきだという点ではみな一致していた。その困難な課題に立ち向かうにあたって、まずはコンピュータメーカーを選ばなければならない。生涯のパートナーとまではいかないが、かなり長期の付き合いになるのは間違いない。先入観を交えず客観的に選定する必要がある。そこで「提案依頼書」の冒頭に「Ｉ　当行オンラインシステムに関する基本的な考え方」として不銀がどのようなことを重視しているのか明示し、メーカーの積極的な提案を求めることにした。具体的には［A　経営的に重視する事項］として、「1　業務の展開に即応しうる柔軟性」、「2　各種管理の向上」（事務処理面、営業活動面、本部の統制・企画・調整面）、「3　省力効果および時間外勤務の削減」、「4　顧客サービスの向上」、「5　高い採算性」の五項目を挙げた。また［B　システム的に重視する事項］として、「1　正確性および誤謬発見の確実性」、「2　開発・維持・拡張の容易性」、「3　システムの総合性」、「4　オペレーションの容易性」、「5　高い信頼性」、「6　高い効率性」の六項目を挙げた。

続いて不銀として決定している事項を［Ⅱ　当行オンラインシステム開発の前提条件］として列記した。「1　オンライン対象業務」、「2　開発スケジュール」、「3　開発要員」、「4　オンライン対象店舗」、「5　システムライフ」については、「総合オンライン実施計画書」で決定した事項を転記し、「6　投資額」については「特に定めない」とした。

また取引先数、口座数、取引件数のデータを開示しなければメーカーも提案するハードウェアの構成、容量などを決められないので、武田がデータ量の資料を作成することにした。

武田はオンライン対象科目毎に「先数」、「口座数」、「月中取引件数」（内訳「現金」、「振替」、「センター振替」）、「ピーク日営業店取引件数」（内訳「現金」、「振替」）、「ピーク時営業店取引件数」のデータを表にすることにした。しかし先数、口座数は既存の統計で求められたが、その他のデータは新たに計算するしかないので苦労した。伝票数を調べたり、事務量調査のデータを参照してピーク時の取引件数を推定した。

不銀側で提示すべき事項を書き終えると、最後に各メーカーに依頼する提案依頼事項をリストアップした。
［A　総括的事項］として、「1　貴社オンラインシステム開発実績」（実績、システム概要）、「2　推奨する理由」（推奨事由、目的、設計方針、他社との比較）、「3　異種メーカー端末機の接続可否」（接続可否、接続条件、接続実績）、「4　将来開発予定のコンピュータと端末機の概要」（コンピュータ、端末）の四項目を挙げた。
［B　推奨するシステム］として、「1　基本的な考えと前提条件」（貴社の考え、当行の考え方に対する意見）、「2　ハードウェアの構成、諸元」（ハード構成、容量、諸元）、「3　ソフトウェアの機能」（OS、その他ソフト、DBMSの実績と適用例）、「4　アプリケーションプログラムとファイル体系」（アプリケーション、ファイル）、「5　障害対策」（考え方、ハードの対策、ソフトの対策、運用の対策、信頼性、リカバリー時間と方法、OSのバグと対策）、「6　回線網」（構成、回線速度、伝送方式、電文検査方式、回線料、回線の占有率と算定基礎）、「7　端末」（性能と機能、店別の端末構成、台数の算定基礎、価格、リース、レンタルの有無、納期、保守体制、使用実績、教育、拡張性とその方法）、「8　営業店の事務処理体制」（事務体制、端末配置、日締め、障害時の対策）、「9　センターの運営体制」（勤務体制、組織と人員、マシンスケジュール、ファイルの保管方法と年限、教育方法）、「10　保守体制」（勤務体制、ダウン時体制、保守料金、予防保守）、「11　センター建物と付帯設備」（建物、付帯設備、電源空調の推奨メーカー、防災と警備体制）の一一項目だった。
［C　推奨する開発計画］として、「1　スケジュール」（システム開発の区分、作業項目、組織図）、

「2　ドキュメンテーション」（貴社推奨案）、「3　サポート体制」（貴社の特長、SE派遣、SEの経験度合と業務、費用、開発中のコンピュータ利用、教育サポート、遅延対策）、「4　移行」（移行方法と作業量見積、バロースB3500について）、「5　プログラム言語と作業量見積」（管理プログラム言語、業務処理プログラム言語、高級言語使用の是非、高級言語の使用実績）の五項目だった。

［D　採算と評価］として、「1　投資額と費用」（レンタル価格、買取り価格、各機器の単価、導入諸経費、納期、価格変更）、「2　効果」（必要性、システムの狙い、効果）、「3　採算と総合評価」（投資効果または採算計算、総合評価）を挙げた。

メーカーに回答を求めた項目は内訳項目を含め九〇項目にもなっていた。

最後に表題と挨拶文を加えて「提案依頼書」を完成させた。

オンライン班が「提案依頼書」作成に大わらわだった二月下旬に定期人事異動があり、ベテランの西岡、豊村、名古屋支店で一年先輩だった山井、四二年入行の塚崎、四三年の五島、藤崎、四四年の横井、新堂の八名がオンライン班に配属となった。また武田の同期の高林が部内異動でオンライン班に移ってきた。オンライン班の要員は一挙に三倍となり賑やかになった。新メンバーは武田らが受けてきたコンピュータ関連の教育を受けながら、「提案依頼書」作成の打ち合わせにも参加していた。

三月初旬、香川部長と伊吹はコンピューターメーカー六社を訪問して総合オンラインシステムについての提案書提出を依頼した。全社不銀の依頼に前向きであったという。一週間後に本店で説明会を開くことを伝えると、各社とも担当者を出席させるということだった。

翌週、本店六階会議室で「提案依頼書」についての説明会が開催された。伊吹課長以下オンライン班の当初メンバーが正面のテーブル席に座った。向かいあうテーブル席は六つに仕切られていて、定刻の九時三〇分までには六社の担当者全員が着席していた。各社とも営業担当とシステム担当からなるチームが参加していた。

最初に伊吹課長が挨拶した。

「弊行はこのたびオンラインシステムの開発に着手することになりました。弊行が使用するコンピュータ並びに端末機につきまして、本日お集まり頂きました六社にプロポーザルの提出をお願いすることになりました。六社のみなさまには心より御礼申しあげます。さて本日は弊行がめざすオンラインシステムはどのようなものかを説明させて頂きまして、その実現を強力にサポートして頂けるようなご提案を期待しております。ご回答頂く項目等につきましてはお手元にお配りしました『提案依頼書』をご参照頂きたいと思いますが、要点を担当よりご説明させて頂きます」

伊吹に代わって松木が「当行オンラインシステムに関する基本的な考え方と開発の前提条件」（資料1）の説明を行った。続いて武田が「提案依頼事項」（資料2）と「予想されるデータ量」（資料3）について説明した。

最後に伊吹が提案書の提出期限は五月一五日とさせて頂くといって説明を終えた。その後、各社の質問を受けた。出席者はいずれもこれから戦場に向かう戦士のごとく真剣だった。二時間ほどで説明会は終了した。武田は回答を求めた項目数が多いのでメーカーもこれからたいへんだろうと思った。

提案書を提出することになった六社は社内に提案書作成チームを作るなどして対応しているようだった。その後各社の営業担当者がしきりに事務管理部を訪ねてくるようになった。

IBMの神山営業課長はゴルフ好きの間ではちょっとした有名人だった。樋口久子と佐々木マサ子の女子プロペアにアマチュアペアが挑戦するゴルフ番組にIBM社ペアとして登場し、女子プロペアに勝ってしまうという番狂わせを演じたのである。武田もたまたまその番組を見ていたので、神山がIBM営業課長として現れたときはびっくりした。いかにも敏腕営業マンという感じだった。同道した主任SEの山村は身長一八〇センチはありそうな大柄な体躯だったが、話しぶりは穏やかで理路整然としていた。東大理学部卒で学部は違うが武田の一年後輩だった。武田はIBM社員はみなスマートでプレゼンテーション能力が高いなと思った。

ユニバックの梶浦部長はまだ若くハンサムで馬術の選手だったという。話し方はソフトで何となく説得力があった。

バロースの代理店である高千穂交易営業課長の竹島は、不銀がバロースのユーザーだったので高林や不銀計算センターのベテラン連中と親しそうだった。不銀コンピュータ化の礎を共に築いてきたという連帯感があるのだろう。竹島は仕事熱心でSEの経験もあり、提案書作りの中心になっているようだった。

国産メーカーでは、日立の若手営業マン田上の積極性が目立った。最近日立のコンピュータを使ってオンラインシステムを完成させた常陽銀行のコンピュータセンター見学を打診してきた。長信銀行と地銀では業態が違うが、最新のセンターを見学できるのは願ってもないことだった。田上が日程調整などすべてを仕切ってくれた。水戸出身の香川部長も参加することになり、伊吹課長と数名のオンライン班員と一緒に水戸市にある常陽銀行コンピュータセンターを見学した。よく晴れた日でセンター屋上からの展望は素晴らしかった。武田は地銀でもこれだけ立派なセンターを作るんだなと感心した。センター建物担当の山下にはよい勉強になっただろう。日立と常陽銀行は親しい間柄なのだろうが、田上のアレンジ能力は際立っていた。若いけれど物怖じしない優秀な営業マンだった。

富士通は独自路線のコンピュータを作って頑張っていた。社員は営業もSEもまじめで実直という感じがした。総合電機メーカーとしては日立や日電より規模が小さいが、それだけにコンピュータ部門に社運をかけているような心意気が感じられた。

日電は住友銀行のオンラインシステムでメインフレーム（基幹システムで使用される大型コンピュータ）メーカーとなっていることが最大のセールスポイントだった。

四月下旬、武田は伊吹に呼ばれて何事かなと思いながら部長応接室に入った。向かいあいにソファーに座ると、伊吹は昨年四月に始まった通信教育「システム・プランニング・コース」の主催者から武田に賞状とメダルが贈られてきたといってニコニコしながら武田に差しだした。武田は三月末に最後の答案用紙を投函すると通信教育のことはすっかり忘れていた。オンライン班が発足したとき全員が受講させられたが、武田一人が呼ばれたのでほかの班員は表彰されなかったようだ。そういえば二月だったか、興津が「松木さんが先月の通信教育の答案を出さなかったので人事部から注意されたようですよ」と武田にささやいたことがあった。通信教育の試験結果は主催者から人事部に報告されているようで、興津はその辺の情報を人事部から仕入れたのだろう。伊吹が上機嫌だったので武田が優等賞を取って多少は人事部に面目が立ったのではないかと思った。武田はメダルの入った桐の小箱をポケットにしまい、賞状筒を脇の下に隠すようにして応接室を出た。自席に戻って小箱と賞状筒を机にしまった。表彰されたのが武田一人だったので誰にも話さないことにした。

四月二六日に交通ゼネストがあった。国鉄と私鉄が同時にストを行うので通勤困難になる者が多かった。人事部では現業部門の必要人員については近隣のホテルに部屋を手配したり、本店内の和室にレンタル業者から寝具を借りて対応していた。それ以外の行員については主要鉄道沿線ごとに借上げバスを手配していた。総武線沿線では市川駅に六時に到着するバスがあった。オンライン班は休暇を取っても業務に支障を来すことはないが、人事部はスト中に年休を取って休むのは好ましくないと考えているようなので、武田は借上げバスを利用して出勤することにした。

スト当日、武田は裕子に市川駅まで車で送ってもらい、千葉駅始発の借上げバスを待った。定刻より少し遅れて到着したバスは八割がた席が埋まっていた。市川駅で数人が乗りこみ、後は銀行まで直行だった。京葉道路を走りだすと次第に渋滞が激しくなりノロノロ運転になった。遅刻しても銀行手配のバスに乗っているので咎められることはないが、あまり遅れるのもいい気分ではない。ストは労働者の権利であるから応援したいとは思うが、公共交通が途絶して右往左往するサラリーマンには災厄である。せめて国鉄と私鉄で日にちを分けるくらいのことは労組にも考えてほしいと思った。結局銀行に着いたのは一一時近かった。

七　コンピュータ・メーカー決定（一九七二年六月）

五月一〇日にメーカーの提案書が出揃った。いずれもA4判の分厚い冊子で各社の熱意が感じられた。各社とも数冊を提出してくれたので、まずはオンライン班全員で一〇日の内に全社の提案書を読むことにした。武田もさっそく読みはじめた。思っていた以上に詳細な提案書で読みごたえがあった。コンピュータ本体は各社の最新大型機が提案されていた。買取換算ではユニバックが二〇億円で一番高かった。二番目はIBMで一七億円、続いて日立が一七億円弱、バロースと日電が一二億円、富士通は一一億円だった。

外部記憶装置ではユニバックのドラム式記憶装置が一番読み書き速度が速かった。しかしドラム式記憶装置は非常に大きな筐体《きょうたい》だったので今後主流になるかは疑問だった。一方IBMは新式のディスク方式を提案していた。

ハードウェアについては各社で機器構成にばらつきがあったので、価格は同一構成に調整して比較する必要があった。

ソフトウェアについては、OSはバロース社の「MCP」が一番使いやすいと思った。日頃バロース機でバッチ業務を運用している不銀計算センター社員は、IBM機では「JCL」（ジョブ・コントロール・ランゲージ）という特殊言語で命令文をパンチカードに打ち出してカードリーダーにかけなければコンピュータを動かせないことにショックを受けていた。バロース機ではコンソールからオペレータが直接命令を打ちこめるそうだ。高林はＩＢＭのＯＳは遅れているといった。ＩＢＭ側はＪＣＬはそれほど難しいものではなく、周辺機器をきめ細かくコントロールできるというメリットがあるといっていた。武田はＯＳの操作に関してはバロースの方が上だろうと思った。

通信制御プログラムは、日電を除く五社がパッケージプログラムを用意していた。日電は不銀用にプログラムを開発するとしていた。

ファイル操作用のソフトは、バロース、ＩＢＭ、ユニバック、富士通がパッケージプログラムを開発済みだった。日立は不銀と共同開発する用意があるとし、日電は自社で作成するとしていた。ＩＢＭは通信制御用とファイル処理用を一本化した「ＩＭＳ」（インフォメーション・マネジメント・システム）というソフトがあった。

通信制御やファイル処理用のソフトは各社とも製品化してまだ日が浅く、ＩＭＳも業務処理オンラインでの使用実績はまだないということだった。

プログラム開発言語については、バロース、ユニバック、富士通がコボルとしたが、日立、日電はアセンブラだった。ＩＢＭはＰＬ／Ｉ（ピーエルワン）またはアセンブラとしていた。今までの銀行オンラインシステムはアセンブラで作成するのが常識だった。アセンブラは機械語にほぼ一対一で対応した文字や記号で記述される言語で、もっとも処理効率のよい言語だが、習得するのは難しく難解な言語だった。

サポート体制については、各社とも金融機関オンライン経験者をSE派遣するとしていた。無償派遣は「人月」（一人が一カ月働く作業量）という単位でユニバックが二九七人月でもっとも多く、次いで日電が二八六人月、日立は二二〇人月、富士通は二一六人月、バロースは一三八人月、IBMは六八人月だった。なおIBMは無償派遣とは別に有償で一〇〇人月を見込むとしていた。IBMのSE派遣料は月に一二〇万円なので、一〇〇人月では一億二〇〇〇万円にもなる。そんな予算は取れそうもない。SE派遣ではユニバックが一番頑張っていた。

一通り提案書を読んでみて武田はバロースとIBMが接戦になるのではないかと思った。バロースは不銀がバッチ処理で現に使用しているのでかなりのアドバンテージがあった。IBMは世界一のコンピューターメーカーで市場占有率は圧倒的だった。国産勢では日電の提案機種NEAC2200は米国ハネウェル社と技術提携しており、日立のHITAC8700は米国RCAと技術提携していた。一方富士通のFACOM230は独自開発だった。国産勢はいずれも都銀のオンラインシステムに採用されているので海外勢との差は縮まってきているようだった。

五月二二日の午後一時半、機種選定の最初のオンライン班会議が小会議室で行われた。二月の異動でオンライン班に加わった若手の新メンバーは遠慮しないタイプが多く、「僕はIBMがいいと思うな」、「いや、OSはバロースの方が進んでいる」などと早くも自分の推すメーカーを挙げていた。

定刻に伊吹が現れホワイトボードの前の席に座った。

「みなさん各社の提案書に目を通してもらったと思いますが、内容が多岐にわたっていますから、今すぐどのメーカーにするか議論するのはやや拙速の感もありますので、まず各社の提案内容を比較できるような一覧表にまとめて下さい」と指示した。
伊吹の指示を受けて一覧表のまとめ方について議論した結果、提案事項を次のように再整理した。
Ⅰ　ハードウェア（1　中央処理装置　2　外部記憶装置　3　その他ハードウェア）
Ⅱ　ソフトウェア（1　OS　2　通信制御プログラム　3　ファイル処理プログラム　4　プログラム言語　5　テストサポート用プログラム　6　タイムシェアリング　7　その他ソフトウェア）
Ⅲ　サポート体制（1　SE派遣　2　教育　3　保守体制）
それらの提案項目ごとに各社の提案概要を記入することにした。またハードウェアについては、主記憶装置の容量、外部記憶装置の容量、磁気テープ装置、カードパンチ、カードリーダー、ラインプリンターの台数等を同一になるように調整して費用を見積もることにした。作業は全員で分担し、一週間後に持ち寄ることにした。
その作業と並行して、提案内容について質問がある場合は各社に補足説明を求めた。IBMの提案には確認したいことが多々あったので武田が連絡すると、さっそく営業の宮本とSEの山村が来行した。応接室で松木と武田が応対した。挨拶もそこそこに松木が質問した。
「通信制御とファイル制御に御社のIMSが使えれば当方の開発負担は大幅に削減されますが、業務処理システムでのＩＭＳの使用実績はないんですか」

　ＳＥの山村が答えた。

「ＩＭＳは本来情報処理用のソフトですから、バンキングシステムのような大量処理を想定したものではありません。現在のところオンライン業務処理での使用例は世界でもまだないようです」

　松木が不満げにいった。

「御社の提案書ではファイル制御プログラムとしてＩＭＳを挙げていますので、僕はＩＭＳでＣＩＦを作り、オンライン処理でアクセスできると期待していたんですが、業務処理に使えないというなら御社のアドバンテージはほとんどなくなってしまいますよ」

　松木の厳しい指摘に営業担当はハラハラしているようだった。武田は緊張を和らげるように静かな口調で議論に加わった。

「僕も当行システムでＩＭＳのデータベース機能を活用できれば画期的なシステムができると期待しています。当行の場合、都銀と比較して圧倒的に取引量は少ないので、スループット（単位時間当たりの処理能力）がネックになる危険性は相対的に少ないと思います。何とかギリギリで使えるのではないでしょうか。それにハードウェアの能力は年々向上していますから、当初はギリギリでも数年後には心配することもなくなるんじゃないですか」

　山村はいつものように穏やかな表情で答えた。

「私としましては、ＩＭＳでバンキングシステムが開発できれば画期的なことですので、パフォーマンス向上策のご提案など万全のサポート体制で臨みたいと思っています」

ＩＢＭ社としては本音ではＩＭＳを使いたくないようだった。だが銀行側が腹を括れば反対まではしないだろうと武田は感じた。

武田は続いてプログラム言語について質問した。

「当行ではオンラインシステムの開発言語はコボルを使いたいと思っていますが、御社の提案書ではＰＬ／Ｉまたはアセンブラとなっています。コボルは使えないのですか」

「当社のコンピュータでもコボルを使うことはできますが、当社と致しましてはコボルをさらに発展させたＰＬ／Ｉを推奨しています。ＰＬ／Ｉの方がいろいろ便利な機能がありますから、ぜひＰＬ／Ｉをご検討頂きたいのですが」

ＰＬ／ＩはＩＢＭが開発した言語だった。コボルという世界標準の言語があるのに、ＩＢＭは圧倒的シェアを背景に独自の言語でユーザーの囲いこみを図ろうとしている。武田はそういうＩＢＭ社の独善的な体質が好きではなかった。ＰＬ／Ｉが多少コボルより進化しているとしても、コボルは世界標準として残るだろうと思っていた。

「もう一つ質問させて下さい。御社はＰＬ／Ｉとアセンブラの併用を推奨していますが、どのように使い分けるのですか」

「アプリケーション（ユーザー業務に適用されるプログラム）の開発はＰＬ／Ｉで行い、通信やファイル処理など処理効率を求められる部分のみアセンブラで処理することを想定しています」

「先ほどのお話で、通信処理、ファイル処理の部分はＩＭＳを使いたいというのが当行の考えです。ほかのメーカーさんは通信用、ファイル処理用のパッケージプログラムを開発済みのようなので、Ｉ

ＢＭさんだけがアセンブラで開発しろというのはどうなんでしょう。僕は銀行はアプリケーションプログラムだけに専念し、業務に関係のないシステム周りのプログラムはメーカーに任せたいと思っています。ＩＭＳを使えばアセンブラを使う必要はないですよね」

「そうですね。ただ情報処理用に開発したものですから、機能が多過ぎて業務処理用に使うにはやや重いのではないかという懸念はあります。今後御行の取引量を余裕を持って処理できるか検討させて頂きます」

山村の発言を聞いていて絶対にＩＭＳを使うなという感じではなかったので、武田は何とか使えるのではないかという気になってきた。

五月二九日、オンライン班は再び会議室に集まった。伊吹の要請により班員が分担して作成したハードウェア三項目、ソフトウェア七項目、サポート体制三項目についての各社提案概要が記入された資料が配られた。しばらくみんなで目を通し、一部修正して最終版とした。

次にどのような手順でメーカーを決めるかを議論した。せっかく項目ごとに各社の提案概要が整理されたので、項目ごとに点数を付けて順位を決めたらどうかという意見が出された。武田も項目ごとに点数を付けることに異存はなかったが、採点方法にもう一工夫した方がいいと思い発言した。

「点数を付けることには賛成ですが、項目ごとに点数を付けるのはやや大雑把な感じがします。複数の視点で行った方がいいと思います。例えば中央処理装置については、マシンの能力、操作の容易性、使用実績、上位互換性や新機種予定等の将来性、そして価格というような異なる角度から評価したらどうでしょう。それからもう一つ、多面的に評価するようにしても、その点数を単純に足し算するのは一般的、客観的評価としては適正でしょうが、当行にとってもっとも好ましい評価方法であるとはいえないと思います。それは当行にとってそれぞれの項目の重要度が違うからです。例えば先ほどの五つの視点での評価においても、当行では開発要員が少ないので開発・運用の生産性がもっとも重要です。それでハードウェアについては『操作の容易性』を最も重視すべきです。従いまして各評価要素の単純合計ではなく、それぞれの評価要素の重要度でウエイト付けした合計点で順位付けするのが望ましいと思います。このことは大項目間でも同様です。ハードウェア、ソフトウェア、サポート体制の間でも重要度が違いますからウエイト付けを行うべきです。また個別項目でも、ソフトウェアの中のファイル処理プログラム、いわゆるデータベースソフトは開発から運用までの全期間で重要な働きをしますが、テストサポート用プログラムはテスト期間だけに使用されますので、適切にウエイト付けする必要があるでしょう。以上の二点を加えた点数付けを行うことにより当行にもっともふさわしいメーカー、機種を選べることになると思います」

武田の提案に異論は出なかった。ウエイト付けした採点方法の作成は武田に任された。

武田はその日は残業して「採点表」を作成した。まず行見出しの「ハードウェア」、「ソフトウェア」、「サポート体制」に括弧書きでそれぞれ三〇％、五〇％、二〇％のウエイトを表示した。さらに「ハードウェア」の第二見出しの「中央処理装置」、「外部記憶装置」、「その他ハードウェア」に括弧書きでウエイトを表示した。それから列見出しとして会社名を書き、その下に第二見出しとして「機能、能力」、「操作の容易性、信頼性」、「使用実績等」、「将来性」、「コスト」という五つの評価要素名を表示し、それぞれに二五％、三〇％、二五％、一〇％、一〇％のウエイトを括弧書きした。見出しの下に二段の点数欄を設け、上段に採点した点数を記入し、下段にウエイト付けした点数を記入するようにした。何度か作り直してようやく「採点表」が完成したのは九時過ぎだった。

武田がこのような複雑な採点方法を提案したのは単純平均方式ではＩＢＭとバロースが小差でトップを争う可能性が高いと思ったからだ。拮抗すれば議論が沸騰し、どちらに決まってもしこりが残るだろう。武田が提案した評価方式では開発の容易性やメンテナンスの容易性を重視し、ハードウェアよりソフトウェアを重視することにしたので、ＩＭＳを持っているＩＢＭが有意な差をつけてバロースに勝つだろうと予想した。武田自身は判官贔屓だったから、世界一のコンピュータメーカーであるＩＢＭファンではない。それにメーカーはあくまで手段を提供するだけであり、プログラムを作るのは不銀なのだから、バロースであろうと富士通であろうと何とかなると思っていた。伊吹は機種選定の責任を負っているので、当然自分の考えは決まっているはずだった。しかし伊吹はどのメーカーにしたいのかは一切口にしなかったし、班員の自由な討論に口をはさむことは一切なかった。だが武田は何となく伊吹はＩＢＭに決めたいと思っていると感じていたし、武田も好き嫌いは別としてＩＢＭが一歩抜き出ていると思っていた。松木もＩＭＳに非常に興味を抱いていたのでおそらくＩＢＭ派であろう。ＩＢＭに有利になる評価方法を提案することに若干、策を弄し過ぎる感はあったが、間違ってはいないと自分を納得させた。

翌日、五月三〇日、九時半に会議室でオンライン班のメーカー選定会議が始まった。最初に武田が作成した「採点表」を配って説明した。評価項目間のウエイト、五つの評価要素間のウエイトについて議論し、原案通りの「採点表」を使うことが了承された。

いよいよ点数付けが始まった。点数は10点満点で採点することにした。いざ点数を付けるとなるとなかなか意見がまとまらなかった。性能や価格が提示されているハードウェアについては点数を付けやすかったが、ソフトウェアについては実際に使って比較することもできないので評価が難しかった。午後も作業を続け、五時に点数付けは終了した。ウエイト付けによる加重平均点の計算や集計は行っていないので結果はまだ分からなかった。

五月三一日、武田は総合点の計算を始めた。前日採点した点数にウエイト付けの計算を行い、点数の下欄に加重平均値を記入していった。一九七〇年代になって電卓が急速に普及し、オフィスの常備品になっていたので以前より計算は遥かに楽になっていた。武田は黙々と計算し、再鑑した。結果はＩＢＭがトップだった。以下バロース、ユニバック、富士通、日立、日電の順だった。

武田は伊吹と松木に応接室で結果を報告した。伊吹は「採点表」の一番下の各社平均点をしばらく見くらべていたが、やがて満足そうにうなずいた。

「明日はちょっと時間が取れないので金曜日にオンライン班全員を集めてこの結果を報告しましょう。それまではこの結果を伏せておいて下さい」といった。

六月一日に出勤すると新デザインの夏服を着た女子行員が行内を闊歩していた。夏服はワンピースで、紺色、橙色、水色の三色があったが、橙色と水色はどちらかを選択することになっていた。色鮮やかで膝上一〇センチほどのワンピースだったので非常に目立ち職場がパッと明るくなった。

この日、小規模の人事異動があり、伊吹課長は事務管理部の次長に昇格した。コンピュータ課の宮島が後任課長に昇格し、オンライン班の班長を兼務することになった。宮島は東大卒で、武田が入行したころは新本店建設委員会の専従として活躍していたが、その後事務管理部コンピュータ課に配属となり、バロース機によるバッチ処理の開発、管理を担当していた。

六月二日の金曜日、九時からオンライン班の機種選定会議が始まった。この会議で機種を選定することになるのでみんな緊張しているようだった。新しく班長になった宮島も伊吹の隣に座っていた。伊吹がオンライン班長になった宮島を紹介した後、本題に入った。

「五月にコンピュータメーカー各社からプロポーザルが提出されてからみなさんにメーカー選定作業を進めて頂きましたが、このたび各社の提案を点数化した資料ができあがりましたので武田さんに報告してもらいます」

武田はマル秘とした「採点表」を全員に配布して報告を始めた。

「お配りした『採点表』にハードウェア、ソフトウェア、サポート体制の各評価項目についての得点と、それを当行にとっての重要性、有用性によりウエイト付けした得点が記入されています。合計欄にウエイト付けした得点の平均点が出ています。トップはＩＢＭで８・６点でした。二位はバロースで8・4点、三位はユニバックで8・2点、四位は富士通で8点、五位は日立で7・9点、六位は日電で7・8点でした。なお端末機については開発期間中に次世代型の新端末システムが発表される可能性もあり、また他社製端末システムを接続する可能性もありますので、今回は端末システムの評価は行いませんでした」

伊吹が司会を続けた。

「各社の点数が示されましたが、最終的にどのメーカーにするか、みなさんの意見を聞いてみたいと思います」

末席の方に座っている若い班員から順に意見を述べることになった。

最初に四四年入行の新堂が発言した。武田が名古屋支店にいたとき新入行員として赴任してきて半年ほど一緒だった。慶應卒でポジティブで大きな声で話す。

「僕はIBMかバロースがいいと思っていたので採点表の結果は妥当だと思います。しかしバロースも捨てがたいので、どちらか一方を選ぶのは苦渋の選択ですね」

周りから同感の呟きが洩れた。

横井が続いた。一橋大学卒で先輩に当たる松木を尊敬しているようだ。

「僕はユニバックが一番いいと思います。CPUはマルチプロセッサー（複数のCPUを統合したシステム、予備機が不要となる）なのでコストパフォーマンスがいい。当社は銀行業務の理解度も高く業務処理の提案についても具体的でした。証券会社オンラインの実績があるのは今後の当行に取って役に立つと思います。確かに最近富士銀行、三菱銀行のオンラインシステムを他社にリプレースされたのは痛いですが、それらのシステム経験者が当行のサポート要員に回ってくるとしたら大きな戦力になりますよ」

武田も横井の意見に肯ける点もあった。ユニバックは多科目の振替取引を一枚の証憑に打ち出して複数の伝票の代わりにする方法を提案していた。斬新なアイデアに武田は感心していた。

四三年入行の興津は情報処理のシステム化を担当していたので、その分野ではＩＢＭが一番進んでいるといった。

五島は慶應卒で、武田と名古屋支店で一緒だった。トヨタのマークⅡに乗って独身寮にやってきた。武田とスキーやスケートに行ったことがある。口数の少ない五島は端的に「僕はＩＢＭが一番信頼性が高いと思います」といった。

藤崎も慶應卒で、五島とは対照的に多弁だったが、結論としてはＩＢＭだった。

四二年入行の塚崎も「採点表」通りにＩＢＭでいいのではといった。

当初メンバーの山下はコンピュータセンター担当だった。コンピュータについての発言は控えめだったが「採点表」の結果を尊重するといった。

四〇年入行の番になって高林が先に発言した。

「ＩＢＭがそれほどいいのかな」と呟いてから、「僕は純粋にコンピュータのアーキテクチャーを比較すればバロースの方が進んでいると思う。マルチプロセッサーで、ＯＳの『ＭＣＰ』は先進的です。カードでジョブをコントロールするというＩＢＭは遅れているとしかいいようがない。バロースはコンソールから入力できるから遥かに楽ですよ。現在バッチ処理で使用しているコンピュータをオンラインのバックアップ機として使えるのでコスト的には一番安くなると思う。オンラインの運用を任せる不銀計算センターにとって使い慣れたマシンであることは大きなメリットだ。オペレータ、プログラマーの再教育が不要で、バッチ処理をしている貸付業務などのデータ移行も容易にできる。僕はバロースを奨めたい」

高林の発言にうなずく者も多かった。

武田の番になった。

「僕はＩＢＭと富士通がいいと思いました。バロースのＯＳは高林君のいう通り一番進んでいると思う。ただ残念ながら優れた技術が生き残るとは限らない。バロース社の企業体力や販売力を考えると一〇年後、二〇年後にバロースが残っているかどうかが心配です。その点ＩＢＭは間違いなく残ります。現在の技術優位性を評価しないで、会社の将来性で選ぶのはバロースの人々には気の毒な感じもするけれど、やはりメーカーの将来性については考慮せざるを得ないと思う。ＩＢＭについてはＩＭＳを業務処理オンラインで使えるかどうかやや不安が残りますが、これが使えれば開発は非常に楽になります。他社でもファイル処理プログラムはありますが内容も使用実績もＩＭＳには及びません。通信制御プログラムとファイル処理プログラムが一体化しているのもＩＭＳだけです。国産勢では富士通が健闘していると思う。日立はハネウェル、日電はＲＣＡの技術を導入していますが、富士通は独自技術でコンピュータを作っている。通信、データベースソフトも一応揃っていて価格も一番安い。それに端末システムはＩＢＭは一世代前の旧式なものですから富士通の方が断然いいと思います。端末システムも合わせて考えれば富士通も捨てがたいと思います」

次に二月に加わった西岡、山井、豊村が発言したがいずれも採点でトップになったＩＢＭを支持した。最後に松木が発言した。

「僕はＩＭＳに大いに注目している。当行の場合、開発要員も少ないので開発の容易性が非常に重要だが、ＩＭＳを使えれば相当開発工数が削減されると思う。それにＩＭＳを活用すればデータの統合により管理面のアプリケーション開発が容易になる。当行では事務の削減効果は都銀ほど大きくはないので、経営管理面に役立つシステムを作らなければ開発の目的を果たせなくなる。ＩＭＳは不可欠のツールだと思う。ＩＢＭの技術者は非常に優秀で信頼できるのでＩＢＭに決めて問題ないと思う」

オンライン班長になったばかりの宮島は発言を控えたので、最後に伊吹が話しはじめた。

「機種選定作業に取りかかってから半年になりますがようやく結論を出すときが来ました。採点の結果もこの会議でのみなさんのご意見もＩＢＭの評価が高かったと思います。あくまでも当行での有用性という面からの評価ですから、他メーカーが劣っているというものではありませんが、少なくとも当行にとってはＩＢＭを選択するのが妥当であろうという点については私も異存はありません。高林さんや横井さんには不本意でしょうが、当行のセンターシステムはＩＢＭ社の三七〇－一五五としたいと思います。これから部長のご決裁を頂き常務会にかけることになりますが、追加の説明資料を作ることもあろうかと思いますので引き続き協力して下さい。なお端末システムについては、武田さんの指摘もありましたが、ＩＢＭの提案した端末システムはだいぶ見劣りするのでこれを使うということは考えにくい。従いまして今回はセンターシステムだけ決めて、端末システムの決定は先延ばしにします。なお常務会で決裁されるまでは本日決めたことは部外秘ということでお願いします」

会議は終わった。武田は高林は無念だったろうと思った。不銀はバロースによりコンピュータ化を推進してきた。武田もその選択は正しかったと思う。バロースを選んだ行員や、現にバロースを運用している不銀計算センター首脳陣には、オンラインもバロースでという期待があったに違いない。高林はそれらの人々の思いを背に孤軍奮闘してきた。一つに決めるということは残酷なことである。

数日後、営業二部の課長と調査役が伊吹次長を訪ねてきた。松木と武田も同席した。営業部課長が用件を切りだした。

「事務管理部ではコンピュータの導入を検討しているようですが、現在どのような状況になっているのでしょうか」

伊吹が答えた。

「富士通、日立、日電と、外資系の三社に提案書を出してもらって検討しているところです」

伊吹は事務管理部ですでにＩＢＭに決めたことは話さなかった。

「そうですか。ご承知かと思いますが、日電さんは当部の最重要取引先でして、日電さんのコンピュータを採用して頂ければ一層の取引拡大が期待できます。その辺をご配慮して頂ければたいへんありがたいのですが」

営業二部は一部上場企業を担当していて営業部の中でもエリートが集まっていた。課長は伊吹より三年後輩で東大卒だった。言葉は丁寧だったが堂々と要求してくる。

「国産メーカーも最近は大分米国メーカーに追いついてきましたが、金融機関オンラインに必要なソフトウェアでは外国勢の方が一日の長があります」

「住友銀行は日電のコンピュータでオンラインを実施しているようですが」

「はい。住友銀行は大銀行ですから開発要員も多く、自分たちが日電を育てるんだという気持でやっておられるんでしょう。私どもは都銀さんほど多くの開発要員は集められませんから、できるだけメーカーが提供する開発支援ソフトを活用していかなければなりません」

「もし当行が日電を採用するとなれば日電は全社をあげてサポートするものと思いますが」

「確かに国産メーカーの場合、そのようなサービスは期待できます。ただメーカーは銀行業務には詳しくないので結局は我々が開発しなければならないんです」

「率直にいって日電の目はないんですか」

「日電を含め国産メーカーは米国メーカーにややリードされているというところではないでしょうか」

「そうですか。どこになっても決まったら教えて下さい。相当の金額を支払うのでしょうから少しでも当行の預金に置いてもらうとか、我々営業としてはそういう努力をせざるを得ないのです」

課長の言葉には事務管理部は気楽でいいねというようなニュアンスが感じられた。

「承知しました。ただＩＢＭなどは無借金経営ですから金融取引についてはかなりドライなようです」

「ずいぶんお高くとまっているんですね。日本の企業は持ちつ持たれつというか、多少は配慮してくれるものですがね」

課長と調査役は浮かない顔をして応接室を出ていった。伊吹は営業が日電採用を働きかけてくることは想定していたようで、香川部長を通じて機種選定は純粋に技術的観点で判断するということで銀行上層部の了解を得ているようだった。

六月三〇日、ＩＢＭの採用が正式に決裁された。その日の夜、オンライン班は銀行の近くの料理屋「よしとみ」で打ち上げ会を開いた。部長も参加して盛りあがった。武田もＩＢＭに決めれば無難だというような消極的な理由で選んだのではなく、公平に評価して決めたことなので祝杯を挙げるのに抵抗はなかった。打ち上げ会を終えた後、高林に誘われて六本木にある「チェロキー」というバーに付き合った。いつもは陽気に飲む高林だったがさすがに元気がなかった。高林は「竹島さんのことを考えると俺は切ないよ。彼は今度のプロポーザルにすべてを懸けていたからな」とひどく落ちこんでいた。バロースの竹島課長とは一緒にプログラムを作っていたこともある戦友だったのだろう。武田はウンウンと相づちを打ちながら、選ばれなかった五社の担当者の顔を思い出していた。ＩＢＭ社員の給料がいいことは有名だった。それにくらべれば他メーカーの給料はかなり低いだろう。だが彼らの二カ月にわたる提案書作成の努力は無になった。彼らは勝つ見込みは少ないと思いながらも一生懸命に提案書を作っていたのだろう。彼らの期待に応えることができなかったことは残念だった。

翌週、香川部長と伊吹次長は採用されなかった五社に結果報告に行った。先方もがっかりしただろうが、悪い報せを伝えに行く方もなかなか辛い役回りだなと武田は思った。

その後、バロース社の提案書作成の中心人物だった竹島課長が失意のうちに会社を退職し、カナダのコンピュータ会社で働くことになったということを高林から聞いた。不銀の決定が彼の進路を変えたことになる。武田はオンライン班に配属になった直後のコボル研修で、高千穂本社で出迎えてくれた竹島の姿を思い出す。海外での活躍を祈るのみだった。

八　ＴＫＪ法で衝突（一九七二年七月）

昨年一二月に決定した「総合オンライン実施計画書」では七月から「基本設計」に着手することになっていた。総合オンの実質的リーダーである伊吹次長は後任の宮島コンピュータ課長にオンライン班長を兼務させ、その下にサブリーダーとして西岡、山井、松木、高林、武田を指名し、それぞれにおおまかな役割を与えた。しかし「基本設計」に着手するようにという指示はなかった。伊吹はまだオンラインシステムの設計を開始する段階ではないと考えているようだった。武田は伊吹から営業店システムの全体構想と預金科目の開発を担当するようにいわれていたので、まず普通預金の設計に取りかかっていた。事務規定集などを読み、「口座開設」、「入金」、「出金」、「口座解約」など必要な処理を洗いだしていた。基本設計の前段階である「要求定義」といわれる作業である。しかし武田は必要な機能を定義するだけでは満足できず、必要な機能をどのように実現させるかというプロセスに興味が向いていた。どのようなファイルを作り、どのようなプログラムを作るのか、それはまさに「基本設計」に当たる作業だった。その中で現在手作業で行っている処理手順をそのままプログラム化することが必ずしも合理的ではないことが分かってきた。

例えば普通預金の利息計算である。現行処理では入出金があったつど、入金または出金額について次回決算日までの利息分を「利盛表」を使って計算し、その利息分をそれまでの累積利息額に加算または減算していた。だがオンライン処理では前回取引日の残高について今回取引日までの利息額を計算し、累積利息額に加算するという後追い方式も可能である。後追い加算方式の場合は普通預金決算日が変更されても影響を受けないというメリットがある。また従来は三月、九月の特定日に普通預金の決算処理を行っていたが、これは膨大な作業時間を要する決算処理を月末に行うことは不可能だったからだ。しかしコンピュータで普通預金決算を行うのであれば三月と九月の末日に行うことも可能である。そうすれば期間補正処理が不要になるというメリットがある。武田はオンラインシステムの開発に当たっては従来の方式をそのままシステム化するのではなく、コンピュータにとってもっとも合理的な方式を考えることが必要だと思った。

現行処理とオンライン処理の根本的な変化は営業店から普通預金元帳がなくなり、ホストコンピュータの磁気ディスク装置にある普通預金ファイルに置きかわることである。従来の銀行オンライン処理においては普通預金ファイル、定期預金ファイルというように科目毎にファイルを作っていた。しかし不銀ではファイルはＩＭＳというデータベースソフトを使って作る方針だった。ＩＭＳを使えば顧客のすべての情報を一元的に収納するＣＩＦ（顧客情報ファイル）を作ることが可能になる。具体的にいえばＩＭＳは階層木構造というデータ構造をサポートしているので、最上位のルートセグメントに顧客の属性、例えば取引先名、住所、電話番号、資本金などの情報を集める。このルートセグメントの下に第二階層として複数のセグメントをぶら下げることができるので、普通預金セグメント、通知預金セグメント、定期預金セグメントや長期貸付セグメントなどを従属させることができる。普通預金のようにその日の残高分についての利息を加算してゆく混合勘定（どんぶり勘定ともいう）の科目は第二階層で済むが、定期預金や貸付のような契約毎に成立する取引の場合はさらに第三階層に個別契約のセグメントが必要になる。武田はプログラムとCIFの設計を並行して進めていた。IMSの機能についてはIBMからマニュアルを取りよせ、勉強しながら設計していた。

そんなある日、オンライン班の会議で松木が基本設計にTKJ法（トランプ式KJ法）を活用してみたいと提案した。松木は四月に副主事に昇格し、六月に行われた人事部主催の新任副主事研修に参加してきたばかりだった。松木はその研修の一環として行われたグループによるTKJ法が基本設計に役立つと確信したようだった。松木は現在基本設計に暗中模索しているオンライン班員に必ず役立つだろうと力説した。班員の多くは松木の提案に賛成した。伊吹も了承したのでさっそくTKJ法を実行することになった。武田はKJ法の本を読んだことがあるので、TKJ法というのはチームで行うKJ法ということかなと思った。KJ法は文化人類学者の川喜田二郎がフィールドワークのデータをまとめるために考案したもので、考案者のイニシャルに因んで命名されたものである。武田はKJ法はデータの分析、整理には有効だが、オンラインシステムの開発には向いていない手法だと思っていたので、同類のTKJ法も役に立つとは考えられなかった。しかし松木がやる気になっているのに水を差すようなことはいい出せなかった。一日か二日のことなら我慢して付き合おうと思った。

翌日からオンライン班全員が会議室に集まりTKJ法による作業が始まった。初めに松木がTKJ法の進め方とルールを説明した。それから各人に一〇枚の小さなカードが配られ、オンラインシステムについてのアイデアを一〇枚書くことになった。武田はオンラインシステムというテーマが大き過ぎて何を書こうか迷った。「PL／Iを使用し生産性をあげる」、「IMSを使用し生産性を上げる」など、すでにオンライン班で共通の認識となっているような事項を除けば斬新なアイデアはそう簡単には浮かんでこなかった。武田は「キャッシュ・ディスペンサーの採用」、「リモートOCRで債券現物処理を行う」、「営業店から元帳だけでなく伝票もなくす」、「端末機にオペレーションガイダンス機能を持たせ、入力しやすくする」、「多科目連動処理を目指す」など、何とか一〇枚のカードを書いた。みなも隣同士で相談したり、あるいは一人で頭を捻っていた。全員が書き終わったところでカードが集められた。司会役の松木がそれをテーブルの上に拡げた。

第二段階は各カードの内容の確認だった。松木が一枚づつカードを読みあげ、提案者に説明を求めた。それに対して質問は自由だが、そのアイデアを批判しないことがTKJ法のルールになっていた。一三名が一〇件のアイデアを説明し、質問に答えるのにほぼ一日かかった。自分の提案内容を説明し、また他メンバーのアイデアを聞いている分には退屈しなかったが、重複するアイデアも多く、それほど目新しいものはなかった。

二日目、第三段階に入った。各カードを似たもの同士でグループ化する作業だった。これも時間がかかったが、すべてのカードが一枚から数枚のグループにまとめられた。次にそれぞれのグループの共通点を抽出し、タイトルを付ける作業を行った。みんなでワイワイ議論しながら適当なタイトルに辿り着くまでにかなりの時間がかかった。この作業は弁証法的に考えれば「特殊性」を持ったカードの中に共通する「一般性」を求める問題である。だがそもそも最初のグループ分けのときに「一般性」のないものがまぎれ込んでいたりするので、なかなかすっきりと答が出てこないのだ。武田は弁証法の「一般性」と「特殊性」の関係を知っていればこれほど議論が手間取ることはないだろうなと思った。五時になってもグループのタイトル付けが終了しないので翌日に持ちこしとなった。

三日目も朝九時からＴＫＪ法の作業を再開した。昼前にようやく小グループのタイトル付けが終わった。昼食をはさんで午後からは小グループ同士の似たものをグループ化する作業に入った。相変わらずのペースだった。中グループはソフトウェアに関するもの、コンピュータに関するもの、端末に関するもの、業務処理プログラムに関するもの、センター建物に関するもの、教育に関するものなどに分類されていった。中グループにまとめ上げたのは四時過ぎだった。武田は今日中に終わることを願っていたが期待は裏切られた。松本は第四段階として図解化のプロセスが残っているので明日も続けるといった。

四日目、最終段階の作業が始まった。白板に大きな模造紙が貼られ、中グループごとにまとめられた小グループのカードが貼り付けられていった。それからグループごとに関連がある場合は線で結んだ。午後になってようやく最後の仕上げになった。中グループのタイトルの全体を表現する見出しを作る作業だった。この見出しにより一三〇枚のカードに書かれた内容全体が表現されるというのだ。中グループのタイトルを生かそうと順に書きつらねていくと長い長い意味不明の文章になった。それで中グループのタイトルを短くしたり、並べ替えたりの作業が延々と続いた。武田は個々のアイデアはすでに説明されており、その一三〇枚のアイデアを抽象化して見出しを付けることに何の意味があるのだろうかと考えていた。ただただ早く意見が集約することを願っていた。

四時になってようやく最後のラベルの文がまとまった。それは「不銀の総力をあげて、開発の生産性を上げるソフトウェアツールを最大限に活用し、信頼性の高いハードウェアで事務面、経営管理面のニーズに応える先進的なオンラインシステムを開発する」というものだった。模造紙には整然とグループ化されたカードが貼られ、相互の関連を示す線が引かれていた。その上部にマジックインキでその文章が書きくわえられた。みんな満足げに模造紙を眺めていた。武田はこのような言葉の羅列を導きだすために武田の貴重な四日間を費やされたことに腹立たしさが募っていた。

ＴＫＪ法の最後の工程が終了したところで伊吹が呼ばれて会議室に入ってきた。松木が四日間にわたるＴＫＪ法の成果を報告した。

「みなさんのご協力でＴＫＪ法を実施し、我々の開発すべきオンラインシステムの方向性が明確になりました。これから具体的なシステム開発に取りかかることになりますが、この図に書かれたことを指針として進んでいきたいと思います。最後に何か感想があればいってください」

藤崎がうまそうにタバコを一服しながら口火を切った。

「いろいろなアイデアが出されて知恵熱が出そうになりましたよ。みんなで議論して方向が示されたのはたいへん意義があることだと思いますよ」

知恵熱という言葉を初めて知ったが、武田はイライラして熱が出そうだったなと思った。ＴＫＪ法を積極的に評価する意見が続き松木は満足げにうなずいていた。だが武田の心中は穏やかではなかった。武田はこの四日間の作業がオンラインシステムの開発に役立ったとは思えなかった。武田は同調を尊ぶ日本の社会風土の中では顰蹙を買うに違いないが、今後のためにもＴＫＪ法がシステム開発に有効かどうか総括しておくべきだと思った。

武田は発言を求め努めて静かな口調で話しはじめた。

「僕はＴＫＪ法がオンラインシステムの開発に役立つ手法なのかという点では多少疑問に思いました。ブレインストーミングのように各人がアイデアを出しあうＴＫＪ法の第一段階は意味があると思います。しかし第二段階以降のグループを抽象化する過程で新たな発想が生まれるというのはどうなのかなと思いました。単に文章上の表現の検討に止まり、副次的に新しいアイデアが生まれたとか、問題解決の糸口が得られたというようなことはなかったのではないかと思います。僕は川喜田二郎さんが考案したＫＪ法は文化人類学のフィールドで多様なデータをまとめ、図解し、論文等にまとめるために有効な手段だったと思いますが、ＫＪ法もＴＫＪ法も新しいものを創造してゆくシステム開発ではそれほど有効ではないと思います」

松木の表情が見る見る厳しくなっていった。武田の発言が終わるやいなや松木の怒声が飛んできた。

「僕はみんながこれからどうしたらいいのか手探りの状態だったから何かのヒントになればと思ってやってみたんだ。オンラインの開発はチームでやるもんだ。君のような評論家的な意見は誰も歓迎しない。せっかくみんなで盛りあがっていたのにぶち壊しじゃないか」

会議室は凍りついた。武田は松木がそこまで激高するとは予想もしていなかった。松木がたまに下の者を叱りつけているのは見ていたが自分が怒鳴られるとは思っていなかった。武田はどのように対応するか一瞬考えたが、そのまま黙って引きさがる気にはなれなかった。武田はオンライン班は上下の別なく自由に意見を表明できる組織でなければならないと思っていた。今自分がへいこらしていたら、今後誰も松木に物がいえなくなるのではないかと思った。

「せっかくみなさんが盛りあがっていたのに水を差すようなことをいってしまいましたが、ただ、ＴＫＪ法がシステム開発において有効な方法論であるかどうかについては、プラン・ドゥ・シーの観点できちんと総括しておくべきだと思います」

武田はシステム開発というものはみんなでワイワイ議論して創られていくものではなく、一人一人が考えに考えて創りだしてゆく孤独な作業だと思っていた。武田が反論したのでみんな緊張して松木の反応を覗っていた。割って入ったのは伊吹だった。伊吹はいつものように穏やかに話しはじめた。

「今回みなさんがＴＫＪ法によりいろいろなアイデアを出して全員で総合オンラインシステムの全体像について議論して共通認識を得たことはたいへん意味があったと思います。みなさんはこれからだんだんと個別の専門的な領域に入っていきますので、システム全体の理想像を共有しておくことは非常にたいせつなことです。私はこれからの長い開発期間の中で、この四日間の作業が無駄になるとは思いません」

伊吹はＴＫＪ法による四日間を積極的に評価した。武田はいつもは自由闊達な議論を好み簡単には結論を出さない伊吹らしくないと思ったが、オンライン班の中の秩序を維持するためには松木を擁護するしかなかったのだろうと思った。あるいはせっかちな武田と違い、長いスパンでものを考える伊吹には四日間のロスなど気にもならなかったのかもしれない。いずれにしろ伊吹の裁定に松木もそれ以上の発言はしなかった。伊吹の意見をまとめとして会議は終了した。みんなほっとして何もなかったかのように談笑しながら会議室を出て行った。

武田の気分は落ちこんでいた。昨年二月、オンライン班が発足した日に松木に誘われ飲みに行った。あのとき武田は松木を盛りたてていこうと思った。その後は松木に飲みに誘われることもなかったので特段親しいという関係ではなかった。しかし仕事上で意見を異にすることはなく、機種選定では同じ考えだった。ただ最近は強面の松木には敬して近寄らずという態度で接していた。松木にしてみれば一年後輩の武田は扱いにくい存在だったのかもしれない。それが今回ＴＫＪ法を推進したことをみんなの前で批判されて怒りが爆発したのだろう。武田は松木に対してというより、ＴＫＪ法そのものに違和感を覚えていたので少々はっきりいい過ぎたのかもしれない。しかし自分の意見ははっきり主張し、何かを実践したときは必ずプラン（計画）、ドゥ（実行）、シー（評価）を行うべしというのが武田の持論であり、組織が健全に機能するための必須条件であると思っていた。システム開発という技術開発分野では何よりも合理的思考がたいせつだ。一三人が四日間、計五二人日のワークロードを要したＴＫＪ法がそれだけの価値があったのかどうかという問題提起は武田としては自分のなすべきことを行ったまでのことだった。しかし武田の行動は意見の対立を嫌い、物事の白黒を付けるのを厭う日本人の感性に合わないようだった。武田と松木の論争をみんながどのように感じているのかは分からなかったが、伊吹のまとめで会議を終了したときのみんなのほっとした顔を見ていると、武田のような考え方が理解されるのは難しいことだなと思った。ＴＫＪ法が企業の研修などに用いられているのは、みんなで議論して一つの結論に達するという合意形成型の共同作業が重視されているからだ。武田はＴＫＪ法のカードを貼りつけた模造紙が再び日の目をみることはないだろうと思った。

週が明けて、伊吹はオンライン班会議で本部、本店にオンラインシステムについての要望をヒアリングするように指示した。オンライン班では対象部室と日程を調整し、ヒアリングを開始した。また伊吹はＩＢＭの山村を呼び、オンライン班員に対するＰＬ／ＩやＩＭＳの研修について相談していた。そして西岡を研修担当とし、班員ごとの研修計画を立てさせていた。

九　久し振りの夏山縦走（一九七二年七月）

武田はＴＫＪ法で松木と衝突してから何となく仕事への熱意も薄れ鬱々とした日々を送っていたが、七月になり槙原と約束していた夏休み中の登山計画を立てることにした。情報処理振興事業協会に出向中の槙原から食事の誘いがあったのは先月中旬のボーナス支給日のことだった。丸ノ内ホテルで落ちあい食事を始めると槙原は「夏休みに山に行かないか」といった。武田は喜んで「どこに行きましょうか」と聞くと、「どこでもいいよ。君に任せる」といった。それで七月下旬に南アルプスに行くことにした。年頭の挨拶で正田頭取が約束した通り、四月から土曜休暇が月二回に増えていたので休みの調整もしやすくなっていた。

武田は南アルプスのガイドブックを購入し、その中から椹島《さわらじま》小屋を起点に荒川東岳（悪沢岳）、中岳、前岳、小赤石岳、赤石岳と三千メートル級五座を廻るコースに決めた。裕子に一緒に行かないか聞いてみたが、実家に里帰りしたいということだった。出発を七月二三日の夜と決め、一〇日前に槙原と会って最終打ち合わせを行った。

両親と同居するようになってからいくぶん家計にも余裕が出てきて、武田は車を買い換えることにした。金沢から運んできたコロナに愛着はあったがさすがにポンコツぶりが目立ってきたので、日産のスカイライン一五〇〇を購入した。内金三〇万円で残金は割賦手形（マル専手形）による分割払いにした。マイカーは三台目で初めての新車だった。購入手続きを終えてディーラーから引き渡された車に乗りこむと新車特有の匂いがした。

七月二三日の夜一〇時、武田は東京駅のコンコースを登山靴で歩いていた。上野駅や新宿駅と違い、東海道線を利用する登山客は少ない。それでも二三時三五分発の夜行列車は南アルプス南部や飛騨方面の山に登る岳人に人気があり、ホームに並ぶ乗客の半分くらいは登山客だった。まもなく槙原がいつもの短パンに赤いシャツ、青いタオルを首に巻いてさっそうと現れた。各乗車口に並んでいるのは二〇名ほどで何とか座れそうだった。列車が入線すると押されるように車内に入り席を確保した。

翌朝三時過ぎ、まだ星の瞬く金谷《かなや》駅で大井川鉄道に乗り換えた。みな駆けるようにして連絡通路を急ぎ始発列車に乗りこんだ。窓際の席に向かいあって座ることができた。列車が走りだしウトウトしていると朝靄の中に薄ぼんやりと沿線風景が見えてきた。列車は大井川の右岸を走っていた。人気のない木材工場と線路端の露に濡れた花がゆっくりと後ろに流れてゆく。

千頭《せんず》でトロッコ列車に乗り換えた。深い谷を車輪をきしませ、トンネルを潜り、鉄橋を渡り、ときには木の枝をかすめて登ってゆく。

井川でバスに乗り換え、一時間ほど揺られて畑薙《はたなぎ》第一ダムの堰堤に着いた。朝食の握り飯を食べ、八時に重いキスリングザックを背負って歩きだした。樵島小屋まで五時間の林道歩きである。まったく南アルプスはアプローチが長い。一ピッチでダム湖を横切る大吊橋の横で休憩。ちょうど五人のパーティーがソロソロと橋を渡っているところだった。

「あんな吊り橋は死んでも渡りたくないな」

高所が苦手な槙原が呟いた。

やがてダム湛水《たんすい》面も尽き、大井川本流沿いの道となった。雨が降りだしてきた。傘をさして歩く。中ノ宿を過ぎるころゴロゴロと雷が鳴りだし雨足が強くなってきた。運よく道端に無人小屋があったので雨宿りさせてもらった。雷はますます近づき、昼間でもピカリピカリと閃光が走るのが見える。土間に腰かけて昼食の弁当を使った。

無人小屋で二時間、雷雨が通りすぎるのを待った。ようやく雨が上がったので出発した。大分涼しくなっていたが歩きだすと汗が滲みでてくる。ザックが肩に食いこむ。二時間歩いて樵島小屋への分岐に着いた。ぐるっと回りこむように下っていくと広々とした台地に出た。高い木々に囲まれた広場を進んでいくとカマボコ型の小屋が並んでいた。手前のい号棟が今宵の宿だった。三時一五分になっていた。

小屋の入口に薪をくべた囲炉裏があり、串に刺されたイワナがいぶされていた。一日の行程を歩きおえて山小屋にたどり着いたときの喜びは一入だ。重いザックを降ろし、かまちに腰をかけて汗を拭った。

一息ついてから夕食の準備を始めた。今回は小屋泊まりにしたが食事は自炊である。飯ごうで米を炊きコッフェルでカレーを作った。

翌二五日早朝、いんげんのみそ汁とサケ缶で腹ごしらえをして夜明けの椹島を出発した。林道に出て大井川上流に向かい、滝見橋の手前で左の登山道に入った。沢音が涼しい。奥西河内沢の吊り橋を渡って尾根に取りついた。よく踏まれた歩きやすい道だ。また山に戻って来たという喜びがしみじみと湧いてくる。

二ピッチで小石下。さらに樹林の中を登っていくと左手に赤石岳の東尾根（大倉尾根）が一段と高く見えてきた。やがて平坦な草原を通って蕨ノ段に着く。絶好の休憩場所だ。向かいの右上がりの尾根の天辺に明日登る赤石岳が見えた。昼飯を済ませ登高再開。一ピッチで見晴らしのいい尾根に出た。前方左手に荒川三山のスカイラインが見えてきた。再び原生林の中を登って駒鳥の池の側を通る。何となく陰気な池だった。だんだん足に疲れが溜まってくる。道は尾根の左手山腹を巻くようになり、水の湧き出ている所で一休み。山の水はうまい。

その先が長かった。なかなか小屋が現れない。スーッと薄いガスが広がってきた。なおも歩きつづけるとようやく霧の中に千枚小屋の黒い影が見えてきた。炊事場の太いパイプから水が勢いよく流れていた。思いきり飲む。何たる甘露。すべての細胞に水分が行きわたり体が生きかえった。

薄暗い小屋の中は通路をはさんで両側に板敷きの床があった。南アルプスの小屋としては立派なものだ。まだ一時半だった、午後の時間はたっぷりあった。まずは紅茶を沸かして無事に登ってきた満足感とともに味わった。

三時にカメラを持って千枚岳まで散歩に出かけた。小屋の裏手の斜面は一面にシナノキンバイが咲きほこっていた。これほど密に咲いているお花畑は滅多にない。登るにつれてお花畑の中に点在するダケカンバの背丈がだんだん低くなり、盆栽のように横に捻じ曲がりはじめた。高度が五〇メートルも違わないのに樹相がはっきりと変化してゆく。遂にダケカンバも消えてハイマツだけの世界になった。二軒小屋からの道を合わせて千枚岳の頂上に立った。

日差しが傾き山々は昼間の活動を終えて深呼吸をしているようだった。小屋番の青年がサンダル履きでやってきた。四時になると向かいの尾根の赤石小屋とトランシーバで交信を始めた。こちらからは小屋も人影も見えない。

「明日、こちらのお客さん二名、そちらに行きます。どうぞ」と我々の予約までしてくれた。山並がオレンジ色に染まるころ三人で小屋に戻った。

晩飯の後、小屋番の青年と茶を飲みながら雑談した。七月初めから小屋番に入ったが天候が悪かったのでほとんど客が来なかったそうだ。今日も我々だけだった。こんな山奥でたった一人で過ごす夜は怖いだろうと思った。

七月二六日、今回山行で一番の長丁場となるので三時に起床、四時二〇分に小屋を出た。お花畑に囲まれうまい水がふんだんに湧きでている千枚小屋は今まで泊まった中で一番気持のよい小屋だった。朝露に膝下を濡らしながらお花畑とダケカンバの斜面を昇りきり千枚岳山頂に達した。朝景色は昨日眺めた夕景とはまた違った印象で清々しかった。

千枚岳を下り、ちょっとばかりスリルのあるやせ尾根を越えるとお花畑を敷きつめた広い尾根になった。南アルプス第三の高峰荒川東岳に向かってしゃにむに登り岩礫の山頂に飛びだした。たなびく雲の下に中央アルプスが紫のシルエットを浮かべていた。

中岳までは鼻歌交じりの稜線漫歩である。山頂の三角点にタッチして、ほとんど起伏のない稜線を下り、コルから前岳を往復した。

左側の斜面に斜めに刻まれた道を荒川小屋に下る。森林限界を超えた世界は頗る見通しがよい。遥か下に荒川小屋が見える。広大な斜面に高嶺の花が咲きほこっていた。

荒川小屋では小屋番が毛布を屋根に干していた。ここで昼食にする。開けたお花畑の中にある気持よさそうな小屋だった。時刻は八時五〇分。ちょうど銀行の始業時間である。山の時間は銀行の時間と半日ずれている。日の出とともに起き、日没とともに寝る。それが本来の人間の時間感覚であろう。

小屋から斜面を登っていくと石ころだらけのだだっ広い鞍部に出た。大聖寺平である。大きなケルンが点在する中にぽつんと導標が立っていた。殺風景な所でガスられたら怖いだろう。

ここから小赤石岳まではけっこうなアルバイトだった。砂礫の急斜面のジグザグ道をしばし喘登。一時間で小赤石岳に達した。ここから二つ、三つピークを超え赤石小屋への分岐点に着いた。ザックをデポし、一五分ほど登って標高三一二〇メートルの赤石岳頂上に立った。一等三角点がある。霧がかかって眺望が得られないのが残念だった。缶詰を開けて今回山行の目標達成を祝った。頂上直下の雪田でしばし戯れる。

赤石小屋への分岐に戻り、東尾根を下山開始。北沢側の急斜面に付けられた巻道はあまり足場がよくない。カールの底には高山植物が咲き乱れていた。富士見平まで一ピッチでと頑張るがペースが落ちてきた。少し遅れて富士見平に出たがガスが漂っていて富士山は見えなかった。さらに樹林の中を二〇分ばかり歩いて赤石小屋に着いた。

小屋番は見当たらない。水場まで五分の立て札があったので武田が水くみに行った。急斜面の踏跡を下って水場に着くと思う存分水を飲んだ。顔を洗い、二人のポリタンを満タンにして小屋に戻った。槙原はポリタンを受けとるとゴクンゴクンと飲み、「ヒャー、うまいな」と声を上げた。

三時半ごろ小屋番の青年が戻ってきた。昨日、トランシーバで連絡してあったのでヤアヤアと挨拶した。小屋番は椹島まで荷物を取りに行ってきたそうで、途中で熊を見たという。「エッー」と驚くと、「大丈夫ですよ。この辺の熊は人を襲わないから」といった。

今宵の宿も泊まり客は二人だけだった。夜は青年と遅くまで駄弁った。明日は下るだけだから気が楽だった。余った予備食は小屋番に進呈した。

最終日は椹島まで三時間下り、さらに畑薙ダムまで五時間の林道歩きである。ザックは軽くなり軽快に下りはじめる。深い原生林が真夏の太陽を遮ってくれる。熊が出たと聞かされたので見通しの悪い曲り角は気味が悪かった。先を歩く武田は大きな声でしゃべったり、ドタドタと靴音を立てて歩いた。長い下りに四日間の疲れも出てきて声も出すのも億劫になってきた。突然前方の藪でガサゴソ音がした。ぎょっとして立ちどまると赤茶けた動物が飛びだしてきた。心臓が凍りついた。立ちすくむ武田の横を犬がハアハアと息をしながら通りすぎていった。まったく人騒がせな犬だ。背丈ほどもある熊笹の間をなおも下ってゆくと、ようやく木の間に林道が見えてきた。最後にハシゴがあって林道に降り椹島小屋への分岐で休憩した。

後は林道を歩くだけなので武田はザックから短パンを取りだし長ズボンと穿き換えた。それから最後のフルーツ缶詰を開けようとしていると、槙島小屋の方から坂道を登ってくるライトバンが見えた。すると槙原が手を振りながら車に向かって走りだした。車は側道から林道に出た所で止まった。槙原は運転手と二言三言話していたが、すぐ満面の笑みを浮かべて戻ってきた。途中まで乗せてくれるという。武田と槙原は急いで缶詰やポリタンなどをザックにしまうと二〇メートルほど先で待っている車に向かった。バックドアを開けてザックを荷室に放りこみ後部座席に乗った。車が動きだすと開いた窓から涼しい風が入ってくる。でこぼこの道なのでスピードは出せず、けっこうな時間を走って下《しも》剃石《そりいし》橋の近くで止まった。運転手はそこから沢に下って釣りをするといった。チップを渡し荷室からザックを取りだすと、運転手は川原に向かう工事用の細道を下りていった。武田はふとワンゲルでゴンスケと呼んでいる毛皮の尻当てをしていないのに気がついた。慌ててザックの中を調べてみたが見つからなかった。槙島で短パンに穿き換えたとき、ゴンスケを外して道端に置いたが、急に車に乗ることになって置き忘れてしまったようだ。さすがに今から槙島まで戻る気にはなれなかった。

諦めてトボトボと林道を歩きながら気分は落ちこんだ。ワンゲルに入部したとき先輩が腰にぶら下げているゴンスケを見て格好いいなと思った。しかし登山用具店にもほとんど置いてない代物だった。ところがたまたま当時住んでいた青砥駅近くのスポーツ用品店のショーウインドーにゴンスケが飾ってあったのである。茶褐色の長い毛足で毛並みもよかった。細身の長方形の形も上品だった。しかも値段は三〇〇〇円で学生の武田でも買える金額だった。郊外の小さなスポーツ用品店で売っているのが奇跡のようだった。武田はその日のうちに購入した。ゴンスケの多くは犬や熊の毛皮で四肢の部分が出っ張り元の姿を思い出させるような形のものが多かった。武田のゴンスケは何の毛皮か分からなかったが、小さな頭の目鼻の部分が欠けていて恨めしげであった。しかし二つに折って折り目に紐を通してあるので頭の部分を内側にすれば外には見えない。腰に巻くとまるでミンクのストールをぶら下げているようだった。ゴンスケを付けていると濡れた地面や雪の上に座っても濡れることも冷たくなることもなかった。愛用の逸品を失ったショックは大きかった。畑薙ダムまで一時間半の道のりがやけに長く感じられた。

ダムの堰堤に着くと、山岳相談所のテントでお茶を振るまってくれた。今日中に東京に帰るのは無理なので赤石温泉に泊まることにした。槙原は相談員に誰か赤石温泉まで送ってくれないかと頼んだ。奥にいた「指導員」の腕章を付けた人が「私が送ってあげましょう」といってくれた。指導員の車で送ってもらい、一五分ほどで赤石温泉に着いた。槙原はタバコ代といって千円渡した。歩けば小一時間はかかっただろう。山でヒッチハイクするなどワンゲル気質の武田にはできないことだが、槙原のお陰で楽ができた。相手もチップをもらって悪い気はしなかっただろう。

赤石温泉ロッジは山小屋とは違って個室が並んでいた。浴衣に着替えて浴室に行った。透明な温泉で浴槽に浸かると肌がスベスベした。顔と腕だけが真っ赤に日焼けしていてヒリヒリ痛かった。

今宵の宿は二食付きである。夕食のニジマスがうまかった。ビールを飲みながら「南アルプスもいいね」と槙原がいった。久しぶりに布団で熟睡した。

一〇　仮設計（一九七二年八月）

山から戻って武田は仕事を再開した。松木と衝突してからいつまでも銀行勤めはしたくないなと思っていたが、山に入って無心に歩いている間は仕事のことは一切忘れていた。お蔭で仕事に戻ったときには嫌な事はすっかり忘れていた。

オンライン班では伊吹次長の指示でオンラインシステムのユーザーとなる本部、本店のヒアリングを始めていた。現場のあらゆるニーズを引きだし、それに応えるシステムを作ることが伊吹の目標のようだった。武田もそれに異存はなかった。武田は営業一部、住宅融資部、債券営業部、預金部などの現業部門と、主計室、総合企画部、業務推進部のヒアリングに参加した。規定集や業務通達などを読んだだけでは気が付かない要望がいろいろ出てきた。武田はヒアリングをしてよかったと思った。

ヒアリングと併行してＩＢＭの「ＰＬ／Ｉ」講習を受けることになった。武田は七日の月曜日から金曜日まで、目蒲線武蔵新田駅近くにあるＩＢＭ研修センターに通った。西岡と若手三名が一緒だった。以前は工場だったような殺風景な二階建ての建物で、パネルで仕切った教室が幾つも並んでいた。世界のＩＢＭというイメージとはかけ離れた質素な設えだった。武田と西岡は同じ教室で、若手三人は隣の教室だった。九時半に講習が始まった。現れた講師は中年の女性でしゃれた私服を着てイヤリングをしていた。私服の女性社員は珍しいので武田はさすが国際企業のＩＢＭだと感心した。受講生は男性ばかりだったのでみな女性講師を歓迎しているようだった。初日は研修のガイダンスと基礎的な事項の講義が中心だった。

火曜日からPL／Iの本格的な講習が始まった。講師は引き続きイヤリングの女性だった。淡々とPL／Iの説明を始めたが、教えてやるという感じでニコリともしなかった。まったく愛想がなくユーザーをお客さまとは思っていないようだった。午後になって練習問題が出された。受講生が練習問題に取り組んでいる間、講師はずっと席を外していた。武田は有料でやっているのだから講師はずっと教室にいて様子を見ているのが普通だろうと思った。五時になり帰り支度をしていると教室のスピーカーから女性講師の声で西岡に呼びだしがあった。西岡は「何だろうね」といって講師室に向かった。武田は隣の教室の若手三人に先に帰るようにいって西岡の帰りを待った。

一〇分ほどして西岡が浮かぬ顔をして戻ってきた。

「何かあったんですか」と武田が声をかけた。

「うちの若手三人がおしゃべりをしたり居眠りをして真面目に研修をしていないというんだ。ほかの受講者の邪魔になるので明日から来なくていいといわれたよ。平謝りして何とか続けさせてもらった」

武田はびっくりした。

「僕らの教室では午後は自習で講師はいなかったですよね。どうしてしゃべったり居眠りをしているのが分かったんですかね」

「講師室にモニター用のディスプレイが並んでいたから各教室に遠隔操作のカメラが設置してあるんじゃないかな」

「なるほど、教室にカメラが設置されているとは気が付かなかったなあ。しかし来なくてもいいというのはずいぶん高飛車ですね」

武田も居眠りでは人後に落ちないので人ごととは思えなかった。講師がいるのにしゃべったり居眠りしたなら注意されても当然だ。しかし自分は教室を留守にして、講師室で密かに生徒を監視しているのはまことに卑怯である。武田は女性講師に腹が立ってきた。温厚な西岡でなく自分が呼びだされていたら喧嘩になっていただろう。武田は高千穂交易でコボルの研修を受けたときのことを思い出していた。フロアマットの敷かれた明るい教室で講師も親切で熱心だった。それにくらべ工場のようなチープな教室で高い授業料を取りながら、講師は自習時間になると教室からエスケープして監視カメラで受講生を監視している。ＩＢＭの教育部門は収益を上げるべき部門になっているようだが、一昔前の自動車教習所指導員のように横柄な女性講師だった。

五日間で習ったＰＬ／Ｉはコボルと似通っていたので覚えやすかった。ＩＢＭ社が開発したＰＬ／Ｉはコボルにない機能もいろいろあった。武田の印象ではコボルは厳格な文法、構造でやや七面倒臭いところがあったが、ＰＬ／Ｉはより柔軟だった。ただコボルはどのメーカーのコンピュータでも使える世界標準だったので、武田は将来のコンピュータ選定の自由度を確保しておくためにはコボルで開発した方がいいと思っていた。しかし不銀計算センターのＳＥの意見を聞いてみると、複数の言語を習得すればそれだけＳＥのスキルが向上するといって必ずしもＰＬ／Ｉに否定的ではなかった。ちょっと意外な反応だったが、それを聞いて武田はＰＬ／Ｉでもいいかなと思った。

翌週、ＩＢＭの営業担当宮本と雑談しているとき、西岡が「先週ＰＬ／Ｉの講習を受けてきたんですが、女性インストラクターだったのでびっくりしましたよ」と話すと、宮本は「ああ、あの方ですか。ＩＢＭ社内でも有名な人ですが、お客さんの評判もいいようですよ」といった。武田はカチンときてその女性講師に若手が注意された一件をぶちまけ、「僕はあんな偉そうな講師はまっぴらだね。だいたい教室にいないで監視カメラで見ているなんて卑怯だよ。受講生にもう来なくていいなんて何様だと思っているんだ。ただで教えてもらっているんじゃないよ。高い受講料を払っているんだ。教え方だってバロースの方がよっぽど上等だったよ」と斬り捨てた。宮本は困ったような顔をしていた。

七月に機種をＩＢＭに決めてからＩＢＭはＳＥの宅見を常駐ではないが不銀専任とした。主任の山村も週に二、三回顔を出すようになったので事務管理部内に二人分の席を用意した。山村と宅見はオンライン班に必要な各種技術情報をレクチャーしてくれた。特に不銀サイドが注目しているＩＭＳについては何回か講義をしてくれたのでオンライン班全員がＩＭＳについて基礎的な知識を得ることができた。またＩＢＭ本社から専門技術者を連れて来ての講習会もあった。テーマは多岐にわたり、「プログラム作成の標準化」や「ＩＢＭ三七〇―一五八機の仮想記憶の仕組み」、「三三三〇リムーバブルディスク装置の特徴」、「トランザクションの待ち行列処理方法」などだった。武田はハードウェアの仕組みは銀行のＳＥとして必須の知識とはいえないが、知っていた方がバランスのよいシステム設計ができるだろうと思った。講習の際ＩＢＭはプレゼンテーション用の新兵器を持参してきた。武田はＯＨＰ（オーバー・ヘッド・プロジェクター）を初めて見てこれは便利だなと感心した。また折畳み式のアルミ製パネルスタンドを運んできて組み立て、そこに升目入りの大きな模造紙を吊り下げてプレゼンテーションを行った。小道具を揃え教え方も洗練されていた。そのプレゼン能力は他社の追随を許さなかった。武田はＩＢＭ研修センターでのＰＬ／Ｉ講習会は最悪だったが、個別の講習会のレベルはさすがＩＢＭだと思った。

オンライン班では彼らの使ったＯＨＰやパネルスタンドと模造紙がこれから増える本部や営業店への説明会に大いに役立つだろうと衆議一決してさっそく購入することにした。

八月中旬、オンライン班の全体会議で松木が「最近、班員の多くが方向性を見つけられず試行錯誤しているようなので、一つの打開策としてみんなで各業務を横割りに見てみたらどうか」と提案した。松木はそれを「仮設計」と称し期間は一カ月程度とした。

武田は七月に伊吹から営業店システムの全体構想と預金科目の開発を担当するようにいわれてから普通預金の「要求定義」に着手し、現在は定期預金、通知預金の「要求定義」も終了していた。八月にＰＬ／Ｉの講習を受け、ＩＢＭのＳＥからＩＭＳの基本的知識を教えてもらい、必要な知識を習得したので各預金の基本設計書を書きはじめていた。自分なりに方向性は見つけていたので、一カ月も詳細不明の「仮設計」に付き合わされるのは勘弁してほしいと思った。しかしＴＫＪ法で衝突したことを思い出すと、さすがに再び松木と事を構えるのは気が重かった。それに「基本設計」で何をすればいいのか暗中模索している班員がいるのも事実だろう。誰にとってもオンラインシステムの設計は初めてなので各人が試行錯誤しているのも無理はない。各人が担当業務について現状を報告することによって互いに参考になることもあるかもしれない。武田は松木の提案に反対しなかった。

翌週から各人の担当業務の現状報告が始まった。

最初に松木が半日かけて債券関係の統計について説明した。七月に行った債券本部のヒアリングで出された要望を踏まえて、どのような情報を収集すればいいか、それらの情報を収納するためのＩＭＳのデータベース案を発表した。

翌日はドキュメンテーション（文書化）担当の山井がフローチャート（流れ図）用紙案とフローチャート用テンプレート（プラスチック板に処理や入出力機器を表す図形をくり抜いたＢ６程度の定規）案を示し、フローチャート作成の説明を行った。その場で承認され、用紙とテンプレートを業者に発注することになった。

翌週、武田の番が回ってきた。武田は最初に営業店システムの全体構想について説明を行った。現行の事務処理とオンライン後の処理の違いをＢ４コピー用箋に記入し、リコピー（ジアゾ式複写機）で複写したものを全員に配った。

現行処理では計理取引は伝票を起票することから始まる。取引は複式簿記に基づき借方伝票と貸方伝票の組みあわせで表現する。この作業を仕訳という。例えば普通預金一〇万円を下ろして同額の定期預金を設定する取引は、普通預金の借方伝票と定期預金の貸方伝票の対で起票する。この伝票を基にして記帳という作業が行われる。普通預金元帳に一〇万円出金、定期預金元帳に一〇万円入金を記帳する。伝票は最後に計算係に集められ各科目毎に集計した金額を総勘定元帳に記帳し、一日分の伝票をまとめて製本し仕訳帳とする。

オンライン処理ではどのようになるのか。武田は現行の伝票の役割として①原始取引証憑、②仕訳帳の一部、③総勘定元帳集計の手段、④科目主管係への伝達手段の四つの機能を挙げた。しかしオンライン処理で科目連動処理を行えば、②と③と④はシステムによって自動処理される。従って残る機能は原始取引証憑としての役割だけとなる。そうであれば伝票という形より、貸借の科目を包含した取引指示書のようなものにした方がいい。武田はそれをオペレーション指示書と命名した。オンラインではオペ指示書によって入力すると、コンピュータで取引処理が行われ、必要なデータはＣＩＦ、日計ファイル、当日取引ファイルに反映され、法定の帳簿等は必要のつどセンターで作成することになる。この結果、営業店から伝票、各種元帳、残高照合帳、仕訳帳、総勘定元帳などの計理帳票は姿を消すのである。

武田は営業店システムの構想を説明した後、質疑応答を行った。特に反対意見はなかったが、仕訳とか複式簿記がよく分からないという意見もあった。考えてみれば武田も名古屋支店で計算係をやっていなければ彼らと同じような反応を示しただろう。武田は科目連動を前提にシステム設計を進めてゆくためには複式簿記の知識が必須であると考え、その場で複式簿記の説明をした。複式簿記は一つの取引を借方要素と貸方要素に分解して表現する方式である。武田は貸付金一〇〇万円を実行し、それを当座預金に入金する取引の仕訳例を白板に書いた。まずＴフォーム（Ｔの字状の線）を引いて、左側を借方とし「貸付金　一〇〇万円」と書き、右側を貸方として「当座預金　一〇〇万円」と記入した。ある勘定科目を借方にするか貸方にするかの基準は、資産勘定の科目の場合は増加する取引は借方に、減少する取引は貸方に記入し、負債勘定の科目の場合は増加する取引は貸方に、減少する取引は借方に記入するのである。あるいは銀行にとって資金が流出する取引は借方、資金が流入する取引は貸方とすると覚えてもよいだろうと付けくわえた。また損益勘定については、オンラインシステムでは自動的に計算され入力不要になるので説明を省略した。武田は後日複式簿記の仕訳についてレジュメを配るので詳しくはそれを参考にしてほしいといって簿記の説明を切りあげた。

続いて預金業務プログラムについての報告を行った。

営業店での入力はオペ指示書単位となるが、コンピュータのプログラム処理は勘定科目単位で作ることになるだろう。預金四業務（当座預金、普通預金、通知預金、定期預金）では各預金に共通して口座開設処理、入金処理、出金処理、解約処理のプログラムが必要である。武田は普通預金の入金処理、出金処理を例にしてその処理内容を説明した。それぞれインプットデータ処理、ファイル読込処理、利息計算処理、ファイル更新処理、計算書等端末出力処理などの機能を説明した。

ファイルについてはＩＭＳを使い、ＣＩＦ（顧客情報ファイル）というデータベースを作り、ルートセグメントに取引先の属性情報を集約し、その下に当座預金、普通預金、通知預金、定期預金の口座セグメントを持たせ、さらに通知預金、定期預金の口座セグメントの下には契約単位の枝セグメントをぶら下げる階層構造図を示した。武田はデータベースについては松木の担当なので、これはプログラム担当として最低限必要なデータを洗いあげた試案であると念を押しておいた。

翌日は債券業務担当の五島が報告した。債券は長期信用銀行など特定の銀行にしか認められていない金融商品で、長信銀では五年物の利付債と一年物の割引債を販売していた。債券は社債原簿で管理され、販売形態は債券現物を販売する方法、現物を発行せず社債原簿に登録する方法、現物を銀行が預かり通帳を発行する保護預りという三種類があった。また債券は月一回発行なので発行日、償還日までは仮勘定で処理し、期日に本勘定に振り替える処理があった。計理処理も複雑で、預金業務より難易度が高かった。五島はフローチャートで割引債、利付債の処理内容を説明した。それ自体は正確でよくできていたが、具体的なプログラムについては触れられていなかったので、武田は五島の発表が終わったとき手を挙げて発言した。

「債券取引のプログラムは利付債とか割引債とかの勘定科目で作るのではなく、現物、登録、保護預りという債券の保管形態ごとに『入金』、『出金』のプログラムを作るのがいいのではないかと思います」

武田の意見に五島はなるほどとうなずいた。すると松木が難しい顔をして発言した。

「債券業務はそんなに簡単なもんじゃないよ。営業店の処理は何とでもなるが本部で必要な様々な管理資料を作れるかどうかがポイントなんだ」

武田は松木が何を問題にしているのかよく分からなかった。武田は本部が必要とする管理資料を提示してくれれば、必要なデータを入力するようにするので、統計処理は何とでもなると思った。債券本部畑のエリートである松木としては、武田が担当でもない債券業務に口を出したのが面白くなかったのかなと思った。武田は名古屋支店、金沢支店で債券係の検印者をしていたので、オンラインの入力処理としては武田の発言した方法以外は考えられなかった。しかし武田は反論しなかったので、何となく微妙な雰囲気で五島の報告は終了した。

翌週、貸付業務担当の高林の報告があった。高林は現行の長期貸付バッチ処理に詳しいだけにファイルの項目まで記載されたかなり詳しいものだった。ただ新規貸付のオンライン処理では分割償還分の枝セグメントの作成を行わず、業後バッチ処理で行うというものだった。オンライン処理時の負荷を減らし、現行のバッチ処理のプログラム資産を最大限に活用する手堅い方法だった。だが武田はせっかくオンライン化するのだからオンライン処理だけで完結する方法も検討すべきではないかと思った。貸付部門の本部である業務推進部のヒアリングを行ったとき、貸付申請業務のサポートについて要望があった。貸付申請は顧客から融資の申し込みがあると、受付処理を行い、申請書を書いて本部に申請し、承認が下りてようやく実行となる。この受付・申請業務の段階からオンライン化できないかという要望だった。武田はこの点について高林に質問すると、今は貸付実行処理を設計中だが当然受付・申請についても対処したいと答えた。

仮設計は予定通り一カ月で終了した。まだ現状分析段階の業務もあり、発表内容のレベルはまちまちだった。しかし開発担当者の人数も倍増し、それぞれが何をしているのか分からなくなっていたので、各人が現状を報告しあったのはよいことだった。武田は当初、その意義を疑っていたが、今ではやってよかったと思っていた。

武田は最終日に、仮設計で議論した中でオンライン班全体で共有すべき事項については「システム設計確認書」という文書で回覧し、記録しておくことを提案した。反対はなく書式の作成は武田に任された。武田はさっそく確認書を作成した。そこには各種「申請書」や「回議書」にはない「補足意見」欄と「反対意見」欄を設けた。武田はシステム設計では一人一人が自分なりの意見を述べる事がたいせつだと考えていたので、閲覧者が補足意見や反対意見を自由に表明できる欄を作っておきたかったからだ。起案者の意見が承認されたとしても、それが正しいという保証はない。将来間違っていたことが明らかになる場合もある。そういうときのために、反対意見もきちんと残しておく必要があると思った。

武田の作成した「システム設計確認書」のフォーマットはすんなりと認められた。「システム設計確認書」の第一号は武田の提案した「オンライン処理の入力帳票はオペレータ指示書とする」だった。「補足意見」も「反対意見」もなかった。

一一　外国為替新会計方式（一九七二年一〇月）

一〇月初旬のある日、武田は伊吹に呼ばれて次長席に向かった。伊吹は金融関係の月刊誌を開いて武田に示した。

「ここに行列簿記の論文が載っています。当行オンラインシステムで取り入れるべきか検討してくれませんか」

武田は行列簿記という名を聞いたのは初めてだった。伊吹から月刊誌を預かり席に戻った。伊吹は以前から不銀オンラインシステムは単に簿記の要件を満たすだけでなく財務会計、管理会計のニーズにも応えられるようなシステムにするべきだといっていた。月刊誌で行列簿記の論文を見つけ注目したのだろう。そろそろ基本設計に拍車をかけなければならない時期なのにさらに風呂敷を拡げようとしている。いかにも理想主義者の伊吹らしいと思った。武田は次長の依頼なので基本設計を中断して行列簿記の論文を読みはじめた。

行列簿記は縦（借方）と横（貸方）に全科目を配置した表を作り、取引金額を借方と貸方の交差する升目に加算していく方法だった。通常の複式簿記では左側に借方勘定科目、右側に貸方勘定科目を並べて表示するが、行列簿記では二次元の表示となり、複式簿記の仕訳が一目で分かるという特徴があった。論文では①実質預金の算出ができる、②資金繰り分析、流動性分析ができる、③決算事務が簡単になる、などのメリットを挙げていた。論文を読みおえた武田はさっそく行列簿記用の表（マトリックス・ブックキーピング・チャート、略称ＭＢチャート）を作り、著者が唱えるメリットがあるのか確かめてみることにした。まず預金入金取引の伝票を幾つか作りＭＢチャートに記入して実質預金を算出してみた。しかし現在営業店で算出している数字ほど正確には計算できそうもなかった。資金繰り分析、流動性分析についても名古屋支店計算係にいたころ毎日作成していた「資金繰り日報」がＭＢチャートのデータから作成できるか大いに疑問であった。最後の決算事務が簡単になるというのも大まかな数字は出せるかもしれないが、正確な決算補正を行うのは無理だった。要するにシステム的にいえば行列簿記はサマリーファイル（集計したデータのファイル）なので、個々の取引の仕訳は復元できないし検索することもできないのだ。現実には実質預金、資金繰り、決算は個々の取引データから計算し集計しているので、行列簿記のサマリーデータからは大雑把な数字しかでてこないのだ。一方、デメリットとしてはファイル容量を食うことだ。通常のバランスシート形式では科目数分のレコードを持てばよいが、行列簿記では科目数の二乗のレコードが必要になる。そんな大きなファイルを使ってオンライン処理するほどのメリットはないと武田は判断した。ただ行列簿記により取引全体の振替関係が可視化されるので、新たな分析が可能になる可能性はあった。そのようなニーズがあれば、バッチ処理で行列簿記を作成し月次統計資料として本部に配布すれば十分だろう。

武田はＢ４用紙一枚に行列簿記の評価をまとめ、試作したＭＢチャートを別添にして伊吹に報告した。伊吹はオンライン班の会議で説明するようにといったが、内容についてのコメントはなかった。

しばらくして武田は再び伊吹に呼ばれて応接室で面談した。伊吹はテーブルの上に置いた冊子を示し、「これは私が住友銀行にトレーニーに行っていたときにもらった外国為替のマニュアルなんですが、いずれ外為もオンライン化するのでそのときのために研究しておいてくれませんか」といった。

またまた伊吹らしい注文だった。第一次オンの基本設計が遅れ気味なのに第二次オンのことを考えている。武田は冊子を預かって席に戻り、さっそく読みはじめた。

マニュアルには輸出為替取引、輸入為替取引、送金取引、資金取引等の取引種類ごとに取引例と仕訳が示されていた。よくできたマニュアルだと感心した。為替業務と与信業務が密接にからみ、また外貨取引の簿価は円で表示するため、外国為替相場の変動により日々変化するという国内業務にはない複雑さがあった。外為実務を経験したことのない武田には取っつきにくい業務だった。特に外貨取引の計理が分かりにくかった。

たとえば一万ドルの「外貨貸付」を実行し、円勘定の当座預金に入金する場合、当日の為替レートが一ドル＝三〇八円であれば「外貨貸付」三〇八万円、「当座預金」三〇八万円と計理する。ところが為替相場が変動し、一ドル＝三〇〇円となれば、三〇八万円と計上されている「外貨貸付」の実際の価値は三〇〇万円になっている。これを補正するためには引き直しという処理が必要だった。「外貨貸付」を三〇〇万円とし、「為替差損」が八万円発生したという計理処理を行うのである。

またドル建ての貸付を実行しドル建て預金に入金する場合は、ドルとドルの取引であるにも係わらず、それぞれを円に換算して記帳しなければならない。為替相場が変動すれば円で表示した金額は実勢から乖離してしまうのである。

武田はこのような外国為替の計理処理はどうもしっくりこなかった。もっといい方法はないのか頭を捻っていた。最初に思いついたのは円のバランスシートの中にドルのバランスシートやポンドのバランスシートを包含してみたらどうかというアイデアだった。円とドル、円とポンド、ドルとポンドの間の取引をどのように計理するかあれこれ試してみたがうまくいかなかった。

伊吹にマニュアルを渡されてから五日経ったときだった。どうも円のバランスシートに他の通貨のバランスシートを従属させていることに問題があるのではないかと思った。そこで通貨ごとのバランスシートを独立させ、通貨間の取引はある種の連結勘定を媒介して計理すればよいのではないかと思いついた。それは銀行の本支店間の資金取引を「本支店勘定」で計理するのに似ていた。武田はさっそくこの勘定科目を「外貨両替口」と名付け、住友銀行のマニュアルに載っているすべての取引例を新方式で仕訳して、通貨ごとのバランスシートに記帳してみた。例えば「外貨貸付」一万ドルを実行し円の「当座預金」に三〇八万円入金する取引は、ドルのバランスシートの借方に「外貨貸付」一万ドル、貸方に「外貨両替口」一万ドルと記帳し、円のバランスシートの借方に「外貨両替口」三〇八万円、貸方に「当座預金」三〇八万円と記帳する。このようにすべての取引を通貨ごとのバランスシートに記帳し、最後にすべての通貨別バランスシートを円に換算して全通貨総合バランスシートを作成した。科目ごとに外貨の場合は当日の電信売買相場仲値を用いて円に換算して集計していった。バランスシートの最後の科目だった「外貨両替口」を算出したとき、その金額はゼロではなかった。一瞬計算間違いかなと思ったが、その数字をどこかで見たような気がした。ハッとしてマニュアルに目を走らせると、従来の会計方式による為替引き直し損益と同じ金額だった。結果を予測せずただ計算に夢中になっていたが、全通貨総合バランスシートの「外貨両替口」の残高が為替差損益を表していることを発見し、驚くと同時にうれしさが込みあげてきた。為替変動がなければゼロになるはずの「外貨両替口」の残高が、為替相場の変動による差益または差損を自動的に算出していたのだ。取引ごとに引き直しを行わなくても、各通貨の円換算トータルのバランスシートを作成すれば自動的にその時点での為替損益が明らかになるのである。武田は外国業務に最適な新会計方式を発明したと思った。通貨ごとのバランスシートを作り、全通貨総合バランスシートを作るのは手作業ではたいへんな作業だが、コンピュータを使えば問題はないだろう。

武田はそれから「外国為替計理の新方式」と題したB4用紙二枚の資料を作成した。従来の方式(単一通貨方式)による記帳例と、新方式による記帳例を左右に並べて対比させ、それぞれの特徴を記したものだった。新方式では通貨ごとの資産、負債の状況が一目瞭然で、最新時点での為替損益が全通貨総合バランスシートの「外貨両替口」に表示される。面倒な引き直しを行わなくても自動的に為替損益が算出されるというのは画期的であった。

武田は住友銀行のマニュアルを読了し伊吹に返した。同時に「外国為替計理の新方式」のコピーを渡した。伊吹はオンライン班に説明するようにといった。
翌週、武田はオンライン班の全体会議の後に「外国為替計理の新方式」を発表した。二〇分ほど説明したが班員からの反応はまったくなかった。外国為替業務の経験者は一人もいなかったので新会計方式を評価できなかったのだろう。それに外国業務は第二次オンラインの対象業務だったので、今議論することもないだろうと思っているようだった。画期的な新発明をしたという武田の高揚した気分は冷めていった。

一〇月下旬のオンライン班リーダー会議で、伊吹がオンラインシステムの完成にはまだ相当時間がかかりそうなのでパイロットシステムを開発すると発言した。対象業務はキャッシュディスペンサーを使った従業員預金システムだった。事務企画課からオンライン班に移ってきた豊村が銀行側の担当となり、ＩＢＭに二〇〇〇万円でプログラム開発を委託するということだった。何事もオープンに議論する伊吹には珍しく、パイロットシステムのことはオンライン班で議論したことはなかった。伊吹と宮島課長のラインで決めたのか、ＩＢＭ側から提案があったのか分からなかったが、武田の心中は複雑だった。従業員預金は預金の一種だから本来武田の担当分野だった。なぜ武田にやれといわなかったのか。それに従業員預金のキャッシュディスペンサー処理だけを先行実施してどれほどの効果があるのだろうか。開発費に二〇〇〇万円というのも気前のいい話だと思った。いずれにしろ武田が総合オンラインシステムの一環として従業員預金を開発すればパイロットシステムは不要となる。武田には不可解な決定だった。

一二　富士通新端末機見学（一九七二年一〇月）

不銀のオンラインシステムに使用するコンピュータはＩＢＭに決まっていたが、端末システムは未定だった。プロポーザルを提出したＩＢＭ以外の五社のうち端末システムの売りこみに意欲を示していたのは富士通だけだった。富士通が銀行用端末システムの新製品を発表したのは八月だった。端末コントローラの機能を大幅に向上させ、接続可能な端末機の台数も一六台となり、ほとんどの支店で一台のコントローラで済むようになりコストパフォーマンスは大幅に改善された。端末コントローラはミニコンピュータ並みの能力を持つようになり、端末側でかなりの処理ができるようになった。武田はその機能に注目していた。一〇月になって富士通より新端末システムを生産している工場を案内したいという申し出があった。

工場見学の日はさわやかな秋晴れだった。宮島課長以下、西岡、武田ら六名は早めに昼食を済ませ工場に向かった。端末機を製作しているのは富士通が資本参加している黒沢通信工業の本社だった。京浜東北線で川崎に行き南武線に乗り換えて稲城長沼で下車した。タクシーに分乗して多摩丘陵を登り黒沢通信工業のゲートを通って工場入口に着いた。工場長と富士通の営業課長、担当者、端末担当ＳＥの出迎えを受け、工場内の端末機製造フロアに案内された。明るく広々としたフロアだった。製造ラインには各種端末機が並んでいた。銀行名の入ったキャッシュディスペンサーが幾つか並んでいた。出荷前の検査をしているようだった。フロアの中ほどに新型の銀行窓口端末機が並んでいた。主端末機となるＦ一五三二機は見るからに多機能そうだった。タイプライターに通帳記帳機能を付けただけの初期の銀行端末機とは大違いだった。印字機能は預金通帳や計算書を挿入して記帳する機能と、連続用紙に印字する機能があった。キーボードはカナキーとテンキーがあった。表示装置として六インチほどのプラズマディスプレイが付いていて、横三二字、縦七行のカナ、英数字が表示できた。このディスプレイを使えばオペレータの入力をガイドすることができる。ＩＤカードリーダーも付いているのでオペレータの権限チェックを行うことができる。操作盤には機能選択キーがたくさん付いていた。五種類五〇個の固定機能キーがあった。一番左にある一八個の取引キーの一つを押すと右側にあるマイクロフィッシュ表示部に当該キーに対応するマイクロフィッシュがセットされて、左右各九個の項目名がバックライトで浮かびあがる仕組みになっていた。このマイクロフィッシュによる可変表示部の両側にある各九個の選択キーを押して項目を選ぶことができた。このマイクロフィッシュによる可変表示により一八の取引キーのそれぞれに一八項目が対応しているので最大三二四の機能選択ができるようになっていた。武田はマイクロフィッシュ表示装置を見ているうちにあるアイデアが浮かんできた。可変表示部を仕訳のＴフォームに見立て、左側を借方、右側を貸方として科目連動のオペレーションが行えるのではないかと思った。

補助端末機となるＦ一五三三キーボードプリンターは、通帳または単票とジャーナルの打ち出しが可能で、ジャーナルでは七五字幅と一三六字幅の連続用紙を掛け替えて印刷することができた。

武田は富士通の新窓口端末機を見ていてワクワクしてきた。武田が考えている科目連動オペレーションを行うのに最適な機能を備えていたからだ。この端末機を使えば武田が理想とする営業店システムが実現できるだろうと思った。
工場見学を終えて建物を出ると、眼下に南武線の線路とその先の多摩川がよく見えた。武田は東京郊外の工場まで出向いた甲斐があったと晴れ晴れとした気分だった。

翌週のリーダー会議で端末担当の西岡が富士通の新端末システムについて報告を行った。西岡の評価も高かった。武田もプラズマディスプレイとマイクロフィッシュによる可変表示機能を詳しく説明し、これらの機能により画期的なオペレータガイダンスを実現できるのではないかと補足発言した。見学会に参加しなかったメンバーも西岡と武田の高評価を肯定的に受けとめていた。

富士通の新端末システムが発表されたので、ＩＢＭの対応が焦点となってきた。不銀側が富士通の新端末を高く評価していることを知るとＩＢＭも動きだした。ＩＢＭは、ＩＢＭのコンピュータと他社の端末を接続した例がないので接続を保証できないといってきた。銀行側の誰もが通信制御については素人である。ＩＢＭに接続を保証できないといわれて不銀サイドは当惑した。他社端末の接続例がないといわれるとやはり不安になるのだ。同一メーカーの端末機を使う方が無難ではないかという者も出てきた。だが武田はそんな理由で機能の優れた富士通の新端末を利用しないというのは理不尽だと思った。武田は他社端末と接続できないというＩＢＭの態度はエゴ以外の何物でもないと思った。営業担当はともかく、ＳＥという技術者が接続できないというのは技術者の風上にもおけないと嫌悪感すら覚えた。技術的に難しいことに挑戦するのが技術者魂ではないか。前例がないからといって新しいことに挑戦しなければ進歩がない。富士通の方はＩＢＭの指定するインターフェース条件に富士通の方が合わせるといっていた。ユーザーの要望なのだから、双方が平等の立場でどのようなインターフェースにするか協議するのが当たり前だ。ＩＢＭのインターフェースに合わせますという富士通の方に武田は共感を覚えた。

しばらくしてＩＢＭは新しい提案を持ってきた。それはディスプレイ装置を主端末とするという奇抜な案だった。ディスプレイ装置は高価で、主として情報検索用の端末として使われていたが、それを銀行の営業店処理の主端末とするというのだから武田も驚いた。オペレータガイダンスを行うには大いに威力を発揮するだろう。だが銀行の窓口で必須の通帳印字を行うためには別に記帳端末機をセットで使わざるを得ない。コスト高になるし場所も取る。革新的な提案のようだが現実的なものとは思えなかった。武田も融資申請業務などでディスプレイ端末を使うことは想定していたが、預金、債券の窓口業務ではとても使えないだろうと思った。結局、ＩＢＭの提案は若手の一部に革新的な提案だと評価する者もいたが大勢は否定的だった。

ＩＢＭとの定例の打ち合わせで不銀の反応が思わしくないと知ると、ＩＢＭの営業担当者は「実は我が社でも次期端末システムの開発を進めていますのでそれを待って頂けませんか」といった。

西岡が「それはいつごろになるんでしょうか」と質問した。

「実は当社が開発中の機器について事前発表を行うことは独占禁止法に抵触するおそれがありますのでできないことになっています。その辺の事情を察して頂きたいのですが」

確かに圧倒的なシェアを持つＩＢＭが開発中の機器の話をすれば他のメーカーは不利になる。以前米国で寡占状態にあったＩＢＭが開発中の製品の事前発表を行い、競合メーカーから受注を妨害されたと訴えられ大きな問題になったことがあった。それでＩＢＭは開発中の機器の売りこみができないのだろう。ガリバー企業ＩＢＭの泣き所だった。ディスプレイ装置を窓口端末とするという提案は、開発中の端末機ができるまでの時間つなぎのようだった。

伊吹はＩＢＭのこの提案には乗らなかったが、その代わり新端末の決定は昭和四八年六月末に行うと宣言した。ギリギリまでＩＢＭの新端末発表を待つということだろう。武田はそこまでＩＢＭに配慮することはないだろうと思ったが、慎重で完璧主義の伊吹らしい判断であった。

オンライン開発に必用な作業は多岐に渡る。コンピュータセンターの建設もその一つだった。大手銀行は硬い地盤の上に関東大震災級の地震にも耐えられるような堅牢なコンピュータセンターを建設していた。外部からの侵入を防ぐため出入口の少ない監獄のような建物が多かった。不銀でもオンライン班が発足以来、適当な立地を探していたがなかなか見つからなかった。このままでは四九年一〇月のカットオーバーまでにセンターを建設するのは難しくなってきた。そんな折、本店の隣にあった工場が移転することになり、不動産銀行の小会社である日本地所が土地を取得し一二階建ての新ビルを建てることになった。テナントを募集し始めていた日本地所は銀行にコンピュータセンターとして使えないかアプローチしてきた。コンピュータセンターには無停電装置や自家発電装置などかなり大がかりな設備が必要で、またコンピュータを設置するフロアは平米当たり六〇〇キログラムの床荷重が必要だった。そして何より同一のビルに他のテナントがいることはセキュリティー面で不安があった。やはり専用の建物であることが望ましいので事務管理部としては新ビルに入ることには否定的だった。しかし日本地所は銀行の要望に応じて設計変更するといって粘った。そうなると事務管理部としても未だにセンター用地の手当てもできていないので、コンピュータセンターとしての最低限の設備、機能が整うのであれば渡りに船の話だった。コンピュータセンター担当の山下らが中心になって日本地所と交渉し、新ビルの二階から六階までを不銀の専用区画として他のテナントと隔絶した構造にするということで決着した。不銀専用エリアにはロビーから専用階段で二階に上りガードマンがチェックする入口から入ることにした。三階、四階は床荷重を強化し、窓の内側に鉄板を張りつめる。地下二階に無停電装置と自家発電装置を設置することにした。他行のコンピュータセンターとくらべれば見劣りするが、反面、システムの開発、運用部門が本部、本店のすぐ隣にいるのは大きなメリットだった。

かくしてオンラインシステム開発のスケジュールでクリティカルパス（遅れが生じるとプロジェクト全体の遅延に繋がるような事項）であったセンター建物建設が思わぬ形で目処が付いた。しかし新ビルの竣工は昭和五〇年春ごろの予定だったので、昭和四九年一〇月にオンラインシステムを開始するという当初の目標は先延ばしになった。

九月下旬に西岡から行内にスキー同好会を作ろうという動きがあるので一緒に参加しないかと誘われた。武田は即座に同意した。一〇月下旬に新宿区河田町にある厚生施設で設立総会があり武田は西岡と一緒に参加した。集まったのは七名だった。冒頭、発起人の島岡と小沢がスキー同好会設立の経緯を報告した。二人は同期で札幌支店のスキー仲間だったが、八月に島岡が本店に戻ってきたのを機に二人でスキー部結成に向けメンバーを集めはじめた。その結果、一三名が参加することになったので人事部厚生課に行友会のスキー部として承認を求めた。しかし人事部は行友会にはすでに旅行部があり、毎年一般行員向けのスキーバスを出していたので、類似の部の新設に難色を示し、またスキー事故が発生した場合の責任問題などに懸念を表した。そこで島岡らは行友会の部とすることは諦め、「不銀スキー同好会」として活動することにし、銀行側が「黙認」するという形で折り合ったということだった。発足の経緯説明に続き、規約案の説明があり原案通り承認された。それから役員選出となり、三九年入行の二名が会長と副会長に、四五年入行の島岡が会計幹事、小沢が企画幹事に選任された。続いて運動方針としてスキーシーズン中は月に一度以上のスキー合宿を行うことを決めた。またユニフォームを作ることにした。

議事を終了すると、後は宴会となりスキー談義に花が咲いた。

一二月一五日の金曜日、苗場国際スキー場で「不銀スキー同好会」の最初の合宿が始まった。八名が参加した。車二台に分乗して行くことになり、武田と島岡が車を出すことにした。武田は庶務部で銀行駐車場の使用許可を得て当日マイカーで出勤した。仕事が終わるとロッカー室で着替えて駐車場に向かった。武田の車には西岡と小沢と女性一名が乗った。みんなが揃って島岡の先導で銀行を出発した。今宵の宿は苗場の手前にある浅貝スキー場のロッジだった。島岡が大学のスキー部時代にたびたび利用していた宿舎だという。国道一七号線に入り、途中のドライブインで夕食を取り、夜中の一時に宿舎に着いた。

翌朝、ロッジのマイクロバスで苗場スキー場まで送ってもらった。武田は苗場は初めてだった。ずいぶん横に広いスキー場だった。ゴンドラに乗ったがゲレンデには十分な雪が積もっていなかった。山頂駅で降りるとその先の筍山のゲレンデは滑れそうだった。五〇〇メートルもない緩斜面だった。ちょっと物足りなかったが、一二月中に滑れるのだから文句はいえない。島岡は大学スキー部でダウンヒル（滑降）をやっていたということで、長いスキー板を履き流れ止めの紐は付けていなかった。絶対に転ばないという自信があるのだろう。ほとんど直滑降に近い滑りで飛ばしていた。北海道のニセコで育った小沢は札幌支店時代に日本スキー連盟の準指導員の資格を取っていた。キレのある美しいフォームで滑っていた。この二人にスキーを教えてもらえるのはラッキーだった。赤いジャケットのユニフォームを着て集団滑走するとみんなの脚が揃っているので気持がよかった。

翌日も昼過ぎまで滑り、二時にロッジを後にした。各所で渋滞に巻きこまれ、武田が家に着いたのは一〇時近くになっていた。一時間程度でスキー場に行けた金沢とは大違いだった。

一三　支店ニーズ調査（一九七三年三月）

本店に戻って二年目の正月を迎えた武田は三〇歳になった。

一月四日、仕事始めの日に女子行員の冬制服が有名デザイナー監修による新制服に替わっていた。

紺色のジャンパースカートに白いブラウスというクラシックで落ちついた制服だった。武田は背広を新調したときは何となく気分がよかった。女子行員も新しい制服を着て仕事につくときは浮き浮きした気分なんだろうなと思った。

年初のオンライン班全体会議でそろそろオンライン開発日程のチェックポイントを決めようという意見が出された。昨年八月に期間一カ月で「仮設計」を行ったが、その後スケジュールについて特段の指示はなく、当初計画で「基本設計」とされている期間がいたずらに過ぎていった。さすがにそれはまずいだろうということになり、若手の藤崎と新堂が「仮設計」と「基本設計」の作業項目を明確にし、「基本設計」、「詳細設計」、「プログラミング」、「テスト」、「移行」、「カットオーバー」のスケジュールを見直すことになった。

二月初めのオンライン班全体会議で伊吹次長から支店のニーズ調査を行うようにという指示があった。その責任者として塚田と西岡を指名した。塚田は部内異動で事務企画課からオンライン班に移ってきたばかりだった。伊吹は昨年八月に本部、本店のニーズ調査を実施していたので、当然支店ニーズ調査も行うべきだと考えたのだろう。武田はスケジュールが遅れているので支店の調査は省いても基本設計は進められると思ったが、ニーズの聞き取りだけでなく、オンラインシステムの説明会も併せて行うようにということだったので納得した。

その後、塚田、西岡と設計グループで打ち合わせを行い、出張担当者は一人ということになった。武田は名古屋支店と金沢支店を希望し認められた。両店にはまだ顔見知りも残っていて本音のニーズを聞き出すことができるだろうと思った。

三月一二日、月曜日の朝、武田は自宅から東京駅に出て新幹線で名古屋に向かった。説明会で使う一六ミリフィルムや筒状に巻いた掛け図（フリップチャート）を持参していた。名古屋駅の地下街で昼食を取り、一時過ぎに支店に着いた。名古屋支店は三年半ぶりである。懐かしさが込みあげてくる。行員通用口から入るとさっそく古手の守衛に声をかけられしばらく雑談した。それから今回の調査の窓口になっていた庶務係の山市代理を訪ね挨拶した。武田が名古屋支店にいたときから残っている数少ない役席だった。山市には各係のニーズ聞き取りのアレンジと、業務終了後のオンラインシステム説明会への動員を依頼していた。準備は整っているようでさっそく応接室で各係のヒアリングを行うことにした。

武田が応接室に案内されてしばらくすると、預金係の女性二名と債券事務係の男性二名がやってきた。女性の年長者は武田が名古屋支店での最後の年に預金・債券事務係の検印者になったときにいた当時入行二年目の井村だった。武田の妻裕子など預金係の女子行員四名が相次いで退職したため井村が最年長となり一生懸命勉強していた。その井村が係の中心になって活躍しているのはうれしいことだった。井村は真っ先に普通預金決算を機械化してほしいといった。普通預金は武田の担当なのでオンラインシステムになれば当然普通預金決算の仕事はなくなると約束した。期待に満ちた井村の顔を見ていると一刻も早くオンラインを完成させたいと思った。

債券事務係からは証券会社一五社で積立フドーの取引があるが、その個別残高管理をするのがたいへんなのでなんとかならないかという要望があった。また証券会社の引き受けについて手数料の支払いをオンライン化してほしいということだった。要望として受けつけた。

次に計算係からは大卒男性と女性がやってきて一次予想を止めてほしい、資金繰りは本店で集中できないか、商品別の原価計算をやってほしいなどの要望が出された。

庶務係は女性三名がやってきた。その内二人は顔馴染みだったので和気あいあいの雰囲気だった。常備品台帳のシステム化や、接待費関係の支払いは現金払いが多いが何とかならないかなどの要望が出された。

五時半からは三階会議室でオンラインシステムの説明会を開いた。出席者は二三名で全職員の三〇%ほどだった。武田は組合の支部集会並みだなと内心苦笑した。若手の男性や女性が多く、ベテラン行員の参加は少なかった。もともと名古屋支店は融資係や債券営業班の人数が多く、彼らは支店内でのエリート意識が強く、自分たちの関係する業務本部以外の説明会には関心がないようだった。大きな支店になるほど支店としての一体感は希薄になるようだ。

冒頭に山市が武田の紹介をした後、武田は「オンラインシステムとは何か」について説明を始めた。最初に「オンライン・システム・フォー・バンキング」という一六分の映画と、「銀行ＭＩＳへの道」一七分を上映した。今回の支店説明会のために事務管理部で購入したものだった。銀行オンラインシステムとはどのようなものか分かりやすく説明されていた。

次にフリップチャートを使って「オンライン処理とバッチ処理の違い」、「オンライン処理の概要（端末システム、通信回線、センター処理）」について解説した。

最後に「営業店の仕事はどう変わるか」について話しはじめた。不銀は他の都長銀に遅れてオンラインシステムを開発することになったが、その分最新の技術を使った先端的なシステムになること、具体的には多科目連動処理を実現する総合オンラインシステムで、ＩＭＳというデータベースソフトを活用した事務システムと情報システムを兼ね備えたものであると力説した。営業店の処理の一例として、貸付を実行してその資金を定期預金と当座預金に入金する取引を説明した。この取引の入力帳票は一枚のオペレーション指示書であり、それをもとに貸付係で端末に入力すれば取引は完結する。科目連動処理により預金の入金処理は自動的に処理されるからである。伝票も元帳も不要になる。コンピュータで貸借がチェックされているので勘定不突合、いわゆる片伝は発生しない。勘定の締め作業はなくなる。残高照合帳、総勘定元帳などの作成も不要となる。この入力処理でＣＩＦという顧客ファイルに貸付、預金のデータが記録されるので、客先の総合的な取引情報がリアルタイムに検索できるようになる。

武田の説明で出席者はオンラインの導入で事務が大きく変わるということを実感したようだった。素直に驚きの表情を浮かべる若手もいたが、中堅行員の中にはそんなにいいことばかりではないだろうという警戒感もあるようだった。銀行が行う合理化は必ず人員削減を狙ったものであるという懸念や、オンライン化により従来のスキルや専門知識が不要になり、自分たちの存在意義が低下するのではないかという不安もあるようだった。武田はオンラインを実施したらすぐに人員をカットしろというようなことは避けなければならないと思った。

質疑応答を含めて一時間半で説明会を終了した。

翌日も各係のヒアリングを継続した。

融資係の面接では調査部が設備投資アンケートを依頼している一〇〇先について支店独自の統計を作っているが、オンラインでも同様の統計を作成してほしいなどの要望があった。

管理係からは貸出先の火災保険満期案内を自動化できないか、取引先の過去の延滞状況が分かるようにしてほしいという注文があった。

鑑定係、代理貸付係、外国為替係からも要望を聴取した。

午前中にヒアリングを済ませた武田は、昼過ぎに支店を辞して金沢に向かった。新幹線で米原に行き、北陸本線の特急に乗り換えた。金沢に近づくと何か甘酸っぱい懐かしさが胸に広がってくる。一年半前に事務量調査で訪れて以来である。駅からタクシーに乗ってホテルに向かった。食事はホテルの近くの食堂で食べた。支店の誰かを誘えば付き合ってくれるだろうが自重してホテルに戻った。

翌朝、始業前に支店に顔を出し懐かしい人々に再会した。渡部支店長は相変わらず飄々としていた。二谷次長、福田代理も変わっていなかった。庶務係担当の支店長代理は長谷川から伊東に替わっていた。伊東は東大卒で三年先輩だった。非常に活発な人で調査に積極的に協力してくれた。

さっそく応接室を使ってヒアリングを開始した。最初は計算係の入行二年目の若手と面談した。精査は利息計算についてはきちんと再鑑するが、その他は日付印や印鑑が押されているかなどの形式チェックだけを行っているということだった。

庶務係の森川は新人のとき社内旅行の観光バスで「加賀の女」を小節を利かせて歌い武田を驚かせた女性だった。目がくりっとして可愛かった彼女も今では庶務係のベテランになっていた。備品六六九個、什器一九〇個をカード式の台帳で管理しているが、現物との照合のためには物品の一覧表が欲しいということだった。

債券係のヒアリングでは桜木と野田がやってきた。武田が債券係にいたころ中心になっていた本橋は、本店に転勤になった西本と結婚するため退職していた。今では桜木が債券係を引っ張っている。事務量調査で金沢にきたとき密かに心を惹かれた沖田は昨年暮れに退職していた。

武田は桜木に「すっかり落ちついた感じになったね。いい人見つけたんじゃないか」と冷やかした。桜木は「そう見えるけ」とちょっと顔を赤らめた。図星のようだった。多分職場の誰かが相手なのだろう。武田はよかったなと心から思った。テラーの長峰は本店に異動になった杉本といずれ結婚するという話だった。金沢支店でも職場結婚が盛んなようだ。

本題に入ると、桜木は債券販促用景品の管理が楽にならないかといった。野田は債券勧奨班で保護預りの集金をした場合、通帳を預かってきて記帳後郵送する件数がかなりあるので何とかならないかという要望があった。何とかしてあげたいが周辺の作業をすべてシステム化することはできないのが辛いところだった。

預金係からは別段預金で小切手を発行するとき、小切手の原符と記入帳のどちらか一つを残せばいいようにしてもらいたいという注文があった。

午後は融資係のヒアリングから始めた。荒井と若手がやってきた。統計資料の作成で事務管理部の統計課と業務推進部の両方から聞いてくることがあるので一元化してほしい、未処理事項について貸出金管理カードで管理しているが、ぜひオンライン化してほしいという要望があった。

代理貸付係、鑑定係のヒアリングを終了したのは五時過ぎだった。

五時半から会議室でオンライン説明会を行った。支店長、次長、債券勧奨班代理を除く全員、二五名が参加していた。職員数で二倍以上の名古屋支店より出席者が多かったのには驚いた。説明会の進行は名古屋支店とほぼ同様だったが、参加者は熱心に武田の話を聞き、質問や意見も活発に出されて武田も張りあいがあった。金沢支店は役席者が少ないので互いに他の係の検印も積極的に行っていて、役席間のコミュニケーションも良好のようだ。行員同士も協調して仕事をしていた。渡部支店長が茫洋としているのもプラスに働いていているようだ。その分次長以下が伸び伸びと仕事をしている。やはり金沢支店はいい店だなと思った。

全支店のニーズ調査が終わるとその結果をまとめた。一つ一つの要望事項を検討し、可能な限りシステムに取りこむことにした。このため現在進めている基本設計の修正が必要なものもあり、当初予定の三月末までに基本設計を終了するというスケジュールは難しくなってきた。しかし伊吹は基本設計を二カ月延長し、プログラミングを二カ月短縮するということで帳尻を合わせた。

一四　副主事昇格（一九七三年四月）

四月二日、月曜日の一〇時前に武田ら首都圏在勤の同期生は頭取室の前に並んでいた。一〇時になると一人ずつ呼びこまれて頭取から副主事昇格の辞令を交付された。新俸給は一二万三六〇〇円だった。昇給額は二万二五〇〇円で事務一級から副主事という偉そうな資格に変わった割には大したことはなかった。だが同期全員が昇格したのはよかったと思った。次の主事からは選別が始まるのでみんながハッピーになれるのは今回が最後だ。入行以来、武田は労働者としての意識を持ち続けていたが、大卒行員のほとんどはそうではないだろう。我が国の年功序列体制では社長もかつては一介の新入社員だったという例は多い。大卒銀行員はみな幹部候補生である。副主事という下端の資格を与えられれば経営者サイドの意識に変わっていくのがむしろ普通だろう。だが武田は初心忘れずで今まで通り労働者の心を持ち続けようと思った。

武田が辞令交付を終えて部室に戻ってくると、事務管理部に配属となった大卒一名、短大卒一名、高卒三名の新人女子行員がやってきた。この年は大卒女性七名が初めて採用され、その内の一人が事務管理部に配属されたのである。部内の男性は大卒女性がどの課に来るのか興味津々だった。部長応接室で部長や次長と面談していた五名は配属先が決まり伊吹次長が引きつれて部内の挨拶回りを始めた。一行がオンライン班にやってきたとき、伊吹は大卒の入江恭子がオンライン班に配属になると紹介した。入江は長身、色白、瓜実顔の整った顔立ちで、亜麻色の髪を肩まで伸ばしていた。高卒の女性とくらべると大人の雰囲気を漂わせていた。

翌週、銀行の九階ラウンジで事務管理部の新人歓迎会が行われた。テーブルの上にビール瓶と乾き物、寿司の盛りあわせが並べられていた。部長の挨拶、次長の乾杯の音頭と型どおりに進み、その後、新人の自己紹介があった。入江は実家は新潟で、地元の高校を卒業してから上京し、女子大学に通っていたという。新入行員の自己紹介が終わると自由歓談となった。オンライン班の若手がさっそく入江の周りに集まり話しかけていた。武田は山井と雑談していたが、入江が挨拶に回ってきたので互いの趣味などを聞きあった。山井と武田が山好きと知った入江は、一度山に連れて行ってくれといった。山井は「それは大歓迎だ」と応じた。ついでに武田はスキー同好会への勧誘もしておいた。

四月九日から全銀データ通信システムがスタートした。全銀センターに設置された大型コンピュータと全国の銀行八八行をオンラインで結び、その支店網七〇〇〇店で為替取引を行えるようになった。これにより個別の銀行間で為替契約（コルレス）を行う必要がなくなり、取引ごとに暗号組成、解読することもなくなった。従来一〜三日かかった振込が一時間ほどで処理されるようになり、各地の為替交換も廃止されることになった。世界に例を見ない画期的な共同システムだった。

四月に入ってオンライン班では先月の支店ニーズ調査に続き、本部のニーズについてヒアリングを開始した。昨年八月に主として業務処理面のニーズについて関係本部のヒアリングを行ったが、今回は情報処理面のニーズを把握するのが主目的だった。秘書室、検査部、人事部、総務部、庶務部、総合企画部、業務推進部、外国部、証券部、調査部、企業調査部と総当たりだった。ヒアリングはデータベース担当の松木とＭＩＳ（経営情報システム）担当の興津が中心になって行った。

ヒアリングと併行して「マーケティング」システムについて、博報堂やＩＢＭの講師を呼んで勉強し、証券業務や人事情報システムのパッケージソフトを調べたりしていた。いずれも全営業店、全本部のあらゆるニーズに対応したいという伊吹の指示によるものであろう。武田も勘定系の延長として会計システムを担当していたので、財務会計、管理会計、原価計算、予算、収支予想、資金繰りなどは自分なりに勉強していた。しかし肝心の第一次オンラインシステムの開発は全体としてはあまり進んでいなかった。

六月初めの月曜日、武田は新任副主事研修会に参加した。全店から集まった参加者は三三名だった。最初に安河人事部長の挨拶があった。安河は武田が名古屋支店融資係にいたときの上司だった。武田は安河について苦労人の人情派営業マンという印象を持っていたので人事部長になったときは驚いた。営業店で苦労してきた安河を人事部長に抜擢した銀行トップは案外人を見る目があるんだなと思った。武田が名古屋支店から金沢支店に異動になったとき安河も本店異動となり、支店の送別会が終わった後に安河に誘われて居酒屋で奢ってもらったことがあった。その安河が出世したことはけっこうなことだと思った。安河の人事部長訓示は貫禄十分だった。

次に外部講師山田雄一の講演があった。講師は東京大学文学部心理学科を卒業し、富士製鐵で教育課長としてキャリアを積み、現在は大学助教授で『経営の心理学』などの著書を出版しているということだった。講師は最初にヒラ職員は自己管理だけをすればよいが、管理職は自己管理と他人管理を行わなければならないと指摘した。それからバートランド・ラッセルの勤労動機の構造とか、マズロの「モチベーションとパーソナリティー」とか、マサチューセッツ工科大学のダグラス・マクレガーだとかやたらに外国の学者の名前が出てきて、まるで大学の授業のようだった。それから管理者としてのリーダーシップ涵養の話になり、リーダーシップ発揮には「要望性」、「共感性」、「通意性」、「信頼性」が必要であると強調した。話としては面白かったが、これを聞いたからみんなが立派な管理者になれるものでもないだろうと思った。

翌日は江川常務の講話だった。江川は東京帝国大学を卒業し興銀に入行、昭和三九年に不銀に転籍してきた。武田は四〇年入行だから不銀での在席期間はほとんど同じだった。江川はその後取締役、常務と順調に出世していた。江川は不銀の長期七カ年計画の進捗状況から話しはじめた。現在銀行は正田頭取が昭和四五年に策定した長期経営計画の途次にあったが、江川は長計開始時の融資残高九八〇〇億円、債券九七〇〇億円、預金一〇〇〇億円に対し、直近の四八年三月期決算では融資一兆八〇〇〇億円、債券一兆八〇〇〇億円、預金三〇〇〇億円になっていて、目標額の融資二兆七〇〇〇億円、債券二兆七〇〇〇億円、預金三〇〇〇億円に対し順調に推移しているとメモも見ずにペラペラと喋った。この間、金融緩和基調で経済成長率が名目で一六～七％増だったことが寄与しているので今後は楽観できないと油断を戒めた。それから利付債と割引債の比率が興銀は七対三なのに当行は九対一だったのが、現在は八対二に改善している。割引債の方が低利率なので、興銀並みの七対三に引きあげなければならない。利付債の消化構造では金融機関が七〇％で機関投資家が三〇％だったが、現在は五〇％、五〇％になっている。今後金融機関は協調相手から競争相手になり、今までのような伸びは期待できないから、機関投資家を開拓しなければならない。預金についてはすでに長期経営計画の目標を達成している。行員一人当たりでは興銀の一億七〇〇〇万円に対し当行は一億円に過ぎなかったが現在は興銀、長銀と並ぶようになった。貸出は大企業（一部上場）四〇％、中堅企業（二部上場）一〇％、中小企業（非上場）五〇％だったが、現在はそれぞれ四五％、一〇％、四五％となっている。今後大企業は自ら資金調達するようになるので数年後には資金需要が減少するだろう。従って中小企業融資を増やさざるを得ない。少人数でいかに効率的に案件を処理してゆくかが課題になる。国際化については限られた人員では限られたことしかできないが、外国為替中心の王道を歩むべきだ。このような話を江川は立板に水のように喋りまくった。得々と上から目線で、自分で自分の言葉に酔っているようだった。興銀出身という優越意識を芬芬《ふんぷん》とさせる人物だった。武田がもっとも軽蔑するタイプである。この人は数字だけを見ていて、その裏で働いている行員の実態は分かっていないのだろうと思った。本部では数字に強い者が銀行全体の計数管理を行うことが多いようだが、経営の中枢にいる者はそれだけでは不十分だ。昨日の講師がリーダーシップに必要な資質として四つを挙げていたが、江川は「要望性」と「通意性」は認められるが、「共感性」と「信頼性」は感じられなかった。こんな数字だけを重視するリーダーでいいのかと不安を覚えた。将来の頭取候補ともいわれている人物であるが、武田は肌合いの違いを感じるだけだった。

残りの二日間は本店の会議室から市ヶ谷の厚生施設に場所を移した合宿となり、昨年松木と衝突する原因となったＴＫＪ法の実習を行った。四組に分かれて開始した。武田は事務管理部で経験済みだったので、自分が発表するときは議論が拡散しないようにありきたりの発言をして早めに終えるように努めていた。結局二日目の夜の一二時ごろに武田の組は終了した。一番遅かった組は深夜の三時までかかったということだった。翌日、各組の発表が行われたがどの組の発表も似たり寄ったりだった。

一五　端末メーカー決定（一九七三年六月）

六月一日、女性陣の衣替えがあり紺色、橙色、水色の夏バージョンを着た女性たちが颯爽と部室に入ってきた。まさに百花繚乱の趣でオフィスがパッと明るくなった。紺色は全員に、橙色と水色はオプションだった。紺色は落ちつきがあり、橙色には明るさが、水色には淑やかさが感じられた。武田は入江恭子は水色の制服が似合うだろうと思っていたが彼女は橙色を選んでいた。好みが違って武田は内心苦笑していた。

オンラインの基本設計は遅れ気味だったがコンピュータセンターが入る日本地所ビルは来年五月末に完成ということだった。工事現場は本店二階の事務管理部の向かい側三〇メートルほどの所にあった。以前にあった工場は取り壊され、新ビルの基礎工事が始まり、今は本体の鉄骨組み立てが始まっていた。仕事に疲れたときにふと窓の外に目をやると日ごとに建築作業が進んでいるのが分かった。それとくらべてオンライン開発は未だに霧の中を彷徨っているような感じだった。

センターのコンピュータは昨年六月にＩＢＭ機に決めたが、端末機の決定は延び延びになっていた。伊吹はＩＢＭの新端末発表を待っているようだったが、六月末までにＩＢＭの新端末は発表されなかった。伊吹はようやく端末システムを富士通に発注する稟議書を上げ常務会の決裁を得た。

決裁後、伊吹はＩＢＭ社に出向き、ＩＢＭの端末を採用できなかったことを伝え、その上で富士通端末システムへの接続に協力を求めた。ＩＢＭは不銀システムの完成に向けて全面的に協力させてもらうと紳士的な対応だったという。

七月からＩＢＭと富士通の技術者同士の打ち合わせが始まり、しばらくして接続のインターフェースが決まった。端末担当西岡の報告によれば、ＩＢＭコンピュータと富士通端末との接続はＩＢＭ三二七〇ディスプレイ装置の通信制御手順で行うことで決着が付いたということだった。要するに富士通側の端末コントローラがＩＢＭ三二七〇ディスプレイ装置に化けて通信するということだった。この方式ならＩＢＭ側は接続テストで確認するだけで済む。実質的には富士通側が接続の全責任を負うことになった。

武田はＩＢＭのＳＥ主任山村とは提案書を依頼したころから頻繁に顔を合わせてきた。そのうち東大の一年後輩ということも分かり気さくに話しあえる関係になっていた。そんな山村が「不銀さんがＩＢＭの端末を採用してくれなかったことは非常に残念です」といってきた。武田はちょっと意外な感じがした。武田は富士通の新端末とＩＢＭの第一世代の端末を比較すれば誰が選んでも同じ結果になると思っていたからだ。もっともＩＢＭの新端末が富士通の端末と遜色のない機能を持つ可能性はあったが、いつまでも待つわけにはいかなかったのだ。しかしＩＢＭの社員としては納得できなかったのだろう。とりわけ売上げ実績で個人が評価されるＩＢＭではＳＥも営業マインドが高い。異種メーカーの端末機を接続するのは極めてまれで、相当屈辱的なことだったのだろう。

七月三〇日、オンライン班の打ち合わせで、高林が今までオンライン班で議論して合意されたことをまとめた「システムの基本構想」を発表した。開発システムの三本柱として「ＩＭＳの利用」、「Ｐ

L／Iの利用」、「多機能端末の利用」を挙げていた。またデータベースの三本柱として「CIF」、「サマリーファイル（日計ファイル等）」、「人事情報ファイル」を、情報管理の三本柱として「経営情報」、「本部情報」、「現場情報」を挙げ、最後に適用業務処理の三本柱として「科目連動」、「オペレータガイダンス」、「オペレータ指示書」を挙げた。武田は分かりやすくまとめていることに感心した。高林はこの「システムの基本構想」をもって「基本設計」を終了し、「詳細設計」フェーズに進みたいと発言した。反対意見はなく伊吹も了承した。

武田は意外な展開に驚いていた。預金、債券、貸付のどの分野でみても各担当者が厳密な意味で「基本設計」の要件をクリアしているとは思えなかったからだ。武田自身、多科目連動処理の実現方法はまだ見つけていなかった。しかしみんながダラダラと続いている「基本設計」に辟易しているのは事実だった。この際一部に未達部分があるにしても、「基本設計」終了とした方が班員の士気も上がるだろう。武田は同期の高林が絶好のタイミングでプロジェクト推進のイニシアティブを取ってくれたことがうれしかった。

続いて「詳細設計」のスケジュールを決めた。武田が計理・預金を担当し、高林がチーフの融資班、五島がチーフの債券班ともども来年三月までに詳細設計を終了することとした。

これらの業務開発班に加え、「移行班」を発足させることになった。移行班の任務は松木がチーフのデータベース班と共同して、当面もっとも重要なファイルである「CIF」を作っていくことだった。オンライン開始時にはこのCIFが完成していなければならないのだが、顧客の全ての科目の口座情報をCIFに集約するのはたいへんな作業だった。従来の貸出、債券保護預り、預金（定期、通知、普通、当座）の口座番号は支店ごとに各口座ごと1番から順に番号を取っていた。これを新しく採番する全店統一のCIF番号に名寄せしなければならないのだ。このためバッチ処理を行っている業務についてはバッチの口座データから氏名、住所、生年月日などの属性が一致するものをCIFに集約する。バッチ処理を行っていない業務については営業店から入力原票を提出してもらってCIFに登録する。これらの処理を行うため数多くの移行プログラムを作成しなければならないのだ。気の遠くなるような作業だった。移行班は当面、豊村、塚崎、新堂の三名でスタートし、その後不銀計算センターの要員も加わることになっていた。自分の担当で手一杯の武田は、プロジェクト全体の状況が分からなかったが、この時期に移行班をスタートさせた伊吹の慧眼には感心した。

一週間の連続休暇を取れる夏休み期間になった。武田は今年も槙原と山に登ることにした。昨年、千枚岳から荒川岳、赤石岳を縦走して南アルプスのよさを実感した槙原は北岳に行きたいといった。武田は北岳から塩見岳まで縦走する計画を立てた。入江から山に連れて行ってくれと頼まれていたが、初心者にはちょっとハードなコースだったので、彼女も諦めて実家に帰省することになった。

八月五日、日曜日の午前中に新宿駅から中央線の特急に乗った。車内は混んでいて甲府まで立ちっぱなしだった。一二時半に甲府に着き、駅前のタクシー会社で交渉して広河原まで行ってもらうことにした。芦安から夜叉神《やしゃじん》峠のトンネルを抜けて野呂川沿いの林道に出た。落石が道路上に転がっている。心臓に悪いでこぼこ道だった。二時に広河原《ひろがわら》に着いた。バス停の近くにロッジ風の建物があり、しっかりした橋ができていた。ワンゲル時代に来たときは丸木橋だった。もちろんバス停もロッジもなかった。橋を渡って広河原小屋に入った。ここだけは南アルプスらしいおんぼろの山小屋だった。ザックを解き夕食の支度をしていると夕立がやってきた。沛然《はいぜん》と降りはじめた雨は騒々しい音をたてて板葺きの庇を叩いて地面に落ちる。雷鳴が谷間にこだまする。一頻り降ると夕立は去っていった。取り残された霧の塊が谷に沿って昇ってゆくと陽が射してきて鶯が鳴きだした。

翌朝三時半起床。夜明け前の空に星が瞬いている。飯を炊き、みそ汁をかけて腹にかきこんだ。ほの暗い闊葉《かつよう》樹林帯を登りはじめる。大樺沢《おおかんばさわ》は無粋な砂防堰堤で景観を損なわれている。二ピッチで雪渓が残る二股に着いた。北岳のバットレス（急峻にせり上がる岩壁）が威容を現す。大樺沢コースを歩き出す。雪渓がまっすぐに八本歯のコルに突きあげている。だんだんと沢が狭まり、振り返ると遥か下の大樺沢出合からの山道が見える。こんな長い一直線の見晴らしのよい登山道は本邦唯一無二ではないか。バットレスがますます近く大きく見えてくる。ときおり、雪渓の上部から手を切るように冷たい風が吹いてくる。やがて雪渓が切れると小さな沢になった。吊り尾根が近づき、濃紺の空を背景に稜線上の緑の木々がくっきりと見える。その後ろを白い雲が流れてゆく。最後の水場で昼食を取った。汗が引くと寒いくらいだった。

ジグザグに小灌木の間を登り、最後の胸突きを一気に詰めて八本歯のコルに出た。右に大きな岩が連なる吊り尾根の稜線を登る。岩とハイマツとお花畑が美しい。青空にくっきりとそそりたつ北岳山頂は実に荘厳だった。間《あい》ノ岳の膨大な黒い山容が目に飛びこんできた。道端に咲く小さな花が風に震えている。やがて山腹を左に捲くようになり北岳の主稜線に出た。

ザックを置いて北岳を往復する。身軽になって稜線を登り我が国第二の高峰北岳を極めた。展望をゆっくり楽しみたかったが、山頂は登山客で溢れ、おまけにゴミの山で蠅がぶんぶん飛んでいた。がっかりして早々に引きかえした。

デポしたザックを拾い、一二時に北岳稜線小屋に到着した。プレハブ作りの広くて明るい小屋だった。夕方になると続々と登山客が入ってきて満員になった。

三日目、四時半に起床して外に出てみると凍えるような冷たい風が吹いていた。東の空がオレンジ色に燃えてきて、地平の空が明るくなり、青色の空が星の瞬く中天に向かって広がっていく。その青のグラデーションは息を呑むような美しさだった。やがて天頂の星が消えるころ、富士山の黒いシルエットが浮かんできた。今日は熊ノ平小屋までの余裕のある行程だ。六時に小屋を出た。一点の汚れもない空を背景に朝日を受けた間ノ岳東斜面のハイマツと灰白色の岩稜がくっきりと見える。岩陰にイワギキョウが俯いている。清澄な空気の中を一時間半で間ノ岳に到達。我が国第三位の高度を誇る間ノ岳の山頂は広々としていた。日本アルプスの高峰でこれほど大らかな山頂は他に例を見ない。時間はたっぷりあるので武田は手帳に四周の眺望をスケッチして時を過ごした。北岳の鋭角的なフォルムが目を惹く。その右下に鳳凰三山地蔵岳のオベリスクが見える。左に目を転じれば甲斐駒ケ岳、鋸岳、仙丈岳が紫の頂稜をライトブルーの空に刻んでいる。八ケ岳も奥秩父も薄紫のセロファンを置いたように霞の上に浮いていた。南には仙塩尾根が徐々に高度を増して行きつく所に塩見岳があった。その左に流れる尾根が少し盛りあがって蝙蝠岳となる。その背後に荒川三山が塩見岳より高く見える。東岳と中岳の間に赤石岳が顔を出していた。昨年登った山々だ。スケッチが済むとザックを枕に昼寝した。

九時に満ち足りた気分で間ノ岳に別れを告げた。農鳥岳への道を分けて三峰岳に向かう。岩稜のガラガラ道を下ってほんの少し登りかえすと仙塩尾根上の三峰岳だった。高度は二九九九メートルあるが支尾根の小ピークという感じである。山梨県、長野県、静岡県の県境にあり、野呂川、大井川、三峰川の三方の氷河に侵食された残丘という。

三峰岳から二つ、三つピークを越えると樹林帯に入った。スタスタ下ってゆくといつの間にかお花畑の点在する熊の平小屋に着いていた。一一時一五分だった。もちろん一番乗りである。木の間越しに農鳥岳が見える気持のよい小屋だった。

四日目、五時に小屋を出発。樹林帯の道を行く。眺望は開けないが柔らかい土を踏んで歩くのは心地よい。荒倉岳を過ぎて小さな岩のピークに出ると行手に塩見岳が見えた。間ノ岳と農鳥岳の懐に大井川の源流が見える。再び黒木の樹林帯に潜り、新蛇抜山《じゃぬけ》で池の沢小屋への道を分ける。次第に展望が開け、そこここにお花畑が出てきた。ガレを過ぎた稜線上のピークから北荒川岳を往復する。仙塩尾根西側の大崩壊が凄まじい。

縦走路に戻りお花畑で小休止。この付近のお花畑は見事としかいいようがない。武田はふと思いついて薄紫のハクサンフウロの花一輪をナイフで切り取ってガイドブックにはさんだ。今まで高山植物を手折ったことはないが、山に行きたがっていた入江に押し花にして渡し、お花畑の素晴らしさを伝えたかった。

昼食前の一ピッチで砂礫とハイマツの道を登り北俣岳に着いた。ここで昼食。丸っこい蝙蝠岳が目の前に見える。名前がユニークなので行ってみたくなった。槙原は「僕は留守番しているよ」というので一人で往復することにした。入口はやせた岩稜だったがすぐに広い砂礫の道になった。ザクザクと駆け足で進むと樹林になり、再び岩礫帯になって最後にドーム状の丘を登れば頂上だった。その先は緑の絨毯がなだらかに大井川に下っていた。荒川岳の眺めが最高によい所だった。帰りも飛ばしたが最後はバテバテだった。往復二時間二〇分の寄り道だった。

待ちくたびれた槙原に謝りながらザックを背負い、目の前に立ち塞がる塩見岳に向かう。疲労が蓄積して苦しい三〇分だったが、何とか塩見岳山頂に到着し、槙原と喜びを分かちあった。塩見岳は南アルプスのほぼまんなかに位置しているので南アのほとんどの山が見えた。一休みしてガラ場の急斜面を下りはじめた。天狗岩は塩見沢側を捲き、三〇分下るとなだらかな尾根になった。ハイマツの中の道をしばらく歩くと塩見小屋に着いた。ちょうど二時だった。

小屋は二棟あったがいずれも小さく粗末なものだった。小屋番の若夫婦と赤ん坊と犬が一匹いた。こんな不便な所で赤ん坊を育てるのはたいへんだろう。客用の棟は三角錐型の建物だった。ベニヤの床板の半分は床を支える支柱が腐り斜めに傾斜していた。平らな部分にそっとザックを置いた。五分ほど下った水場で水を汲み、小屋の外で炊事をして夕焼け空を見ながら食事をした。小屋から見上げる塩見岳は堂々としていた。

隙間だらけの小屋なので夜になるとシュラフに潜っていても寒かった。

最終日は五時に起きてゆっくり食事をし、七時半に小屋を出発した。三伏峠《さんぷく》までは木の香の漂う樹林とお花畑の気持よい道だった。二時間弱で三伏峠に着いた。広々とした草原で立派な三伏峠小屋があった。電話もあり南アルプス中部の重要なベースとなっている。付近は雰囲気のよい草原なのでザックを置いて烏帽子岳方面を散策した。小河内沢源頭の荒々しい崩壊壁と美しいお花畑が対照的だった。

小屋で塩川発のバスの時間を確認して下りはじめた。毎度のことだが最終日の下りは辛い。心肺に負担はかからないが、膝の蝶つがいや太股の筋肉が悲鳴を上げる。一ピッチ強で水無沢に辿りつき冷たい沢水で顔を洗った。最後のピッチで塩川のバス停まで汗をかかないようにゆっくり歩いた。ようやくバス停に着き、売店でコーラを買って飲みほっと一息ついた。山を去る淋しさと里に戻った喜びが交錯していた。

間もなく伊那大島行きのバスがやってきて登山客が乗りこんだ。槙原の提案で鹿塩で途中下車し、近くの温泉旅館に泊まることにした。温泉で汗を流し、たらふく飯を食い、ビールを飲みながら今回の山路の想い出を語りあった。

八月下旬の週末にスキー同好会の夏合宿が八ケ岳山麓で行われた。宿泊は銀行の保養施設である自炊用のバンガローだった。シーズン前のトレーニングという名目だったが、その内容はテニスとハイキングだった。武田が入会を奨めていた入江が夏合宿から参加することになった。土曜日は北八ケ岳をハイキングした。翌日はテニスをすることになっていたが、武田は幹事の了解を得て八ケ岳の主峰赤岳を往復することにした。入江が「私も行きたいな」といったがさすがにそれは断った。

当日、武田は五時に起き、まだぐっすり寝こんでいる仲間を起こさないようにそっと部屋を出た。マイカーに乗りこむと、女性陣が泊まっているバンガローのベランダで入江が手を振っていた。わざわざ早起きをして見送ってくれたのだ。武田も車の窓を開けて手を振った。一二時までには戻ってこなければならない。八ケ岳山麓を縦横に走る道路を何とか迷わずに通りぬけ美濃戸口に着いた。駐車場に車を止め、登山靴に履きかえて出発。柳川の川原を渡り角木場に出ると正面に阿弥陀岳が見えてきた。緩やかな道を足早に歩き、道の両側に宿泊所、休憩所、売店が軒を連ねる美濃戸を通りすぎた。早朝なのでまだ店は閉められている。赤岳鉱泉への分岐を分け、南沢沿いに行者小屋に向かう。明い緩やかな登り道が延々と続く。阿弥陀岳の裾と美濃戸中山の間を抜けると、見上げる先に横岳から赤岳の稜線が現れ、間もなく行者小屋に出た。ここからの赤岳の景観はまったくアルペン的だった。あの山頂に登るのだと思うとワクワクしてくる。赤岳と中岳のコルを目指して急になった道を快調に登る。ハイマツの斜面を詰めると稜線に出た。続いて権現岳からの縦走路に合流すると頂上は間近だった。岩礫の道を攀じ登ると八ケ岳最高峰の赤岳に到着した。山頂は狭い。直下の斜面に隠れるように小屋があった。横岳方面はモクモクと湧きあがってくる白い雲に飲みこまれていた。山頂の小さな祠を写真に収め、そそくさと引きかえした。カール状の急斜面を駆けおりながら百名山を一つゲットした喜びをかみしめていた。

一六　科目連動処理に目処（一九七三年九月）

八月に二回も山に登ってリフレッシュした武田はシステム開発のピッチを上げた。武田が一番気になっていたのは核心的な処理である科目連動をどのように行うかということだった。科目連動処理は都銀の第二次オンラインで実現している技術だった。具体的にどのようにプログラミングしているかは分からないが、貸付実行処理を行ったときに同時に預金入金処理を連動させるというような処理だろうと想像していた。武田も詳細設計の段階になったので具体的にPL／Iでどのようにプログラミングするかを考えはじめていた。

最初はPL／Iの新機能として発表されていたP‐TO‐P（プログラム・ツー・プログラム）という機能を使えないかと考えた。貸出を実行して預金に入金する場合、最初に貸出のプログラムを実行し、それが終了したら貸出金を入金する預金のプログラムを呼びだすという方法である。武田が名古屋支店で融資係をしていたときのように、まず貸出実行処理を行い、次に貸出金を入金するため預金入金伝票を持って預金係に入金を頼むというようなごく自然な処理方法のように思えた。しかし、貸付金を当座預金へ入金するというような一対一の単純な取引ならともかく、当座預金と普通預金に分けて入金するというような取引になると、貸付のプログラムから当座預金のプログラムを呼びだし、さらに普通預金のプログラムを呼びださなければならないことになる。P‐TO‐Pで三つ以上のプログラムを連結するのはかなり複雑な処理となるだろう。武田は二、三日考えたがすっきりする案は思いつかなかった。どうもP‐TO‐Pでは特定の科目の組み合わせしか連動処理はできないのではないかと思った。武田は貸付から預金というような一方向のP‐TO‐Pではなく、あらゆる科目の連動処理ができる完全科目連動処理を目指したいと思った。武田が名古屋支店計算係で精査をしていたときのように、仕訳全体を見る視点に立って考えてみようと思った。すると各科目を主と従の関係で捉えるのではなく、平等で対等の構成要素とすることが肝要だと思いついた。各科目ごとに借方、貸方の科目処理プログラムを作り、これをコントロールする上位のプログラムを作るというアイデアであった。武田はこの各科目プログラムをコントロールするプログラムを「ACP（アプリケーション・コントロール・プログラム）」と名付けた。このプログラムは取引を構成する科目プログラムを借方、貸方の順に呼びだし、最後に貸借が一致していることを確かめるのである。具体的には「ACP」のコントロール下に「長期貸付借方」、「長期貸付貸方」、「短期貸付借方」、「短期貸付貸方」、「定期預金借方」、「定期預金貸方」、「通知預金借方」、「通知預金貸方」、「普通預金借方」、「普通預金貸方」、「当座預金借方」、「当座預金貸方」などの科目プログラムを配するという構想だった。この方式であれば理論的には完全科目連動処理が可能になる。

問題は「ACP」という方式がPL／Iで表現できるか、使用するコンピュータの能力で処理可能かどうかであった。

武田はまずPL／Iで記述可能かどうか調べることにした。部室の壁際にズラッと並ぶスチール製大型書庫にIBMの大量のマニュアルが揃えられていた。武田はPL／Iのマニュアルを持ちだし読みはじめた。半日ほどページをめくっていると「外部プロシージャ」という項目があった。その説明を読んでいて武田は「これだ」と思った。外部プロシージャというのは単独でコンパイル（コンピュータで実行できるように翻訳する）できる単位であり、他の外部プロシージャを呼びだすことも、呼びだされることもできると書いてあった。科目プログラムを「外部プロシージャ」として作成すれば、「ACP」という「外部プロシージャ」から自由に呼びだすことができる。武田はこれを使えば「ACP」はできると思った。

ＰＬ／Ｉのマニュアルを読んでいて、ほかにも使えそうな機能を幾つか見つけた。コボルと同じようなものだろうと思っていたが、コボルにない便利な機能がけっこうあった。

それからは「ＡＣＰ」と「科目プログラム」の役割分担と、双方でやり取りするデータについての検討を始めた。また「ＡＣＰ」は原理的には一つあればいいのだが、一つではプログラムが大きくなりすぎるので、最終的には「預金ＡＣＰ」、「債券ＡＣＰ」、「貸付ＡＣＰ」というようなコンパクトな「個別ＡＣＰ」を作成することにした。


オンライン開発要員が増えて事務管理部の部室が手狭になってきたので、九月初旬に事務管理部の部室が二倍ほどに拡張された。隣の部に引っ越してもらって間仕切りを取りはらうと、本店ビルの東南の角まで部屋が広がり前庭が見えるようになった。

新部室の一画に不銀計算センターの「銀行開発二部」が移ってきた。「銀行開発二部」は不銀のオンライン開発をサポートする専担の新設組織だった。部長は不銀から出向している川田で、課長の井川は昭和四二年入社の同社プロパー（新卒入社した生え抜き社員）一期生だった。一期生は四名いて同社の中堅になっていた。井川はがっちりとした体躯で血色がよく親分肌タイプだった。武田は二歳年下の彼の方がよほど貫禄があるなと感心した。その配下に六名の若手が派遣されてきた。同社は銀行側の要請により、この春から不銀オンラインシステム専任の開発要員を採用し、ＩＢＭのＰＬ／ＩやＩＭＳの講習を受けさせていた。今後彼らは不銀オンラインシステムの詳細設計、プログラミング、システム運用を担当することになっていた。

オンライン班の班長を兼務する宮島がＩＢＭ社が主催する「欧米金融機関視察団」に参加し、九月一五日から一〇月七日まで海外出張に出かけていた。武田はＩＢＭらしいスマートなユーザー囲いこみ手段であると思った。ＩＢＭは世界中に販路を拡げているので、訪問する金融機関はＩＢＭ機ユーザーなのだろう。日本のコンピューターメーカーには逆立ちしてもできない芸当だった。こうしていったんＩＢＭユーザーになるとしだいにＩＢＭに取りこまれてゆく。

プログラムを作る段階になれば開発用のコンピュータが必要となる。不銀のコンピュータセンター完成は五〇年六月とだいぶ先なので、現在本店ビル一〇階にある不銀計算センターのコンピュータルームにＩＢＭ一号機を仮設置することになった。使用できるようになるのは四九年三月ごろなので、それまでは六本木にあるＩＢＭセンターに通ってコンピュータを時間借りすることになった。

九月中旬、武田はオンライン班の会議で「ＡＣＰ概念による科目連動処理」という資料を配付して説明した。「ＡＣＰ」概念について反対意見はなく、勘定系システムの中核技術として認められた。今後科目処理プログラムは「ＡＣＰ」配下の外部プロシージャとして開発することになった。武田は早急に「ＡＣＰ」と預金四科目のプロトタイプシステムを作り、「ＡＣＰ」と科目プログラム間のインターフェースを明確にすることにした。

武田は「ＡＣＰ」に目処が付いたので仕事面では充実した毎日を送っていた。やらなければならないことはたくさんあったが、余暇は余暇と割りきっていた。武田は山井と相談して九月の三連休に、涸沢小屋をベースに奥穂高岳と北穂高岳に登ることにした。山に連れて行くという入江との約束を果たしたかった。女性が一人では心細いだろうと短大時代に山登りをしていたという事務企画課の国川芳子にも声をかけた。

九月二一日金曜日の新宿発夜行列車は超満員だった。早くからホームで並んだが、かろうじて女性陣だけ座ることができた。通路もギュウギュウ詰めで立錐の余地もなかった。

翌朝、松本で松本電鉄に乗り換え、新島々でバスに乗り上高地に着いた。薄墨色の霧にカラマツが滲むように浮かんでいる。雨の出だしとなった。明神、徳沢と旅館の軒先を借りて休憩した。横尾で雨が止み裕子が作ってくれた弁当を食べた。裕子も山に登りたいだろうが今は妊娠八カ月で激しい運動はできない。いくぶん後ろめたい気もするがやむを得ない。ただ感謝するのみだ。

梓川にかかる長い橋を渡り横尾谷に入った。千古斧を入れぬ深い森の道だ。谷が狭まり屏風岩が見えてきた。首が痛くなるほど見あげる大岩壁だ。横尾谷にかけられた木の橋を渡り涸沢右岸沿いの登りとなった。荷物は重いし立ちっぱなしで一睡もできなかった夜行列車の疲れもあって足が重い。だが女性陣の手前、弱音は吐けない。しだいに沢から離れてダケカンバの中を登り、再び涸沢の川原に出た。ガスで眺望が効かない。石畳を敷きつめたような道をゆっくり登って行くと、さっとガスが上がり涸沢を取りまく岩峰が驚くほど近くにそそり立っていた。色とりどりのテントが現れ、右手の小高い丘の上に涸沢小屋が見えてきた。しかしそこからが長かった。小屋がなかなか近づいてこない。

もう一度休憩を入れようかと思うほど長いピッチになったが、何とか小屋の下から回廊のような道に導かれて三時に涸沢小屋に到着した。

小屋のテラスで食事の支度を始めた。ジャガイモやニンジンを刻むのは女性陣に任せた。楽しい食事だった。すっかり天気が回復し前穂高岳がオレンジ色に染まってきた。アーベントロート（夕焼け）の美しさに女性陣もうっとりしていた。

その夜の小屋の混雑ぶりは特筆ものだった。荷物は全部廊下に移し、係員の指示で部屋の奥から互い違いに鰯の缶詰のようにギュウギュウ詰めにされた。寝返りも打てなかった。

二日目、ガスが立ちこめていたが八時に小屋を出て奥穂高岳に向かった。砂礫の上に浮かぶ島のようなザイテングラード（側稜）に取りつく。ハイマツの中を登って行くと近くでハーケンを打つ音が聞こえてくる。サブザックなので身軽に岩を越えて着々と高度を稼ぎ、三ピッチで穂高岳山荘の前に出た。一休みして小屋の横に迫る急斜面に付けられたハシゴを登りはじめる。所々にクサリ場もあるが特に怖い所はない。展望が効かないので足元を見ながらひたすら登る。一時間で大きなケルンと展望表示盤がある奥穂高岳山頂に着いた。ジャンダルム（奥穂の前衛峰）も前穂高岳もミルク色の霧の中。入江、国川に穂高の大展望を見せてやれなかったのは残念だった。キャンピングストーブで湯を沸かし昼食。頂上付近は大小の岩が積みかさなっている。武田が浮石を直そうとしたらすぐ横の岩がグラッと動いたので冷やっとした。展望には恵まれなかったがみんな満足しているようだった。

この日の夜は日曜日だったので昨日よりいくぶん空いていてゆっくり寝ることができた。

三日目の朝、穂高の山はモルゲンロート（朝焼け）に染まっていた。今日は北穂高岳に向かう。六時に出発。北穂沢に沿ってハイマツの急斜面を登る。斜面を横切り南稜に取りつく。まったく気持のよい眺めだ。カールの底のなだらかな斜面が徐々に傾斜を増して涸沢岳、奥穂高岳、前穂高岳の稜線に突きあげる。白い雪渓、グレーの砂礫、緑のハイマツ、黒い岩峰、青い空。爽快な高度感。涸沢は我が国でもっともアルペン的な景観を誇示している。乾いた岩場の道を快調に登り二ピッチで北穂高岳に着いた。恐る恐る反対側の滝谷の縁に近づいてみる。垂直に落ちこむ暗い谷を覗いていると身体がゾクッとする。北穂小屋は頂上直下のきわどい所に建っている。学生時代に槍ケ岳から縦走してきて泊まったが昔と変わっていないようだ。早々に信州側の安全で日当たりのよい場所に移動してゆっくり休憩。心ゆくまで四周の展望を楽しみ満足して下山した。

一〇時半に小屋に戻った。登山客の出払った小屋は静かだった。手早く荷物をまとめて小屋を後にした。今宵の宿は徳沢園である。井上靖の小説『氷壁』に出てくる宿として有名である。武田は学生時代に槍ケ岳から下りてきたとき徳沢園の緑の草原に心を奪われた。いつか泊まりたいと思っていた宿だった。二階の部屋に案内された。ホテルのような佇まいでロマンティックな宿だった。

さっそく付近を散策。梓川の畔に佇み、それから昔は牧場だったという緑の草原に寝転んで遊んだ。梓川の上流にこんなに明るい草原があるのは奇跡のようだった。

翌朝、明神池を散策して河童橋を渡り、上高地バスセンターでタクシーに乗って松本駅に着いた。山井がフランス料理店で食事をしようといった。武田は山の帰りにフランス料理店とは何という贅沢であろうかと驚いたが、女性陣は喜んでいるようなので反対はしなかった。駅前の手荷物預け所にザックを預け、一五分も歩くと「鯛萬」というレストランに着いた。趣のある洋館で、登山靴で入るのは気が引けたが、雰囲気も味もよく値段も手ごろで、フィナーレを飾る楽しいランチとなった。

一〇月初旬、不銀計算センターの川田部長と井川課長が伊吹と面会し、同社のオンライン開発要員に銀行業務のイロハをレクチャーして欲しいといってきた。伊吹は了承し武田に講師役を命じた。それは武田に取ってても好都合だった。今後ACP概念によりプログラムを作っていくので、不銀計算センターのメンバーには銀行計理の知識を覚えてもらいたいと思っていたからだ。武田はさっそくレクチャー用の資料を作成した。預金、債券、貸付の業務処理についてはごく簡単な説明で済ませ、ACP概念が理解できる程度の簿記の知識を分かりやすく説明することにしていた。

一週間後の講習会当日、武田が九時半に六階の中会議室に入ると、井川以下一〇数名の若手社員が席に着いていた。武田はすぐに本題に入った。

「銀行は預金や債券で資金を集め、それを貸付で運用し、その利鞘で儲けるのが本業です」と前置きしてから、預金については定期預金、通知預金、普通預金、当座預金という商品があり、債券には利付債と割引債が、貸付には長期貸付、短期貸付、割引手形という商品があるとし、それらの商品の特徴を簡単に説明した。そしてこれらの商品名が勘定科目名となっていると説明した。

次に第一次オンラインとして開発する勘定科目を貸借対照表形式で表示した資料をオーバーヘッドプロジェクター（OHP）でスクリーンに投影した。左側には貸付勘定科目や現金が、右側には預金と債券の勘定科目が表示されていた。

「貸借対照表はある時点で銀行がどれだけの財産を保有し、債務を負っているかを一覧できるようにした表です。表の左側を借方と呼び、銀行が保有する資産となる科目です。右側を貸方と呼び、銀行が調達した負債と純資産となる科目です。貸借対照表では『資産＝負債＋純資産』となります。左右同額になるのでバランスシートとも呼ばれています。借方、貸方という言葉に借りるとか貸すという意味はなく、単なる符合と考えてよいでしょう」

次に武田は損益計算書をＯＨＰで表示した。

「損益計算書はある時点での損失と利益の累計金額を示します。銀行の損益計算書では借方に損失科目、貸方に収益科目が計上されます」

それから武田は仕訳について解説を始めた。

「銀行の計理は複式簿記という方法で行いますが、具体的には仕訳という作業を行うことにより実現します。お客さまが銀行にきて取引をしたとき、銀行員は『伝票を切る』といいますが、その取引を勘定科目の組みあわせで記録する仕訳という作業を行います。例えばお客さまが普通預金を払い出して現金を持ちかえるという取引は、借方『普通預金』、貸方『現金』という組みあわせで表現します。このように取引を貸借両方で表現する方法を複式簿記といいます。仕訳の結果は仕訳帳に記録され、最終的には貸借対照表や損益計算書といった決算書にまとめられます」

武田はＯＨＰのフィルムを差しかえた。スクリーンに「仕訳における貸借判定基準」というタイトルで、左側（借方）に「資産の増加」、「負債の減少」、「収益の減少」、「損失の増加」、右側（貸方）に「資産の減少」、「負債の増加」、「収益の増加」、「損失の減少」と書かれたＴフォームが映しだされた。

「まずは仕訳をしてみましょう。例えばA社に一〇〇万円の『長期貸付』をして、それをA社の当座預金口座に入金した場合の仕訳です。『長期貸付』は貸借対照表で『資産勘定』に分類されていますから、貸付を実行することは『資産の増加』となりますので、『仕訳における貸借判定基準』を参照すると『資産の増加』は『借方』取引になります。次に同じように『当座預金』は『負債勘定』であり、『負債の増加』は『貸方』取引となります」

武田は白板にTフォームを書き、左側に「長期貸付」一〇〇万円、右側に「当座預金」一〇〇万円と記入した。武田は受講者を見渡し、おおむね理解したようなので、さらに数例の取引を挙げて仕訳の説明を行った。

最後に確認テストとして、一〇ケースの仕訳問題を出した。みんなワイワイいいながらTフォームを引いて頭を捻っていた。三〇分ほど経って武田は解答を示し自己採点させた。

簿記については銀行員でも苦手にしている者が多い。しかし複式簿記のシステムは論理的なので理系出身者が多い不銀計算センターのメンバーには案外理解しやすいようだった。

一一月になり裕子は臨月を迎えていた。裕子は二度も流産していたので今回は流産予防には十分に注意していた。また妊婦健診はそれまで通っていた市川総合病院から国立国府台病院に変えていた。

一一月初旬の金曜日、武田が早めに帰宅して食事を済ませたとき裕子の陣痛が始まった。病院に電話連絡して入院の許可を得ると裕子は手早く身支度を済ませた。武田は入院用の衣類などを詰めたバッグを車に運んだ。裕子は驚くほど膨らんだ腹を抱えるようにして車に乗りこんだ。武田は慎重に車を運転して病院に向かった。二〇分ほどで到着し入院手続きをした。診察を受けた裕子はまだ当分産まれそうもないということで武田は帰された。

翌日の土曜日は週休だったので午後に面会に行った。裕子は病室にいて「まだ産まれないのよ」と少し不安げだった。胎児は逆子なのでそれも気にしているようだった。まだ産まれそうもないというので武田はいったん帰宅した。病院から電話がかかってきたのは一〇時過ぎだった。無事体重三四五〇グラムの女児が産まれ、母子ともに異常はないということだった。母子ともに無事と聞いてほっとした。その夜は久しぶりにぐっすり眠れた。

翌日曜日、母と一緒に病院に向かった。爽やかな秋晴れだった。病室に向かうと裕子はベッドに寝たままだった。体を起こす元気もないようだった。相当難産だったようだ。武田が「たいへんだったね」と労ると、産道が傷つき大きな血腫ができていて痛いといった。母がいろいろ聞いていた。安静にするようにいわれていて、新生児室にいる乳児に授乳にも行けないということだった。安静第一なので病室には長居せず新生児室に向かった。ガラス張りの新生児室には小さな保育用の籠が幾つも並んでいた。受付で氏名を名乗ると看護婦が長女を抱いてきた。皺だらけの顔を真っ赤にして泣いていた。猿みたいな顔だなと思ったが、母は「貴方によく似ているよ」といったので仰天した。元気がよさそうなのが何よりだった。

休みがあけた月曜日の午後、「武田さんに初めてのお子さん誕生！　おめでとうございます」という見出しの部親睦会のニュースが回覧されていた。「お祝いメッセージ」を書く用紙が添付されていた。全員の回覧が終わった後、六枚になったお祝いメッセージが武田に進呈された。一枚目に香川部長の長文のメッセージが書かれていた。

「武田さん、お目出度うございます。ほんとによかったね。これからは毎日が楽しい明け暮れとなり、今までにない楽しみを味わうことになるでしょう。ことに二つ三つそして四つと大きくなってゆく過程の可愛らしさに接しますと日常の苦労はどこかに吹き飛んでしまいます。おすすめすることは、可愛い赤ちゃんの今後のご成長の過程を写真に収めおかれるとか、できましたら発声する言葉をテープにとっておかれるなどは、子供さんが大きくなられたとき子供さんに対する最良のプレゼントになります。どうか大事にお育て下さい。奥様にも私の祝意をお伝え下さい」

二枚目には伊吹次長の「待望久しいお子さんのご誕生おめでとうございます。これで永すぎた武田家の蜜月も終了、ご同慶に耐えません。良妻のほまれ高い奥様は今後賢母となられましょうことは疑いを容れませんが、夫君へのサービスの低下も覚悟すべきかと存じますが如何。成行きが注目されます。お子さんをはじめご家族みなさんのご健康をお祈りします」というメッセージがあった。余白に（関白的亭主×良妻）→（子煩悩的親爺×賢母）と夫婦関係の変化を予測した追記もあった。武田はよほど亭主関白と見られているようだと苦笑した。

残りの四枚にはその他の部員が寄せ書きしていた。武田は「子どもはまだか」と聞かれれば、妻が二度も流産したと話していたので、今回無事出産したことを喜んでくれる人が多かった。メッセージを読み終わり武田は複雑な気分だった。武田の信条としては会社は社員のプライバシーに踏みこむべきではないと思っている。しかし香川部長や伊吹次長のメッセージを読んで悪い気はしなかった。これが日本的人事の真髄なのかなと思った。

裕子はその後血腫の手術をしたりして退院が遅れた。武田は毎日母が作ってくれた夕食を取ると二階の部屋に閉じこもって産まれた子どもの名前を考えていた。前から女の子なら「エルザ」にしようと思っていた。フランスのレジスタンス詩人ルイ・アラゴンが愛したエルザのような女性になってほしかったからだ。しかし子どもは親が付けた名前を生涯背負っていかなければならない。自分の勝手には決められないので家族の意見を聞いてみると、裕子を含めて反応は芳しくなかった。妹の恵子は「ライオンの赤ちゃんのような名前ね」といった。妹はアラゴンの詩集『エルザの瞳』より、親を殺された子ライオンを人間が育てて野生に戻すという映画『野生のエルザ』を連想したようだ。武田はライオンと間違われては可哀想だと「エルザ」は諦めた。結局「憲子」とすることにした。父は孫ができて上機嫌だったが、名前については口を出さなかった。

入院から一週間後の土曜日に裕子は退院することになった。武田と母が迎えに行った。まだ下腹部が腫れているという裕子だったが、やはり家に帰れるのはうれしいようだった。憲子をしっかり抱いて車に乗った。家に着くと父もニコニコと出迎えた。一休みする間もなく沐浴の時間になった。一階の居間に幼児用バスタブを持ってきて湯を張った。裕子は慎重に温度を調整して憲子を沐浴させた。気持よさそうにしている姿を見ているのは楽しかった。産まれたばかりのときは猿のような顔だったが今では人間の顔になりつつあった。

その日から生活は一変して赤ん坊中心に動くようになった。夜中の授乳時に睡眠を妨げられるのには閉口した。

一一月二八日、常務取締役事務管理部長の香川が退任し、不銀計算センター社長になった。武田が事務管理部に配属になったときの部長で、武田が体調不良で部内旅行を欠席したときは不快感を隠さなかったが、武田の長女が生まれたときは長文のお祝いメッセージを書いてくれた。「行員は家族」という昭和の価値観を持っていたようだ。東大卒で大蔵省出身とは思えぬ人間味のある人物だった。

一二月五日、オンライン班の再編成があった。オンライン班の下に総務班と設計開発班を置くことになった。総務班はオンライン班全体の総務事項、コンピュータセンターやコンピュータ機器、端末機、回線の導入などを担当することになった。班長はコンピュータ課長兼オンライン班長の宮島が兼務した。メンバーは西岡、山井、塚崎、山下、入江に事務企画課から三名のベテランが加わり九名となった。設計開発班の班長は事務企画課から移ってきた塚田だった。以下、松木、豊村、高林、武田、興津、五島、藤崎、横井、新堂に新人の女子事務職二名を加えて総勢一二名となり、両班合わせて二一名となった。

武田はこの再編成は時宜を得たものだと思った。事務企画課の要員も動員して、事務管理部の総力をあげてオンライン開発に取りくむことになった。また設計開発班の班長に塚田が抜擢されたことに武田は注目していた。オンライン班全体の班長は宮島なので、塚田はその指揮下にあるが、設計開発班のリーダーが宮島から塚田へ代わったことが今回の再編の真の目的ではないかと武田は考えていた。宮島は東大出で見るからに学究肌で性格は温厚だった。不銀コンピュータ化の草分け的存在でもあった。現行バッチシステムは宮島と高林が築いてきたといっても過言ではないだろう。今でもシステム障害が発生すると自らトラブル対応に当たることもあった。しかしオンラインの開発に関しては全体的な方向性を示し引っぱっていくという場面はほとんどなかった。ときおりポツリと問題点を鋭く指摘することはあったが、体調不良で休むことも多かった。一方、塚田は高卒の一期生で人の話をよく聞き、交渉力、指導力のある人物だった。武田は事務量調査で塚田と一緒に金沢に出張し週末に能登の海で遊んだことがあった。塚田は武田ら年下の大卒にも丁寧な言葉で接していた。何かの折に塚田は武田に「僕は高卒だからね」と卑下したことがあった。しかし言葉とは裏腹に大卒には負けないという強い自負心があるように感じられた。事務全般の知識については事務管理部内でも群を抜いていた。事務企画課にいたときにバロースの新型記帳会計機で債券保護預りの記帳処理を行い、そのデータをバロースの大型コンピュータに入力して元帳を作成するというシステムを完成させていた。コンピュータ課の経験はないが、システム開発の勘所は心得ているように思えた。武田はこの時期にオンライン班を再編制し、塚田を設計開発班のリーダーに抜擢した伊吹はさすがだと思った。

一七　端末システム設計（一九七四年一月）

昭和四九年の年明け最初の会議で幾つかの重要な決定があった。まず第一次オンラインシステムの対象業務絞りこみが行われた。二年前の「総合オンライン実施計画書」では第一次として債券、預金四科目、直接貸出、日計、ＣＩＦ、第二次としてその他の業務（内国為替、外国為替、代理事務等）

を実施することになっていた。そして第一次オンラインの開始は四九年一〇月であった。その後コンピュータセンターの竣工が五〇年六月となったことにより当初計画は棚上げになっていた。伊吹はスケジュールの見直しをしないまま、第二次分も担当者を決めて研究させていた。武田も第一次オンライン対象のACPと預金四科目と併行して「外国為替」、「内国為替」の予備設計をしていた。伊吹はコンピュータセンター建設遅延を理由にカットオーバー時期を先延ばしにして、第二次オンラインも一緒に開発してしまおうと考えたのかもしれない。だがカットオーバー時期を明言しない伊吹に対し、オンライン班の若手の中には第一次オンライン対象業務に絞って早期にカットオーバーすべきだと不満を述べる者も出てきた。そんな空気を察したのか、伊吹もようやく今後の開発作業は第一次オンライン対象業務に絞りこむことを認めた。ただし人事情報、有価証券業務についてはパッケージソフトを検討し、公務員財形、減価償却業務はバッチ処理で新規開発するという方針を示した。

目標が明確になったのでオンライン班の各チームも設計を加速させていた。融資チームは「手持ち案件処理」のモデル開発を始めていた。これは融資の申込受付から申請、承認までの申請業務をサポートするもので、これにより受付からACPによる「貸付実行」まで融資の全段階を処理することができるようになるだろう。また回収処理については期日データベースを作成し、それを基に顧客に期日案内を送付し、返済日に期日データベースより回収トランザクションを発生させて自動振替するというシステムのプロトタイプを開発することになった。これにより営業店での回収処理はほぼ自動化されることになる。

債券チームは保護預り、現物、登録の各プログラムの開発に着手、社債原簿データベースと償還期日データベースを作成することになった。
武田もACP試作版の手順書と普通預金の手順書を書きはじめていた。

一月初旬、武田は伊吹に呼ばれ富士通端末コントローラのプログラム開発をやってくれと頼まれた。富士通の端末システムは端末コントローラと称する小型コンピュータが複数の端末機を制御する構造になっていた。端末システムは西岡が担当していたが、プログラムの設計は武田に任せようということになったようだ。武田もセンター側のACPが求める科目連動ベースの入力データを得るには端末側も自分で設計した方がいいかなと思い引受けることにした。

一一日金曜日、武田は仕事を終えると急いで帰宅し食事を掻きこみスキーの支度をした。昨年一一月に生まれた憲子はベビーベッドで眠っていた。赤ん坊の寝顔は見ていて飽きないが時間がないので部屋を出た。裕子が車で松戸駅まで送ってくれた。裕子は「私もスキーに行きたいな」といった。「憲子が三歳くらいになったら一緒に行けるかな」と武田は応えた。週末くらいは憲子の面倒を見てやりたいが、山やスキーは武田のストレス解消に欠かせない。松戸駅前で車を降りると、裕子が「怪我をしないでね」といった。
月曜日に年休を取ったので「成人の日」まで四連休となった。スキー同好会の一行は中央線の指定席が取れなかったので、上野発の急行「北陸二号」のグリーン席で糸魚川まで行き、白馬に向かうことになった。上野駅はスキー客でごった返していた。列車が入線し第一陣として出発する一〇名は幹事から渡されたグリーン券の席に着いた。武田の横は入江だった。武田は二人のザックを網棚の上に乗せスキーを網棚にぶら下げた。前の座席は西岡と藤崎だった。藤崎がさっそく座席を反転させて向かいあわせにした。独身の藤崎は入江と話をしたいようだ。三〇分ほど雑談していると、周りの席はみな眠りはじめていた。西岡が「僕らもそろそろ寝ようか」と藤崎を促して座席を元に戻した。

武田は「眠くなったかい」と入江に小声で聞いた。

「もう少しいいですか。ちょっとご相談したいことがあるんですが」

「それはいいけど、どんなことかな」

「私、銀行のある方からプロポーズされたみたいなんです。喫茶店に誘われてプレゼントを渡されたんです。プレゼントを頂くようなお付き合いはしていませんのでお断りしたんですが、とにかく開けてみてくれといわれました。断りきれず開けてみたら指輪が入っていました。びっくりして『こんな高価な物は頂けません』とお返ししましたがなかなか引き取ってくれません。私も受け取ったらたいへんなことになると必死でお返ししたんです。これからどうしたらいいでしょうか」

武田は意外な相談に戸惑ったが、相手の名前は聞かないことにした。

「指輪を贈るっていうのはプロポーズのつもりなんだろうね。それにしてもちょっと強引だね。君は指輪を受け取らなかったんだから今まで通り普通に接していればいいんじゃないか。ただ結婚する気がないなら、しばらく一対一では会わない方がいいかもしれないね」

入江はほっとしたようにうなずいた。入江にいいよってくる若手は多いのだろう。武田は入江に悩みごとの相談をされて満更でもなかった。それからしばらく会話を続け、入江の新潟の実家のことなどを聞いていた。

翌朝、糸魚川で大糸線に乗り換え、姫川沿いを遡り白馬に着いた。バスで細野に行き一〇分ほど歩いて白馬ケーブル山麓駅に着いた。始発まで待合室のストーブに点火して暖を取った。ようやく始発時間になって六人乗りの小さなキャビンに順次乗りこんだ。新婚旅行で来たときは麓の雪は消えていたが、今は八方尾根の麓から雪に覆われていた。兎平駅に着くと、第一リフトに乗った。黒菱小屋は標高一五〇〇メートルにあり、兎平より一〇〇メートルも上にある。リフトの終点で降りると、スキー靴に履きかえ、スキーで小屋まで滑りおりた。

黒菱小屋は山小屋というよりロッジか旅館に近い建物だった。宿泊代は一泊二〇〇〇円で部屋は畳敷きの大部屋だった。間仕切りがないので男性と女性は左右に分かれてザックを置いた。

しばらく休んでからスキーウェアに着替えて外に出た。小屋のすぐ前が黒菱ゲレンデだった。八方尾根のメインのゲレンデから少し離れている黒菱ゲレンデは連休中でも空いていた。昔ながらの静かなスキー場だった。ベテラン組と初中級組にクラス分けをし、ベテラン組の武田たちは黒菱のリフトに乗って一日中滑りまくった。

夕食後は部屋に戻って大きな炬燵を囲み、ウイスキーや焼酎を飲みながら歓談した。小沢が酒のつまみにコマイの干物を持ってきた。タラの一種で北海道の名産らしい。武田も一匹もらい皮を剥いでかじってみたが堅くて歯が立たない。しばらくしゃぶってから噛みはじめるとようやく特有の味が滲みでてきた。スルメ以上に噛むのに時間がかかるから酒のつまみにはちょうどよい。小沢がコマイをかじりながら話す故郷の話が面白かった。村を流れる尻別川に鮭やカラフト鱒が産卵のために遡上してくる様子や、出没する熊の話など北海道の大自然が偲ばれた。

九時に就寝したが、ありったけの衣類を着て布団に潜りこんだが寒くて仕方がなかった。

翌日、スキー同好会の後発組二名と大阪支店の四名が合流した。ベテラン組は兎平からリフトに乗り、さらにスキーを担いで八方池山荘まで登った。白く輝く白馬三山が素晴らしかった。ここから麓の細野までまっすぐ滑ることができる八方尾根は我が国屈指の長大なスキーゲレンデだった。大斜面を思うままに滑るのは爽快だった。

三日目は雪が降っていたので、もっぱら小屋の前の黒菱ゲレンデで滑った。

最終日の「成人の日」は晴れていた。午前中黒菱ゲレンデの周辺を滑り、昼食後帰り支度をして小屋を後にした。初級者は兎平からロープウェイで下りることにして、その他のメンバーは滑って下りた。ザックを背負って滑ると遠心力が働いて振られやすくなるので、リーゼンコースを大きな弧で回りながら滑った。名木山ゲレンデまで下るとスキーヤーが多くなり雪質も重くなってきた。麓でロープウェイ組と合流してバスに乗り白馬駅に着いた。白馬駅のホームはスキーヤーで溢れていた。帰りの指定席は取れなかった。信濃森上始発の急行に乗るつもりだったが乗車口には長い列ができていて乗り切れそうもなかった。ちょうど松本行きの鈍行列車が到着したので幹事の決断で乗ることにした。座れなかったが通路には余裕があった。松本まで一時間半かかったが途中で追い抜かれるはずの急行は現れなかった。混雑して遅れているようだった。中央線のホームで待っていると長野発新宿行きの急行列車が到着した。もちろん座れなかったが車内には入れた。幹事の機転で当初乗車予定の急行より早く新宿に着くことができた。スキーがブームになっていた。サラリーマンの所得も増えスキーは大衆化した。武田は、自分もその一人なのだが、毎日残業を厭わず働きながら休日にはスキーに繰りだす日本のサラリーマンの猛烈なエネルギーに感心させられる。

休み明けの一六日、富士通の営業課長に連れられて端末システム担当のSE原沢が武田のもとにやってきた。営業課長は原沢を富士通で最も優秀な端末SEであると紹介した。いかにも技術者という感じの原沢は武田より少し年上のようにみえた。IBMのSEは押しなべてスマートだが、富士通のSEは実直な感じがする。武田はそういうタイプが嫌いではない。武田は原沢に銀行側として何をすればいいのか聞いた。原沢は端末システムの機能説明書一式を武田に手渡し、銀行側で決定すべき事項をまとめた文書を差しだした。武田のその文書を見て幾つか質問すると、原沢は訥々とだが的確に答えていた。武田がいつまでに決めればいいかと聞くと、一カ月後には決めて頂きたいといった。

オンラインシステムのカットオーバーはだいぶ遅れそうだったが、富士通の方は不銀の当初スケジュールに合わせて端末機を製造しようとしていた。武田は一カ月で端末のスペックを決められるかまったく見当も付かなかったがACPと預金の開発を中断して端末システムに取りかかった。

武田はまず端末コントローラと窓口端末機の機能説明書を熟読した。それぞれの機能を頭に入れてから最初に窓口端末機（F一五三二）操作卓のキーの役割と名前を決めることにした。工場で作られた窓口端末機のキートップは白いプラスティックのままなので、出荷する前に名前を決めて富士通側に刻印を依頼しなければならない。操作卓を眺めると左端に英数キーボードがあり、その右側に四群に分かれた四二個のボタン式キーがあった。その左端にある一八個のボタンはどれか一つを押すとそのボタンに対応する二列九行の升目があるマイクロフィッシュが表示されるようになっていた。武田はこの一八個のボタン群を「取引キー」と名づけ、業務を選択するキーとした。この内、計理取引用として六個使用し、「貸出実行」、「貸出回収」、「債券購入」、「債券払出」、「預金入金」、「預金出金」と刻印することにした。また非計理取引用とし、「ＣＩＦ検索」、「ＣＩＦ属性登録」、「その他Ｉ」、「その他Ⅱ」と刻印することにした。第一次オンライン分はそれで十分だった。

「取引キー」の横にある縦に九個並ぶボタン群は「補助キー」と名づけ、「通貨入金」、「他店Ｉ入金」、「他店Ⅱ入金」、「他店Ⅲ入金」、「通貨出金」、「交換払」という名前にした。

可変表示部の右側にテンキーがあり、その上側と右側に一五個のボタンがあった。その内の九個を「モードキー」と名づけ、取引の条件や特殊取引を指定するキーとし、「締後取引」、「起算日取引」、「先日付取引」、「他人間取引」、「僚店取引」、「多科目取引」、「連続取引」、「試算取引」、「訂正取引」と刻印することにした。

残りの六個は「オペレーションキー」と称し、端末コントローラを呼びだして特定の処理をさせるキーとし、プラズマディスプレイによる入力ガイダンスを要求する「リクエスト」、項目ごとの入力を確定する「実行」、一科目分のデータ入力を確定する「エンター」、一取引分のデータ入力を確定しホストコンピューターに送信する「完了」、入力途中でキャンセルする「エスケープ」、入力中の項目をキャンセルする「取消」とすることにした。

最後に可変表示部のマイクロフィッシュ一八面の科目名、項目名を決めた。

窓口端末機のすべてのボタンキー、可変キーの名前を決めた武田は、次に端末コントローラのプログラム設計に取りかかった。端末システムの最大の役割は取引ごとのメッセージを組みたて、ホストコンピュータに送信することである。計理取引の送信メッセージはトランザクションNOを含むヘッダー部分に、最大五科目分の科目データを加えたものにした。これらの送信メッセージを組みたてる窓口端末機のオペレーションは、四つのパターンで入力することにした。「一対一取引」（貸借一科目ずつの取引）、「現金取引」（単科目の現金取引）、「多科目取引」（三科目以上の取引）、「連続取引」である。

「一対一取引」、例えば「長期貸付」を実行して「当座預金」に入金するオペレーションは、最初に「取引キー」にある「貸出実行」ボタンを押す。するとカチャッと音がして「貸出実行」用のマイクロフィッシュが可変表示部にセットされ、左側（借方）に「長期貸付」、「短期貸付」、「割引手形」という科目名が、右側（貸方）に「当座預金」、「普通預金」、「通知預金」、「定期預金」、「為替送金」が表示される。オペレータは左側から「長期貸付」を選び、右側から「当座預金」を選ぶ。ここまでは窓口端末機の機能でできるが、ここから先は端末コントローラによるガイダンスに従って入力することになる。オペレータが「オペレーションキー」の「リクエスト」ボタンを押下すると、プラズマディスプレイに「長期貸付」の入力ガイド画面が表示される。画面の左側に「CIF番号」、「口座番号」、「枝番号」、「金額」などの入力項目名が表示され、オペレータはその右側の入力欄にCIF番号をテンキーから入力し「実行」ボタンを押すと、端末コントローラがデータチェックを行い、OKであれば次の口座番号の入力に移るという操作を繰り返す。全項目を入力したら「エンター」ボタンを押すと端末コントローラは次に貸方の「当座預金」の入力ガイド画面を表示し同様の手順で入力が終わったら「完了」ボタンを押す。「完了」ボタンが押されると端末コントローラはトランザクションコードをヘッダーにして、第一科目、第二科目の入力データを連結したメッセージをホストコンピュータに送信するのである。

「現金取引」に付いては「補助キー」の「通貨入金」、「他店Ⅰ入金」、「他店Ⅱ入金」、「他店Ⅲ入金」、「通貨出金」、「交換払」のどれか一つを押せば貸借反対科目の入力だけで済むようにした。

「連続取引」は最初に連続する科目の処理を行って端末コントローラに記憶させておき、後は反対科目の入力のみ行い「完了」を押せば貸借揃ったメッセージとしてセンターに送信する仕組みである。例えば郵便振替で割引債を購入する取引では、郵便局から毎日まとめて多数の顧客の「受払票」が郵送されてくる。このような場合は「連続取引」でオペレーションした方が効率的だ。

「現金取引」も「連続取引」も少しでもオペレータの入力負担を軽減するための工夫である。

計理取引の機能を決めると、非計理取引の「ＣＩＦ登録」、「口座開設」、「残高証明書発行」などの仕様を固めた。

また主として情報検索用に用いるテレビのブラウン管のようなディスプレイ装置の仕様も決めた。端末コントローラの配下でディスプレイを使うのは富士通としても初めてということだった。貸出の条件登録や各種情報検索に使えるようにした。

最後にこれらの端末コントローラの仕様を文書化して富士通に提示しなければならない。武田はこれまでＡＣＰや科目プログラムの手順書はＰＬ／Ｉに対応するように一行ずつ文章を書きつらねていた。しかし端末コントローラの処理はやたらに分岐が多く、かつ個々の処理はデータ加工や計算処理がほとんどなかったので、フローチャート（流れ図）で書くことにした。二週間ほどかけてフローチャートを書きあげた。さらに何度か見直してようやく納得のゆくフローチャートを書きあげたとき、武田は非常な満足感を味わっていた。ソフトウェアを作ることは一種の創作である。いい作品を仕あげたという喜びがしみじみと湧いてきた。だがプログラムは芸術作品のように鑑賞されることはない。あくまでも実用のための創作だ。端末を操作するオペレータが使いやすいものが一番なのだ。武田はオペレータが空気を吸うように無意識に操作できるようなシステムが理想なのだと思う。オペレータは誰がこの端末プログラムを作ったかなど考えることもないだろう。だから銀行システムの設計者は自分で自分を褒めるしかないのだと苦笑した。

同時に多少の不安はあった。端末システムを先に決めてしまうので、センター側のスペックが固まってきたとき、端末側で修正しなければならない点が出てくる可能性は否定できない。キートップの名称を変えなければならない場合は再刻印して全端末で付けかえなければならない。また端末コントローラのプログラム修正が必要になれば富士通に依頼しなければならない。費用もかかるだろう。そうならないように祈るのみだった。

二月中旬、武田は富士通の原沢を呼んでキートップの刻印と、可変表示部のマイクロフィッシュに焼きつける項目の内容を提示した。それはただちに富士通の生産ラインに渡され、不銀専用端末機の製造が始まる。続いて武田は端末コントローラのプログラミングについて、フローチャートを基に原沢に説明した。原沢は「これだけ詳しく書いて頂けるとは思いませんでした。さっそくプログラミングに入ります」とほっとしたようにうなずいた。

それから富士通の開発作業が始まった。端末コントローラのプログラムはアセンブラに近い言語で作るようだ。武田は端末コントローラの主記憶装置容量は三二キロバイトしかないので科目連動の送信メッセージを組みたてる複雑な処理ができるか心配だった。

その後、富士通の開発作業は順調に進んでいた。原沢は週一回の打合会に必ず出席したが、無精ひげを伸ばしたまま来ることもあった。恐らく泊まりこみで仕事をしていたのだろう。ユーザーと約束した納期は絶対守るというSE魂が身に付いているようだった。そのプロ意識に武田は感動した。

一八　ACP試作版開発（一九七四年二月）

武田は二月中旬に端末コントローラの仕様書（フローチャート）を富士通に提出すると、ACPと預金科目の試作版作成を再開した。まずACPの手順書を完成させると、続いて「現金借方」、「現金貸方」、「当座預金貸方」、「当預金借方」、「普通預金貸方」、「普通預金借方」、「通知預金貸方」、「通知預金借方」の手順書を順次書きあげた。これでACPによる科目連動の実証テストを行えるようになった。またIMSの効率を調べるために、データベース更新前後にタイム組込関数を挿入して処理時間を計測することにした。

ＡＣＰと科目プログラムの手順書ができあがったので武田は不銀計算センターの井川課長に二名の要員割当を依頼した。不銀計算センター要員の指揮命令権は同社にあるので銀行からの作業依頼は井川を通すことになっていた。井川はすぐに本庄と内田を割りあててくれた。二人とも今年度入社の大卒新人だったが、本庄は新人とは思えぬ落ちつきがあり、内田は人のよさそうな青年だった。武田は本庄にはＡＣＰを、内田には科目プログラムの手順書を渡した。不銀では基本設計は銀行側が行い、詳細設計、プログラミングなどの工程は不銀計算センターに委託することになっていた。基本設計は「手順書」というＢ４横書きの専用用紙に書き、詳細設計は同じくＢ４横書きの「詳細設計書」に書くことになっていた。手順書に何を書くのか明確な基準はなかったので各人各様だった。オンライン班員の多くはゼネラリスト指向で、たまたま今はシステム開発部門に配属されているが、いずれ他の部に移りたいと思っている。ＳＥのような仕事は不銀計算センターに任せればよいと考えている。従って手順書はこれこれのことをやってくれというような要求定義レベルでよしとする者も多かった。しかし武田はプログラムに近いようなレベルまで掘りさげた手順書を書いていた。それは多分に几帳面な武田の性格によるものだろうが、現在のプロジェクトの状況では詳細な手順書を書くことがそれ以降の工程を短縮し、最も効率的であろうと考えていたこともある。不銀計算センターで作成する詳細設計書は、その一行がプログラミング言語（ＰＬ／Ｉ）の一行に対応するくらいの精度が求められているようだったが、武田の手順書はまさに詳細設計書に近いものだった。

武田から手順書を受けとった本庄と内田は詳細設計書を作成し、それをもとに自らプログラミングも行った。しかし肝心のＩＢＭのコンピュータはまだ利用できなかったので、当分は六本木のＩＢＭ

本社にあるコンピュータセンターのマシンを時間借りすることにした。
二月中旬、本庄と内田が六本木に行くというので、武田も見学がてら付いて行くことにした。彼らと一緒にタクシーに乗りＩＢＭのセンターに向かった。世界一のコンピュータメーカーに相応しい二階建てのツインタワービルが辺りを睥睨していた。コンピュータセンターがある棟に入ると、広いエントランスの奥に受付があり手前に段差があった。武田の前を歩いていた内田が段差につまずいてパンチカード用の段ボール箱に詰めこんでいたパンチカードを落としてしまった。段ボール箱の上蓋が開きパンチカードがバラバラに散乱した。内田は慌ててパンチカードを回収しようとしたが、その場でカードを元の順番通りに戻すのは不可能だった。内田のその日の作業は諦めざるを得なかった。武田は悄然としている内田を慰めた。もっとしっかりしたケースに入れて持ちはこぶべきだった。システム開発ではこのような予期せぬトラブルが発生する。なかなか予定通りにいかないものだと武田は痛感した。本店にコンピュータが設置される日が待ちどおしかった。

三月初めのオンライン班全体会議で伊吹がオンラインシステムの本番開始を昭和五〇年一一月に延期すると発表した。コンピュータセンターの入る日本地所第一ビルが完成するのが昭和五〇年六月なので遅れるのは当然だった。当初計画より一年一カ月の遅れとなったが、センター建設の遅れを理由にできたので、システム開発の遅れが目立たなかったのはラッキーだった。

武田は三月八日から一一日まで年休二日を取ってスキー同好会の志賀高原高天《たかま》ガ原合宿に参加した。

今回は武田が幹事だった。武田の仕事は順調に進んでいたので年休を取るのに遠慮はなかった。総勢一四名でオンライン班の西岡と入江も参加していた。上野から夜行列車に乗って翌朝長野駅に着き、長野電鉄で湯田中に出て、バスで高天ガ原に着いた。宿泊は温泉付のホテル「雲山」で一月の黒菱小屋合宿より遥かに快適だった。高天ガ原は武田が大学一年のときに初めてスキーをした懐かしい場所だった。当時はなかった西館山山頂までのゲレンデが拓かれ、山頂から南の麓に下る長いゲレンデを滑りおりると、発哺ブナ平スキー場のリフトと、ジャイアントスキー場のリフトに乗ることができた。広い山域をリフトを乗りついで縦横に滑ることができのが志賀高原の魅力だった。

初日は高天ガ原のゲレンデで滑った。快晴だったが雪質はアイスバーンで上部のコブには手こずった。午後は寺子屋ゲレンデに遠征したがパウダースノーが売物のコースもアイスバーンだった。この日はどこもかしこもアイスバーンで志賀高原でもこんなことがあるのかとがっかりした。

二日目は西館山ゲレンデで練習した。男子は島岡の指導で高速ターンを練習し、女子は小川が基礎的なターンを教えていた。

三日目は小雪混りの曇り空で寒かった。午前中は東館山山頂から林間コースを滑って発哺ブナ平スキー場まで下り、ジャイアントスキー場の幅の広い急斜面で滑った。レストランで昼食をとっていると雪が降ってきた。午後は高天ケ原に戻り自由練習となった。雪は一段と激しくなりガスも出てきたのでスキーを切りあげて宿に戻る者が多かったが、若手はもう一滑りと高天ガ原ゲレンデのリフトに向かった。武田はふと大学時代にワンゲルの先輩から初めてスキーを習った西館山の東斜面で滑って見たくなった。武田が西館山に行くというと入江が一緒に行っていいかと聞いた。武田はうなずいて西館山のリフトに向かった。リフトはペアリフトだったので並んで座った。

「あそこにバンガローが見えるだろ」

武田は右側に点在する半分雪に埋まった鳥の巣箱のようなバンガローを指差した。

「僕はワンゲルの一年生のとき、あのバンガローに泊まってスキーを習ったんだよ。暖房もない六畳一間のバンガローに一五人が詰めこまれ、夜は零下一五度にもなった。着られる物は何でも着てシュラフの中で寒さに耐えていたよ」

「あんな狭いバンガローに一五人も泊まれるんですか」

「この前の涸沢小屋のようなもんだよ。それでもテントよりは増しだったし、毎日が楽しかったな。初めてスキーを履いたときゴーグル越しに見た雪景色の美しさに感動したよ」

当時は一〇〇メートルもなかったゲレンデが、今は西館山の頂上直下まで続いていた。長さ二五〇メートル程度の短いゲレンデを滑っているスキーヤーは少なかった。

「浅いターンで真っすぐ下りよう」

リフトを降りて武田が声をかけると入江はうなずいた。武田はゲレンデの右端を直線的に滑りはじめた。一二月からの合宿に皆勤していた入江はかなり上達していて武田のすぐ後ろに付いてきた。薄く新雪が積もって滑りがよくなり緩斜面だがけっこうスピードが出た。ノンストップであっという間に滑りおり、そのままリフト乗場に滑りこんだ。

「ああ気持いい。武田さんの後ろを滑っているとうまくなったような気がします」

入江が息を弾ませていった。スキー帽からはみだした髪に砂糖をまぶしたように白い雪が纏わりついていた。

「君もうまくなったね。ワンシーズンでパラレルが滑れるようになったんだから大したもんだよ」

二人はさらに何回か滑った。二人で前後して蝶のようにヒラヒラとゲレンデを舞うのは非常な快感だった。


三月中旬に本店一〇階の不銀計算センターマシンルームにＩＢＭ一五八の一号機が設置され、ＯＳやＩＭＳのインストールが始まった。下旬には開発に使えるようになり作業効率が格段に改善した。

武田はＡＣＰに科目プログラムをダイナミックモジュール化して組みこみ、科目連動関係の確認テストを行っていた。次のステップとしてテスト用のＣＩＦと日計ファイルを作成することにした。ＣＩＦと日計ファイルはデータベース班の主管なので、松木の了解を得て預金科目だけのミニモデルとして作成することにした。データ項目は武田が決めたが、物理的にＩＭＳのデータベースを作ったのは不銀計算センターの永井だった。永井は本庄、内田と同期だったが、システム技術担当となりＩＢＭ社のＩＭＳ関係の講習をすべて受けていた。理系大学卒業で自信に溢れていた。武田に対しても遠慮することなく自分の考えを堂々と述べた。

端末とＡＣＰの接続については、まだ富士通の端末システムが完成していないので、新しく加わったＩＢＭのシステム技術担当ＳＥ藤川に教わりながら、ＩＢＭのディスプレイ端末を窓口端末機に代用して、ＡＣＰ接続テストの準備を進めていた。

三月下旬、富士通の原沢から端末コントローラのプログラムが完成したという報告があった。さっそく説明会が開かれ、銀行側から設計開発班班長の塚田、端末担当の西岡、藤崎、総務班の藤島、設計班の松木、武田、高林、不銀計算センターの井川が出席した。原沢が不銀用にカスタマイズしたF一五三二（窓口端末機）、F一五三三（キーボードプリンター）、F一五三八（キャッシュディスペンサー）、F九五二〇（ディスプレイ）の機能と、これらの端末を制御するターミナルコントローラの詳細な機能説明を行った。武田は富士通の端末システムがほぼ完成しているので一安心だった。短い期間で科目連動ベースの入力メッセージを作成する複雑な端末コントローラのプログラムを完成させた原沢に改めて敬意の念を禁じ得なかった。

続いて懸案であったOCR端末の富士通端末コントローラ接続についての回答があった。不銀では他の債券発券銀行に先駆けて、昭和四二年に債券現物の券面にOCRフォントで回号、券種、記番号を印刷した債券を発行し、償還済み債券をOCR読取機にかけて社債原簿の消しこみ処理を行っていた。たまたま今年の初めに小型OCR読取機を開発した業者が、不銀の店頭で債券償還処理に使えないかと売りこみに来た。西岡と武田が応対し、武田はオンラインで活用できるかもしれないと思った。そこで武田は原沢にその小型OCR読取機を富士通の端末コントローラに接続できないか聞いてみた。原沢は社内で検討してみると約束してくれた。その結果は対応可能であるということだった。実現すれば金融機関で初のOCR端末になるだろう。ユーザーの要望に積極的に応えるのは国産メーカーの長所だった。

端末関係の開発作業はOCR端末接続を除いてほぼ終了した。武田は富士通新端末の機能には満足していた。都市銀行の第一次オンラインシステムではタイプライターに通帳記帳部を付けただけのような端末機が使われていた。それにくらべると富士通の新端末は格段に進化し、プラズマディスプレイによるオペレータガイダンスを可能にした。最先端の新世代端末機を使えるようになったのは不銀のオンライン開発が遅れたことが幸いした。原沢のような優秀なＳＥが担当してくれたこともラッキーだった。誠実な人柄にも好感を持った。富士通社員は誇りを持って仕事をしているようだ。

富士通の端末システムがほぼ完成したので、端末班はテスト段階で使用する端末システム一式を富士通に仮発注した。次いで営業店に設置する端末の種類、台数などを早急にまとめ、発注することになった。

一九　スキーと山（一九七四年四月）

四月一一日、春闘史上最大のゼネストが行われ、八一単産六〇〇万人の労働者が参加した。武田は千代田線が松戸まで延長されたのを機に通勤経路を変更していた。松戸駅から千代田線に乗り、大手町で東西線に乗り換えて九段下に行く経路である。銀行はスト対策として主要な国鉄、私鉄の沿線ごとにチャーターバスを運行することになったので、武田は常磐線沿線のバスに松戸駅で乗ることにした。松戸駅出発は六時半だった。

スト当日、武田は裕子に松戸駅まで車で送ってもらった。柏駅から出発したバスは定刻に駅前ロータリーに到着した。松戸から乗ったのは数人で、武田らが乗って八割方席が埋まった。ピックアップする駅は松戸が最後だった。三〇分もしないうちに渋滞が始まり遅々として進まない。銀行に着いたのは一〇時過ぎだった。

交通ストはサラリーマンにとって難行苦行である。国鉄、私鉄のどちらか一方のストであっても、動いている路線に乗客が殺到して車内はぎゅうぎゅう詰めになる。人間の尊厳などまったく無視される。銀行員は自身がストライキを行うことなど考えたこともないから、ストを擁護するような話はまず出てこない。武田は政治的信条としては労働者のストライキ権は当然認められるべきだと思っているが、日本ではストは嫌われる。フランスなどと比べれば民主主義のレベルが低いのだろう。

武田はACPと預金プログラムの試作版に改良を重ねていたが、同時にこれから開発が始まる貸付や債券の科目プログラムとACPとのインターフェースの最適化を検討していた。また共通で使えるサブルーチン（他の処理から呼びだして実行できる処理）の開発や、ドキュメンテーション（文書化）の標準化、構造化なども考えていた。

武田はPL／Iのマニュアルを調べていたとき、これは使えそうだという機能が幾つかあった。外部プロシージャー機能はすでにプログラムのモジュール化に最適なので標準的に使っていた。データ定義を共用できる「%インクルード」という機能も便利なのでみんな使いはじめていた。また端末から入力するデータは複数の科目を含み、科目ごとにフォーマットが異なるが、ACPで各科目ごとのデータ割りつけで項目を読みとることができる「ポインター変数」も非常に有効な機能だった。

さらにPL／Iではビット単位でデータを定義できる機能があった。ビットは二進数の一桁で、○か一を表現できる。通常IBMのプログラミングでは英字、数字一文字分を表現できる八ビットをまとめた一バイトが最小単位なので、ビットを用いればファイル容量を八分の一に圧縮できた。武田はこれを使って新しいカレンダールーチンを開発した。預金科目の手順書を書いているとき、利息計算のために日数計算を行うことがたびたびあった。手順書では「預入日から払出日までの日数を計算する」と書けば済むのだが、プログラムではどのようにするのか内田に聞いてみた。するとコボルで書いた「カレンダールーチン」という共用のプログラムがあるということだった。武田はどんなロジックで計算しているのか興味が湧いてきて、「カレンダールーチン」のプログラムを見せてもらった。そのロジックを読んで武田は感心した。よく工夫したコンパクトなプログラムだった。ただ銀行業務ではX日からY日までの日数を計算する場合のほかに、通知預金の場合は七日間は払い出しができないので預入日から七日後の日付を求めるというニーズもあった。また貸付の回収処理においては契約上の償還日が休祭日だった場合は翌営業日としなければならず、また償還日が月末日だった場合は翌月に繰り越さず前営業日にしなければならなかった。このように約定期日をセットして営業日ベースの期日を求めるというニーズもあった。

武田は銀行業務で必要になる日付に関する計算の種類を調べ五種類のタイプがあることが分かった。武田はこれらのタイプをすべて網羅する汎用のカレンダールーチンを作って見ることにした。タイプ番号とタイプごとに決められた入力パラメータをセットして汎用カレンダールーチンを呼びだすと答が返ってくるという仕組みだった。この処理で必要なのがこれから先何十年間かの休祭日のデータだった。武田はこの休祭日のデータをビット単位で作ってみようと思った。一年三六五日分（うるう年は三六六日）を0を平日、1を休祭日としてビット列で表現する方法だった。武田は新カレンダールーチンの手順書を書きあげ、不銀計算センターの井川にプログラム作成を依頼した。井川は新人の河野を割りあててくれた。河野は福島県出身の純朴な青年ですぐに取りかかってくれた。ほどなく河野はビット列の休祭日テーブルを使ったカレンダールーチンを作りあげた。武田はこのカレンダールーチンをオンライン班会議で説明し、オンライン班の共通サブルーチン第一号となった。

ゴールデンウィークにスキー同好会の立山合宿が企画されていた。山スキーが原点である武田にとっては立山の大斜面を滑るのは非常に魅力的だった。連休中くらい育児を手伝わなければと思いながらも立山スキーの誘惑には勝てなかった。恐る恐る裕子に相談すると、「行ってらっしゃいよ」といってくれた。本心はどうか分からないがありがたかった。

五月二日、早朝に新宿駅に集合したメンバーは男子六名、女子四名だった。中央線に乗って大糸線信濃大町で下車してバスに乗り扇沢に着いた。そこからトロリーバスでトンネル内を走り黒四ダムに出た。黒部川の対岸に二年前に立山黒部アルペンルートの起点となるケーブルカーが開通していた。ダムの堰堤を多くの観光客と先を争うように歩くと、二〇分ほどで地下のケーブルカー乗場に着いた。階段状に座席が並ぶ車両に乗りこむと五分ほどで黒部平に着いた。そこでまた長い列の後ろに並びロープウェイに乗った。眼下の斜面は雪に覆われていた。ぐんぐん高度が上がって後方に黒部湖と後立山連峰が見えてきた。なかなかの景観である。七分で大観峰に着いた。連絡通路を歩きトロリーバス乗場に着いた。何台も並んでいるバスに乗るとバスの列が一斉に動きだした。立山の主峰雄山の下を通って標高二四五〇メートルの室堂ターミナルに着いた。よくもこんな大規模な観光ルートを作ったものだと感心した。田中角栄首相が唱えた「日本列島改造論」を先取りする巨大事業だった。

一行が改札口を出ると金沢支店の伊東代理と北川正子が手を振って待っていた。幹事の島岡がスキー仲間だった伊東代理に立山合宿への参加を呼びかけたのだろう。スキー同好会のメンバーは「みくりが池温泉」に宿泊することになっていたが、伊東と北川は室堂ターミナルに隣接する「ホテル立山」に宿泊するようだった。伊東はホテルの好意でエキストラベッドを入れて何人か泊まれるので女性はホテルに泊まったらどうかといった。女性陣四名はホテルに泊まることになった。ホテル立山を経営する「立山貫光ターミナル」は金沢支店の取引先なので便宜をはかってくれたのだろう。伊東はキャンセルされた部屋があったら男性陣も泊まれるようにホテルと交渉中であるといったが、武田はみくりが池温泉で十分だと思っていた。明日九時に室堂ターミナル前で集合することにして、男性陣六名はみくりが池温泉に向かった。二〇分ほど下って雪に埋まったみくりが池の左側の高みにあるみくりが池温泉に着いた。広い和室で荷物を解き、さっそくスキーウェアに着替えて外に出た。みくりが池に向かって下っている斜面で滑りはじめた。適当な所でストップしてスキーを担いで登り返した。リフトがないので体力が必要だった。一時間も滑っているうちにみな疲れてきたので宿に戻った。

食堂で夕食を済ませ、部屋で寛いでいると、島岡に帳場から呼出しがあった。しばらくして戻ってきた島岡が報告した。

「伊東さんから連絡があって、もう一部屋取れたので今から来ないかということでした」

みんな喜んでいたので武田も反対しなかった。宿の方でキャンセルに応じてくれるかが問題だったが、島岡が交渉に行き夕食代を払うだけで宿泊の取り消しを認めてくれたということだった。

それから慌ただしく荷物をパッキングして宿を出た。雪明りで懐中電灯なしで歩けた。室堂ターミナルの明かりがはっきり見えるので夜道も不安はなかった。ホテルのロビーで伊東が待っていた。部屋はかなり広く、二部屋にエキストラベッドをいれて七人が泊まれるようになった。こんな贅沢なホテルでスキーをするのは新婚旅行で白馬東急ホテルに泊まったとき以来だった。

翌日は快晴だった。九時に一ノ越に向かった。スキーを担いで雪の上を歩く。多くの登山者やスキーヤーが登っている。一時間ほどで一ノ越に着いた。島岡が「せっかくだから雄山に登りましょう」といった。雄山まではかなり急な登りだが、夏道が現れていたので危険はなさそうだった。スキーをデポして島岡を先頭に全員が登りはじめた。スキー靴で登りにくかったが空身なので全員揃って一時間で頂上に着いた。

一ノ越に戻り黒部側の斜面で滑ることにしたが、島岡はちょっと雄山の急斜面を滑ってくるといって幅の狭い急斜面の雪渓を登りはじめた。さすがに誰も付いていかなかった。島岡は雪渓の上端で慎重にスキーを履いた。そして一瞬身構えてからスキー先端を真下に向けて滑りはじめた。あっという間に武田らが見守る所まで下りてきて急制動をかけて止まった。一ノ越で休憩していた多くのスキーヤーが島岡の滑りを見ていて歓声をあげた。

黒部側の斜面は幅も広く適度な斜度だったのでみんな思い思いに滑った。調子に乗って滑りすぎると戻ってくるのがたいへんだった。赤いユニフォームを着て滑っている一行に報知新聞の記者が取材させてくれと近づいてきた。島岡らにインタビューした後、集合写真や滑っている姿を撮影していた。来週以降に記事が掲載されるということだった。

この日の夜はホテルのレストランで食事をした。男性陣がエレベーターで五階に昇るとロビーの大きな窓から夕焼けに染まる浄土山から国見岳の稜線が見えた。レストランは広々としてシャンデリアが灯っていた。武田はしばらく高度二四五〇メートルの山の中にいることが信じられなかった。近代登山黎明期にこの近くで遭難死した板倉勝宣を思い出した。大正一二年一月に板倉は槇有恒、三田幸夫らと室堂を越えて雄山へのスキー登山を敢行したが、天候悪化により登頂を断念、退却の途次猛吹雪に襲われて板倉は松尾峠付近で遭難死した。冬期には人を寄せ付けない厳しい環境にリゾートホテルが建てられたことは文明の進歩には違いないが単純に喜んでいいのか複雑な思いであった。

奥の方のテーブル席に座っていた女性陣が手招きしていた。入江と北川が向かいあって座っていた。隣が空いていたので武田は入江の横に腰を降ろした。全員が揃うと幹事がオーダーをまとめてウェイターに注文した。まずビールが運ばれてきてみんなで乾杯した。武田は北川に声をかけた。金沢支店時代に立山山麓の極楽坂スキー場で一緒に滑ったことがあった。

「北川さん、スキーうまくなったね」

「みなさんに付いて行くのに必死でしたよ」

そういいながらもうれしそうだった。

食事が運ばれてきた。富山湾の新鮮な魚介類がふんだんに使われていてうまかった。

翌日も快晴で、この日は午前中、立山トンネルのバスに乗り途中駅の「雷殿」で下車した。右側に立山の東斜面に出る歩行者用の暗いトンネルがあった。スキーを担いでしばらく歩くと岩壁に穿った出口があった。遥か下にロープウェイの黒部平駅が見えた。高度差五五〇メートル、距離にして二キロメートルの大滑降が待っていた。スキーを履いて列になって出発した。日当たりのいい斜面の雪はザラメ状で、切れのあるターンはできない。ザラメ雪を左右に押しとばしながら滑った。タンボ平に出てロープウェイ沿いに黒部平駅までノンストップで滑った。

黒部平からロープウェイで大観峰に昇り、立山トンネルバスで雷殿で途中下車してもう一度滑った。自然の大斜面を豪快に滑って満足し室堂に戻った。

午後はホテルの背後の斜面をスキーを担いで三〇分ほど登った辺りで滑った。何度か登っては滑ってを繰り返し、疲れるといち早く雪が解けてハイマツと岩が現れた場所で休憩した。女性陣は日焼け防止のために顔に白い布を捲いて月光仮面のようだった。眼下にホテル立山が見える。背後に真っ白な奥大日岳が堂々と横たわっている。富山湾も間近に見えた。

翌日曜日、初めて天候が崩れた。前日まで十分に滑ったのでみな館内で休養した。

振替休日になった六日の月曜日は快晴だった。朝食を済ませるとホテルをチェックアウトした。そのままバスに乗るのはもったいないので弥陀ヶ原まで滑って行くことにした。ザックを背負っての滑走なので転ばないように滑った。緩斜面が続きストックで漕ぐこともあったが、弥陀ヶ原付近では適度な斜度になり気持よくバス停まで滑った。街着に着替えスキーをケースに仕舞った。

バスで美女平に行き、ケーブルカーで麓に下り、富山地鉄の立山駅から富山駅に出た。始発の特急「雷鳥」には何とか座れた。伊東、北川とは金沢駅で別れ、米原で新幹線に乗り換えた。連休の最終日なので自由席は通路まで乗客がぎっしりだった。

連休が明けると武田はまたＡＣＰと預金科目プログラムの開発に没頭した。不銀のシステムではファイルはすべてＩＭＳのデータベースを利用することになっていた。当然汎用のＩＭＳには不銀の勘定系システムには不要な機能も多く含まれているので効率が悪いのは覚悟しなければならない。そもそも業務処理系システムにＩＭＳを使用した例は世界中でもまだないのである。武田は一件の取引にどのくらい時間がかかるかが最大の関心事だった。武田はＡＣＰの最初と最後にタイム組込関数を挿入して処理時間のデータを集めた。平均すると一件を処理するのに一秒近くかかっていた。単純に計算すれば一時間で三六〇〇件処理できるが、ピーク日のピーク時取引件数の予測値には及ばなかった。もっとも予測値は科目毎のピーク時件数を予測したもので連動ベースの取引数ではないし、預金、貸付と債券ではピーク日がずれているので実際どうなるのかは分からなかった。しかしＩＭＳを使っての処理時間は決して楽観できる水準ではないことははっきりしていた。

六月になって武田は富士通端末システムの操作マニュアルの作成に着手した。六月下旬にＢ４用紙で一〇ページになる「Ｆ一五三二操作マニュアル」を完成し、オンライン班全体会議で説明を行った。実際の取引を例にして入力の仕方を説明したのでおおよその感じは伝えられたようだった。

武田はＡＣＰ、預金科目プログラムの試作版を六月末にほぼ終了していたので、これから何をしようか考えていた。まだデータベースの仕様が確定していないので本番用のプログラム作成に着手することはできなかった。仕方がないのでオンライン化の対象外になった外国業務について、伝票の入力だけでもオンライン処理できないか検討していた。しかし何となく気乗りせず不完全燃焼のような気分だった。プロジェクト全体のマネジメントへの疑問も湧いてきた。各人が開発を任されているのはけっこうなことだが、どうも全体として納期を守るという意識が希薄であるように感じられた。月一回のオンライン班全体会議で各チームが担当業務について報告していたが、それだけでは実際の進捗状況がどうなのか分からなかった。武田はオンライン班全体のスケジュール管理をする者がいないことが問題だと思った。伊吹がオンラインプロジェクトのリーダーだったが、次長に昇格してからはオンライン開発に関わる時間は減っていた。オンライン班長を引き継いだ宮島もコンピュータ課長を兼ねているのでオンライン開発に専念できなかった。そのうえ宮島は体調不良で休むことも多く、これから正念場を迎えるオンライン開発の実質的リーダーとしては不安があった。宮島はコンピュータの知識には詳しかったが、自らの判断で決定を下しプロジェクトを引っぱって行くというタイプではなかった。昨年一二月に設計開発班の班長になった塚田も途中からオンライン班に加わったという事情もあり、何となく遠慮がちで個性の強い松木やあるいは武田などにも気を使いすぎてリーダーシップを発揮していないように見えた。武田はマネージャーが直接管理するのが無理であれば、専任のスケジュール管理者を置いてもいいのではないかと思った。現在のように各人に進行管理が任されている状況ではどこにクリティカルパスがあるのか分からない。このままでは五〇年一一月カットオーバーという目標は守れないのではないかと思った。

八月に定期人事異動があり宮島は事務管理部電子計算室長となり、代わって塚田がコンピュータ課長兼オンラインシステム班長になった。オンラインシステムの運用は電子計算室が行うことになるので、その体制作りを宮島に托したという人事のようだった。宮島が就任する電子計算室長という職務も重要であることは間違いない。今後、バロースコンピュータによるバッチ処理から、ＩＢＭコンピュータによるオンライン処理へ運用体制の変換も進めなければならない。宮島が最適任であることははっきりしている。武田は宮島と塚田の処遇はまさに適材適所であり、伊吹の人を見る目の確かさに感心した。宮島は穏やかな人柄で、オンライン班が発足して間もなく武田らは所沢の自宅に招かれたことがあった。夫人が作ったビーフシチューをご馳走になった。夫人はピアノの教師をしていてピアノの演奏も聴かせてもらった。仲のよい夫婦だった。

後任となった塚田は不銀創業の昭和三二年に一期生として入行している。初代頭取星清治が会津の出身だったせいか、不銀には会津出身の人材が多かった。塚田は会津高校ボート部で国体に出たこともあるスポーツマンだった。武田は三年前の夏、当時事務企画課にいた塚田に付いて金沢支店に出張したことがある。そのときに塚田が営業店の事務全般に詳しく、仕事振りがテキパキしていて能力の高い人だと思った。先輩風を吹かすこともなく、武田も気さくに話しかけられる人物だった。塚田が昨年一二月にオンライン開発の中核となる設計・開発班の班長に抜擢されたとき、武田は大いに期待したのだが、途中からのプロジェクト参加だったので遠慮がちで自ら方針を示すことは少なかった。しかし部下の話をよく聞くタイプで、武田の提案したことは何でも通してくれたのでストレスなく仕事ができた。塚田と二人だけで打ち合わせしていたとき、「僕は高卒だからね、設計開発班の責任者というのは荷が重いよ」といったことがあった。武田は「学歴なんてまったく関係ありませんよ。塚田さんは僕たちの意見をよく聞いてくれますし、的確な判断をされていますから、僕たちも安心して仕事をしていますよ」とお世辞抜きにいった。その塚田がオンライン班全体のリーダーになった。武田は塚田もだんだん自信を付けてリーダーシップを発揮するようになるだろうと思った。

九月初めに槙原から秋の連休に山に行こうという誘いがあった。武田は昨年涸沢小屋から穂高に登った山井、国川、入江に声をかけた。国川は都合が付かなかったので四名で行くことにした。行先は白馬三山にした。

大糸線の白馬駅に近づくと車窓から三角定規を三つ等間隔に並べたような山が見えてくる。白馬鑓ケ岳、杓子岳、白馬岳の白馬三山だった。いつ見ても惚れ惚れするが厳冬期に白く輝く神々しい姿は息を呑むほど美しい。いつか登ろうと思っていた山だった。

二〇日の夜、新宿駅で夜行列車に乗り、翌朝白馬駅で下車、タクシーで猿倉に着いた。猿倉山荘横から登山開始する。しばらく歩くと白馬大雪渓への分岐に出た。左に白馬鑓温泉への道を取る。ほとんどの登山者は大雪渓コースに向かうので、ブナの樹林帯を緩やかに登る道は至って静かだった。小日向山の尾根を越すと下りとなる。クマザサの中のぬかるんだ道が続く。双子岩を過ぎ、しばらく山腹を捲き、杓子沢の雪渓を横切る。続いて鑓沢の雪渓を斜上し、あとは小屋を目指して一気に登った。鑓温泉の小屋は岩壁を背にしていた。小屋の前に露天風呂があった。高度二〇二〇メートルで日本で二番目に高い所にある温泉だ。さっそく風呂に入る。眼前にさえぎるものはない。温泉に浸かりながらの山岳展望は何とも気持がいい。天候は下り坂のようで妙高、戸隠らしき山がぼんやり見えた。竹矢来をかけた女性用の浴槽もあったから入江も温泉で疲れを癒しているだろう。雪崩の発生する所なので毎年雪の降る前に小屋を解体するそうだ。トイレが秀逸だった。便器の下を勢いよく温泉が流れているから清潔である。ただし湯気が立ちのぼってくるから長居をすると衣類が湿ってくる。

翌朝はけっこう長い行程なので朝風呂は我慢して出発。出だしから急な岩場が続き薄氷が張っていた。緊張しながら登って行くと登山道に雪が現れた。昨夜の雨が標高の高い所では雪になっていたのだ。森林限界を抜け大出原に出る。わずかに残った雪渓ももうすぐ新雪で覆われるだろう。うっすらと雪化粧した白馬鑓の尖鋭な山容に畏怖と憧憬をないまぜてしばし視線を留めた。砂礫をジグザグに登り主稜線の鞍部に出た。高曇りの空の下、剣岳が真っ先に目に入った。

北に進路を取り雪をまぶした砂礫の道を登りつめると白馬鑓ケ岳山頂だった。突然、雲が破れ青空が拡がってきた。先の尖った白馬岳がすぐ近くに現れた。その背後に薄い青色の日本海が見えた。振りかえれば蝙蝠のような形をした鹿島槍も見える。防寒ジャケットを羽織ってゆっくり休憩した。

白馬に向かって縦走を続ける。富山県側に斜めに切られた道をザクザク下る。杓子岳との鞍部に出ると道は杓子岳の横腹を捲くように付いている。杓子岳近くの岩陰で昼食。槙原はフランスのグランテトラ社のアルミ水筒に赤ワインを詰めてきていた。この水筒の内部は特殊なコーティングをされているのでワインの風味が損なわれることはない。山井は銀座の明治屋で買ってきたカナディアンベーコンを取りだした。フランスパンは武田が用意してきた。ワインを飲みながらの昼食は最高にうまかった。入江にとって楽しい山旅になるようにと男性陣はみなサービス精神旺盛だ。

白馬岳との鞍部まで下って、登りとなった。白馬岳はさすがに大きい。見上げる姿は雄大である。富山側は穏やかだが信州側はスパッと切れ落ちている。丸山を越え、大雪渓からの道を合わせると白馬山荘は近い。山荘付近は人で一杯だった。そのまま通りすぎて山頂に着いた。一等三角点があり大きな方位盤があった。来た道を振りかえると後立山の峰々が幾重にも連なっていた。

小休止して先を急ぐ。痩せた稜線をぐんぐん下って三国境に着く。富山、新潟、長野の県境である。雪倉岳への道を分けて右方向の小蓮華山の登りにかかる。山頂には大きな鉄剣が二本立っていた。周囲は森林限界を越えたハイマツと砂礫の世界だが、険しい所は一つもない。残雪のころここらをゆっくり歩いたら気持がよいだろう。左に雪倉岳から朝日岳へ続くなだらかな稜線もよさそうな所だ。行く手に白馬大池が見えてきた。緩やかな尾根を快調に下り白馬大池小屋に着いた。

立派な造りの小屋だった。寝場所を確保してから白馬大池の周りを散策した。大きな岩を飛びつたいながら白馬乗鞍岳の登り口まで行った。ハイマツの丘に囲まれた池は明るく開放的だった。

夕食の後、小屋の外に出てみると満天の星だった。久しぶりに天の川を見た。知っている限りの星の名を入江に教えた。

最終日、今日は二ピッチの下りのみ。体も軽く荷も軽い。ダケカンバ林の急坂を抜けオオシラビソの森に入る。天狗の庭を過ぎるとブナ、ツガ、シラビソの深い原生林である。やがて蓮華温泉の赤い屋根が見えてきた。さっそく本館とは別の木の板で囲まれた浴槽で汗を流した。着替えをしてさっぱりする。古いガイドブックで憧れていた野原にある露天風呂ではなかったが野趣溢れる温泉だった。

そこから少し下って沢を渡り、登りかえすとバス停があった。折りかえしのバスに乗って大糸線の平岩駅から松本経由で帰京した。人気の白馬大雪渓コースを外したので、連休中にもかかわらず静かな山旅を楽しむことができた。

二〇　二度目の衝突、葉山会議（一九七四年一〇月）

九月の終わりごろ松木が設計開発班で合宿をして各担当者の現状を報告し、関連事項の摺りあわせを行おうと提案した。武田はその目的についてては賛成だったがわざわざ合宿しなくてもと思った。むしろ本店の会議室で会議をした方が効率的だし、また重要なパートナーである不銀計算センターの要員にも参加してもらった方がいいと思った。しかし賛同する若手も多かったので、ＴＫＪ法で松木と衝突したときのことを思い出し自分の意見は封印した。

合宿は一〇月一四日から葉山にある厚生施設で二泊三日で行うことになった。伊吹次長は参加せず、塚田が合宿の責任者となった。ＩＢＭのＳＥにも参加を呼びかけることにした。不銀計算センターには声をかけなかったようだ。

合宿初日の月曜日、九時に東京駅に集まり横須賀線で逗子に向かった。塚田以下一〇名とＩＢＭの山村、宅見が参加した。鉄筋コンクリート四階建ての葉山寮は今年の四月に開設されたばかりだった。この夏は海水浴を楽しむ行員家族で大人気だったようだ。海水浴シーズンも終わり、四日間貸切りで利用することができた。逗子駅で列車を降り、タクシーに分乗して森戸海水浴場に近い葉山寮に到着した。塚田は管理人と顔馴染みのようで親しげに挨拶を交わしていた。一階にはロビー、食堂、浴場、厨房、管理人室などがあった。二階、三階に客室が並んでいて、各人指定された部屋に入って一休みした。三階一番奥の部屋にＩＢＭの二名、二番目の部屋に塚田と松木、その隣に西岡、高林、武田が入った。以下入行年次順に部屋割りされていた。

間もなく昼食の案内があった。食堂に降りて行くとテーブルに親子丼と味噌汁が並べられていた。塚田は管理人夫婦は料理が得意だといっていたが、確かに寮の食事とは思えないほどうまかった。

午後一時に四階の会議室に集合した。学校の教室ほどの広さで、ふだんは卓球台などを置いて娯楽室として使っているようだ。前面の黒板の前に講師用のテーブルがあり、向かいあうように会議用折りたたみテーブルが並べられていた。塚田は最前列の右側のテーブルに席を取り、その後ろの席にＩＢＭの山村と宅見を招いた。その他のメンバーは各人席を選んで座った。最前列の左側のテーブルに松木と横井が座り、武田は三列目の左側に西岡と並んで着席した。西側の窓からは海が見えた。

最初に塚田が講師席につき三日間の合宿の意義とスケジュールを発表した。初日はアプリケーションプログラム関係を中心に討議し、二日目はデータベース関係、三日目はその他の懸案事項の議論をすることになっていた。

最初の発表者は武田だった。武田はＢ４用紙にコピーした「ＡＣＰと科目プログラムのインターフェース」という資料を配り、定期預金を解約して普通預金に入金するという取引を例に計理取引のオンライン処理を解説した。営業店のオペレータが窓口端末機からこの取引を入力して完了キーを押すと、端末コントローラが入力データをコンピュータに送信する。その電文は先頭に預金ＡＣＰを呼びだす取引コードと取引日など取引全体の共通項目を集めた「ヘッダー」を付け、その後に各八〇バイトの定期預金出金データと普通預金入金データが続いている。この入力電文をコンピュータに常駐するIMSのDC（データ通信機能）が受けとり、ヘッダーにある取引コードに対応する預金ACPを起動させる。ここまでの処理はすべてIMSのDC機能で行われる。今までの銀行オンラインシステムではこの部分もユーザーが開発しなければならなかったのでIMSの効用は大きかった。起動されたACPから先が不銀が開発したシステムで、まず取引番号（当日の通番）を採番し、次に入力データを解析し、一番目の科目の定期預金借方処理に必要なCIFのルートセグメント、定期預金口座セグメント、定期預金枝セグメントをIMSのDB機能を使って読みこむ。そして端末から入力された八〇バイトの定期預金出金データと、CIFのルート、口座、枝の各セグメントのデータを引数（外部プロシージャ間で共有するデータ）として「定期預金借方」プログラムをコールする。呼びだされた「定期預金借方」プログラムは、引数を基に定期預金解約処理を行う。利息額と利子所得税額を計算し、定期預金枝セグメントを解約済みとし、口座セグメントの残高を更新する。そして定期預金利息額、利子所得税額を戻り値としてACPに返して「定期預金借方」を終了する。

続いてACPは同様の手順で第二科目の「普通預金貸方」の処理を行う。

科目連動処理を終えたACPは日計ファイルを更新し、当日TRファイルに当該取引データを挿入する。最後に定期預金計算書データや普通預金通帳記帳データを端末あてに送信して処理を終了する。

営業店では端末コントローラが戻ってきた電文を基に、オペレータ指示書に認証印字し、定期預金計算書を打ちだし、預金通帳に入金記帳を行って一件処理を終了する。

武田はACPと科目プログラム間の処理概要を説明し、まとめとして科目プログラムはACPに呼びだされ、引数を受取り、戻り値を返すという一種のサブルーチンという形態となること、その結果、「ＣＩＦ」を始め、「日計ファイル」、「当日ＴＲファイル」などの更新はすべてＡＣＰで一元化して行うので、個別科目プログラムがスリムになり、開発負担の軽減、システムの信頼性向上が期待できるとした。

武田が説明を終え質疑応答に移ると、債券担当の五島が質問した。

「債券の売出または償還処理では社債原簿ファイルの更新を行いたいと考えていますが、その場合社債原簿ファイルの更新もＡＣＰの方で行うのですか」

「社債原簿は債券業務固有のファイルですから、債券業務の科目プログラムで処理してもらいたいと考えています」

五島は了解した。

科目プログラムの開発では武田が先行して試作版を作成していたが、ＡＣＰと科目プログラムのインターフェースについては貸付担当も債券担当も異論はないようだった。

翌日は朝食後にみんなで海岸まで散歩に行った。シーズンを過ぎた海岸は静かだった。

二日目はデータベースがテーマだった。松木が講師席に座り、もっとも重要なＣＩＦから説明を始めた。「ルートセグメント」に顧客の属性データを持たせ、その下に科目ごとに「口座セグメント」を作り、さらにその下に貸付は「実行枝セグメント」と「回収枝セグメント」を、定期預金と通知預金には「枝セグメント」を持たせることになっていた。武田は松木の提案するＣＩＦの構造に異論はなかった。

松木は次に各セグメントの説明に入り、各科目に共通する項目について説明を始めた。武田はその中で「金額」が「通貨コード」、「邦貨金額」、「外貨金額」の三点セットで表示されていることに違和感があった。通貨コード、外貨金額は第二次オンラインで開発する外国業務システムを想定したものであろう。だが武田が以前に発表した通貨ごとのバランスシートを持つ新しい外国為替会計では通貨コードとその通貨建ての金額を表示すればそれで十分だった。外貨金額に邦貨金額を併記しても、その金額は為替相場により日々変動するのであまり意味がない。武田は異議を申し立てれば松木は不機嫌になるに違いないが、いうべきことはいっておこうと思った。松木がCIFの共通項目の説明を終えて質問を求めた。何人か質問した後、武田が手を上げた。

「金額に通貨コードを付けるのは将来の外国業務オンラインの布石として大賛成です。ただ以前、通貨ごとのバランスシートを持つ外為の新計理方式を発表しましたが、この方式では各科目の計理は通貨コードと金額だけで機能します。従いまして邦貨換算額はカットしても差しつかえないのではないかと思いますが」

案の定、松木は憮然とした表情になった。

「君が発表した方式は承知している。東京銀行でそのような方式をやったことがあると聞いたことはある。ただその方式で当局に認められるかどうかはまだ分からないし、外貨と邦貨の両方持っていればあらゆるケースに対応できるだろう。せっかくCIF情報を充実しようとしているのだからデータは幅広く集めておくべきだと思う」

武田は新会計方式が当局の認可を得られるかどうか分からなかったので、それ以上松木と議論をするのは止めた。だが武田が外国為替システムを開発するときは絶対に邦貨換算額は使わないだろうと思った。邦貨換算額をカットすればメガバイト単位でディスク容量を減らせるだろうと思うと内心忸怩たるものがあった。もう一つ気になったのは武田が考えだした外為の新経理方式が東京銀行で使われていたという松木の話だった。それが事実だとすれば武田が発明したと思っていたのはとんだ見当違いだったのでがっかりした。

武田が再反論しなかったので口座セグメント、枝セグメントの金額欄は松木案の通り通貨コード、邦貨金額、外貨金額の三点セットで表示することになった。

その後は各科目固有の項目についての議論になった。預金の口座セグメント、枝セグメントのデータについては、金額欄を除き、武田が松木に提出していたものと同じだったので問題なかった。

債券業務の口座セグメント、枝セグメントについても債券担当の五島と調整済みだったようで特に問題はなかった。

次に貸付業務については、松木が示したデータ構造は契約ごとに口座セグメントを作り、その下に貸付実行ごとに実行枝セグメントを作り、回収については初回償還から最終償還までの分割償還額を回収枝セグメントとして作っておくというものだった。

松木は貸付のデータ構造を説明した後、詳細については貸付担当の横井に説明させた。武田は貸付業務のリーダーは高林なのになぜ横井が説明するのか不思議に思った。そんな武田の疑念をよそに横井は自信満々に話しはじめた。長期貸付の実行では何回かに分けて分割実行する場合があるので実行ごとに実行枝セグメントを作ることにした。回収については貸付申請段階で償還パラメータをオンライン登録し、バッチ処理で初回から最終回までの元利金返済データを回収枝として作っておくという案だった。これは貸付実行原票をもとにコンピュータで償還予定表を打ち出し営業店に送っている現行のバッチ処理と似ている処理方法だった。だが武田はオンライン処理であれば回収枝を事前に作っておかなくてもそのつど計算して作る方法もあるのではないかと思った。その方がデータベース容量を節約できる。武田がその思いを強くしたのは、長期住宅ローンも同様の処理を行うという説明を聞いたときだった。住宅ローンは最長一五年間、毎月返済なので合計一八〇の回収枝を持たなければならない。武田は小口で大量の住宅ローンを大口の企業向けローンと同じ方式で処理するのはコストパフォーマンス上問題があると思った。

横井の説明が終わったとき武田は発言を求めた。

「業後バッチ処理で回収枝を展開しておくということですが、口座セグメントにある償還パラメータを使ってオンラインで分割償還データを作ることはできると思います。回収枝を事前に展開しておくのは分かりやすいというメリットはありますから法人向けの貸付では事前展開方式でもいいと思いますが、住宅ローンまで全部の回収枝を持たせるのはちょっとコストパフォーマンスが悪いのではないでしょうか。企業向けの直接貸付は年四回の分割償還で五年分として二〇枝で済むのに対し、住宅ローンでは年一二回で一五年分の一八〇枝が必要となります。住宅ローンの貸付金額は企業向け直接貸付の一〇分の一以下でしょうが、ファイル容量は九倍も必要です。システムコストを原価配賦すれば長期住宅ローンは赤字になってしまうかも知れません。住宅ローンについてはファイル容量を減らす方法を考えた方がいいのではないでしょうか」

横井が答えた。

「回収枝を持たないシステムも検討してみましたが、元金均等、元利均等、元金逓増など色々な返済方法があり、ロジックが複雑になります。事前にバッチで展開しておくのが一番確実だろうということになりました」

横井は一橋大学卒で松木の後輩だった。武田は住宅ローンの毎月返済額を枝セグメントで持つという案は誰の案なのか訝った。現行バッチ方式を踏襲しようとした高林の案なのか、何でもデータベース上に持たせるという松木の案なのか、あるいは横井の案なのか分からなかった。武田は貸付業務のチーフである高林がどう考えているのか聞きたかった。しかし高林は沈黙したままである。武田はどうやら貸付システム設計の主導権は高林から横井に移っているようだと感じた。武田はロジックが難しいという理由で諦めるのはどうかなと思ったが、自分でそのロジックを見つけだす時間的余裕もないのでそれ以上の発言はできなかった。横井は長期貸付も住宅ローンも一つのシステムで処理することを理想としているようだった。松木はあらゆる情報をデータベースに組みこむことを理想としているようだ。理想主義的な発想は松木と横井は似ている。しかし現実主義的な武田は長期住宅ローンは将来パフォーマンス的に問題になるだろうと思っていた。

ようやくＣＩＦの討議が終わった。武田は自分の担当外のことでも気になることは意見を出すようにしていた。誰もが自由に自分の意見を出した方がよいシステムができると武田は信じていた。しかし参加者の多くは担当外のことにはあまり口を出さないようにしているようだった。

昼食をはさんで午後はその他のデータベースの検討に入った。

最初に取りあげられたのは日計ファイルだった。松木が黒板に書いたそのデータベースの階層構造図を見て武田は唖然とした。「ルート」セグメントの下に「店」、「部」、「課」の組織を細分したセグメントや、「内訳科目」、「特殊内訳科目」という科目を細分化したセグメントが整然と配置されていた。武田は構造図を眺めていて秋田の竿燈祭に出てくる竿燈のようだなと思いながら、そのシンメトリックな多層構造を茫然と眺めていた。松木は情報を最小の分割単位まで階層化して表現することを理想としているようだった。しかし武田はその階層図の深さに恐怖に近いものを感じていた。情報系システムならともかく、大量のトランザクションを処理しなければならない勘定系システムではどう考えても無理な構造だった。不銀オンラインではディスクパックを使用した画期的な三三三〇磁気ディスク装置を使用するがその読み書きには三〇ミリ秒ほどかかる。これにＩＭＳの処理時間が加わるのでＩＢＭのＳＥは一つのセグメントを更新するのに八〇ミリ秒ほどかかるだろうといっていた。松木の日計ファイル案では一科目の処理だけで一〇セグメントくらい更新しなければならないので相当時間がかかるのは確実だ。武田は一件の処理を一秒以内に収めようと腐心していた。ＡＣＰ試作版では店、科目の二階層の日計ファイルを使っていた。それでギリギリ一秒程度だった。松木案の日計ファイルを採用したら月末のピーク時にはコンピュータの処理能力をオーバーしてしまうのは確実だった。武田が困惑しているうちに松木の説明が終わった。松木の表情には精緻な自信作を発表した高揚感が現れていた。しかし武田は松木の案はどうみても実行不可能だと思った。今回の会議でもまたびたび松木の意に反する意見をぶつけていたので非常に気が重かったが、この日計ファイル案は絶対に受けいれられないと思って手を上げた。

「この日計ファイル案は単にB／S、P／Lを作成するだけでなく、管理会計のニーズも網羅したもので情報管理面から見れば理想的な姿だと思います。ただ現実のコンピュータリソースを勘案しますと、このような重層的なセグメントを一取引ごとに更新するのは処理時間の面から難しいのではないかと思います。もう少しシンプルな構造にせざるを得ないのではないかと思います」

武田の発言が終わるやいなや、松木の怒声が会議室中に響きわたった。

「君は僕の提案にはいつも反対するな。僕はいつも君の提案に協力してきたぞ。オンライン開発はチームでやってるんだから協調してやってゆくのが当然だろう。君はいつも自分の意見に拘って人の意見に反対する。君はチームワークをぶっ壊したいのか」

松木の怒声に武田もかっとなった。武田も本来短気の質である。よっぽど「自由に意見がいえないような会議なら失礼します」と啖呵を切って合宿をボイコットしようかと思った。しかし辛うじてその衝動を抑えた。それこそチームワークを阻害することになるだろう。会議室は重苦しい沈黙に包まれていた。みんな顔を伏せている。合宿責任者である塚田もリーダーになったばかりで技術面の論争に大岡裁きをするまでにはなっていない。ＩＢＭの山村や宅見なら客観的に技術面の評価はできるだろうが、ユーザー内の論争に迂闊に口を出せないだろう。武田がＩＢＭの意見を求めればコメントするかもしれないが、オブザーバーとして参加しているＩＢＭを論争に巻きこむ気にはなれなかった。

武田は波立つ心を抑えて話しはじめた。

「たびたび異論を申しあげ、また僕のいい方が断定的に過ぎたかも知れません。僕は確かに自分の意見に拘るタイプですが、異論があればどんどんいってもらいたいと思っています。議論の結果、反対が多ければ多数意見に従います。システム設計ではいろいろな案を出しあって比較検討し、みんなで決めていけばいいと思っています」

武田は内心を隠して低く抑揚のない声でしゃべっていた。再び沈黙が続いた。しばらくして松木が口を開いた。

「それでは日計ファイルについては武田君に案を作ってもらおう」

松木も対立したまま会議を続けるのはまずいと思ったようだ。表情は硬いままだったが口調はふだんに戻っていた。

ほっとしたように塚田が発言した。

「日計ファイルについて松木さんに原案を作ってもらいましたが、今後ＩＢＭさんにもＩＭＳのパフォーマンス面に関するご意見を頂いて、その上で処理能力の制約から若干データベースの階層を少なくする等の案を武田さんに出してもらうことにしましょう」

室内の空気がようやく緩んだ。日計ファイルの議論は終わり、松木は次のデータベースの説明に移った。

武田は松木に怒声を浴びせられたことが脳裏から離れずその後の議論に集中できなかった。武田は昨年、松木の主導によるＴＫＪ法の四日間の作業が終わったとき、システム開発にＴＫＪ法は役に立たないと総括し松木が激怒したことを思い出す。武田は学生時代、マルクス主義の運動論を実践していた。みんなで議論して多数決で決めたことを実践した。その結果については必ず総括した。今風にいえばＰＬＡＮ、ＤＯ、ＳＥＥである。その過程で批判は日常的なことだった。しかし武田にとってあたりまえだった批判は松木の怒りを買った。他の参加者も武田の行動はチームワークを乱すものと見做しているようだった。松木は「僕はいつも君の提案に協力してきた」といった。それは武田の提案に不満はあっても自分は我慢して受けいれてきたというのだろうか。武田には不要な配慮である。それは馴れあいである。チーム内が丸く収まったからよいシステムができるというものではない。武田は年下の者に批判されてもそれが正しいと思ったら受け入れるつもりでいる。長期的にみればその方が得になると思うからだ。ただでさえ威圧感のある松木が怒鳴れば若手は萎縮する。自由に意見をいえないような雰囲気になったらプロジェクトにとってマイナスである。武田はシステム設計においても専制的に物事を決めるより民主的に議論して決める方がよいシステムができると思っていた。

午後の討議は五時半に終了した。

六時の夕食時にメンバーが食堂に揃ったときテーブルにはビールが並べられていた。合宿最後の晩ということもあるだろうが、武田は塚田が午後の討議でのギスギスした空気を忘れさせようと手配したのではないかと感じていた。にも関わらずみんな遠慮がちであまり盛りあがらなかった。誰も武田に声をかけてこなかったし、武田も誰かに話しかける気にもなれず黙々と食事を済ませた。

翌日の午前中にオンライン開発の今後のスケジュールを議論して二泊三日の合宿は終了した。

昼食に管理人が鰻丼を作ってくれた。思わぬご馳走にこのときばかりはみな楽しげに舌鼓を打っていた。管理人夫妻の合宿中の手厚いもてなしに感謝して葉山寮を辞した。タクシーに分乗して逗子駅に向かい自由解散となった。

翌日出勤すると武田の周囲では何事もなかったかのようにいつもの日常が始まった。武田もいつものように先輩には「お早うございます」、後輩には「お早う」と挨拶した。松木にも挨拶をしたが内心のわだかまりは消えていなかった。

数日後、武田は塚田に呼ばれた。外国為替の新会計方式を経理部に説明しておこうといった。武田にはありがたい話だった。塚田は葉山合宿で松木に怒鳴られた武田に気を使ったようだ。いずれにしろ外為新会計方式が経理部に認められれば一歩前進である。塚田はその場で経理課長に電話をかけ面会の予約を取った。電話での話しぶりから塚田と経理課長は親しい間柄のようだった。

翌日、塚田と武田は経理部の会議室で経理課長と担当者の二人と向かいあっていた。武田が資料をもとに一〇分ほど説明した。二、三質問があったが否定的な感じではなかった。

一段落したところで経理課長が塚田に聞いた。

「外国業務はいつごろからオンライン化されるんですか」

「第一次オンラインの対象ではありませんのでだいぶ先のことになります」

経理課長はいくぶんほっとしたようにうなずいた。

「それでは今回はこのような方式があるということで伺っておきます。MOF（大蔵省）には外国業務を開発する段階になったら相談することにしましょう。それでいいですね」

「けっこうです」と塚田がいった。

結局、経理部のお墨付を得られたという訳ではなかったが武田に不満はなかった。

葉山寮での会議の後、ＩＢＭからＩＭＳのデータ読み書き時間についての目安が提示された。「ＲＥＰＬＡＣＥ」（セグメントのデータ更新）は八〇ミリ秒、「ＩＮＳＥＲＴ」（セグメントの挿入）は二〇〇ミリ秒ということだった。やはりＩＭＳの読み書きはかなり時間がかかることが分かった。ＩＭＳの構造はできるだけシンプルにしなければならなかった。武田は日計ファイルについては葉山会議で松木に下駄を預けられたので、ＡＣＰの試作版で作った仮日計ファイルをベースに再設計した。店番号、科目コードをキーとするルートセグメントの下部に部コード、課コード、内訳科目コード、特殊内訳科目コード、貸借コードを合成キーとする金額セグメントの二階層とすることにした。日計ファイル検索プログラムを作れば、松木が多階層のセグメントで表示しようとしたデータを算出することは可能だった。松木にこの案を提出すると何もいわずに受けとったので日計ファイルが確定した。

武田は松木と設計面で意見が異なることが多いのは何でだろうと考えていた。オンライン班発足時から一緒だった松木とは設計段階に入るまでは意見の違いはなかった。コンピュータ機種にＩＢＭを推したのも、ＩＭＳの採用、高級言語使用という点でも一致していた。それが武田がアプリケーションプログラム担当になり、松木がデータベース担当となってから意見の違いが出てきた。武田は現場での事務処理をいかに効率化するかを追求し、松木は管理面のニーズに最大限応えることを最重視した。その目的の違いが設計思想の違いになったようだ。二人の立場の違いがコンピュータ能力の制約の中で厳しいせめぎ合いとなった。どちらが正しいというものではないが、松木は理想主義者で、武田は現実主義者ということも二人の違いを拡大させたようだ。武田は三年半前のオンライン班が発足した直後、松木に誘われて山下、興津とともに居酒屋に飲みに行ったときのことを思い出す。「最先端のシステムを目指そう」という松木に意気投合した武田は、「松木さんをリーダーにして頑張ろう」と山下、興津に同調を求めた。その言葉を守れなかったことについては忸怩たるものがあった。

葉山会議での松木との衝突以来、武田は何となくやる気がなくなっていた。武田は若手には自分の意見を主張することのたいせつさを強調していた。議論するときは先輩も後輩も平等である。武田はそういう信念で仕事をしていたが、何となく自分だけが異質なような気もしてくる。気分が滅入って仕事にも精が出なかった。

地下鉄東西線の九段下駅でホームに降りて改札口に歩いて行くと、ちょうど反対側のホームから地下道を通ってホームに上ってきた入江と出合った。武田はラッキーデーだなと内心で喜んだ。武田はいつも同じ時間の電車に乗っていたが、中野方面から来る入江と改札口で一緒になるのは月に一度か二度だった。入江は同じオンライン班に所属しているが、最近班員の人数も増え総務班に移った入江とは席も離れてしまい、仕事上の話をする機会はほとんどなかった。武田にとって入江は山仲間でありスキー仲間だった。しかし仲間といっても相手が異性のときはやはり特殊な感情が生まれてくる。ましてや入江は魅力的な女性である。自分が思っている程度には相手も自分を思ってほしいと思う。男同士なら一緒に食事に行っても何の問題もないが、相手が独身女性でこちらが妻帯者となればそうはいかない。二人で親しそうにしていたら噂になるだろう。偶然に出合ったときに束の間の会話をするしかないのだ。

「おはよう」と武田が声をかけると、「お早うございます」と入江がいった。

「仕事は忙しいかい」と聞くと、「毎日同じような仕事をしていますから少しマンネリ気味ですね」と浮かない顔をした。

「そうか、君は人事部が奨めている通信講座で『コンピュータ入門』を修了したんだよね。それならシステム開発の仕事をしてみたらどうだい」

「私にできるでしょうか」

「できるよ。君は営業店の経験がないからすぐにシステム設計をするのは難しいだろうが、まずプログラムを書けるようになれば貴重な戦力になると思う。それからSEになればいい。もしその気になったらIBMのプログラミング初級講座を受けられるように伊吹次長に頼んであげるよ」

二分ほどで本店の地下一階にある行員通用口に着いてしまった。ロッカー室の前で制服に着替える入江と別れた。久しぶりに入江と話ができて武田は「葉山会議」で松木に怒鳴られてからのくさくさした気分を忘れていた。


一〇月二三日、ワンマン頭取の正田が代表取締役会長になり、興銀出身の渡会が第五代頭取に就任した。昨年一一月に不銀の取締役になっていたが、正田が次期頭取含みで招請したと噂されていた。不銀では創立者だった初代頭取星清治が二期四年で頭取職を辞して以来、頭取任期は二期四年というのが不文律になっていた。武田は正田はまだ若いし不銀内では圧倒的な力を持っていたので続投するのかなと思っていた。それが慣例通り二期四年で退いたのにはちょっと驚いた。

翌日、本店の従業員は急遽大会議室に集められ入行年次順に並ばされた。立ったままである。壇上には役員がずらっと並んで椅子に座っていた。最初に挨拶をした正田は「私は院政を敷くというようなことは考えていない」と明言した。それが事実なら見事な出処進退であると武田は思った。だが下の方が勝手に忖度するんだろうなと思った。続いて新頭取が演台に立った。小柄で華奢な体躯は巨漢の正田にくらべると迫力に欠けた。渡会は集まった行員の群れをゆっくりと見渡すと、「何人くらい集まっているのかな」と呟いた。「本部、本店に在席する行員約八〇〇名が出席しています」と司会が答えた。すると渡会は「嘘八百の八〇〇人か」といった。場にそぐわない駄洒落に戸惑いがちな笑い声が起こった。武田はとぼけたおっさんだなと思ったが、正田の前で駄洒落をいう神経には感心した。笑いが収まると渡会は真顔になって「私は昨年一一月に当行の経営に参画させて頂きまして、私なりに勉強して参りましたが、今後一層努力、勉強しみなさんのご協力によって頭取の重責を全うしたいと思いますのでよろしくお願い致します」と切りだした。続いて「私は音楽を聴くことが大好きでことにシンフォニーが好きです。シンフォニーは指揮者の下に各人がベストを尽くしてパートを守ることによってよりよい結果が得られます。銀行も同じことだと思います。ですから私ども経営者の下に各自ベストを尽くして頂きたいと思います」といった。シンフォニーを例えにしたのはスマートだが、結局は行員に経営陣の指揮に従うように求めているのだから陳腐な話である。最後に「当行の大きな特徴はみなさんが若いということです。若いということは企画力、独創力、その他が非常に旺盛だということです。その若さを大いに発揮して、新しいことをいろいろ意見具申して頂きたい」と結んだ。興銀出身の渡会から見れば若さしか褒めることがなかったのかもしれないが、意見具申をしろというのが本当ならいくぶん期待できるかもしれない。渡会は正田のような威圧感はないので行員も意見を出しやすいだろう。だが渡会が行員の意見をくみ入れて経営が変わるかは疑問だった。正田は院政を敷くつもりはないといったが、代表取締役のままだから正田がノーといえばそれまでだ。やはり基本的には正田のワンマン体制は続くのだろうと思った。

二一　昭和五〇年春（一九七五年一月）

一月二日、朝食を済ますと裕子は里帰りの支度を始めた。憲子が生まれて一年以上になるのでようやく実家に連れていけるようになった。裕子は実家に帰るのがよほどうれしいようで武田はちょっと複雑な心境だった。武田の両親とは問題なく暮らしているようだが、やはり実の親とは違い何かと気苦労もあるようだ。実家に帰るのが何よりの息抜きなのだろう。一〇時過ぎに一階に降りてゆくと母が見送りに出てきた。裕子は憲子をおぶい紐で背負い赤色のケープを羽織った。裕子は父に挨拶を済ませ、玄関で靴を履いた。母が「ご両親によろしくね」と声をかけた。東京駅まで見送る武田が荷物を持って家を出た。バスで市川駅に行き総武線に乗った。それほど混んではいなかったが座席には座れなかった。幼児を連れて名古屋に行くのはたいへんだなと思うが裕子は案外平気な顔をしている。電車が地下区間に入ると騒音が激しくなった。びっくりした憲子が泣きだした。武田は乗客の目が気になったがしばらくして泣きやんだのでほっとした。東京駅に着き、長いコンコースを歩いて新幹線のホームに出た。列車が入線し裕子と憲子は車内に入った。列車が出るとき窓越しにきょとんと武田を見ていた憲子は裕子に促されてバイバイと手を振った。名古屋では裕子の両親が初孫が来るのを待ちわびているだろう。

家に戻ると武田は机に向かい引出しから原稿用紙を取りだした。昨年一〇月に葉山で松木と衝突してからシステム設計に情熱を失っていた。一生懸命やっていることが他のメンバーとの軋轢となるような仕事が嫌になってきた。武田がシステム設計が性に合っていると思ったのはそれが創造的な仕事だと思ったからだ。しかし銀行のオンラインシステムのような大規模なプロジェクトではしょせん個人の創ったものは部品の一つに過ぎない。武田は無性に小説を書いてみたくなった。小説なら自分の好きなように書ける。武田は原稿用紙を買ってきて小説を書きはじめた。学校の授業で作文を書かされたことはあるが小説を書くのは初めてだった。それから毎日仕事を終えて帰宅してから少しずつ書きたしてきた。

若いころに銀行の金沢支店に勤めていた男がその後役員に出世し金沢支店の視察にやってきた。用件を済ませた男はふと思いたって行用車を借り当時住んでいた独身寮を訪ねてみることにした。古びた独身寮が昔のままに残っていたが、周りの畑は住宅やマンションに変わっていた。男は運転手に裏道を走らせ寺町に向かう。当時心を惹かれていた女性の実家を見てみたくなったからだ。女性の生家は忍者寺として有名な寺の向かいにあった。男は車を降りて運転手を帰した。女性の生家の境内に入ってみる。本堂の横に大きな桜の樹があった。満開である。通りかかった老住職が男に訝しげな目を向けた。男は三〇年も前にこの寺の娘さんと同じ銀行に勤めていたことがあるので懐かしさのあまり境内に入ってしまったと頭を下げた。うなずいた老住職はそれは自分の娘に違いないが一〇年前に亡くなったという。その死の真相を聞いた男は、というような短編だった。

題は『桜の木の下で』に決めていた。そして正月休みの間にようやく仕上げた。初めは文芸誌に投稿しようと思っていた。しかし読みかえしてみるとだんだん自信がなくなってきた。イギリスのノーベル文学賞作家ゴールズワージーの『林檎の樹』に触発されて書いてみたが、リアリティーがなく薄っぺらだった。武田は小学校時代の友人古田陽一がいっていた「一度でいいから人びとの心に響くような小説を書いてみたい」という言葉が忘れられない。それがとてつもなく難しいことであることを痛感し、小説を書くのは諦めた。

武田は成人の日の前後に年休を取って五連休とし、昨年に続いてスキー同好会の黒菱合宿に参加した。年休を取りにくかったのか男性の参加はわずか三名だった。その点事務管理部は塚田班長が何もいわずに年休届けにハンコを押してくれる。女性陣は五名で入江も参加していた。黒菱小屋も暖房のある部屋に入れて昨年より遥かに快適だった。

二日目は前夜から雪が降りつづき、朝一番に黒菱小屋の前のリフトに並ぶと、三〇センチほど雪の積もった座席がゴトゴトと回ってくる。係員がスコップで雪を落としてくれるが十分に取り除けないまま座席が近づいてくる。薄く雪が残った座席に腰を降ろすとヒヤッとする。リフトの終点で降り、深い新雪をラッセルして黒菱ゲレンデの上に出ると、眼下に急斜面が広がっている。思いきって滑りこむと雪の抵抗が大きくてスピードが出ないので案外恐怖感はなかった。二、三回ターンしたところでバランスを崩し、沈みこんだ方の足を踏んばるとますます沈んで転倒した。深い雪に潜って一瞬上下の見当識を失い焦った。スキーが外れてそれを掘りだすのに苦労した。何をするにもフワフワの雪は足場にならず思うようにいかない。ようやく立ちあがったとき、小沢が急斜面をウェーデルンで滑りはじめるのが見えた。雪煙を巻きあげながら左右対称のシュプールを刻んで下りてゆく。実に見事だった。しんしんと雪の降る日はほとんどのスキーヤーは宿から出てこない。そんな日でも武田らはまっさらな新雪を選んでシュプールを刻むことに熱中していた。

二月上旬のある日、出勤した武田は毎日のルーチンでカギ付きの引出しから文具類などを取りだし机の上に置いた。最後に設計用紙を入れたカギなしの引出しを開けると白い封筒があった。何かなと思って封をあけると数枚の便せんが入っていた。入江からの手紙だった。おやっと思って室内を見渡したが入江の姿はなかった。いつ手紙を入れたのかなと訝りながら読みはじめた。読み終わって武田はショックだった。入江は前日、栗田事務企画課長から事務企画課への部内異動を予告されたというのである。入江はせっかくオンライン班で生き甲斐を感じる仕事をしようと思っていた矢先に突然の異動で非常に悲しくて昨夜は眠れなかったという。そして銀行での将来に失望し、これからは給料をもらうためだけに銀行に通うことになりますといっていた。最後に武田さんにはオンライン班でたいへんお世話になり感謝していますと書かれていた。昨夜眠れぬままに綴ったのであろう悲痛な思いが痛ましかった。武田はもっと早くオンライン班内で彼女の居場所を確保するように伊吹に相談してみるべきだったと後悔していた。武田も非常に悲しかった。同じ部内での異動であるが、視線を上げれば姿が見える席から遠くの席に移ってゆく。顔を合わせる機会は減ってゆくだろう。近々事務企画課のベテラン女性が部内結婚のために退職する予定だった。栗田課長が入江に目を付けたのは入江の能力を見込んでのことだろう。だが本人の希望も聞かずに引き抜くのはモチベーションを低下させるだけである。昭和四八年に不銀初の大卒女子として華々しく七名が採用されたが、高卒女子、短大卒女子と同様の事務職扱いだった。本気で男女平等を考えていた訳ではなく、中途半端な大卒女子採用で入江らには気の毒なことだった。

二月末になって武田はＡＣＰと預金四科目の試作版をほぼ完成させていた。その中で手順書の書き方をいろいろ試行錯誤して改善してきた。これからオンライン班の開発も本格化してくるので書き方の標準化が必要だと思った。武田は機能ごとにモジュール化し、それらをメインモジュールがコントロールするという形式で書いていた。これはＡＣＰ構想そのものがＡＣＰというメインモジュールが各科目プログラムをコントロールするという構造だったので、各科目プログラムもメインモジュールが、下部の「入力データ処理」、「ファイル読込処理」、「利息計算処理」、「ファイル更新処理」、「計算書出力処理」などのモジュールをコントロールするという同じような構造になっていた。この手法は債券業務、貸付業務でも使えるのではないかと思ったので、オンライン班の標準文書化手法として提案してみようと思った。ちょうどそのころ世界的に「構造化プログラミング」という開発手法が提唱されるようになっていた。コンピュータ利用が事務処理用に広がるに連れて、従来のフローチャート中心の記述は合わなくなり、処理手順の明瞭化、平易化、判読性向上を目指した新しい手法が求められていた。計算機科学者エドガー・ダイクストラやＩＢＭ社から「構造化」を頭につけた手法が相次いで発表されていた。武田はそれらの本を一通り読んでみたが今一つピンとこなかった。どうも理に勝ち過ぎて銀行用システムの開発には役立ちそうもなかった。

そんな折、あるソフトウェア会社の提唱する「構造化設計」についてのセミナーがあった。さっそく参加してみるとその内容はほとんど武田の考えている方法と同じだったが、「一モジュールは一〇〇ステップ（プログラムの行数）程度とする」というような実践の中から導かれた幾つかのノウハウが参考になった。武田はいっそのことその会社の提唱する「構造化設計」をそのまま採用してもいいかなと思った。武田はセミナーが終わった後に講師と名刺交換をして、不銀で同様の講義をしてもらえないか聞いてみると快諾してくれた。

武田は帰行後、塚田にセミナーの報告をした。非常に参考になったので講師を呼んで講義してもらい、構造化設計をオンライン開発の標準手法にしたいと申し出た。塚田が了解してくれたので武田は講師と連絡を取り講義の日時を決めた。

翌週、銀行の会議室でオンライン班と不銀計算センター要員を集めて講義が行われた。講師の説明は分かりやすく、機能ごとにモジュール化して階層化された構造で表現する手法は受け入れられたようだった。

三月になると武田は預金四科目以外の「別段預金」、「従業員預金」、「納税準備預金」の手順書を半月かけて仕上げた。これで武田が担当している預金科目のオンラインプログラム試作版はすべて完了した。ふと以前、従業員預金をキャッシュディスペンサーで支払うパイロットシステムをＩＢＭに委託して開発するという話があったなと思い出した。どうも立ち消えになったようだ。

次に武田は預金関係の業後バッチ処理プログラムに取りかかった。不銀ではセンターカットといっていたが、これらのプログラムを作ることによって営業店での処理が不要になるので省力効果は非常に大きいのだ。まず普通預金決算処理の手順書を書きはじめた。武田は名古屋支店時代に三月、九月の第二木曜日に預金係全員が夜遅くまで残業して決算処理を行っていたことを思い出す。武田自身も決算日翌日以降に普通預金元帳を一枚一枚捲って決算利息額を精査したものだった。バッチ処理プログラムはオンライン処理プログラムとは別に作るのが常識だった。オンラインはランダムアクセスファイルを用い、バッチは順編成ファイルを用いるからだ。ところがIMSにはバッチ処理もオンライン処理とほぼ同様の記述でファイルにアクセスする機能があった。武田はこのIMSの「BMP」（バッチ処理環境）を利用して、オンライン用の「ACP」のファイル呼びだしの命令文のみ修正した「普通預金決算ACP」を作成した。科目プログラムは「普通預金利息（借方）」を新規に作成し、利息の入金はオンライン用の「普通預金（貸方）」をそのまま利用した。これにより開発工数を大幅に短縮することができた。

このような「バッチACP」の概念を確立すると、ほぼ同様の方法で「定期預金中間利払いACP」、「定期預金自動継続ACP」、「当座貸越利息徴求ACP」、「磁気テープ引落ACP」などを効率よく作成していった。

手順書ができあがると不銀計算センターに回し、プログラムができるとテストした。

四月三〇日、北ベトナム軍の戦車がサイゴンの大統領官邸に突入し、南ベトナム政府は敗北した。それは超大国アメリカの敗北でもあった。連日テレビで我先にサイゴン脱出を図る南ベトナム政府側の人びとの姿に戦争の残酷さを感じたが、北ベトナムと南ベトナム解放戦線の勝利は感慨深かった。大学四年の夏、ゼミ合宿の帰りにアメリカがトンキン湾で北ベトナムの哨戒艇に魚雷攻撃を受けたことを理由に北ベトナムへの攻撃を開始したという新聞の大見出しを目にしたときの暗然とした気分は今でも忘れられない。そのときはアメリカが敗北するとは夢にも思わなかった。

五月に入るとデータベース班から武田に作成を任された日計ファイルと当日トランザクションファイルの仕様書をそれぞれ四日間で作成し、不銀計算センターにデータベース作成を依頼した。

中旬には債券班担当の債券科目プログラムのファーストバージョンができあがったのでＡＣＰに債券科目用の機能を追加する手順書を二日で書きあげた。債券科目を組みこんだ「債券ＡＣＰ」のテストは債券班が中心になって実施した。

六月に入ると貸付科目プログラムができあがり、「債券ＡＣＰ」と同様の作業で「貸付ＡＣＰ」を作成しテストを開始した。

武田は二、三日に一本のペースで手順書を作成していた。手順書作成はシステム開発の最上流工程である。これを不銀計算センターに渡し、仕様書作成、プログラミングという工程に流れてゆく。武田は毎日毎日同じような仕事をしていて、システム開発は肉体労働だなと思うこともあった。オンライン班全体でようやく生産体制が軌道に乗ってきたという感じはしていた。

　中旬からは計理取引用のＡＣＰが一段落したので、特殊な機能を持つＡＣＰの手順書を書きはじめた。「先日付ＡＣＰ」は先日付の取引を予約登録する処理である。例えば顧客が返済期日前に普通預金払出票を持って来店し、期日に貸付金の返済に充ててほしいというケースがある。営業店では普通預金払出票を預り簿に記帳して保管し、期日に回収処理を行う。武田は名古屋支店の管理係にいたとき、先日付の回収取引を受けつけた女子行員が期日に処理することを忘れて延滞になってしまい大騒ぎになったことがあった。先日付取引を受けつけたときに「先日付ＡＣＰ」に登録しておけば、システムが期日に自動処理するので処理漏れはなくなる。赤伝を切らされた女子行員の姿を思い出しながら絶対作りたいと思っていたシステムである。「先日付ＡＣＰ」関連の手順書は三日で仕上げた。

　次に「オン自動ＡＣＰ」も作ることにした。住宅ローンの回収は顧客の普通預金口座から期日に自動振替することになっていた。自動振替処理は期日前日の業後バッチ処理で行われるが、この時点では残高不足で引き落とせないケースが少なからずあった。このような場合、管理係では翌営業日に「未落ち」分の普通預金入金があるかどうか、たびたび預金口座の残高を確認し、返済金相当額が入金されていれば回収処理を行うのである。武田は業後処理で「未落ち」となった分は自動的に「未落ちファイル」に登録し、翌日その普通預金口座に入金があったときに「オン自動ＡＣＰ」を起動し、「未落ちファイル」を参照して自動的に回収処理を行うことにした。手順書作成には三日かかった。

　科目プログラムの最後に「その他科目」を作成した。これは預金、債券、貸付以外のオンライン非対象科目についても、仕訳帳、総勘定元帳記帳だけはオンライン処理できるようにするためのプログラムだった。作成にはやはり三日を要した。

一二　コンピュータセンター完成（一九七五年六月）

本店の隣に建設中だった日本地所第一ビルが六月中旬に完成した。ガラス張りの明るいビルだった。一二階建てで二階から六階までを銀行と不銀計算センターで借りることになった。二階は事務管理部の事務室、三階、四階は窓を内側から鉄板で補強し、床をフリーアクセスにしたコンピュータセンターだった。五階は不銀計算センターの事務室とコンピュータルームとし、六階は事務管理部の会議室などに当てることになっていた。

不銀計算センターはいち早く本店一〇階から地所ビル五階に引っ越し、銀行が間借りしていたＩＢＭの一号機は四階のコンピュータセンターに移設された。そして富士通の端末機一式が三階のテストルームに納入された。ようやくコンピュータセンターが完成して環境が整ってきた。

事務管理部の引っ越しは、少し遅れて八月初めに行われた。六日、七日に手順書、仕様書、プログラムリスト、各種マニュアルなどを収納したスティール製のシステム収納庫が業者によって運ばれていった。九日は土曜日で、午前中に各人が机の中の私物を段ボール箱に収納した。地下一階にあるロッカールームの私物も段ボール箱に入れて廊下に出しておいた。午後一時に日通の作業員がやってきて段ボール箱をコンテナーに収納して運びだして行った。武田は三時に四年半を過ごした事務室を後にし、地所ビル二階にある新しい部屋に行った。運ばれた段ボール箱から机やキャビネに文具や書類を戻した。五時ごろに引っ越し作業は終わった。引っ越しプロジェクトを請けおった日通の仕事振りは見事だった。

三階のテストルームに富士通の端末機が設置されたので、今までの端末シミュレータによるテストから富士通の実機によるテストに移行した。その日を待ちかねていた武田は、テストする取引のオペ指示書を数枚作り三階のテストルームに向かった。誰もいない室内は薄暗くガランとしていた。照明を点け、壁際に置いた富士通の端末コントローラの電源を入れた。それから窓口端末機の前に座り電源を入れた。何となく緊張してくる。今まで作ってきた端末プログラム、ACP、科目プログラムのすべてが試されるのである。武田は心を落ちつけて最初の取引のオペレーションを開始した。普通預金五〇万円を払いだし、通知預金に三〇万円を預けいれ、差額を現金で支払うという取引だった。端末機を操作するのは初めてだったが、自分で設計したものなので操作に迷うことはなかった。プラズマディスプレイの入力項目表示部も正常に表示されていた。データ入力を終え完了キーを押した。ドキドキして結果を待った。しばらくして端末機のジャーナルが動きだしカタカタと印字する音がした。ジャーナルを確認すると正しく表示されていた。武田は初めての通しのテストが成功してほっとすると同時にうれしさが込みあげてきた。多科目連動勘定系システムの目処がついたのだ。おそらく日本で最初のフルスペック科目連動システムであり、我が国のバンキングシステムは米国や欧米より進んでいるので多分世界初でもあるだろうと思った。この日入力した五件が正常に処理されていたので武田はテストを終了した。ジャーナルは切りとって記念に持ち帰った。

オンラインシステム全体のテスト環境も整備されてきた。今まではそれぞれのチームが自前でテスト用データベースを作ってテストを行ってきた。しかしこれでは複合的なテストや大規模なテストはできなかった。そこで不銀計算センターが中心になって、新たに「システムテスト環境」というテスト用システム空間を作りだした。これはオンライン施行後の「本番環境」に近いものだった。不銀計算センターは専担者を置いて「システムテスト環境」を維持、拡充していた。これによりテストの精度と効率が格段に改善された。

また不銀計算センターでは、できあがったプログラムを管理するため「ライブラリー管理システム」を開発し、すべてのプログラムを管理することにした。プログラムは最初は「開発環境」のプログラムとして登録し、一定のテストを行った後、「システムテスト環境」に移し、システムテストを経て「本番環境」に登録するというルールを確立した。プログラムは一回で完璧になるということはほとんどない。テストしてエラーがあれば修正する。何度も修正していると担当者自身がいつどこを直したのか分からなくなってしまう。ライブラリー管理体制の確立は必須の条件だった。ライブラリー管理担当の土本の仕事振りは緻密だった。寡黙で無愛想で融通がきかないところがあったが、そういうところがライブラリー管理担当として適任だったのかもしれない。不銀計算センターの井川課長は部下を適材適所で配置して不銀のオンライン開発をサポートしていた。

この間、オンライン班でも重要なチームを発足させていた。テスト班である。班長の江口は四七年入行の慶應卒で物静かな人物だったが、緻密で忍耐強いところはテスト担当として最適任だった。テスト班は「システムテスト環境」に移されたプログラムをテストし、そのテストに合格したら「本番環境」に登録することができた。メーカーの完成検査のようなものだった。武田は「開発環境」での自分自身のテストでバグは潰しているという自信はあったが、第三者が客観的にテストすることは絶対必要なことで、心強いことだった。武田はこの時期にテスト班を発足させたのは伊吹次長と塚田班長の適切な判断だと思った。

七月になって武田は債券担当者、貸付担当者と訂正取引をどのように行うか打ち合わせを行った。過去の取引を取りけすというケースは非常に稀ではあるが用意しておかなければならないプログラムだった。営業店で「赤伝を切る」という処理である。手作業でやっている時代は元の伝票を抜きとり、「なかったことにする」という処理も可能だったが、オンライン処理では一度行った処理を「なかったことにする」ことは事実上不可能だった。従って貸借反対取引を行って相殺するほかはない。そういう基本方針を確認して「訂正ＡＣＰ」と各科目の訂正プログラムのインターフェースを確定した。

それから武田は「訂正ＡＣＰ」と各預金の訂正プログラム手順書を数日かけて作成した。

ようやく先が見えてきた。科目プログラムとバッチＡＣＰは第一版を作りおえてテストを重ねていた。八月までは「汎用ＡＣＰ」でテストを行ってきたが、本番用に個別ＡＣＰを作成することにした。必要な機能のみにスリム化した「預金ＡＣＰ」、「債券ＡＣＰ」、「貸付ＡＣＰ」を作り、できあがると開発環境テスト、システム環境テストを行い、着々と本番用のシステムを完成させていった。

一度延期されたカットオーバー期日の昭和五〇年一一月は目前に迫っていたが、どうみても間にあいそうもなかった。武田はカットオーバーが遅れそうなので、今まで作ったＡＣＰと科目プログラムを大幅に書きなおすことにした。今のままでも稼働するだろうが、少しでも効率のよい、分かりやすいプログラムにしたいと思うのはＳＥの本能のようなものだ。不銀計算センターの井川に協力を求めると大林、浜野、河野を担当にしてくれたが、「今回バージョンアップで仕様凍結して下さいね」とクギを刺された。完璧主義の武田に付き合っていたら切りがないと見透かされたようだった。

さっそく武田はＡＣＰの変更に半月、預金科目プログラムの変更に半月かけて手順書を書きなおし、順次大林、浜野、河野に手渡した。しかしそのテストが予想外にたいへんだった。ある箇所を修正したら別の箇所でエラーが発生したりして、テスト、テスト、テストの連続で、毎日帰宅は九時過ぎになった。

今年も九月の連休に北アルプスの表銀座コースを縦走することにした。メンバーは槙原、山井、国川、入江に若手の和賀が加わった。和賀は四七年入行の京大卒でオンライン班に配属になり、移行関係のシステム開発に当たっていたが、すこぶる仕事が早かった。独身で体力もありそうだったので武田が誘った。女性陣も毎度妻帯者三人組がパートナーでは飽きが来るだろうと思い若手を加えたのだ。和賀は本格的な登山は初めてということで、キスリングザック、キャラバンシューズ、ニッカズボンと一通りの登山用品を新調していた。

一八日の木曜日、定時に退行、夕食を取り慌ただしく新宿駅に向かった。大糸線直通の急行列車には長い行列ができていたが何とか全員座席を確保することができた。

翌未明に有明駅に着き、タクシーで中房《なかぶさ》温泉まで行った。弁当を食べてから登りはじめた。朝日を背に合戦《かっせん》尾根に取りつく。アルプス銀座といわれる人気の縦走コースで登山道はよく整備されていた。四ピッチ歩いた小ピークで昼食にした。例によって槙原はワインを、山井は明治屋のカナディアンベーコンを、武田はフランスパンと銀行近くの喫茶店「九段茶房」で仕入れたコーヒーをいれて提供した。天気もよく楽しい昼食だった。

初日の宿、燕山荘《えんざんそう》は明るく清潔で山小屋の域を超えていた。寝る場所を確保してから空身で燕岳《つばくろ》に向かった。白い花崗岩砂と緑のハイマツのコントラストがエキゾチックである。今まで見たことのない山容だった。頂上からの眺望は絶佳だった。明日から縦走する表銀座の山並みが槍ケ岳に向かって迫りあがっていた。

翌日は快晴ではないがまずまずの天気である。稜線上を元気よく歩きはじめる。大天井岳《おてんしょう》への登りとなり、折り重なる石を踏みしめ歩を進めると、肩の辺りに大天井荘があった。ザックをデポして大天井岳を往復した。

昼食後、なだらかな縦走路を快調に歩く。穂高岳方面の展望が開けてきて槍穂の稜線が正面に見えてくる。残雪が残った涸沢カールの景観が圧巻だった。

ヒュッテ西岳を過ぎると道は九〇度右折して急下降していた。その先には壁のようにそそり立つ槍ケ岳東鎌尾根が待ちかまえていた。気を引きしめて下りにかかる。ハシゴ場が続き今までの稜線漫歩気分は吹きとぶ。大きく下った後、嫌になるほど上り下りを繰り返す。みんなの足取りも重くなる。ようやく水俣乗越《のっこし》に到着した。北鎌尾根が手に取るように見えてくる。見ているだけで恐怖を感じるような峻険な尾根は『風雪のビバーク』の松涛明が遭難死した場所だ。戦後間もない一九四九年一月、猛吹雪の北鎌尾根でパートナーがスリップし、やむなく沢を下り湯俣に行こうとするが風雪激しく遂に動けなくなった友と最後を迎えた。七月に遺体とともに発見された手帳に手記が遺されていた。

「全身凍ッテ力ナシ　何トカ湯俣迄ト思ウモ有元ヲ捨テルニシノビズ、死ヲ決ス」、「今　14時仲々死ネナイ　漸ク腰迄硬直ガキタ、全シンフルへ、有元モHERZ、ソロソロクルシ、ヒグレト共ニ凡テオワラン」、「サイゴマデ　タタカフモイノチ　友ノ辺ニ　スツルモイノチ　共ニユク」、「我々ガ死ンデ　死ガイハ水ニトケ、ヤガテ海に入り、魚ヲ肥ヤシ、又人ノ身体を作ル、個人ハカリノ姿グルグルマワル　松ナミ」

武田は『風雪のビバーク』でこの手記を読んだとき思わず涙が溢れそうになった。

東鎌尾根に取りつき岩尾根のハシゴ場やクサリ場をよじ登りヒュッテ大槍に着いた。三時になっていたのでみんなの疲労も考慮してここで泊まることにした。ガスが出てきて、すぐ近くに見えるはずの槍ケ岳も見えなくなっていた。

翌日小雨の中を槍ケ岳に向かう。視界は五〇メートルほどで何も見えないうちに槍ケ岳の横を通って槍ケ岳山荘に着いた。雨宿りがてらに小憩。和賀や入江は槍ケ岳に登っていないというので山頂まで連れて行きたかったがコンディションが悪いので諦めた。

相変わらずの霧の中、槍沢を下る。槍沢が大きく右に曲がるあたりで雨が上がった。二ノ俣の吊橋を渡り梓川となった。ここからは梓川の清流沿いの平坦で道幅も広いプロムナードとなる。予備日が一日あったので徳沢園に泊まろうと思ったが満室だったので、一ピッチ歩いて明神館に泊まった。最終日は秋晴れが眩しかった。幽玄な明神池を散策した。上高地のバスターミナル近くで帰り車のタクシー運転手に乗っていけと声をかけられた。「六人だよ」というと大丈夫だという。定員オーバーなのに何が大丈夫なのか分からないが、みんなスリムなのでこれ幸いと荷物をトランクに入れ乗りこんだ。後部座席に四人はちょっと窮屈だったが我慢した。上機嫌の運転手は付近の名所案内をしながら安曇野をひた走る。警官に見つかることもなく松本駅に着いた。一昨年に続き山井御用達のフランス料理店「鯛萬」のランチで最後を飾った。

一〇月初旬の月曜日、終業間際に裕子からそろそろ産まれそうという電話があった。予定日より一カ月も早いので驚いた。塚田に事情を話し翌日の年休届けに判を押してもらって退行した。帰宅して夕食を済ませてほどなく、陣痛の間隔が一五分になったので裕子を国府台病院に送っていった。そのまま入院することになったが八時に面会時間が終了した。古びた病棟を出て暗い駐車場に向かうと夜空に星が瞬いていた。家に戻って落ちつかない気分で待っていると、九時過ぎに病院から無事男子出産の電話があった。

翌日、母と憲子を連れて病院に行った。裕子は元気そうだった。早産だった長男は体重が二七六〇グラムで保育箱に入っているということだった。この日は赤子の顔を見ることはできなかった。

面会を終えて家に帰り、憲子の世話をしながら長男の名前を考えた。五つくらい候補を考えて「泰斗」に決めた。命名のいわれを「みそひともじ」にして日記に書いておいた。

「冴え冴えと　夜空に耀く七つ星　願わくばなれ　泰山北斗」　我ながら親馬鹿である。

体育の日の午後、病院に行った。保育箱で育っている長男と初めて対面した。小さいが鼻の高い子だった。裕子に長男の名前を告げると、「『斗』が付く名前はあまりないわね」と気乗りしないようだった。「その内増えてくるさ」というとそれ以上反対はしなかった。

一一月二六日、水曜日から国鉄のストが始まった。例年春闘の一環として春先に行われていたストが秋に行われるのは珍しかった。その上賃上げストではなく「スト権スト」というのも異例だった。マッカーサーにより公務員はスト権を奪われ、我が国が主権を回復した後も国鉄など三公社五現業の職員は公共企業体等労働関係法（公労法）によってストライキが禁止されていた。憲法により保障されているスト権の奪還は国労、全逓、全電通などで結成された公労協の悲願だった。この強い思いが一〇日間という未曾有のスト決行となったようだ。

スト初日、武田は西船橋駅の近くに路上駐車して地下鉄東西線に乗った。駅構内はすでに満員でホームに入るまでに時間がかかったが何とか遅刻せずに済んだ。

二七日は年休を取った。

二八日は六時半に車で家を出て中山競馬場の駐車場に駐車した。そこから二〇分歩いて西船橋駅から東西線に乗った。銀行に着いたのは八時だった。人事部から事務管理部に対しスト中の休みや遅刻が多いとクレームがあったようだ。

二九日は土曜日だった。前日と同じように競馬場に駐車して出勤し、定時に退行した。三時に競馬場の駐車場に着いたら開催日だったので競馬を見てみることにした。初めて馬券を買い一一レース、一二レースを当てたが、配当金は大したことはなかった。

一二月一日、月が変わった月曜日も火曜日もストは続いた。そして一二月三日の水曜日、公労協は正午から拡大共闘委員会を開きスト中止を決定した。スト突入後八日目のことだった。

国民のスト受忍も限界に達していた。総評議長は八日間にわたって国民の生活に多大な迷惑をかけたことを詫びて闘いを中止した。官公労働者の悲願だった「スト権奪還」は夢と消えた。

一二月七日の日曜日、武田はロンドン支店に出張する三村を見送りに羽田空港に行った。同期の三村は入行時に共に名古屋支店に配属になった親友だった。今年の三月に国際部から事務管理部に、電通国際情報サービスが開発したユーロ資金取引システムをロンドン支店に導入したいので協力してくれという依頼があった。伊吹は武田に協力するようにいった。武田は国際部の担当者だった三村と一緒に電通国際の説明を聞いた。米国GE社の大型コンピュータをタイム・シェアリングして利用するシステムとして開発されたもので、ユーロ資金取引の利息計算、伝票作成、期日管理などを行うソフトウェアだった。武田はコンピュータ利用料もソフト使用料もリーズナブルだったので、支店での合理化効果が認められれば導入すべきだろうと思った。いずれにしろユーロ資金取引に詳しい三村が担当すれば問題なくシステムを導入できるだろうと思った。武田はその旨伊吹に報告した。それから三村が専担となってシステム導入作業が行われ、いよいよロンドン支店へのシステム導入作業と研修を行うために出張することになった。女性を含めて数人の国際部の仲間に囲まれた三村は二週間の海外出張にいくぶん緊張しているようだった。武田は海外店のシステム化は本来事務管理部が行わなければならない職務であるにも拘わらず、それができていないことが残念だった。搭乗口に向かう三村を見送りながら、海外店システム化の一番乗りとなった三村がちょっとばかり羨ましかった。

一二月一九日、スキー同好会の苗場合宿があった。金曜日の仕事を終えて車五台で銀行を出発、午前二時に定宿の柏屋別館に到着して朝まで仮眠した。総勢一九名で二日間、浅貝ゲレンデ、苗場ゲレンデで滑りまくった。事務管理部からは西岡、武田、入江が参加してシーズン初滑りを楽しんだ。この半年間、手順書を書き、テストをするの繰り返しで精神的にくたびれていた。しかしスキーで風を切って滑っていると気分爽快になってくる。我ながら単純な人間だなと思った。

昭和五一年元旦、武田は三八度五分の熱で布団の中にいた。年末にインフルエンザにかかったようで大晦日も休んでいた。正月はスキー同好会の仲間で札幌支店の藻岩山の麓にある独身寮に泊めてもらってスキーをすることになっていたが急遽キャンセルした。二日は三七度五分、少し熱は下がったがずっと寝ていた。三日は三七度だった。夜中に酷く汗を掻き布団がベトベトになった。四日も三七度で風邪でこんなに寝ていたのは始めてだった。幸い四日は日曜日だったのでずっと静養していた。

泰斗が産まれたばかりで裕子は里帰りしなかったので助かった。

一月五日、まだ寒けはするが熱は下がっていた。咳は止まらなかったが出勤した。

午後三時半より年頭行事が開催された。正田会長から「今年は昨年以上にたいへんな年になる。銀行だけは例外というような甘い期待はきっぱりと払拭しなければならない。創業時の燃えたぎった『なにくそ』という頑張りの精神を改めて見直し、新しいアイデアを研究し、失敗をおそれず実行に移してもらいたい」と発破をかけられた。武田は風邪を移さないように後ろの方で聞いていた。それから会長が巨体を揺すって万歳三唱の音頭を取った。会長の万歳三唱はどこかユーモラスだった。

新年を迎え武田はさて何をしようか思案中だった。武田の担当するＡＣＰと各種預金プログラムの開発は昨年末にほぼ終了していた。しかしカットオーバー目標の昭和五〇年一一月はとっくに過ぎていたが、未だに公式にはリスケジュールされていなかった。武田は自分の担当だけで精一杯だったからプロジェクト全体の状況は分からなかった。債券業務、貸付業務の開発状況もデータベース設計とデータ移行作業の進捗状況も分からなかった。いまさらに総合オンライン開発作業の膨大さに驚いていた。全体としては移行作業のウエイトが増していた。本番実施後にオンラインシステムの運用を行う電子計算室とオンライン班の移行班が協力して、支店の電源工事や端末機設置計画、通信回線の申請、端末操作マニュアル作成、取引先への取引先番号、口座番号変更通知、事務規定の変更などの作業を行っていた。移行作業の難しさは武田もある程度は理解できた。移行チームの多忙さを思えば開発作業を終えてのんびりしているのは申し訳ない気がした。しかしまずは自分の担当分野で今なにをすべきか考えてドキュメンテーション（文書化）の整備を行うことにした。

文書化がなぜ必要かといえば、当初の開発担当者は異動で他部門に移って行く。システムにトラブルが発生したらメンテナンス担当者が対応することになる。プログラムリストや仕様書などの文書を調べて一刻も早くエラーの原因を突きとめなければならない。また預金、債券、貸付などの金融商品に制度変更があったり、新商品の追加があった場合は、現行システムの構成や成立ちなどを分かりやすく説明する文書があることが望ましい。昨年二月に「構造化プログラミング」をオンライン開発の標準手法にしたが、文書様式は決めていなかったのでその書式を制定しようと思いたった。手順書、仕様書は機能的に独立した外部モジュール単位で作成されるが、「表題」、「システム設計の前提」、「モジュール構造」、「データ定義」、「モジュール・コントロール・フロー」、「詳細説明」という項目ごとに書式案を作成した。書式を定めると武田は今まで書いてきた手順書をすべてこの様式で書きなおしていった。本来なら事務管理部全体で議論してすべての手順書を新フォーマットで整備したかったが、スケジュールが逼迫している状況下で今さら債券、貸付担当に書きなおしを求めるのは現実的ではなかった。せめて武田が担当しているACPと各種預金プログラムだけでも分かりやすいものに書きなおしておくつもりだった。

第四章　ニューヨーク支店システム開発

一　国際部からの協力依頼（一九七六年四月）

武田がオンライン開発要員として事務管理部に着任してから五年目を迎えていた。当初計画の昭和四九年一〇月サービス開始の予定を延期し、五〇年一一月としたが、その期日もとうに過ぎていた。武田は担当するＡＣＰと預金業務の仕上げとしてドキュメンテーションの書きなおしをしていたが、プロジェクト全体としてもプログラム開発フェーズからシステム移行フェーズに移りつつあった。

四月中ごろのことだった。武田は伊吹次長に呼ばれて部長応接室に入った。ソファーに国際部の槙原課長と初めて見る若い行員が座っていた。武田は伊吹の隣に座って槙原に軽く会釈した。槙原は武田が名古屋支店に着任したとき最初に仕事を教わった先輩であり山仲間でもあった。

伊吹が武田に槙原の来意を伝えた。

「来年二月にニューヨーク支店を開設することになり、その機械化について協力依頼がありました」

武田がうなずくと槙原が話を引きついだ。

「海外支店の開設に当たっては国際部が窓口になってサポートしますが、井岡さんから機械化が絶対に必要だといわれまして、それについては事務管理部さんのご協力を頂かねばどうにもならないんでお願いに来た訳です」

井岡は現在ニューヨーク駐在員事務所長を務めているが開設時の支店長に内定していた。

伊吹が槙原にいった。

「私の方にも井岡さんからよろしくと電話がありましたよ。当部としても協力したいんですが、なにぶん我々は海外業務についてはまったく不案内なので、どういうシステムを作ったらよいのか見当が付きません」

「当部は国際業務に詳しい添島君を担当させますのでその辺は大丈夫ですよ」

武田は槙原の隣に座っている男が添島という名前であることを知った。がっちりとした体躯で穏やかな顔付きをしている。

しばらく思案していた伊吹が武田に聞いた。

「武田さんは今の仕事を切りあげられますか」

「僕の担当している業務はほぼ終了しています。あと二週間もあればドキュメンテーションの整理も終えられると思います」

「それでは武田さんにやってもらいましょう。井岡さんのたってのご依頼とあっては協力せざるを得ませんからね」

槙原はほっとしたように姿勢を崩した。

「武田君を出して頂けるなら心強いです。うちの部もエースの添島君を出しますので、二人で早急に取りかかってもらいましょう」

大筋で合意して槙原は満足そうだった。

井岡は銀行の将来を担う人物として若手の人望を集めていた。武田も新入行員研修で講師をしていた井岡に優秀な人だなという印象を持った。また東大卒の新人歓迎会で「来年から東大の新人歓迎会は止めよう」と提案して東大学閥化の芽を摘み取ったことに感銘を受けていた。その井岡がニューヨーク駐在員事務所長としてニューヨークに渡ってから五年が経っていた。同年代のトップで取締役になったが駐在員事務所にずっと留めおかれているのは異例だった。不銀に君臨するワンマン会長正田に諫言し、その逆鱗に触れて冷遇されているというような噂がまことしやかに流れていた。噂の真偽は確かめようもないが、判官贔屓の武田は井岡のために頑張ってやろうという気になっていた。


五月の連休明けに武田は国際部の小会議室で槙原、添島と最初の打ち合わせを行った。冒頭、武田はニューヨーク支店システムの日計処理では単一通貨表示のバランスシートではなく、通貨ごとのバランスシートを打ち出す新方式を採用できないか検討してほしいと申し出た。槙原が了解したので、武田は三年半前に事務管理部内の会議で発表した「外国為替計理の新方式について」のコピーを二人に配った。武田は一〇分ほどかけて内容を説明した。二人は真剣に聞いていた。武田の説明が終わると槙原は「添島君、どうだい」と添島の見解を聞いた。添島は「非常に興味深い方式ですね。私なりにもう少し調べてみたいので明日まで時間を頂けませんか」といった。

新方式の採用については持ち越しとなったが武田に不満はなかった。真剣に検討してくれるのは添島が初めてだったからだ。

翌日、外国為替計理の新方式について三人は再度小会議室に集まった。さっそく添島が報告した。

「武田さんの新方式は使えますね。バランスシート上で通貨ごとの科目残高が把握できるので従来の単一通貨会計より優れています。全通貨合計バランスシートの外貨両替口に為替損益が出るので引き直しを行わなくても日々の為替損益が把握できるのは非常にメリットがあります。考えてみればドルはドルのバランスシートに、円は円のバランスシートに記帳するのがもっとも自然ですよね。手計算では時間がかかり過ぎてたいへんかもしれませんがコンピュータで打ち出せるならこの方式がベストですね。それにしても外為業務を経験したことがない武田さんがこの方式を考え出されたのには驚きました」

添島が感嘆の面持ちで報告したので武田は非常にうれしかった。同時に添島が固定観念に捕らわれずに、部外者の提案を何のこだわりもなくきちんと評価してくれたことに好感を持った。添島は四五年入行で武田の五年後輩である。福島県出身で東北大学卒だった。互いに相手を認めあった瞬間だった。武田は彼と一緒ならこのミッションは達成できるだろうと確信した。

五月中旬、槙原、武田、添島は、最近ニューヨーク支店を開設した住友信託銀行本部を訪問して、住信ニューヨーク支店のシステムについてヒアリングした。支店システムの開発責任者だった国際部の課長が応対してくれた。住信では当初、NCR399とIBMやDECのミニコンを比較検討したが、ミニコンを使うシステムはソフトウェア開発の負担が大きいので諦め、NCR399を採用した。NCRを選定した理由は、メンテナンス体制が他社よりよさそうで、日本国内でのプログラム開発体制がしっかりしていることを評価したということだった。NCR399は最近NCR499にリプレイスされた。性能はそれほど変わらないようだが、印字速度は一秒に二五字から七五字に改善されているということだった。システムの概要は、伝票を手作業で作成し、それを基にNCR399にインプットし、バランスシートや各種計表を作成するというものだった。開発は日本で行い、プログラミングは日本NCRに外注したそうだ。プログラマー一人が月に一・五本のプログラムを作るペースだったという。

システム開発に当たってはミスを少なくすることに最大の力点を置いた。それは海外支店にはシステム要員がいないので、現地でトラブル対応ができないからであるとのことだった。

武田は住信の課長がシステムについて隠すことなくレクチャーしてくれたことに感謝していた。不銀のニューヨーク支店開設は競合相手の登場ということになるのだろうが、そういう相手にも親切に情報提供してくれた。厳しい海外で支店を開設する後輩銀行に対する好意であったのかもしれない。

武田は住信のヒヤリングで、邦銀のニューヨーク支店ではNCRの記帳機能付きミニコンピュータが広く使われていることが分かった。武田はNCR499を選定するのが妥当だろうと思い、日本NCRに電話してNCR499の説明をしてくれと頼んだ。

さっそく営業担当者がやってきてパンフレットなどを示しながら説明を行った。プログラム言語はコボルだった。ハードウェア価格は邦貨で一六〇〇万円だった。本体は大きな机のような形をしていて、その上にキーボードとその奥に幅の広い用紙送り装置のようなものがあった。連続紙を印刷したり、磁気ストライプ付き元帳（マグレジャー）の記帳ができた。中央処理装置や主記憶装置がどこに入っているのかは写真では分からなかった。本体のほかに腰の高さほどのキャビネットに収められた九・八メガバイトのディスク装置があった。上部に取りだして交換できるディスクパック装置があり、下部に固定式ディスク装置が納められていた。

営業担当はＮＣＲ４９９のアメリカでの納期は約六カ月ということだった。ニューヨーク支店は来年二月の開設だから遅くとも八月初旬には発注しなければならなかった。日本ＮＣＲのユーザーサポートについては、優秀なＳＥ、プログラマーが揃っているがみな多忙なので早めに予約してほしいということだった。

武田はＮＣＲ４９９を前向きに検討するといって面談を終えた。

武田はそれからＮＣＲ４９９の機能説明書を読んで、どのような機能があるのか頭に入れた。主メモリーが三二キロバイトしかないので、あまり複雑な処理はできない。大型コンピュータで開発してきた武田には信じられないような小さなメモリーだった。

武田は五月中にオンライン関係で仕残していた文書化をすべて完了し、六月からニューヨーク支店システムの開発に専念することになった。

六月一六日に日本NCR社の海外店システム説明会が行われた。国際部の小会議室に槙原、武田、添島が顔を揃える中、NCRの営業担当者が連れてきたのは若くてチャーミングな女性だった。武田は今まで女性のコンピュータ関係者に出会ったのはIBMの女性インストラクターと、IMSのレクチャーを行ったIBM本部の女性担当者だけだったのでちょっと驚いた。普通の名刺より一回り小さな名刺を差しだしたのはSEの西森真希だった。営業担当が西森のプロフィールを紹介した。早稲田大学卒業で、ニューヨークのNCRに研修に行ったこともあり、邦銀ニューヨーク支店のシステムに詳しいということだった。

営業担当の紹介が終わると西森は、「インターナショナル・バンキング・パッケージ」という日本NCR社の開発したソフトウェアの説明を始めた。伝票を基にNCR499にインプットし、元帳を記帳してファイルを更新する。業後に日計表や口座別の残高表などの管理計表を打ち出し、翌日管理計表と伝票を突き合わせて精査するというのが基本的な処理だった。元帳は顧客別、勘定科目別に作るということだった。元帳には「シンプル・ポスティング」、「カストマー・ライアビリティー」、「デュー・トゥー・カストマー」の三種類があった。利息や手数料などの単純記帳科目のときはシンプル・ポスティング元帳にインデックス・キー(通貨コード、科目コード、口座番号を連ねた数字)、日付、起算日、取組番号、取引コード、摘要、金額を入力する。貸付や預金などはカストマー・ライアビリティー元帳やデュー・トゥー・カストマー元帳に、さらに利率、統計コード、期日を加えて入力するようになっていた。

西森の説明が終わり武田が質問した。

「当行はバランスシートを通貨ごとに打ち出し、最後に邦貨建ての総合バランスシートを打ち出したいと思っているんですが、御社のパッケージソフトで可能でしょうか」

西森はちょっと驚いたようにいった。

「当社のパッケージは多通貨会計には対応していません。御行では多通貨会計を採用されるのでしょうか」

武田は「多通貨会計」という言葉を聞いて内心驚いていた。武田が「外国為替計理の新方式について」で発表した方式と同じであることは見当が付いた。

「多通貨会計という用語は初めて聞いたんですが、通貨ごとにバランスシートを打ち出し、最後に各通貨を当日仲値で邦貨に換算した総合バランスシートを打ち出す方式が外国業務の会計方式として一番合理的だと思っています。それで当行ニューヨーク支店のシステムは多通貨会計で行いたいと考えています。ニューヨークで多通貨会計を採用している邦銀はありますか」

「私の知る限りまだないようです。東京銀行さんの欧州のどこかの支店で採用していたという噂は聞いたことがあります」

「そうですか。ぜひ多通貨会計でやりたいと思っていますので、御社のパッケージで対応していないのであれば、当行で開発するしかありませんね。当方でプログラム仕様書を書いて、御社にプログラミングをお願いすることはできますか」

「はい、もちろんお引き受け致します」

「それでは多通貨会計をベースにしたシステムの仕様書を私どもで作成して、御社にプログラミングを外注するという形で検討してみます」

武田は西森は優秀なSEだと思った。彼女が担当するならNCRに頼んで問題ないだろうと思った。西森が「多通貨会計」と呼んでいたので、武田が考えた「外国為替計理の新方式」はすでに世の中にあったようだ。自分の新発明でなかったことはちょっぴり残念だったが、すでに存在する方式であれば大蔵省にお伺いすることもないのではないかと思った。

武田と添島は六月下旬に開発のマスタースケジュールを作成した。遅くとも来年一月末までにシステムを完成させなければならないので、そこから逆算してのスケジュールだった。七月に基本設計を行い、機器構成を決定し、八月から九月まで詳細設計、一〇月から一二月までプログラミング、来年一月にテスト、二月にニューヨークでオペレーション指導を行うというものだった。

六月末に総合企画部福本課長と主計室長を加えたニューヨーク支店開設関係者会議でマスタースケジュールを説明し承認された。

六月二九日付けでニューヨーク支店開設準備室が発足し、現在のニューヨーク駐在員事務所のメンバーに加え、新たに本店各部から水谷、飯島、長井、伊藤、原沢、秋野の六名が配属される人事異動があった。辞令交付後、一行は国際部に挨拶に来て、武田と添島のいる国際部小会議室にも顔を出した。一番年長の水谷と飯島は昭和三二年入行で、水谷は外国営業部長、飯島は営業第一部長からの転出だった。武田は飯島に対してはちょっとした因縁があった。新入行員研修の最後に研修担当課長だった飯島の講義を受けていたとき、武田が居眠りをしているところを咎められかけたことがあった。そのときの印象で職務に忠実な能吏であろうと思っていたが、挨拶した飯島はニコニコと愛想がよく好人物のように見えた。京大卒で槙原の先輩に当たる。長井は名古屋大学卒で槙原と同期だった。武田は名古屋支店で一緒だったことがあるが、その後外国業務部で活躍していた。大柄で開けっぴろげな人物だった。伊藤は慶應大学卒で麻布高校で武田と同じクラスだったことがある。原沢も麻布高校卒で早稲田大学に進んでいた。武田の四年後輩で体格がよく物怖じしないタイプだった。一番若い秋野は四五年入行で添島と同期だった。一橋大学卒で中肉中背のまじめそうな人物だった。彼らは渡航準備が整いしだいニューヨークに出発するということだった。お互いに開店に向けて頑張ろうと励ましあった。

七月五日、マスタースケジュールに基づきニューヨーク支店開設支援チームが正式に発足した。チームリーダーは槙原で、武田と添島が専従となり、国際部のベテラン女子行員安井が兼務となった。また総合企画部課長と主計室長がオブザーバーとして参加することになった。本店一〇階の国際部小会議室がニューヨーク支店開設支援チーム専用の作業室になった。

武田は事務管理部の部内異動で「部長特命事項」を受命し、ニューヨーク支店システムの開発を担当することになった。もっとも席は変わらず、武田が開発を担当したＡＣＰや預金プログラムのトラブルが発生すれば即座に対応しなければならなかった。幸いそれらは移行テスト中でも安定稼働していたので武田はニューヨーク支店システムの開発に専念することができた。

武田は毎日のように国際部の小会議室に通い添島と基本設計を開始した。武田は月末までにＮＣＲ４９９の機器構成を決定し、システムの概要をまとめ、添島は勘定科目や元帳の種類、アウトプット計表の概要をまとめることにした。

システム設計の進め方としては、どのようなアウトプットが必要かという出口から決めてゆくアプローチが有効だった。武田はニューヨーク支店で必要とする決算補正関係の計表、支店の管理に必要な計表、官庁報告統計などをリストアップしてくれないかと添島に頼んだ。

二週間で添島は武田が依頼した計表を用意してくれた。武田はまず決算補正関係の英語を覚えなければならなかった。また日米で会計基準が違っていたので、添島が米国の会計基準についてレクチャーしてくれた。日本では費用は「発生主義」で、収益は「実現主義」という保守主義の原則（安全性の原則）に基づいて行うが、米国では費用も収益も「発生主義」が原則であるということだった。武田は米国の会計基準の方がダイナミックだなと思った。

武田は添島のリストアップした計表を見ていて、取引先ごとの収益管理計表がないことに気づいた。そこで取引先の科目ごとに、期初から当日までの発生主義に基づく利息額や平均金利などを表示することはできると思うが、そんな計表はいらないだろうかと聞いてみた。添島は「それは支店長などは欲しい資料ではないですかね。国際部としても知りたい数字ですよ」といった。それで武田は顧客ファイルを毎日読みこみ、当日分の利息（発生ベース）を計算し、日計ファイルにも足しこむことによって、当日時点の月中、期中の損益額、平均レート、平均スプレッドレートをバランスシート上に表示するプログラムを開発することにした。

次に貸付業務で必要とされる計表を検討したが、日本とはだいぶ様子が違うことを痛感した。日本では固定金利方式がほとんどだったが、米国では変動金利方式が主流ということだった。変動金利は基準になる利率（ベースレート）に銀行の収益となる利鞘（スプレッドレート）を上乗せする方式だった。ベースレートはプライムレートかユーロレートを顧客が選択した。ベースレートは日々変動するので利払いのつど金利を決めなければならなかった。金利は年利が標準だったが、日本では年三六五日の日割計算だったが、海外では年三六〇日とする場合もあった。

またシンジケートローン（複数の銀行で同一の契約で実行する貸付）が多いということだった。シンジケートローンでは主幹事行が借入会社との返済業務を取りまとめることになっていた。借入会社は主幹事行にまとめて返済を行い、主幹事行が他の参加銀行分を各行に支払うことになっていた。このため三行が同額を貸し出す場合などで返済金が割り切れず端数調整が必要になることがあった。その端数調整は幹事行が行うので、自行のシステムで計算した金額と違う場合が出てくる。幹事行が送金した金額をエラーとせずに受けいれられるようなシステムにしなければならない。

コミットメント付きの貸付では、コミットメントライン（銀行融資枠）の範囲で貸付を行い、未使用貸出額に対してコミットメント手数料を徴求する処理も必要だった。

さらに通貨オプション付きの貸付もあった。

武田は海外店の貸付の複雑さに溜め息が出た。名古屋支店融資係にいたころは一〇種類くらいの印刷した契約書用紙があって、そのどれかで間にあった。しかし米国では一件ごとに弁護士を交えて契約条件を詰めていくようだ。規則的でない返済方法も多いので、最後は行員が計算した返済額や利息額を入力できるようなシステムにしておかないと対処できそうもなかった。

貸付業務の管理計表としては、期間補正用の「未収、未経過利息表」や、「顧客別残高一覧表」、「返済期日表」、「月中実行・回収予定表」、「資金使途別残高表」などのアウトプット計表を打ち出すことにした。

同様に外国為替業務、有価証券業務、その他の業務についても必要なアウトプット計表をリストアップしていった。

武田は海外店業務についての知識に自信がなかったが、分からないことは添島に聞けばだいたいはすぐに答が返ってきた。添島がニューヨークの金融事情について相当勉強していることに感心した。即答できないことがあってもニューヨーク駐在員に照会したりして、翌日か翌々日には答を持ってきてくれた。おかげで武田の作業は順調に進んだ。

ニューヨークの手形交換制度の話も面白かった。日本と同じような仕組みだったが、交換尻決裁は手形交換所を受取人とした自己宛小切手で行うということだった。日本では交換尻決裁は日銀小切手で行われていた。日銀小切手の方が信用力がありそうな気がしたが実質的には違いはないのだろう。米国では一般個人も日常的な支払いに小切手を使う小切手社会なので、手形交換所に持ちこまれる小切手は膨大な枚数になるだろう。武田が名古屋支店にいたころは算盤で集計していたが、米国ではどのように処理しているのか見てみたいと思った。

七月中旬、武田はアウトプット計表が固まってきたので、それを実現するシステムを考えはじめていた。基本的には国内オンラインシステムと同様、営業時間中は随時取引の入力ができるようにしておき、営業終了後にバッチ処理で各種計表をプリントアウトすることにした。

各種計表を打ち出すのに必要なデータはファイルに保存しておかなければならない。国内オンラインと同様に「CIF（顧客情報ファイル）」、「日計ファイル」、「当日取引ファイル」を作成することにした。もっともNCR499ではIMSのような階層構造のファイルを作れないので、「CIF」については「取引先ファイル」、「口座ファイル」、「明細ファイル」の三つのインデックスキー付き順次アクセス方式（ISAM）ファイルを作ることにした。そして取引先ファイルは（取引先番号）をキーとし、口座ファイルは（取引先番号＋通貨コード＋科目コード＋口座番号）をキーとし、明細ファイルは（取引先番号＋通貨コード＋科目コード＋口座番号＋明細番号）をキーとした。プログラムで三つのファイルの同一キーを含むレコードを選び出して関連づけるという複雑な処理を行うことになった。日計ファイルと当日取引ファイルは一階層のインデックス付き順次アクセス方式で作成することにした。

ファイルについての構想が固まったので、次にどのようなプログラムを作るか考えはじめた。

NCR499は同時に複数のプログラムを動かすことはできないので、営業時間中は「インプット」プログラムを常駐させ、すべての計理取引を入力することにした。

NCR499には磁気ストライプ付き元帳（マグレジャー）を記帳できる機能があるので元帳を使用するシステムにした。国内オンラインでは元帳をなくすことが常識だったが、システムが複雑になるのでNCR499ではできそうもなかった。それに元帳があればNCR499が故障しても回復するまで手作業で対応できるというメリットもあった。NCR499には幅の広いプラテン（プリント時に紙を押さえるローラー）が付いていて、左側で九インチの連続紙を、右側で一四インチの磁気元帳を印字することができた。項目数の多い貸付の元帳も対応できそうだった。

「インプット」プログラムはオペレータが伝票のデータをもとに入力し、適宜利息計算等の処理を行い、関連ファイルを更新し、元帳に記帳する。入力項目のオペレータガイダンスは左側の連続紙に入力項目名を印字し、オペレータが入力したデータを次行に印字して入力ガイダンス兼ジャーナル（入力履歴）とすることにした。

伝票による入力は国内オンラインのように科目連動はできないので、入力完了後にその時点の貸借尻をジャーナルに打ち出すようにした。取引を構成する貸借の伝票を打ち終わったときに貸借尻がゼロであることを確認するようにし、「インプット」処理を終了するときは貸借尻がゼロでなければ閉局できないようにした。これにより「片伝」を防ぐことができ、伝票の集計は不要となる。

「インプット」プログラムでは、取引先開設や口座開設などの非計理処理も必要なのでプログラムが大きくなりすぎてNCR499の主メモリーに収まるか心配だった。

その日のすべての入力が終わると、NCR499で業後バッチ処理を開始する。バッチ処理はプログラムを収録したカセットテープを一本一本取り換え、そのプログラムに対応したプリンター用紙（貸借対照表用シート、損益計算書用シート、汎用連続シート）をセットしてプログラムを実行する。またその前後にNCR499にコマンド（命令）を入力してソート（並べ替え）などの操作を行った。

バッチ処理の最初のジョブはCIFを読みこみ、利息発生科目について当日分の利息を計算し、口座ファイルと日計ファイルの月中利息累計、期中利息累計に足しこむ処理などを行った。

次に多通貨会計による「ステートメント・オブ・コンディション」（B／S、P／L）を打ち出す。利息発生科目については月中、期中の平均レート、平均スプレッドレートを付加したB／Sが打ち出される。

それから顧客情報ファイルを読みこみ各種計表を打ち出す。計表は毎日打ち出すもの、月末に打ち出すもの、期末に打ち出すものがあった。

武田はこれらの概要と、作成プログラム一覧、ファイル一覧、打ち出し計表の一覧を付けて基本設計書とすることにした。

バッチ処理は現地採用の事務員が担当することになるので、できるだけ簡明なジョブフローにして、英文のオペレーションマニュアルも作らなければならなかった。また業後バッチ処理は二時間以内に収めるようにしたかった。それを超えると担当者に残業を強いることになるからだ。NCR499機の印字能力は一秒間に七五字に改善されていたが、多通貨の貸借対照表を打ち出す処理だけでも相当時間がかかりそうだった。打ち出し計表が多くなる月末、期末に二時間以内に収まるか心配だった。

また多通貨会計による貸借対照表と損益計算書の打ち出しプログラムはかなり複雑な処理になるのでNCR499の主メモリーに収まるかも不安だった。そこで武田は貸借対照表は通貨ごとに打ち出すが、損益計算書は邦貨建てだけにすることにした。添島に相談すると損益科目を含めた完全多通貨会計が理想だが、システム上の制約であれば仕方がないと納得してくれた。

七月末に武田は「システムの概要」をまとめ、添島も多通貨会計を前提とした勘定科目体系を定め、作成する計表の概要をまとめた。それらをまとめて「基本設計」（案）とした。

基本設計（案）がまとまったので、ニューヨーク支店開設支援チームの会議を招集して審議を行った。槇原が説明役を買って出たので、武田は安心して聞いていた。槇原はシステム用語をあまり使わずに説明するので非常に分かりやすく、原案通り承認された。

「基本設計」が承認されたので、ニューヨーク支店に同文を送付し、会計方式や勘定科目についてCPA（公認会計士）のチェックを受けるように依頼した。

武田は七月末にNCR499の機器構成を決めて、日本NCRを通してNCRニューヨーク支店に発注した。同時に日本NCRに一〇月一日からのプログラム開発要員の手当てを予約した。

二　詳細設計（一九七六年八月）

当初のスケジュール通り武田は八月から詳細設計に入り仕様書を書きはじめた。仕様書を書くのは事務管理部の席で行った。慣れている自分の机で仕事をした方が集中できそうだった。NCRのプログラマーに提出する書式は特に決めていないというので不銀の仕様書を使うことにした。そしてコボルの一行と対応するくらいの詳細な仕様書を書いた。その方がプログラマーは早く仕上げることができるからだ。ファイルの設計とプログラムの設計を併行しながら仕様書を書いていった。国内オンラインで何十本も手順書を書いてきたので慣れもあり順調に作業は進んでいた。

事務管理部では八月にオンラインセンターを運用する電子計算室を部内室として発足させた。電計室はセンターの運用だけでなく、システムの移行作業も担当することになった。室長は宮島で、移行班の主要メンバーが電計室に移った。システムの設計、開発、テストはオンライン班が、事務手続き、帳票作成、オンラインシステムの研修・指導は事務企画課が中心となって推進することになった。そして翌年三月一四日に横浜支店で総合オンラインシステムを開始することにした。遅れ遅れのカットオーバーだったが、三月一九日の不銀創立二〇周年記念日には間に合うことになった。それから月に一、二店舗のペースで移行し、一二月までに全店完了する予定だった。

本番開始に先立ち、九月から横浜支店でオンラインの併行テストが始まった。併行テストというのは、支店での通常の業務と併行して、事務管理部の移行要員が同じ取引をオンラインシステムに入力するというテストだった。武田は現在オンライン開発のラインから外れているのでどのような議論を経て決定されたのか分からなかったが、着実に慎重に開発を進めてきた伊吹次長らしい作戦だと思った。いよいよ武田が担当した端末システムやACP、預金プログラムが実際の取引で試されることになった。無事に動いてほしいと思うばかりだった。今やオンラインプロジェクトの中心になっているのは電子計算室や事務企画課だった。取引先番号や口座番号の変更、普通預金通帳の切り替えなど顧客の理解と協力を得なければならない手続きも多かった。端末機を設置するための電源工事や店内レイアウト変更なども必要だった。総合オンラインシステムについての研修や端末操作研修も大規模になるだろう。オンラインへの移行は事務管理部にとっても営業店にとってもたいへんな作業だった。

武田は九月の初めには仕様書を仕上げ、一〇月からのNCRプログラマーの作業開始を待っていた。武田は引き続きNCR499のオペレーションマニュアルを作りはじめていた。添島は帳票類のレイアウトを決める作業に入っていた。

ニューヨーク支店関係の作業が順調に進んでいるので、槙原と武田は今年も秋の連休に甲斐駒ケ岳と仙丈岳に登ることにした。槙原は国際部の若い部員に声をかけたようで佐々岡と小磯美和子が参加することになった。佐々岡は東大ワンゲル卒ということだった。武田は中途退部しているので大きな顔はできない。佐々岡は添島と同期の昭和四五年入行だった。小磯は高い山に登るのは初めてということだった。事務管理部からは武田と入江が参加することになった。常連だった山井はオンライン移行作業の中心になっていたので休みが取れる状況ではないということだった。

九月二二日、新宿発の夜行に乗り韮崎に着いたときは真っ暗だった。駅前でタクシーを拾い竹宇《ちくう》駒ケ岳神社で降りた。タクシーが引きかえしていくとあたりは鼻の先も分からぬ真っ暗闇だった。慌ててヘッドライトを取りだした。各自持参の弁当を使っているうちにいくぶん明るくなってきたので出発した。トップは佐々岡に任せた。すぐに黒戸尾根の急登となった。夜が明けてきて天気もまずまずでしっとりとした山道の感触が心地よい。うっそうとした樹林のジグザグ道を黙々と登る。八丁登りの急登になると針葉樹が多くなり尾根が狭くなった。刃渡りの岩場は鎖を頼りに体を引きあげる。女性陣も健気に登っている。ハシゴやクサリ場がところどころに出てくる。黒戸尾根は実に手強い。一八七三メートルの独標を越えると斜面は緩やかになった。黒戸山の右を捲くと下り坂になり眼前に甲斐駒の白く輝く山頂が見えてきた。間もなく五合目小屋に着いた。向かいに聳え立つ壁のような斜面がいやでも目に入ってくる。女性連れの旅は楽しい。若い三人は夕食を作っているときも食事のときも笑いが絶えない。武田は何となく年を取ったような気分になってくる。

翌日は早立ちして壁のような屏風岩を登りはじめる。ハシゴやクサリ、鉄線があるので思ったほど怖くはない。しばらく岩場が続く。こんな急斜面の岩場にも木が生えているのが不思議である。やがて小潅木が多くなり、七合目小屋を過ぎて森林限界を超えると傾斜は緩やかになった。眺望が開け鳳凰三山が間近に見えた。その左に富士山が頭を出してきた。ハイマツの斜面を登り、八合目の石の鳥居を潜ると山頂が見えてきた。花崗岩の目立つ稜線の白い砂利道をザクザク踏みしめて甲斐駒山頂に立った。花崗岩の岩と砂で雪のように輝く明るい山頂は独特だった。アサヨ峰の右上に我が国第二の高峰北岳が抜きん出ていた。そのうしろに間ノ岳、塩見岳、荒川岳、赤石岳までが連綿と連なっていた。

昼食後、摩利支天の鞍部まで下り右の捲き道に入った。斜面を横切ってダケカンバとハイマツの稜線に出た。痩せ尾根を慎重に歩いてしばらく登ると駒津峰《こまつ》である。北岳、仙丈岳は指呼の間にあった。左の尾根を一気に下ると森林帯に入り、なおも急な斜面を下降すると岩がゴロゴロしている仙水峠に飛びだした。振りかえると甲斐駒の白い頂きが白い雲と渾然となり眩いばかりだった。

ゴーロ状の斜面の岩から岩へ足を運び、ケルンの林立する岩原を過ぎてシラビソの原生林に入るといつの間にか北沢の流れが始まっていた。何度か渡り返して北沢長衛小屋の前を通り過ぎると林道になった。北沢峠に登って一〇分ほど信州側に下った大平《おおだいら》小屋に宿を取った。

最終日、大平小屋の前から始まる藪沢新道を登った。ジグザグの登りとなりやがて藪沢に出合い、沢沿いの気持よい道を歩く。だんだん流れが細くなってダケカンバの白い幹が目立つ明るい草原となった。底抜けに透明な紺色の空が拡がっていた。馬ノ背の稜線がくっきりと見える。尾根に飛びだし朝日を受けて広い尾根を登りはじめる。森林限界を超えると優美な仙丈岳が姿を現した。槙原は寒いのに短パンだ。尾根を離れ左の藪沢カールのモレーンを行くと仙丈小屋に出た。カールの底を歩いていると月面を歩いているような気分になった。有機物の何一つない荒涼とした砂礫地だ。カールの壁に取りつき再び稜線に出た。天地の境を快調に登り仙丈岳に着いた。眺望絶佳、富士山を初めとして名峰枚挙にいとまがなかった。足下に深く切れこむ藪沢、小仙丈、大仙丈のカールがいやがうえにも高度感を醸しだす。仙丈岳は彫りの深いギリシャ美人のような山だった。

左右のカールを見くらべながら小仙丈岳に向かい山頂で一休み。四周に名残の一瞥をくれて急下降。間もなく森林帯に入りひたすら長い尾根道を下る。北沢峠に降りたち、大平小屋に帰還。まだ時間も早かったので戸台まで下りることにした。八丁坂の深い樹林帯を抜けると戸台川の広い川原に出る。鋸岳の鋭い岩峰をチラチラ見ながら荒れた川原を進む。やがてトラック道が現れ戸台に着いた。バス停近くの売店とも食堂ともつかぬ宿に荷を解いた。

翌日、バスで城下町高遠を通り、伊那北で列車に乗った。本格的な山は初めてという小磯も遅れることなく付いてきた。若手の三人が楽しそうだったのは何よりだった。

登山で鋭気を養った武田は九月末に一二本の仕様書を必要部数用意してNCRプログラマーの作業開始を待っていた。しかし一〇月早々にNCRの営業から、プログラマーの手配が半月ほど遅れるという連絡があった。武田は一週間程度の遅れならともかく半月も遅れるというのには驚いた。非常に腹立たしかったが待つよりほかはなかった。

結局、プログラマーが最初の打ち合せにやってきたのは一〇月二〇日だった。国際部の小会議室にやってきたのは営業課長とSEの西森真希、プログラム開発課の主任と三名のプログラマーだった。武田と添島は初対面の四名と名刺交換をした。主任の根本明子は中年の女性だったが、プログラマーの上野景子、前川真知子、徳本千春は二〇歳前後の若い女性で紺色の制服を着ていた。武田は営業課長以外はみな女性だったのには驚かされた。さすが外資系の会社は女性の活用が進んでいると感心した。

名刺交換を終えて着席すると、営業課長が真っ先にプログラマーの手配が遅れたことを陳謝した。武田は二〇日も遅れたことに強く遺憾の意を表明しようと思っていた。しかしこれからプログラムを作ってもらう女性たちに不愉快な思いをさせることはないとあえて追及しなかった。課長はホッとしたのか、「景色が素晴らしいですね」と窓からの眺望を褒めた。女性陣もうなずいて表情がほころんだ。大きな窓から牛カ堀越しに武道館が見える。富士山の裾野のように広がる八つの大屋根の頂点にある擬宝珠は玉ねぎのような形をしていた。武田もふだん地所ビルの二階で仕事をしていて、窓から見えるのは裏通りの坂道だけだったので、この部屋に来ると気分が明るくなった。

武田は本題に入り、発注するプログラムの仕様書をみんなに手渡し、一本ごとに概略を説明した。武田の説明が終わると、根本はさっそく担当者を決めてプログラミングを開始するといった。プログラム発注の打ち合わせは和やかに終了した。

仕様書をNCRに渡し、クリティカルパスはプログラミングに移った。武田は久しぶりに余裕を持ってこれからのプロジェクトの進め方を考えていた。当初の計画では一〇月から一二月までの三カ月間でプログラムを完成させることになっていた。着手が二〇日遅れたが一二月末完成の日程は変えなかった。しっかりした仕様書を提出したので、二〇日の遅れは十分取り戻せると思っていた。プログラムが完成すればテストになる。当初計画では来年一月から一カ月かけて行うことになっていた。武田はできあがってきたプログラムから順次テストすることにすれば、一二月中旬ごろからテストを前倒しで行うことができるだろうと思った。武田はそれまでに「NCR499システム取扱要領（オペレーションマニュアル）」を仕上げ、それからテストデータを作成することにした。

一方添島は九月中に帳票類のフォーマットを決定し、ニューヨーク支店のCPAのチェックを受け、一〇月から順次印刷を発注していた。NCR499で打ち出す貸借対照表や損益計算書用の専用用紙や、貸付、証券、外国為替、単純記帳科目の元帳、それに何十種類もの特殊伝票を一人で設計していた。英文のバランスシートや元帳を作るのもたいへんそうだが伝票は特に難しそうだった。添島が作っているのは複数枚の伝票を重ねたワンライティング伝票ばかりだった。例えば貸付実行の伝票は一枚目は貸付実行伝票、二枚目は利息徴求伝票、三枚目は手数料徴求伝票、四枚目が当座預金入金伝票というような複合伝票である。添島はカーボン紙を切って紙の裏に貼り、二枚目以降の伝票に正しく字が写るかチェックしていた。緻密な作業だったが添島は黙々と作業を続け次々に仕上げていった。

印刷業者は外国為替貿易研究会という一般財団法人だった。外国業務関係の帳票印刷に実績のある法人で、物腰の柔らかい鈴木課長が添島のもとに頻繁にやってきて、できあがった伝票の原稿を持ちかえり版組を作成しているようだった。ワンライティング伝票は貸借の伝票を組みあわせ、複数枚の伝票を一回で書くことができ、片伝も防げるので非常に合理化効果があった。それだけに作るのは難しいのだが、添島は非常な集中力で伝票を作っていった。添島は外為研究会から初校が上がってくるとそれをチェックし印刷を指示していた。帳票類の作成は初回分は国際部で引き受けたようだが、次回以降は同様の物をニューヨークで作るということだった。添島も一一月中にはほぼ帳票印刷を終えられるようだった。

槙原は国際業務の企画・推進、海外拠点の統括管理などを担う課長でありながらニューヨーク支店開設支援チームのリーダーを務め、ニューヨーク支店と国内関係部室との連絡調整を一手に引き受けていた。ほかの海外支店や駐在員事務所との日常的な連絡もあるようで、国際部の席で仕事をしていることが多かった。そのような多忙な身でありながらも、一日に何回か小会議室にやってきて武田らの状況を把握していた。あるとき武田が一〇階のトイレに行くと、槙原が洗面台のボウルに水を張ってジャブジャブ顔を洗っていた。ハンカチで顔を拭った槙原は武田を認めると、「やあ、これから会議室に行くよ」といった。冷水で気分を引きしめニューヨーク支店関係の仕事をするぞと気合いをいれているようだった。槙原の仕事に対する集中力は名古屋支店にいたときと変わらないなと思った。

この日、槙原は武田が「ＮＣＲ４９９システム取扱要領」を作成していると知り、国際部の方で英訳を引き受けるといってくれた。

槙原、武田、添島とそれぞれが信頼しあって各自の得意の分野で力を発揮する今回のプロジェクトは非常にやりがいがあった。

一〇月下旬、ニューヨーク支店開設準備委員長から総合企画部長宛にＮＣＲ４９９導入スケジュールについての確認文書が送られてきた。それはニューヨーク側でのＮＣＲ４９９の導入計画だった。日程その他について修正すべき点があれば至急連絡してくれということだった。

ニューヨーク支店開設準備室で立てた計画は、一一月に現地ＮＣＲよりＮＣＲ４９９のマニュアルを購入し、担当者が一般的なオペレーションについて理解しておく。一二月に支店内装工事完了後、機械本体納入。一月にオペレーション担当の現地女子を採用し、前記マニュアルによるオペレーション概略の教育を行う。二月に本部担当者（事務管理部、国際部）が当店到着し、プログラム導入、当店担当者及び現地採用女子に対する当行オペレーションマニュアルによる教育及び操作指導、その後、開店日までテストラン指導というものだった。

文書を受け取った総合企画部の福本課長は国際部の槙原を訪ね対応を協議した。武田も呼びだされ小会議室で打ち合わせを行った。福本は京大卒で槙原と同期同学だったが、落ちついた物腰、がっちりとした体躯は槙原と対照的だった。それでいて非常に仲がよさそうだった。福本はニューヨークから送られてきた文書のコピーを配り武田の見解を聞いた。

「さすが井岡さんですね。システムのことを本部任せにせず、ニューヨーク側でも自分のこととしていろいろ考えているのはありがたいことです。ただニューヨーク側のスケジュールはマスタースケジュールに沿ったものですが、今考えると本部からの出張が二月からというのは少し遅過ぎるのではないかと思います。現地での指導はデータ移行やテストランを含めれば二〇日間は必要ですが、そうすると現地指導が終了するのは二月二二日の開店直前ということになります。不測の事態が発生するとオペレータが習熟できないうちに開店ということも考えられます。できれば僕らの出張を一月中旬に繰りあげた方が安全かと思います。プログラムの開発はＮＣＲプログラマーの着手が予定より二〇日遅れてスタートしたばかりですが、何とか一二月末までには完了するだろうと思っています。当初計画ではその後一月一杯テストをすることになっていますが、一つ一つのプログラムができしだいテストはできますので、一二月の早い時期からテストを開始できれば、ちょっとハードワークになりますが一月中旬までにテストを終了してニューヨークに出張するのは十分可能だと思います」

槙原がうなずきながらいった。

「なるほど二月に出張するというのは少々遅過ぎるかもしれないね。開店間際になれば支店全体が慌ただしくなるだろうから早めにシステムに習熟してもらった方がいいだろうな」

福本が武田に質問した。

「ＮＣＲが二〇日も遅れてプログラミングをスタートしたということだが大丈夫なのかい」

「確かに二〇日の遅れは痛いですがソフトウェア開発ではよくあることですから仕方ありません。今回はかなり詳細なレベルの仕様書を渡していますから、取りかかったら早いと思います。ＮＣＲのプログラマーのレベルは高いと思いますので、一二月中旬には仕上げてくると思います」

福本が納得したのを見て槇原がいった。

「それではニューヨーク出張を半月繰り上げることにしますか」

福本と槇原は息が合っていた。

武田がさらに付けくわえた。

「それからニューヨークの方で一一月にＮＣＲ４９９のマニュアルを購入して、担当者が一般的なオペレーションについて理解しておくといっていますが、それは必要ないと思います。基本的にＮＣＲ４９９は当方の作ったプログラムで作動しますので、当行の操作マニュアル通りに操作すればいいので、ＮＣＲ４９９の一般的な操作を覚える必要はないと思います」

槇原は同意して結論を出した。

「その辺を含めて、ニューヨークで開店までにどのようなことをするのか、少し具体的に知らせた方がいいね。国際部の方で回答文書を出しておくよ」

福本が「そうしてもらえればありがたい」といった。

それから数日間、槇原、武田、添島で意見を出し合い、槇原が「ＮＣＲ４９９システムの開設準備スケジュールについて」と題する文書をまとめ、一一月初旬にニューヨーク支店開設準備委員長宛に送付した。要点は以下のようなものだったが、武田は非常に分かりやすい文書だと感心した。

一、本店サイドでは一月中旬までに全作業を完成させ、完成しだい国際部および事務管理部の担当者を派遣し、研修を行う。派遣期間は二〇日間程度を見込む。

二、研修内容は、ニューヨーク支店システムの全体像、システムの計理、事務取扱要領、営業時間中の処理、日次業後処理、月次業後処理、期末業後処理、トラブル発生時の対応などである。

またNCR499のオペレーション研修は「NCR499オペレーションマニュアル」（英文）に基づき実施する。営業時間中の伝票、原票のデータをNCR499から打ち出されるガイダンスに従い入力する操作と、営業時間終了後のバッチ処理操作の研修を行う。

三、貴店要員による事前習熟テストの指導を行う。実際の伝票、元帳を用い、当方より持参するテストデータもしくは貴方にて作成したテストデータに基づき、平常日、月末日、期末日、期初日を含む実際の営業日を想定して行う。

四、貴店において現地NCRよりNCR499のマニュアルを購入し、担当者が一般的なオペレーションを理解しておくことや、機械納入後の担当現地女子に対するオペレーション概略の教育は不要と考えています。

五、当方での今後の作業内容等

①NCRシステムの規程作成（一二月）

国内の経理規程に沿った形で、NCR499の事項も加えて作成する。後日原案を送付する。

②オペレーションマニュアルの作成（一月）

NCR499システムのジャーナルに表示されるガイダンスによって誰にでも簡単に操作

できるようにするもので、英文で作成する。
③日計表、元帳、伝票等の作成、発送（一二月初旬）

六　NCR499システムの開発状況

①プログラミング（一二月中旬まで）
②システムテスト（一月初旬まで）

テストデータは貴方より送付された資料を基礎にして当方にて作成し、テストを行う。起こりうる取引を漏れなく網羅したテストデータであればテストは完璧なものになる。良質なテストデータがシステムをより堅牢なものにしますのでよろしくご協力ください。

一二月に入り、添島の設計した帳票類が次々に納品されてきた。あとはニューヨークに発送するだけとなった。改めてすべての帳票類をたった一人で仕上げた添島に敬意を禁じ得なかった。

添島が帳票印刷を終了したので、武田は添島とテストについて打ち合せをした。武田は作成したプログラムの単体テストを行い、添島には「インプット」プログラムで各種取引を入力し、そのあと業後バッチ処理までの一日分の処理を行い、その結果を検証するシステムテストを依頼した。システムテストは通常日、月末日、期末日、期初日のテストデータが必要だった。一般的な取引から始め、異例な取引など、発生しうるあらゆるパターンを網羅したテストデータを作ることが肝要だった。またニューヨーク側からもテストデータが送られてくることになっていたので、同じようなテストデータは重複を省くように頼んでおいた。添島はさっそく取りかかってくれた。

ＮＣＲの西森から報告があり、主要プログラムはほぼできあがっており、残りの作表プログラムも一二月中旬にはできあがりそうだということだった。武田はほっとして具体的なテストの進め方について相談した。テストはＮＣＲ渋谷ビルにあるコンピュータセンターのＮＣＲ４９９を時間借りして行うことになっていた。取りあえず一二月一六日の午後一時三〇分から五時までの予約をした。

一月一六日にニューヨークに出発することが決まっていたので、それまでには絶対にテストを終了しなければならない。武田は少しずつ緊張感が高まってきた。テスト時間が十分取れるか心配だった。プログラミング開始が二〇日も遅れ、逆にニューヨーク出発は半月も繰りあげることになった。七月の基本設計開始から来年一月末まで開発期間七カ月のプロジェクトだったが、それを半月繰りあげるのは並たいていのことではないと痛感していた。

テスト時間が十分取れるかという心配のほかに、ニューヨークに出張してから現地でバグが発生した場合はどうするかという問題が頭のどこかにわだかまっていた。武田がプログラムを修正できればいいのだが、当面テストで手一杯でＮＣＲ４９９でコボルプログラムを修正する自信はなかった。ニューヨークから日本ＮＣＲに電話してプログラム修正を依頼した場合、修正後のプログラムカセットが送られてくるまでに最短でも一週間はかかるだろう。そのような事態に備えるには不銀計算センターの要員にＮＣＲ４９９のコボルプログラミングを習ってもらい、ニューヨークに同行させるしかなかった。問題は今ごろになってＳＥの派遣費、出張旅費の予算追加が認められるかだった。武田は当たって砕けろという気持でまず伊吹に事情を話し、不銀計算センターの要員一人を二カ月ほど派遣してもらえないか相談してみた。伊吹はすぐに了承してくれた。事務管理部の事務委託費の予算の中から捻出する腹づもりのようだった。武田はその足で槙原を訪ね、スケジュールがタイトになってきたので不銀計算センターのSEを補充し、ニューヨーク出張にも同行させ、バグが発生しても現地で対応できるようにしたいと願いでた。槙原は即座にニューヨークへの出張旅費を一名分増額してておくといってくれた。槙原は総合企画部の福本にすぐ連絡して了解を得ていた。武田はこのプロジェクトに対する関係本部の肩入れが並々ならぬものであることを感じた。それはニューヨーク支店長になる井岡を応援したいという槙原や福本の思いがあるからだろうと想像した。

伊吹と槙原の了解を得たので武田は不銀計算センターの井川課長を訪ねた。ニューヨーク出張を含め二カ月ほどNCR499でコボルを書けるSEを派遣してくれないかと頼んだ。井川は不銀計算センターの要員が海外出張するのは社員のモチベーションにもなると判断したようだった。ただ井川の配下のオンライン開発要員はオンラインカットオーバーを来年三月に控えて手一杯なので、外部営業部門から派遣できないか社内調整してみるといった。そしてその日のうちにベテランの薄田を派遣するという連絡があった。

翌週から薄田がプロジェクトに参加した。薄田は不銀計算センターの二期生だった。武田はニューヨーク支店システムについて概要を説明し、薄田にファイルメンテナンス用のプログラムを一本作ってもらうことにした。

海外出張するための準備もしなければならなかった。まず銀行の近くの写真屋に行ってパスポート用の写真を撮った。それから千葉市にある千葉県庁に行ってパスポートの申請をし、数日後にパスポートを受けとりに行った。武田が住んでいる松戸市の自宅からは片道一時間以上かかるのでずいぶん不便だなと思った。

三　テスト、テスト、テスト（一九七六年一二月）

一二月一六日の木曜日、武田、添島、薄田はタクシーで渋谷区南平台にあるNCR渋谷ビルのコンピュータセンターに向かった。この日はテストの初日で、午後一時半から五時までNCR499機を借りていた。正面玄関から入り受付で不銀と名乗ると、すぐに西森と前川がやってきた。二人は薄田と初対面なので名刺交換を済ませ、武田らを五階のコンピュータセンターに案内した。フロア全体にNCR499などのミニコンが並んでいた。一行はその中の一台の周りに集まった。当日は「インプット」プログラムの単体テストを行うことになっていて、開発した前川が立ちあっていた。武田たちはNCR499の実物を見るのは初めてだった。武田は自ら志願して操作卓の前の椅子に座り、前川に教わりながらNCR499を起動した。「インプット」プログラムが収録されているカセットテープをセットしてコンピュータにプログラムを読みこませると、NCR499が動きだした。日付等の初期値を入力すると入力待ちになった。武田は用意してきた最初のテストデータを打ちはじめた。新規取引先に対する貸付実行取引だった。まず「取引先登録」処理を行った。顧客ファイルに当該先のファイルを挿入する処理だったが正常終了した。次に貸付の「口座開設」処理を行った。ジャーナルに磁気元帳挿入のメッセージが表示され、磁気元帳を印刷部にセットするとプリンターが動いて元帳に取引先の属性などが印字された。これも正常終了した。続いて「貸付実行」処理を行った。前の処理で作られた磁気元帳をセットし、貸付の実行データを入力した。完了キーを押下すると磁気元帳の最初の行に明細データが印字された。これも正常終了した。アベンド（アブノーマルエンドの略、実行中のプログラムが何らかのトラブルにより突然反応しなくなること）もなく、プログラムの完成度は高いようだった。前川自身が相当テストを行っているようだった。まずは幸先のよいテスト結果だった。立ちあっていた前川もほっとしたようだった。

薄田は隣のＮＣＲ４９９機でファイルメンテナンスプログラムのプログラミングを始めていた。大型コンピュータではパンチャーにコーディングシートを渡し、パンチカードにしてコンピュータに入力するが、ＮＣＲ４９９では直接キーボードを打って入力する。初めてＮＣＲ４９９を操作する薄田はしばらく前川に教わっていたが、その内一人で黙々とコボルのソースコードを打っていた。さすがベテランである。

三時間半のテスト時間はあっという間に終了し後片づけをした。ジャーナルや元帳を持ち帰り、国際部の小会議室でテスト結果を検証した。

次のマシン予約がなかなか取れず、二回目のテストができたのは二〇日の月曜日午後一時半から五時までだった。この日はバランスシート打ち出しのプログラムをテストした。多通貨会計による複雑な処理を行う重要なプログラムだった。バグが一つ発見されたがプログラマーの上野がすぐに修正し、無事に多通貨のバランスシートを打ち出した。前回の「インプット」と今回の「日計表打ち出し」プログラムはNCR499の主メモリーで足りるか心配だったので一安心だった。

しかしテストがこのペースではいつ終わるのか見当も付かない。まもなく年末、年始を迎える。NCRが休日中はテストができない。銀行は正月の三日間だけの休みだったが、NCRは二八日が仕事納めで翌年五日が仕事始めだった。ニューヨークへの出発予定日までにテストを終了するのは難しくなってきた。武田はしだいに焦りと不安が高まってきた。武田も必死になってNCRの営業課長に年末、年始の休日にマシンを使わせてくれと頼みこんだ。NCRもプログラミング開始が二〇日も遅れた弱みもあり、コンピュータセンターの管理者に交渉してくれて、正月の三日間を除いて年末、年始の休日中に午前一〇時から午後七時までマシンを使えるように手配してくれた。この間はほかの利用者はいないので集中してテストが行える。武田はようやく愁眉を開いた。

二一日の夜にスキー同好会の忘年会があった。武田はテストが押していたのでさすがに迷ったが、この日のマシン予約が取れなかったのを幸いに忘年会に参加することにした。事務管の西岡、入江らと一緒に会場に向かった。久しぶりにスキー仲間と会えて気晴らしになった。

二二日は午前九時半から三時までNCRセンターで三回目のテストを行った。これまでに「インプット」プログラムのテストはほぼ終了していた。これまでのテストで更新されたファイルも増え、作表プログラムのテストもできるようになってきた。

二三日、ニューヨーク支店開設準備委員長の井岡取締役が常務取締役に昇進した。井岡と同世代の松山が一年前にトップで常務に昇進していた。役員人事は実力会長の正田が決めているのだろうが、武田は優等生的な松山より実力派の井岡の方が上だと思っていた。

二三日の夜、NCRのSE、プログラマーの慰労会を銀行の厚生施設で開催した。プログラマーは見慣れた制服ではなく私服で参加していたのでいつもより華やかだった。きちんと仕事を仕上げた満足感もあるのだろうか和気藹々と楽しい会になった。まだテストを終えていないプログラムもあったが、実質的には彼女たちの不銀の仕事は終了していた。来月から次のクライアントの仕事に移るようだった。武田は彼女らの仕事ぶりに非常に満足していた。よくやってくれたと感謝の気持で一杯だった。西森は非常に優秀で、プログラマーのレベルも高かった。一緒に働いていて楽しい仲間だった。女性がこれほど活躍している会社は日本では珍しいのではないかと思った。

二四日は午前九時半から午後三時までNCRセンターで四回目のテストを行った。武田は「インプット」、「日計表打ち出し」、「CIFアップデート」の主要三プログラムの単体テストを継続した。昼食は通りの反対側にあるラーメン屋で手早く済ませすぐに戻った。ひたすら用意したテストデータを入力し、結果を検証していた。

この日で主要なプログラムの単体テストを終了し、次回からは業後バッチ処理も行うシステムテストに入ることにした。

そんな忙しい毎日だったが、週末はスキー同好会の苗場合宿に参加した。たまたま事務管理部の武田と松村が今回の合宿の幹事になっていたので不参加という訳にはいかなかった。シーズン最初の合宿は苗場に決めていたので定宿の柏屋別館を予約した。例年苗場合宿は参加者が多く、車の手配が難しくなったので列車で行くことにした。一五名以上になれば団体乗車券が取れるのでスキー同好会以外にも声をかけた。武田は高校の後輩である事務管理部統計課の小島を誘った。最終的に一六名集めることができたので団体乗車券を取ることができた。事務管理部からは西岡、藤崎、小島、松村が参加したが、毎年参加していた入江が参加しなかったのは残念だった。スキー以上に魅力的な用事ができたのだろうか。

二五日、土曜日の七時三八分発の特急『とき』二号に団体乗車口から入って悠々と座席に座った。二時間一六分で越後湯沢に着き、迎えのマイクロバスで柏屋別館に荷を解いた。昼過ぎにはみぞれも止んだので浅貝スキー場で初滑りをすることにした。今回は準指導員の小沢や大学スキー部卒の島岡が不参加だったので、スキー講習は行わず自由滑走とすることにした。出発前に武田がリーダーとなるベテラン組八名と、松村がリーダーとなる若手組八名のチーム分けを発表した。松村が「『スキー気違い組』と『軟弱組』ですね」と冗談をいったので、初参加の若手もホッとしたように笑った。

スキーを担いで浅貝スキー場に向かった。まだ雪も少なくコースの端の方には所々にブッシュや岩が出ていたが、コースのまんなかは問題なく滑れそうだった。緩斜面の一枚バーンなので滑りやすい。夕方になって気温が下がってくると雪質はよくなってきた。ベテラン組が赤いジャケットのユニフォームを着てトレイン（一列になって滑る）をするとけっこう目立った。西岡は「ＨＥＡＤ」のスティール製スキーを新調し張りきっていた。四時半まで滑って宿に戻った。

食堂で賑やかに夕食を取っていると、西岡が誰か一緒にナイターに行かないかといった。しかし誰も手を上げない。いつも西岡と滑っている武田だったが、さすがに連日のＮＣＲセンター通いでくたびれていたのでナイターは諦めた。西岡は一人で出かけていった。

西岡が戻ってきてからミーティングを開いた。司会を松村に任せると、いつものようなスキー談義ではなく宴会のような雰囲気になった。会員外の若い参加者が多かったので賑やかだった。今年の新人生はテレビアニメの主人公である「エイトマン」の歌を歌い、女性二人組はこの年にデビューした「ピンク・レディー」の「ペッパー警部」を本物そっくりの振りで歌い大喝采を浴びた。

翌日は六時起床、手早く朝食を済ませ七時にマイクロバスに乗って苗場国際スキー場に向かった。リフトに一番乗りして滑りはじめた。途中、コーヒーブレークをはさみ、ベテラン組は苗場の広いゲレンデを滑りまくった。

昼前にゴンドラ終点駅の側にあるレストランにみんなで入った。すでに八割方席が埋まっていたが何とか席を確保した。オーダーした料理が運ばれてきて食べはじめたとき、向かいの席にいた西岡がささやいた。

「吉永小百合がいるよ。女性の三人連れのようだ」

周りの者はびっくりして西岡の視線の先に目を移した。武田は振り向かなかった。プライベートでスキーを楽しんでいるのだからそっとしておくのがマナーだろうと思った。

「某ディレクターがいないのはラッキーですね。連れの女性は姉妹ですかね」

若手の一人が興奮気味にいった。何がラッキーなのか武田には分からなかったが、彼は熱烈なサユリストのようだ。吉永小百合が何年か前にテレビ局のディレクターと結婚したということは武田も知っていた。武田は日本映画はあまり見なかったので吉永小百合の映画も見たことがなかったが、吉永の歌う『寒い朝』や『いつでも夢を』はラジオやテレビでよく耳にしていた。武田は吉永小百合とほぼ同世代で、しっかりとした考えを持っているようなので好感は持っていた。しかし美人女優に偶然出合って興奮するのは無理もないが、チラチラ見るのは無作法だろうと思った。それでもレストランの客の誰もサインをもらいにいかなかったので他人事ながらほっとした。

昼食後、レストランを出るときは吉永小百合一行はもういなかった。スキーを履き、出だしが狭い急斜面に飛びこむと下の方は幅の広い斜面になった。武田がリーダーのベテラン組はノンストップで大斜面を滑りおりたが、「軟弱組」は松村が率いて大斜面をゆっくり滑っていた。後で松村に聞いた話だが、松村たちは再び吉永小百合一行を発見し、それからは少し滑っては立ち止まり、何げない振りをして吉永姉妹をウオッチしながら滑っていたという。吉永小百合は青色のサロペットにキルティングを着て白い帽子を被りミラーグラスのゴーグルをしていた。スキー板は一〇万円以上のクナイスル社のビップスターで、ストックはヤマハのR型だった。ほかの二名はスキー初心者のようで小百合が優しく教えながら滑っていた。二人のスキーはブリザード社のファイヤーバードレーサーで、八万九千円はする初心者にはもったいない代物で、まるで現金が滑っているような感じだったという。高価な外国製最高級モデルのスキー板には手が出ないサラリーマンのやっかみ気味の感想だった。吉永小百合のスキーは非常に美しい滑りで一級程度の実力ということで、「天は二物を与えた」と慨嘆していた若手もいたようだ。それにしても松村のスキー用品についての鑑識眼には恐れいった。

二時にスキーを終え宿に戻って帰り支度をした。五時二五分に『とき』一〇号に乗った。往復指定席に座れてマイカーで行くより楽だった。初滑りにしてはまずまず滑れた合宿だった。

二八日の火曜日は午後一時半から五時まで五回目のテストを行った。この日から添島が用意したテストデータによるシステムテストを開始した。この日はＮＣＲの仕事納めで、プログラマーたちが挨拶に来た。

翌二九日からＮＣＲの渋谷ビルは休館となった。六回目のテストは一〇時に渋谷ビルの裏口から入館した。守衛室で入館届けに名前を書いて中に入った。事前に話が通じていたようで問題なく入館できた。マシンルームの鍵を借りてまったく人気がない館内のエレベーターで五階に昇った。コンピュータ室の照明スイッチを探して明かりを点けた。暖房の切れた部屋は冷え冷えとしていた。昼食に外出する以外はシステムテストを続けた。ニューヨーク側で作成したテストデータと添島の作成したテストデータでテストしていた。日次のテストを続け、月次のバッチ処理まで進んだ。添島の作ったテストデータには、添島が手で計算した結果が用意されていたので、テスト結果と照合して正否がすぐに分かるので効率よくテストができた。

薄田は汎用のファイルメンテナンスプログラムを作成していたがすでに完成していた。

ＮＣＲのプログラマーには精度の高いプログラムを作ってもらったが、やはり多少のバグは出てくる。彼女たちは年末年始の休暇中なので呼びだす訳にはいかず、薄田に直してもらった。武田は薄田をメンバーに加えておいて本当によかったと胸をなで下ろした。

ＮＣＲ４９９は業務処理を実行するためのマシンなので、プログラムを開発する機能は不十分だった。一本のプログラムをコンパイルするのに三〇分はかかる。コンパイルしているときはテストができないので思うようにテストが進まなかった。

三〇日もガランとしたコンピュータセンターで午前一〇時から午後七時までテストを行った。この日は期末日のテストを行った。

大晦日も一〇時から午後七時までテストを行い、期末日の決算処理を行った。七時にテストを終えてタクシーで銀行に戻った。年末で車の交通量も減った街を眺めているとさすが侘しさを感じた。各部の年末打ち上げ会も終わっていた。

年が明けて昭和五二年になった。武田は今年で三四歳になる。ソフトウェア業界ではＳＥ三五歳定年説が流布していた。三五歳にもなるとＳＥの激務に耐えられなくなるというのだろう。武田も毎日テストを続けていると疲労を感じることも多くなった。あながち三五歳定年説を否定できなかった。

三月には武田らが心血を注いできたオンラインシステムのカットオーバーを迎える。事務管理部始まって以来の大事業、というより不銀にとっても新本店建設以来の大事業だった。武田はオンラインが無事にスタートすることを願っていたが、今はニューヨーク支店のシステム完成に全力を注がねばならなかった。

一月四日、出勤した武田は事務管理部での新年の挨拶もそこそこにNCRのコンピュータセンターに向かった。通算九回目のテストだった。NCRはまだ年始の休暇中だった。すっかり顔なじみになった守衛に新年の挨拶をした。午前一〇時から午後七時までシステムテストを行った。この日は最後のテストである期初戻し入れ処理を行った。銀行に戻ったとき、ほとんど人は残っていなかった。

五日、六日はNCRセンターへは行かずテスト結果の検証を行った。最後のテストでもエラーはでなかったが、添島が決算関係で二、三追加のテストを行いたいということだった。

七日、この日は九時から午後五時まで一〇回目の予約を取っていた。早めに出勤し添島と八時半にタクシーに乗って渋谷に向かった。この日は薄田には同道を求めなかった。久しぶりに正面玄関から入館した。玄関ロビーに活気が戻り、五階のコンピュータセンターにも暖房が入り照明が点いていた。さっそく決算関係の追加テストを行い、その場で結果をチェックしていった。午前中には終わらず、午後にずれ込んだ。三時に最後のテストの結果を調べていた添島が、「すべて正常でした。これでシステムテストは終了です」といった。ようやくテストから解放されて二人はニコニコ顔になった。

それからニューヨークに持参する一三本の本番用プログラムを正副のカセットテープにコピーする作業を開始した。カセットテープのラベルにプログラム名を書きこみ、一本ずつコピーしていった。ラベルとコピーするプログラムが違わないように慎重に作業を進めた。一本コピーするのに一〇分ほどかかった。数本コピーしたところで五時になり、残りは翌日にすることにした。

八日は土曜日だったが九時から三時まで予約を取っていた。この日はプログラムをカセットテープにコピーするだけなので武田一人でセンターに向かった。予備日としてリザーブしていたのだが、結局この日も作業を続けることになった。プログラムのコピーにこれほど時間がかかるとは思わなかった。さっそくコピー作りを再開した。最終版のロードモジュールをコンパクトカセットにコピーするのは単純な作業だった。カセットのラベルに英語のプログラム名を書き、それをＮＣＲ４９９のカセット挿入口に嵌め、コピーのコマンドを打つ。カセットがカチッカチッと少しずつ動いているのを見守るだけの作業だった。一三本のプログラムを二個ずつ、計二六個のカセットができあがったのは午後二時を回っていた。これで日本での開発作業はすべて終了した。だが無事にニューヨークに届けるまでは気が抜けない。正副の二つのカセット収納ケースに一三個ずつカセットテープを収めた。最後にＮＣＲから、プリンター用紙のフィードを制御するＶＦＵテープという幅一センチほどのテープをリング状にしたものを現地のＮＣＲ４９９に装着するように渡された。カセット収納ケースとＶＦＵテープを大きなバッグに入れて銀行に持ちかえった。

ハードなテストだったが、結果的には年末年始の休日中にＮＣＲ４９９を一日中借りられたことがテスト期間短縮に大いに役立った。まさに僥倖であった。

出張期間はニューヨーク側の要望もあり、余裕を持たせて四週間となった。

月曜日に旅行代理店に依頼していたビザが取得できた。申請書には共産党員は入国できないと書いてあった。自由の国を標榜するアメリカが入国者に思想信条の自由を認めないのはおかしなことだと思った。

渡米前の一週間にNCR499のオペレーションマニュアルと業後バッチ処理のオペレーションマニュアルを完成させた。槙原が英語版を作成して後日ニューヨークに送ることになっていた。

ニューヨーク支店開設支援チームを兼務している国際部の安井俊子がホテルや飛行機の予約、出張旅費の支払いなどの手続きを行ってくれた。安井が医務室に行けば海外出張用の薬のセットを用意してくれるというので医務室に行った。薬の中には睡眠薬も入っていた。睡眠薬を使うことはないだろうと思ったが念のため持って行くことにした。国際クレジットカードを持っていくと何かと便利だといわれ「ダイナースカード」を取得した。持参する現金は外国営業部に行ってドルを現金で五〇〇ドル、旅行小切手で二〇〇〇ドル両替してもらった。一ドル二九三円だった。四年前までは固定相場制で三六〇円だったが、その後変動相場制になって円高が進み海外に行くには有利になってきていた。行内でドルが調達でき、不銀でも国際業務が進んでいることを実感した。

金曜日の午前中に不銀の海外出張者が行わなければならない儀式を済ませた。正田会長に海外出張の挨拶に行かなければならないのである。国際部の団藤部長が武田と添島を引きつれて七階の秘書室に入った。一〇時に会長室に入る予定だった。団藤部長は秘書役の隣にあるパイプ椅子に座って秘書役と雑談していた。武田と添島は秘書室の入口で立って待っていた。ちょうど一〇時に会長付きのベテラン女性秘書が秘書室に入ってきて団藤部長に「お入り下さい」といった。団藤部長の後に付いて武田と添島は一番奥の会長室に向かった。ドアの前で姿勢を正した団藤はコツコツとドアをノックして中に入った。広い部屋の中ほどに応接セットがあり、正面の肘掛け椅子に腰を下ろしていた正田は座れというふうに身振りした。ソファーに団藤、武田、添島の順に座った。団藤が「このたびニューヨーク支店の会計システム導入の指導に事務管理部の武田君と国際部の添島君が出張することになりました」と言上した。正田はうなずいただけだったが、表情は穏やかだったので武田はホッとした。正田は「ニューヨーク支店の開店準備は順調か」と団藤に聞いた。「はい、順調に進んでいます」と団藤が答えた。それで用が済んだ。三人はそそくさと会長室を退出した。団藤は興銀出身で六年前に不銀に入行したが、特に緊張することもなく落ちついていた。不銀の幹部は正田の前で緊張する者が多いようだが、団藤は興銀出身というプライドからか特段へりくだる風はなかった。その後で武田は秘書役から現地に着いたら会長宛に絵葉書を出すようにいわれた。武田は物見遊山に行くのではなく業務のために行くのに会長に挨拶しなければならないというのはおかしいと思った。海外に行かせてやるという感覚なのだろう。国際化の時代に時代錯誤も甚だしいと思った。

土曜日は週休にしていたのでゆっくりと旅行の支度をした。新調した機内持ちこみ用ショルダーバッグにカセットテープ収納ケースを入れ、その上にVFUテープを置いた。スーツケースは義弟が貸してくれたので買わずに済んだ。四週間の長期出張用としてはやや小型だったのでギュウギュウ詰めになった。

四　ニューヨーク出張日記（一九七七年一月）

一月一六日、日曜日の早朝、前日予約しておいたタクシーが自宅の前に来た。武田と羽田空港まで見送りにくる裕子と三歳になった憲子が乗りこんだ。母が玄関先で泰斗を抱いて見送っていた。一時間ほどで羽田空港に着いた。出発ロビーには伊吹次長、槙原のほか事務管の小島や国際部の安井、不銀計算センターの薄田の同僚などが見送りに来ていた。武田は搭乗手続きをしてから伊吹や槙原に見送りの礼を述べた。添島が小柄な母親とスラッとして上品な夫人と四歳の男の子と一緒にいた。武田は裕子を添島夫妻に紹介し挨拶を交わした。裕子は久しぶりに会った槙原にも挨拶していた。苗場スキーに誘った小島が見送りに来てくれたのは意外だった。わざわざ見送りに来てくれたのは海外に行くことがまだ少ない時代だからだろうか。もっとも最近はハワイに新婚旅行に行くのが流行っているようで時代は変わりつつあった。

やがて搭乗案内があり武田、添島、薄田の一行は見送りの人々に礼をして搭乗口に向かった。裕子は見送った後、空港内を見物していくといっていた。

空港内バスに乗って駐機場に向かい搭乗機の横に着いた。長い胴体に付けられた後退翼に四発のジェットエンジンをぶら下げたダグラスＤＣ８機だった。優美なフォルムで「空の貴婦人」と呼ばれていた。垂直尾翼にある赤い鶴のマークが鮮やかだった。タラップを上り機内に入った。機体後方のエコノミークラスは通路をはさんで片側三席でズラッと奥まで続いていた。中ほどの進行方向右側、主翼のすぐ後ろに武田らの席があった。武田が窓際、まんなかに添島、通路側が薄田だった。武田は本とスリッパを取りだしてからショルダーバッグを荷物棚に入れ、座席に腰かけた。列車の指定席より狭い感じがした。全員が座るまでけっこう時間がかかった。一一四席のエコノミー席はほぼ満員で八割方が日本人だった。やがて搭乗機はゆっくりと動きだし滑走路の端まで行って止まった。離陸許可が出てエンジン音が高まり全開となってブレーキを外すと、機体は弾かれたように動きだし体が背もたれに押しつけられた。グングン加速したがなかなか離陸しない。武田は滑走路の端を超えてしまうのではないかと手の平が汗ばんできた。ようやくフワッと宙に浮いて上昇を始めたのでホッとした。やがて左旋回して高度一万メートルまで上昇し、巡航速度八五〇キロメートルでの静かな水平飛行になった。武田が離陸時にハラハラしたのは直前の一月一三日にアンカレッジ空港で日航の同型貨物便が離陸に失敗して乗員五名が全員死亡するという事故があったからだ。武田が就職してから毎年のように飛行機事故が起こっていた。確率的には低いというがやはり飛行機に乗るのは怖かった。危険な離陸が無事だったので武田はスリッパに履きかえた。国際部の海外旅行経験者に靴を履いたままだと疲れるのでスリッパを用意しろといわれていた。

それから間もなく昼食が出されて北海道の横を通過中という機内放送があった。そうこうしているうちにしだいに暗くなってきた。羽田を午前中に出たばかりなのに早くも夕暮れが迫っていた。それから夕食が配られた。ずっと座ったままなので腹も空かないがワインの小瓶をもらって料理を平らげた。食事が終わると機内の照明が暗くなりお休みタイムになった。武田は取りだしておいた正田会長の随筆集を読みはじめた。昨年全行員に配られた本である。ニューヨークに着いたら会長に絵葉書を出せといわれていたので随筆の感想でも書こうかと思った。しかし眠気には敵わなかった。窓の外はまっくらだった。リクライニングシートを最大限に倒して目を瞑った。

アンカレッジに到着するというアナウンスがあり、眠っていた乗客はいっせいにリクライニングシートを起こした。ＤＣ８は航続距離が九〇〇〇キロメートル弱なので途中で給油をしないとニューヨークまで行けない。武田が窓の遮光シェードを上げると外は明るくなりはじめていた。日付変更線を越えていたので腕時計の針をアメリカの時間に合わせた。日本を一六日に出発して一晩越したのに現在は一六日の早朝ということだった。どうも体が時計に付いていけない。飛行機はスムーズにアンカレッジ空港に着陸した。一度降りて入国手続きを取るということだった。空港ターミナルビルから蛇腹状の連絡通路がスルスル延びてきて飛行機のドアにピッタリと付いた。その連絡通路を通ってターミナルビルに移ることができた。寒い思いをしないで済んだのは助かった。そのまま入国審査官の前に並んだ。でっぷり太った入国審査官に飛行機の中で書いた入国カードとパスポートを差しだした。

「ハウ　ロング　ドゥ　ユー　スタイ　イン　ＵＳＡ？」と聞いてきた。武田は「スタイ」という動詞は聞いたことがなかったので固まってしまった。後ろにいた添島が「四週間といえばいいですよ」とささやいてくれた。「スタイ」は「ステイ」のことかと気が付いて「オー　フォー　ウィークス」と答えると、審査官はもう一度ジロッと武田を見てからポンとパスポートにイミグレーションのスタンプを押してくれた。最初からドギマギして先が思いやられた。ステイをスタイ、トゥデイをトゥダイと発音するのはオーストラリア訛りなのだそうだ。

一時間以上空港ビルの中で時間を過ごした。外に出られないので窓から外を眺めるだけだった。待合室の窓から黎明の曇り空の下にだだっ広い飛行場が見えた。厚手のジャンパーを着た大男たちが搭乗機の周りで白い息を吐きながら作業をしていた。除雪された滑走路以外は雪か氷に覆われている。ここは極寒のアラスカ、ただ寒そうな所だなという印象だった。

間もなく搭乗案内があり再び機内に入って元の座席に座った。滑走路から飛び立ってすぐに黒い残骸が散らばっていた。日航機墜落事故の跡だった。後にアメリカ人機長の酒酔い操縦による失速が原因とされた。

後半の飛行も長かった。眼下に純白の凍てついた大地が朝日に輝いていた。人間の営みを感じさせるものは何一つない広大な雪原が延々と続いた。カナダ領と思われるが世界にはこういう土地もあるのかと恐れいった。天気はよくなり青い空が拡がる。陽光が雪に反射してやたらに明るかった。

何時間も続いた極北の風景が終わり、やがて住宅やビルや道路が現れ、ようやくニューヨークのジョン・F・ケネディ空港に着陸した。以前は「アイドルワイルド空港」と呼ばれていたが、武田が大学生だった一九六三年に暗殺されたケネディ大統領の栄誉を讃えるためその名を同空港に冠したのである。車上で銃弾に倒れた映像はショッキングだった。開かれた民主主義国でのテロ対策の難しさを痛感したが、銃社会アメリカのジレンマでもあるだろう。

入国審査は済んでいるのでスーツケースを受け取り税関検査の列に並んだ。税関職員にショルダーバッグを開けさせられ、カセットテープを取りだしこれは何だと聞かれた。NCR499というコンピュータ用のプログラムが入っていると説明した。次にキラキラ輝くVFUテープを疑わしげに眺め説明を求めた。プリンターの印字位置を指定するものだと説明した。日本語で説明するのも難儀なのに英語でしゃべらなければならないのだからたいへんだ。没収されたらシステムを動かすことが出来ないので必死だった。何とか単語をつなげて説明したが、VFUテープがどのような機能を果たすのか聞いていなかったので説明のしようがなかった。税関職員も意味が分からなかっただろうが懸命に説明する武田を見て怪しい物品ではなさそうだと思ったのか通してくれた。

あとに続いた添島、薄田は問題なく通過した。

ようやく到着ロビーに出ると、出迎えの長井、堀川、原沢の三名が待っていた。まずはホテルにチェックインしようということになり、長井がタクシーで案内してくれることになった。堀川と原沢は車で来ていたのでそのまま帰って行った。タクシー乗場まで行くと黄色いタクシーが並んでいた。スーツケースをトランクに入れ車内に入った。長井が運転手に行先のホテル名を告げた。タクシーは広い低地帯を走り、やがてイーストリバーにかかる片側二車線の大きな橋を渡りはじめた。長井がクインズボロ橋だと教えてくれた。二階建ての自動車道だという。タクシーは上の道路を走っているので下の道路は見えないが、合わせると一〇車線以上になるという。武田はその橋の巨大さに驚いた。川面の遥か上にかけられた長大な橋で鋼鉄製の吊橋のような形状をしている。まるで鉄のジャングルの中を走っているような感じだ。こんな巨大な橋が二〇世紀の初めに完成していたのだ。隅田川にかかる永代橋とくらべるとその違いは歴然としている。戦前の軍人もこの橋を見ていたら無謀な戦争に突きすすむことはなかっただろう。橋を渡ってマンハッタン島に下り、しばらく高層ビルの間を走ってベルモント・プラザホテルの前に着いた。八〇〇室の大きなホテルだった。歓楽街、ビジネス街、国連本部に近いので客は多いようだ。一階ロビーはさして広くはない。ロビー奥のレセプションでチェックイン手続きを行った。三人で続きの部屋を希望したが、混んでいるということでバラバラの部屋を割りあてられた。

各人部屋に案内された。武田の部屋は一六階で、カーテンを引くと大きなガラス窓から内庭が見えた。建物は複雑な形をしていた。長井が市内を案内するというのですぐにロビーに戻った。みんなが揃うとホテルを出た。長井が目の前の通りがレキシントン・アベニューであると教えてくれた。マンハッタンは格子状の街区が並ぶ街で、南北の通りを「アベニュー」（日本語では番街）、東西の通りを「ストリート」（日本語では丁目）と呼ぶそうだ。このホテルはレキシントン・アベニューに面し、四九ストリートと五〇ストリートの間にあるという。真向かいにある大きなホテルは最高級ホテルであるウォルドルフ・アストリアだった。長井はホテルからさほど遠くないというセントラル・パークに向かって歩きだした。五アベニュー（五番街）に出てセントラルパークに入った。南北に細長い大きな公園だった。武田はその広さに驚いた。日比谷公園の二〇倍はあるという。真冬なのにかなりの人出だった。樹林、芝生、池が織りなす風景はニューヨーカーのオアシスのようだ。長井は公園内を北上し、公園の一角にあるメトロポリタン・ミュージアムの正面に出た。宮殿のようなギリシャ建築風建物だった。二〇段くらいの階段を上って館内に入ると、入場は無料で、代りに寄付金を入れる箱があった。私立の博物館であることに驚いた。高い天井の二階建のように見える。幅広い収蔵品を展示していて、一日では回りきれないといわれている。長井は足早に歩き絵画を中心に見てまわった。フェルメール、モネ、ルノアール、シスレー、ゴッホ、セザンヌ、ゴーギャンなどの名画を間近に見ることができた。一通り館内を回り拝観を切りあげた。

タクシーを拾ってタイムズ・スクエアに移動し食事を取ることにした。武田は時差のせいで時間の感覚が狂い、昼食なのか夕食なのか分からなかった。長井は早めの夕食というつもりなのかステーキ・ハウスと称するレストランに入った。テーブルとテーブルの間が狭く、店内はほぼ満席だった。入口にある長方形の炉の金網に載せられた大きな肉が盛大に炎と煙を巻きあげていた。席に座ると長井がみんなに「ビーフステーキでいいかい」と聞いた。三人がうなずくと肉の重さと焼き加減を聞かれた。武田は重さで肉を注文したことがないので長井に任せるというと、添島も薄田も同調した。長井がウェイターを呼び注文した。すると調理場で大きな肉塊からカットされた四枚の肉が店先の炉に運ばれ、調理人はその肉をトングで掴むと無雑作に網の上に載せた。厚さ二センチくらいのわらじのような肉が火に包まれジュウジュウと焼かれていく。西部劇に出てくるようなワイルドな調理法だ。焼きあがるとトングでヒョイと各人の皿に移した。武田らは席で食べはじめた。白っぽい肉で日本のビーフステーキとは色合いが違う。期待していた本場のビフテキはそれほどうまくはなかった。武田は一生懸命食べたが半分も食べられなかった。添島も薄田も全部は食べきれなかった。

「僕もニューヨークに来たころはあまり食べられなかったよ。だが半年もすると慣れてくるんだな。だいぶ体重が増えたよ」

武田は海外勤務もたいへんだなと思った。胃袋が丈夫でなければやっていけそうもない。

長井は食事の後もアテンドしてくれた。タイムズ・スクエアは歓楽街で無数のミュージカル劇場や映画館があるそうだ。その映画館の一つに案内された。ポルノ映画館だった。驚いたことに当地では無修正の映画が合法的に鑑賞できるようだった。ぼかしのない映像は十分に刺激的だったが武田は眠気には勝てず半分以上眠っていた。もったいないことだった。

映画が終わるとホテルまで歩いて帰った。長井は武田らがホテルに入るのを見とどけてから帰っていった。せっかくの休日を潰して出迎えてくれて、市内観光や食事にも連れていってもらった。ありがたいことだった。

みなくたびれていたのでそのまま各自部屋に戻ることにした。明日の朝は伊藤が迎えに来て、支店まで案内してくれることになっていた。

自室に戻ると風呂に入りテレビを見たがすぐに眠くなった。羽田を朝一〇時に出発して同じ日の昼前にニューヨークに着いた。時差がマイナス一四時間で、飛行時間が同じくらいかかったのでこのようなことになる。長い一日だった。すぐにベッドに入って寝た。

パトカーのサイレンで目が覚めた。摩天楼の底からサイレンの音がビルの壁にこだましながら昇ってくる。何とも不安を掻きたてる音だ。時計を見るとまだ夜の一〇時を少し過ぎたばかりである。パトカーや救急車のサイレンが引っきりなしに響いてくる。近くに警察署があるようだ。ニューヨークは治安が悪いと聞いていた。サイレンの音を聞いていると部屋の中にいても心配になってくる。もう眠れなくなった。睡眠を取らなければと思えば思うほど眠れなくなった。真夜中になってもサイレンが絶えなかった。

一月一七日（月曜日）

武田らは七時半にホテルのレストランで朝食を取った。八時に近くに住む伊藤健太が迎えに来た。伊藤の後に付いてレキシントン・アベニューを北に歩き地下鉄六号線の「五一ストリート」駅に向かった。ニューヨークは酷く寒い街だった。地下鉄は歩道のすぐ下を通っているようで、所々にある格子状の通気口から列車が通るときに強い風が吹きあげてきた。映画『七年目の浮気』でマリリン・モンローが通気口の上で白いスカートが巻きあげられるシーンは嘘ではないようだった。すぐに地下鉄の入口に着いた。階段を降りると乗車券売場があった。伊藤がニューヨークの地下鉄は「トークン」という一〇〇円玉よりやや大きいメダルを三五セントで購入して乗車するという。武田らは取りあえず一〇枚のトークンを買った。改札口の投入口にトークンを入れると、横にふさいでいた棒がクルッと回って一人が通りぬけられるようになっていた。ホームに出て列車の到着を待った。乗り換えなしで支店のある「ウォール・ストリート」駅まで行けるということだった。ほどなく列車がやってきた。ドアが開いて乗りこむと日本のラッシュアワーのような混み具合ではなかった。座席に座ることはできないが、先客が吊革をほぼ占有している状態で、体を密着しないで済む程度のゆとりはあった。

武田が最初に感じたのは特有の匂いだった。欧米人の体臭と香水の匂いが混じったような匂いだった。次の駅が「グランド・セントラル」駅で乗客の乗り降りが多かった。伊藤がこの駅は地下鉄の要衝で、同じ路線の快速に乗り換えることもできるといったが、そのまま各駅停車で行くことにした。

列車が走りだすと次の停車駅のアナウンスがある。「三三ストリート」と駅名だけを二度繰り返す素っ気ないものだった。「フルトン・ストリート」の次の一二駅目が「ウォール・ストリート」駅だった。鈍行でも三〇分もかからなかった。

階段を上り地上に出るとトリニティー教会の前だった。前の道路はブロードウェイということだった。トリニティー教会はニューヨークで一番古い教会で、焦げ茶色のくすんだゴシック様式の細い尖塔は見上げるほど高く、周りの近代的な高層ビルの中で異彩を放っていた。教会の正面からウォール・ストリートが伸びていた。さして広い通りではない。東に向かっているので地を這うように朝日が射していた。歩道のマンホールから湯気が噴きだしていた。よほど気温が低いのだろう。職場に向かう人々の影が湯気の中に揺蕩《たゆた》っている。独特の光景に武田は魅せられた。

ウォール街の左側の歩道を歩いて二番目のブロックに支店が入居している「2ウォールビル」があった。斜め前にウォール・ストリートの象徴的建物である「ニューヨーク証券取引所」があった。支店のビルはウォール街の中心部にあった。エレベーターで一一階に昇ると支店の入口があった。この階の全フロアが支店のオフィスになっていた。

入口から店内に入ると支店要員のほとんどはもう席に付いていた。武田らは総務担当の飯島次長のもとに行って挨拶した。ニューヨーク支店の人事は正式には開店日に発令されるが、すでに開店時の体制で動いているようだった。飯島は国際業務の経験はなかったが総務、人事など内部管理の要として選ばれたのだろう。武田は新人研修のときの気まずい出来事を忘れてはいなかったが、当時人事部課長だった飯島は武田のことなど記憶にも残っていないようにニコニコと応対した。飯島は武田らを支店長室に連れて行った。井岡はデスクでニューヨーク・タイムズを読んでいた。武田は新入行員研修のとき井岡の講義を受けたことがあるが面談するのは初めてだった。飯島が武田らを紹介すると井岡は「長旅ご苦労さん。システムも予定通りに完成したようで何よりだった。支店の担当者にしっかりと教えていってもらいたい。それからせっかくニューヨークに来たんだから当地をいろいろ見物していって、この国の実情をよく見ていってくれ」といった。武田は新入行員研修のときに感じた精悍さよりも悠揚迫らざる風格に強く惹かれた。

支店長への挨拶の後、飯島は店内を案内してくれた。入口に受付係のコーナーがあったが、日本の銀行店舗のような長いカウンターもなく、むしろ本部の事務室のような感じだった。窓際に支店長、次長席があり、その前に各係の机が並べられていた。総務庶務係の島には堀川代理と秋野と現地採用女子の席があり、その横に武田ら三名分の机が用意されていた。その隣に長屋代理と原沢の席があった。さらに入口から見て左側に硝子張りの内壁で仕切ったディーリングルームがあり、佐橋次長と伊藤が見えた。小さいながら金庫室もあり、それから広い図書室に案内された。壁際の書棚に書籍が並べられていたが、会議室としても使えそうだった。武田は支店に入ったときから落ちついたインテリアに感心していた。床は絨毯で、支店長室、応接室、図書室の壁や調度はマホガニー製で落ちつきがあった。室内や通路の壁にモダンアートのリトグラフが飾られているのもしゃれていた。

武田が率直に感想を述べた。

「素晴らしいインテリアですね。所々にリトグラフが飾られているのもいいですね」

飯島が我が意を得たりとばかりに応じた。

「井岡さんが店内造作はできるだけ簡素にして、その分でモダンアーチストのリトグラフを飾れという方針だったんですよ。井岡さんの伝でメトロポリタンミュージアムのスタッフに目利きしてもらって将来を嘱望されている若手作家のものを安く買うことができたんですよ」

リトグラフについてはなるほどそうだったのかと得心したが、店内造作も素晴らしいと思っていたので簡素にしたというのが信じられなかった。

飯島は最後に店の奥にあるマシンルームに向かった。ウォール街に面した六畳ほどの部屋にＮＣＲ４９９があった。窓からニューヨーク証券取引所やトリニティー教会の雪に覆われた墓地が見えた。

飯島の店内案内が終わると、武田と薄田はさっそくマシンルームに行きＮＣＲ４９９を動かそうとした。ところが八個注文していたディスクパックが見当たらなかった。秋野にディスクパックが納品されていないようだがと聞いてみると、まったく気が付かなかったようだ。すぐNCRに連絡するといった。ディスクパックがなければシステムは動かせないので待つよりほかはなかった。

武田らは水谷次長に挨拶したとき、昼食に誘われていた。一一時半にエレベーターの前で待っているとオーバーを着た水谷が出てきた。「外は寒いからコートを着た方がいいよ」といわれ武田らはロッカー室に戻ってオーバーを着た。外に出るとなるほど寒い。朝からほとんど気温は上がっていないようだ。水谷はスタスタとウォール街を東に歩きはじめた。歩道から見上げるニューヨーク証券取引所のギリシャ建築風建物は見ものだった。高い六本の列柱の上に三角形のペディメント（破風のようなもの）が載せられ、その中に何体もの女性の彫刻があった。一九二四年、暗黒の木曜日にニューヨーク・ダウが大暴落、世界恐慌の起点となった場所だ。まさにここは資本主義のメッカである。

しばらく歩くと水谷はビルに入ってエレベーターに乗った。エレベーターが止まりレストランに案内された。クロークにコートを預けると、広いダイニングルームに通された。大きな窓から海が見えた。このあたりはマンハッタン島の南端にあり、三方を海に囲まれている。客はまだ少なかったが、ボーイに案内された席は窓際ではなかった。ウェイターが注文を取りにきた。最初に食前酒（アペリティフ）を頼むのには驚いた。日本では勤務時間中に酒を飲むことは滅多にないが、当地では取引先と昼食を取るときはアペリティフから始めるのが普通のようだ。武田は「スクリュードライバー」を注文したが、発音が一回で通じたので気分がよかった。料理の注文は水谷に任せた。水谷は流暢な英語でウェイターと会話しながらオーダーを済ませた。実に堂々としていた。

水谷は昭和三二年入行の一期生で、六年前に井岡と二人でニューヨークにやってきて、不銀初の海外駐在員事務所を立ちあげた。まったく知名度のない不銀の認知度を高めるため二人で東奔西走し、駐在員事務所の基盤を作った。三年後に本店に戻って外国業務部長を務めた後、昨年支店開設準備室のメンバーとなって再びニューヨークに派遣されてきた。支店要員の中では井岡に次ぐニューヨーク滞在歴があり、そのせいかすっかり現地に順応しているようだった。水谷は長身、ダンディーで麻布高校出身の慶應卒と聞いていた。武田は麻布の先輩である水谷と今まで話をしたことはなかった。

武田は出張組を代表して会話の口火を切った。

「立派なレストランですね」

「うん、ここはニューヨーク銀行協会のレストランなんだ」

「当行はまだ駐在員事務所ですが、銀行協会の会員になっているんですか」

「問題なく会員になれたよ。むしろ歓迎ムードだったな」

「そうですか。当地の銀行協会はずいぶんオープン・マインドなんですね」

ウェイターが前菜の生ガキを運んできた。大きな銀色の脚付きプレートに砕いた氷を敷きつめ、その上に大ぶりの殻付きカキが五個も載っていた。武田は生ガキを食べるのは初めてだった。

「ニューヨーカーは生ガキが好きなようだよ」といいながら水谷がフォークでカキを殻から剥がして口に入れた。

武田は寒い日に氷の上に載せられたカキを食べて腹を壊さないかちょっと心配だったが、水谷を倣ってレモンを垂らしてフォークでカキを口に運んだ。濃厚な味がしてツルッと喉を通っていった。美味ではあったが三つも食べるともう十分だった。メインディッシュの肉料理も三分の二ほどでもう食べられなくなった。水谷はスマートな体型だったが完食していた。

コーヒーとデザートが配られた。陶器製の白い肉厚のコーヒーカップにウェイターがポットからコーヒーを注いだ。武田は砂糖とミルクをたっぷり入れて飲んだ。あっさりした味だった。武田はコーヒー過敏症気味で特に空きっ腹でコーヒーを飲むと胃が痛くなり下痢になることがあった。それでコーヒーは昼食後に一杯だけと決めていた。アメリカのコーヒーは日本の喫茶店のコーヒーより薄めで飲みやすかった。コーヒーがなくなるとウェイターがそっと寄ってきて「サム　モア　カッフィー?」と聞いてくる。武田は「イエス　プリーズ」といって二杯目を注いでもらった。結局三杯コーヒーを飲んだが胃の異変は起こらなかった。武田はアメリカのコーヒーが気に入った。

支店に戻りディスクパックが届くのを待っていたが、とうとうディスクは届かなかった。初日は何もできないまま終わってしまった。

一月一八日（火曜日）

武田らはレキシントン街にある食堂でサンドイッチとコーヒーの朝食を取った。ホテルのレストランより気楽で値段も安かった。今日からは伊藤の案内なしでの通勤だったが問題はなかった。

銀行に着いてディスクパックが届くのを待っていたが午前中には届かなかった。

この日の昼は井岡支店長が武田らを誘ってくれた。支店長みずから接待してくれるのには恐縮した。案内されたのはウォール街にある井岡が個人的に入会しているインディアン・クラブという会員制クラブだった。クラブというのは中世のヨーロッパで生まれた社交・親睦団体であるが、それがアメリカにも伝わってきたようだ。クラブのドアを開くと入口にいた支配人が井岡を認めて肩を抱きあって挨拶した。通りかかった男が「ヘイ、マーク!」と井岡に声をかけ、親しげに言葉を交わしていた。日本人は挨拶するとき頭を下げ腰を折って敬意を表するが、井岡はむしろ上体を反らすくらいにして握手している。堂々としていてまったくアメリカ人と同じような立居振舞だった。

それから井岡に案内されて一階のバーカウンターに向かった。ここでまず食前酒を飲むのだそうだ。井岡は一頻りバーテンダーと会話してから、各自で飲物を注文するように促した。

「井岡さんの英語はネイティブ・アメリカンと変わりませんね」と武田が感心すると、「もう六年もニューヨークにいるんだよ。私だって最初はろくに喋れなかったよ。個人レッスンを受けたり、できるだけ日本人のいないところに顔を出すようにして英語を覚えてきたんだ」と井岡はいった。

しばらくするとウェイターが呼びに来て二階のダイニングルームのテーブルに案内された。メニューが配られたが何を選んだらいいのか分からないのでみな井岡と同じにした。

料理が運ばれてきた。メインディッシュはフォアグラを載せたビーフステーキだった。武田は高級食材として知られるフォアグラを食べるのは初めてだった。味はともかくフォアグラを食べた記憶は一生残るだろうと思った。

「地下鉄には慣れたかな」

「はい、最初はだいぶ緊張していましたが慣れてきました。ですがNCR499のディスクパックが届いていないのには驚きました。日本のメーカーなら絶対あり得ないことですよ」

「そうなんだよね。商品流通の歯車がかみあっていないんだ。何を頼んでもいつ配達されるか分からない。新店舗の備品を注文したときも家具メーカーがストライキだったり、ようやくできあがったら今度は運送会社がストライキだったりして、まあ納入期日などあってないようなもんだよ。開店日は決まっているんでハラハラしどうしだったよ」

「そうなんですか。日本と同じことを期待しても無理なんですね。社会的にみれば効率が悪いなと思いますけれど、考えてみれば一人一人が自己犠牲的に働く日本の方が特殊なのかもしれませんね」

武田は自前のレストランを有する会員制クラブというものに興味が湧いてきた。

「当地の会員制クラブに入会している日本人は少ないのではないですか」

「そうだろうね。このクラブには日本人は私と永住権を取った日系人が一名いるだけだよ」

「どういうクラブなんですか」

「海運関係のオーナーたちが中心になって設立されたと聞いているが、今は証券、銀行といった金融関係のメンバーが多いようだね」

「入会審査は厳しいんでしょうね」

「二名の会員の推薦があれば入れるよ」

井岡は事もなげにいったが、さほど簡単なことではないだろう。日本人の集まりでは肩書が通用するが、米国人のクラブでは個人の人間性が問われるのではないか。

「井岡さんはごく自然にアメリカ人と接していますが、なかなかできないことですよね」

「それはそうだ。まず言葉の壁があるからね。ニューヨークに来て一年ほど経ったころ、思いきってアメリカ人夫婦を我がアパートに呼びはじめたんだ。そのころは私もワイフも英語はチンプンカンプンだったから最初のうちはクタクタになったよ。それでも呼んだり呼ばれたりしているうちに少しづつ英語も通じるようになってきた。そんな中で会社で日本担当になって一〇年以上というアメリカ人に、日本人の家に呼ばれたのは初めてだといわれてびっくりした。欧米では友人としての付き合いは家族ぐるみというのが普通なんだな。しかし日本人は男だけで酒を飲み、男だけでゴルフをするのが普通だろ。言葉の問題もあるが当地の日本人はアメリカ人との交際は単に仕事上だけというのが一般的で、家庭に呼びあって人生を語り、文化を論じ、友情を創りあげるということはあまりないようだ。当地では互いに話をして親交を深めるのがパーティーやレセプションの目的なんだが、日本人は日本人同士で集まってアメリカ人と融けあわない。白いワイシャツにダークスーツで短髪の日本人が、アメリカ人と会話するよりパクパク料理を食べるのにご執心なのは国際化のスローガンが泣くよね」

「耳が痛いお話ですね。やはり一定の語学力を身に付けなくては国際人にはなれませんね」

武田は溜め息をついた。

「六年近くアメリカで暮らしていると日本にいたときは当たり前と思っていたことがおかしいと思うようになってくる。最近日本に行ってきたというアメリカ人が銀座で軽く一杯飲んだら一五〇ドル取られたと憤慨していた。ニューヨークなら一流バーでも二〇ドルで飲める。彼は日本のデパートでは一日中頭を下げるだけのエレベーターガールがいると驚いていた。確かにアメリカのデパートでは見かけたことがない。また日本のパーティーではホテルの入口で数名の社員がいて、エレベーター入口にも数名、エレベーターを降りたらまた数名いて、受付にはもっとたくさんの人がいる。会場には芸者やホステスが侍っている。アメリカでは受付に女子が数名いるだけだといって呆れていた」

「確かに日本の常識はアメリカの非常識ですね」

武田は苦笑した。続いて添島が質問した。

「人種差別を感じられたことはないですか」

「ビジネスをしている限りではないが人種差別は厳然としてあるよ。もちろん教育程度や地域によっても違うけどね」

「貧富の差は激しいようですね」

「厳しい競争社会だね。ウィナーズ・テイク・オールなんだよ。だから経済的不平等に目が向かないようにしながら国としてのアイデンティティを保っていくのがこの国の政治の要諦なんだ」

武田が米国の政治について聞いてみた。

「二年前にアメリカはベトナムから敗退しましたが、アメリカ人にとってはショックだったでしょうね」

「それがアメリカの不思議なところでね、こんな割の合わない戦争はごめんだという世論が戦争を止めさせたんだ」

「それでは今後は他国への侵攻には慎重になるでしょうか」

「それはどうかな。ベトナムから撤退する一方で、サウジアラビアの軍事的占領の可否が堂々と論じられる国なんだ。根底に自国の利益のためなら他国に介入するのは当然という考えがあるんだよ」

武田は井岡の見識に感心した。

「井岡さんはアメリカのエスタブリッシュメントに受け入れられていますから、日本よりアメリカの方が合っているんではないですか」

「冗談じゃないよ。こんな緊張を強いられる国にいつまでも放って置かないでくれよ」

井岡は肩をすくめて苦笑した。井岡がニューヨークに来てからもう六年目になる。武田は少々ぶしつけではあるが思いきって聞いてみた。

「井岡さんは会長に諫言したためニューヨークに留め置かれているという噂がありますが本当なんですか」

「そんな噂があるのかい。でもね私は今でも自分は会長の一番の理解者だと思っているんだよ」

井岡は静かな口調でいった。噂の真偽については否定も肯定もしなかったが、井岡が正田会長を評価しているような口振りだったのはちょっと意外だった。武田は会長がワンマン的存在であることには否定的だったが、会長と井岡には共通点があるなと思った。それは内外に幅広い人脈を持っているという点だった。武田は以前井岡が行内誌『ふぎん』に「私の交友」と題する行員リレー投稿欄に書いていたことが記憶に残っていた。当時総務部に在席していた井岡は、業務上の必要性から官庁や日銀、ジャーナリストなどとの接触を拡げ、業界の枠を越えての付き合いとなった。そうなるとたいへんな時間と労力、金が必要となる。そこで考えたのが勉強会だった。毎月テーマを決めて冒頭のレクチャーを持ち回りにして、その後意見交換し、酒を飲むという会だった。メンバーは大蔵省、通産省、経企庁、日銀、開銀、証券会社、都銀、長信銀、信託銀行、ジャーナリスト、学者ら約四〇名だった、というような投稿だった。武田は都銀、長信銀で最後発の不銀行員が、これだけの勉強会を立ちあげたのはひとえに井岡個人の人間力であったと思う。一方正田会長は不銀の中で最も政官財上層部との人脈が厚いということは衆目の一致するところだった。武田はそれは多分に正田の父が大蔵大臣、文部大臣を歴任した大物であったということや、閨閥によるところもあってのことだろうと思う。だが随筆を書き、絵画を描くという文化人であり、歴史、文化に造詣が深く、国際人でもあったということは武田も認めざるを得ない。井岡もその辺のところを評価しているのかなと思った。

井岡は終始もの柔らかな物腰で武田らも緊張することなく食事を楽しむことができた。常務取締役の井岡が自ら武田らを歓待してくれたことに武田も添島も感銘を受けていた。

会食を終えて支店に戻ると秋野がディスクパックが二個だけ届いたといってきた。武田と薄田はマシンルームに急いだ。さっそくディスクパックをセットして、ディスクのイニシャライズ処理を行った。しかし「DINIT」とコマンドを打ちこんでもうんともすんともいわない。仕方なく秋野にNCRのCE（カストマーエンジニア、客先で対応する技術者）を呼んでもらった。

三時ごろようやくCEが現れた。武田はCEと名刺交換をしてから片言の英語で状況を説明すると、愛想よくうなずきアタッシュケースから工具を取りだして点検を始めた。

五時に秋野がCEが帰るといってきた。慌ててマシンルームに飛んでいくと、帰り支度を終えたCEが部屋を出るところだった。武田が状況説明を求めると、CEは恐縮することもなくパーツを取りよせなければ直らないので明日また来るといった。武田は呆気に取られた。納品前に検査をしなかったのだろうか。武田は為す術もなくCEが帰るのを見送るだけだった。

午後六時、武田ら三名は地下鉄でホテルに戻った。支店のメンバーはまだ残業していた。地下鉄は夜遅くなると治安が悪くなるといわれていたので毎日一緒に帰ることにしていた。五一ストリートで降りてホテルに向かって歩いて行くと、小さなスーパーマーケットがあった。中に入ってみるとオレンジジュースや牛乳のパックやパンなどが並んでいた。毎朝食堂で朝食を取るのが面倒臭くなっていたので朝食用の食料を買うことにした。時間と費用の節約になる。

この日の夜もよく眠れなかった。ＮＣＲ４９９がまだ稼働しないのがストレスになっていた。相変わらずパトカーのサイレンに悩まされる。

一月一九日（水曜日）

昨日購入した食品で朝食を取った。コップに牛乳を入れ、秋葉原で買ってきた電熱式ヒーターを差しこみ温めた。パンとチーズと温かい牛乳で、朝食としては十分だった。

少し早くフロントに行って、部屋がうるさくて仕方がないので別の静かな部屋に換えてくれと申し出た。フロントの男は面倒臭そうな顔をしたが、武田がパトカーのサイレン、ノイジーなどの単語を繰り返していると、渋々別の部屋に換えるといってくれた。急いで部屋に戻り、スーツケースに洗面道具などをしまいフロントに預けた。英語での初の交渉を成立させてほっとした。

この日は添島が伝票について各担当者に説明した。武田と薄田はずっとＣＥを待っていた。納品した機械が動かないまま三日になるというのにまるで緊迫感がない。ＮＣＲの営業が謝罪にくることもない。まったくお手上げだった。

飯島が昼飯に誘ってくれた。三日連続で支店上層部が接待してくれるのには恐縮した。飯島はコートを着て茶色い毛皮の耳当て付きコサック帽を被っていた。いかにも暖かそうな帽子だったが、アメリカでは不似合いに見えた。そもそもニューヨークのサラリーマンで帽子を被っている者はあまりいなかった。変な帽子を被った飯島はどことなくひょうきんだった。飯島は海の方に向かってスタスタ歩き、一〇分ほどで最近開店したという日本料理店に入った。こぢんまりした店の椅子席で四名が向かいあって座った。料理の注文はアメリカ風で、前菜、スープ、メインディッシュ、デザートの順で聞かれた。英語のメニューに見本写真が付いていたので武田は天ぷらを指差して「This one please」で注文を通した。ミソスープが最初に出てきたのはご愛嬌であった。

飯島が近くにフルトン魚市場があって、マグロのトロが非常に安く買えるという話をした。アメリカ人は生の魚は絶対食べない。マグロは赤身をソテーして食べるのがせいぜいなので、トロは捨てていたそうだ。トロを珍重するのは日本人だけらしい。

この日の夜は長井に誘われてミュージカル『マイフェアレディ』を見にいくことになっていた。チケットは長井が取ってくれていた。開演時間は八時なので武田はオペレータ用の研修資料を作って少し残業した。支店行員は毎日残業をしている。夜食に仕出し弁当を頼む者が多かったので、武田ら三名も長井と一緒に弁当を取った。届けられたビーフの照焼弁当は折箱に米飯を敷きつめ、その上にびっしりと照り焼きしたビーフが載っていた。ボリュームもたっぷりで非常に美味だった。ニューヨーク初日に食べたわらじのようなビーフステーキとは大違いだった。

タクシーでブロードウェイを通ってタイムズ・スクエアの交差点で降りた。ニューヨーク一の繁華街だけにそぞろ歩く人々で溢れていた。『マイフェアレディ』が上演されているルント・フォンテン・

シアターは一際目立つ建物だった。オレンジ色の照明に浮かびあがるギリシャ神殿風の正面はきらびやかな不夜城のようだった。開演時間は八時だったが早めに入場した。座席は一番前の列の右端だった。目の前に舞台の下に潜りこむようにオーケストラピットがあった。武田らが席に座ったときピットに演奏者が現れ目の前のベースに近づいてきた。長井がその男に時間を聞いたので武田はびっくりした。武田に聞けば済むことである。ベース奏者がどう反応するか心配したが、男は気軽に腕時計をみて「セブン　フォーティー」と答えた。長井が「サンキュー　ベリー　マッチ」と礼をいうと、「ユア　ウェルカム」と愛想よく応えた。親切な演奏者もいるものだ。

次々にオーケストラ要員が入ってきて調律を始めていた。やがて開宴時間になり指揮者が指揮台に付いた。指揮者は舞台を眺めることができるが、オーケストラ演奏者は舞台も観客も見ることはできない。モグラのような環境で黙々と自分の楽器を奏でている。かぶり付きの席でオーケストラピットを見るのは面白かった。武田はオペラやミュージカルを観賞したことはなかった。わざわざ台詞を歌で表現する必要があるのかと思っていた。だが主役が歌いはじめるとなかなか迫力があった。端っこの席なので役者はほとんど真横に見える。暗い客席からスポットライトを浴びている主役を眺めていると、台詞を喋ると同時に盛大に唾が飛んでいるのが見えた。横の方の席でよかったと思いながら、英語はよく唾を飛び散らす言語だと気がついた。聞いたことのある曲もあり、主演女優も魅力的だった。本場のミュージカルの名作を堪能し、ミュージカルのよさも実感した。

ホテルに戻るとフロントで新しい部屋のキーを渡された。預けたスーツケースを受け取り、新しい部屋に入った。同じ階の裏側の部屋だった。窓から見えるのは隣のビルの壁で殺風景だったが、道路の喧騒はほとんど気にならなかった。睡眠不足が続いていたので、武田は思いきって医務室でもらった睡眠薬を飲んでみることにした。睡眠薬を飲むのは初めてだった。

一月二〇日（木曜日）

ニューヨークに来てから初めて深い眠りにつくことができすっきりとした寝覚めだった。睡眠薬のせいか部屋換えのせいか分からなかったが、もう睡眠不足の心配はないだろうと思った。

ロビーで添島、薄田と合流し支店に向かった。地下鉄の通勤も慣れてきた。しかし出社してもNCR499が動かないのが悩みの種だった。さすがに焦ってきた。

昼過ぎにようやくNCRのCEが現れた。故障した部品を他州のNCRから取り寄せたようでさっそく修理に取りかかった。夕方になってようやく修理が完了し、ディスクの初期化ができた。武田は急いで全プログラムを流してみて正常に動くことを確認した。四日も無駄にしたが何はともあれマシンは動きだし、武田はようやく不安から解放された。

この日の夜は長銀の高野と夕食を取ることになっていたので、添島、薄田と別行動となった。六時に高野が支店にやってきた。ゼミの同期だった高野とは卒業後も親しく付き合っていた。高野は二年前の長銀ニューヨーク支店開設時にニューヨークに派遣されていた。長銀の支店はミッドタウンにあったがわざわざ迎えに来てくれた。地下鉄でグランドセントラル駅まで行って近くのイタリア料理店に案内された。武田はできるだけ軽いものにしたかったが、メニューを見てもどんな料理か分からないので仕方なく高野と同じものにした。運ばれてきたアペタイザー（前菜）を見て仰天した。皿にパスタが山盛りになっていた。メインディッシュの間違いではないかと思ったほどだ。一生懸命食べたが半分も食べられなかった。高野は今まで大食漢という印象はなかったがペロッと平らげていた。

「君はだいぶ太ったんじゃないか」

「外人と付き合っていると自然に食事の量も増えるな。いつも食べ残していたら相手に悪いと思って食べているうちにそれが普通になってしまった。こっちに来てから七、八キロは太ったかな」

メインディッシュが運ばれてきた。ミラノ風カツレツなるものが大きな皿を覆っていた。見ているだけで食欲が失せてゆく。何とか半分は平らげた。高野は明日は家に泊まりに来いといった。

帰りは一人で歩いてホテルに戻った。

一月二一日（金曜日）

睡眠薬を飲まなかったが十分眠れた。今夜は高野の家に泊まるので、替え下着をショルダーバッグに入れて出勤した。

ＮＣＲ４９９が稼働するようになったので、この日からオペレーション研修を開始した。武田と添島は午前中、各係の担当行員にマシンルームに集まってもらい、インプット処理のオペレーションを実演した。その後に会議室に移動してＮＣＲ４９９システムの概要を説明した。どのような管理資料が打ち出されるかを解説した。

午後、会議室で支店の打ち合わせがあり、武田と添島もオブザーバーとして出席を要請されたので参加した。支店の開設準備作業はやや遅れ気味のようだった。武田はＮＣＲ４９９が正常に動きだしたのでこれから研修を進めると報告しておいた。

今日も添島、薄田とは別行動となり五時半に支店を出て地下鉄に乗った。グランドセントラル駅で降りて待ち合わせ場所で待っているとほどなく高野がやってきた。ＩＲＴフラッシング線の車両に乗車し、イーストリバーの下のトンネルを通って対岸のクイーンズに渡った。それから郊外を走ってウィレッツ・ポイント（シェイ・スタジアム）駅に着いた。ニューヨーク・メッツの本拠地シェイ・スタジアムが近くにあり、また全米オープンテニスが行われるテニス場もあるということだった。試合があるときはたいへん賑やかになるそうだ。

駅から一〇分ほど歩くと大きなマンションが何棟も並んでいて、高野はその一つに入った。エレベーターに乗って二四階で降りた。左右に居室が並んでいた。高野は奥の方から三つ手前のドアを開けた。ホテルと同じで玄関がなかった。欧米では靴のまま部屋に入るから不要なのだろう。高野宅ではフロアマットが敷かれ靴脱ぎ場になっていた。武田は日本人なら必ずこうするだろうなと思った。靴を脱いでスリッパに履き替えた。

高野夫人と三歳の俊樹君が出迎えてくれた。武田が名古屋支店から金沢支店に転勤になったときに会って以来の夫人は以前よりふっくらとしていた。高野が部屋の中を案内してくれた。武田はその広さに驚いた。バスとトイレは二つあった。

それから夕食をご馳走になった。久しぶりの和食をたらふく食べた。

夫人は食事の後片づけをすると男の子を連れて別室に移った。高野と武田はそのままウイスキーを飲みながら語りあった。

武田が長銀の開店時のことを聞いてみた。

「一九七四年の一二月に支店を開設したんだが、連日一二時過ぎまで残業してたいへんだったよ。今は開店時ほどではないがけっこう残業はしている。翌年の四月に家族がやって来てからようやく落ちついた。妻もこちらの生活に慣れてきて独立記念日の休みにナイアガラへ家族旅行してきた。ニューヨークは大都会で何でも揃っているのであまり不自由を感じることがないのは助かる」

「ニューヨーク生活をエンジョイしている訳だな」

「いやいや、最近業務量が増えてきて日増しに忙しくなっているんだ。日本にいたときのような深夜残業はしていないけど、こちらのクラーク（事務職）は日本よりレベルが低いし、おまけに英語で指示を出さなければならないからたいへんなんだ。それとニューヨークでは商社の力が銀行より遥かに強いのでいろいろストレスも溜まるんだ。仕事がきついのでゆっくり考える時間もないまま二年半経ってしまったという感じだな」

「なるほど、ニューヨークでの仕事は楽じゃなさそうだね」

「とりわけ冬は憂鬱だな。ニューヨークの冬は毎日零度以下の日が続き、零下二〇度になるときもある。寒風が吹きすさび、身の危険さえ感じるときがある。そんな冬を少しでも楽しく過ごすために最近は柄にもなくオペラやコンサート、ミュージカルの切符を買ってカミさん孝行をしているよ」

「それはいいことだな。俊樹君はどうするんだい」

「ベビーシッターが来てくれて面倒を見てくれるんだ」

「テレビや新聞は英語だけどもう不自由はないのかい」

「テレビはだいたい分かるようになってきたが、新聞はやっぱり日本語の方がいいね。支店で『朝日新聞』、『朝日ジャーナル』、『時事通信』、『エコノミスト』なんかを日本から取りよせているんで、みんなで奪いあうようにして見ているよ。『朝日ジャーナル』が案外面白いことは新発見だったな。こちらに来てから『ニューヨークタイムズ』を講読しているんだが、毎朝自宅に配達されるので、できるだけ読むようにしている。英語の記事を読むのは時間がかかるが、読みだすとなかなか面白いので、やはり『ニューヨークタイムズ』は優れた新聞なんだなと思うよ。記事はほとんど署名記事で、事実を追及するというアメリカン・ジャーナリズムのよさが発揮されているようだ」

「そういえば不銀の支店でもみんな『ニューヨークタイムズ』を読んでいたな」

「経済学部時代に『経済学研究会』で一緒だった中原君がニューヨークにいるんで、ときどき会って政治、経済情勢について話しあっているよ」

中原は一年後輩だった。

「彼はどこに就職したんだっけ」

「三菱商事だ。彼とは日本人がいないバーで会っている。政治的な話をしても周りを気にする必要もないからね。日本のことが気になるが、最近はやきもきしても仕方がないと達観している。二月に彼と会うことにしているが、君も一緒に付き合わないか」

「二月上旬だったらまだニューヨークにいるから付き合うよ」

夫人が子どもを寝かしつけて、武田に風呂に入るように奨めてくれた。バスが二つあるので高野と同時に風呂に入った。
一〇時過ぎに寝室に案内されて、すぐベッドに潜りこんだ。

一月二二日（土曜日）

朝食の後、高野一家とロングアイランドにドライブに出かけた。地下のガレージにフォードのLTDセダンがあった。ボンネットが異常に長く見える大型車だった。アメリカではこのサイズが標準のようだ。前列のベンチシート右側にあるチャイルドシートに男の子を座らせ夫人が運転席についた。夫人がこんな大きな車を運転するのかと驚いた。小柄な夫人はクッションを敷いて高さを調節していた。武田と高野は後部座席に座った。高野は運転免許を取っていないようだった。地下の駐車場から表に出ると夫人は郊外の道路を快調に走りだした。車は大きいがその分道路も広いので案外運転しやすいのかもしれない。夫人の運転はなかなかなもので安心して乗っていた。武田はロングアイランドと聞いて細長い島に渡るのかと思ったが、高野が住んでいるクイーンズやブルックリンなどニューヨーク市の一部がロングアイランドの西端なのだそうだ。東西一九〇キロメートル、幅は三〇キロメートルほどというから確かに細長い島なのだろう。車は淡々と直線に近い自動車専用道を走っていく。やがて右側に海が見えてきた。いつまで経っても同じような景色が続く。
夫人は海沿いにポツンとあるレストランの駐車場に車を入れた。外に出るとコートを羽織っていても寒かった。レストランは海に接するように建っている木造の平屋だった。波は静かで潮騒も聞こえない。店内に入るとシーズンオフなのか客は少なかった。シーフードなので武田も食べやすかった。

ゆっくりと食事をして、そこから引き返してシェイ・スタジアム駅で降ろしてもらった。地下鉄に乗ってグランドセントラルから歩いてホテルに戻った。日中なので地下鉄に乗っても不安はなかった。

四時に堀川代理がホテルまで車で迎えにきてくれ、武田、添島、薄田を自宅に招待して夕食をご馳走してくれた。堀川は四年前に中途採用され、その後ニューヨーク駐在員事務所長代理になっていた。武田はニューヨークに来るまで堀川と面識はなかった。武田とは同年代のようだが詳しい履歴は分からない。国際業務のエキスパートなのだろう。中肉中背の好男子で、それまで面識のなかった武田や薄田まで自宅に招いてくれたのはありがたいことだった。

一月二三日（日曜日）

買いおきのパンとジュース、ミルクで朝食を済ませ、気になっていた正田会長への絵葉書を書くことにした。絵葉書はホテルの売店で買った。会長宛なのでサラサラと書く訳にはいかず下書きを書いた。武田は会長の随筆集を読んで感銘を受けたことやニューヨークでの印象を書くことにした。なかなかまとまらないうちに一〇時半になったので外出着に着替えた。今日は一一時に佐橋次長がホテルに迎えにきてくれて、郊外のウエストポイントにある陸軍士官学校を見学することになっていた。陸軍士官学校が観光の対象になっているのはいかにもアメリカらしいと思った。

一〇分前に部屋を出てロビーに降りてゆくと添島と薄田も集まってきた。近くに住む独身の伊藤もやってきた。一一時きっかりにホテル玄関の車止めに佐橋次長の車が入ってきた。フォードのマーキュリーでスマートな車体だった。助手席に伊藤が座った。佐橋と伊藤はディーリング業務で上司と部下の関係である。武田たちは後部座席に座った。マンハッタンを横切り、ハドソン川沿いの高速道路に合流し上流に向かった。ジョージ・ワシントン・ブリッジでハドソン川を渡った。八車線二階建ての長い吊橋で物凄い数の車が走っている。主塔が凱旋門を縦に伸ばしたような美しい橋だった。

橋を渡って右岸沿いの道路に降りて上流に向かった。一般道になったが車は少なくなり、走りやすい道だった。緩やかな丘陵のまんなかをハドソン川がまっすぐ流れている。池のように静かな川面だ。河原には薄く雪が積もり、岸辺は凍っていて、川の中にも氷が張っているところがあった。対岸の丘陵はくすんだ針葉樹と冬枯れの広葉樹が混じって茶色一色だった。ポツリポツリと煉瓦色の低層建物が見える。大学か研究機関の建物のようだ。同じような景色が延々と続いた。川は蛇行することなくほぼ同じ川幅で続いている。つくづくアメリカは広い国だなと思った。このような国土で育てば、狭い日本で育った人間とは違ったメンタリティーになるだろう。ウエストポイントまで約八〇キロということだった。

一時間以上走ってウエストポイントに着いた。佐橋は陸軍士官学校を見学する前に食事をしようとレストランに入った。ほかに客はいない。ウェイトレスが注文を取りきた。武田はメニューの写真を見てうまそうだった「アメリカン・クラブハウス・サンド」を注文した。大きな皿に載せられたサンドイッチはトーストしたパンからはみ出すほどのローストビーフとレタス、トマトをはさみ、四つに切りわけられていた。頬ばると非常にうまかった。アメリカにもうまいものはあるようだ。

腹ごしらえをして陸軍士官学校を見学した。武田が驚いたのは学校を守る壁がないことだった。街を歩いているとそのまま士官学校の敷地に入っているという感じだった。敷地はとんでもなく広そうだった。アメリカンフットボールのスタジアムがあった。大学がスタジアムを持っているのはいかにもアメリカらしい。教会もあった。広場にマッカーサーの銅像が建っていた。武田が小学三年のときマッカーサーは連合国軍最高司令官を解任された。武田は学校に動員され、早朝沿道に並んで羽田飛行場に向かうマッカーサー一行の車列を見送った。武田のマッカーサーに対する評価は複雑である。

それからウエストポイントミュージアムを見学した。日本の降伏文書が展示されていた。地下に大型兵器のコーナーがあり、広島に落とされた原爆の実物大の模型が展示されていた。説明文には「広島と長崎に原爆が投下され日本が降伏した」というようなことが書かれていた。原爆により戦争終結が早まり、それにより多くの米軍兵士の命が救われたというのがアメリカの公式見解のようだが、それは正しくないと武田は思っている。原爆が投下された昭和二〇年八月には日本の軍隊にもはや反撃能力はなかった。原爆を落とさなくても早晩敗戦は不可避であった。トルーマンはソ連を意識して原子爆弾の威力を誇示したかったというのが本当ではないか。

見学を終えて帰路についた。渋滞もなくジョージ・ワシントン橋を渡った。ブロンクスにある佐橋の自宅に案内され、佐橋夫人の手料理をご馳走になった。

佐橋は昭和三五年に東大を卒業し不銀に入行した。不銀が国際化を目指し人材を養成しはじめたころに英国のバークレー銀行にトレーニーとして派遣された国際畑のエリートだった。その後、三年前に水谷と交替で、ニューヨーク駐在員事務所勤務となっていた。ニューヨーク支店では資金トレーディングの責任者となり、自らもディーリングを行うようだ。当地のディーラーと電話で丁々発止のやり取りをするのはたいへんな仕事だなと思った。武田は本店旅行部のスキー旅行で佐橋と一緒になったことがあり、ゲレンデをきれいなパラレルで滑っているのを見ていた。武田より五年も上の年代でスキーをする人は少なかったので、雪国出身なのかなと感心したことを覚えている。

明るく聡明な夫人を交えての歓談は楽しかった。

八時ごろ車でホテルまで送ってくれた。丸一日アテンドしてもらって恐縮であった。

フロントで部屋のキーを受けとり自室に戻ろうとしたとき、薄田が武田に相談したいことがあるといった。武田と添島はロビーの椅子に腰を下ろして薄田の話を聞いた。薄田は申し訳なさそうに水曜日に帰国したいといった。びっくりして理由を聞くと、結婚式が週末にあるので帰りたいということだった。武田が井川課長を通じて薄田にニューヨーク出張を頼んだときには、もっと早く仕事が終わると思っていたようだ。日取りが決まっていたのならもっと早く知らせてほしかったが、結婚式ということであれば祝福して帰国させるほかはなかった。

部屋に戻ってからバスに入り、正田会長宛の絵葉書を書きあげた。

一月二四日（月曜日）

二週目の朝を迎えた。出がけにホテルのフロントで絵葉書の投函を頼んだ。

この日から武田は二人の現地女性職員にマシンルームで「インプット処理」のオペレーションを教えることになっていた。秋野が連れて来たのはキャンディとデビィだった。キャンディはヒスパニックと聞いていたが黒髪で目がクリクリしていた。デビィは金髪を長く伸ばした白人でおっとりしていた。秋野はキャンディがNCR499の主担当で、デビィはバックアップ要員だといっていた。片言の英語で、テスト伝票を渡してその項目をNCR499にインプットする作業を身ぶり手ぶりを交えて教えていった。

添島は日本人スタッフに伝票の切り方を教えていた。

NCR499が動きだしてから、武田は秋野に「インプット」処理と、その後のバッチ処理オペレーションについて一対一で研修を行ってきた。武田らが帰国したあとは秋野が一人でNCR499システムを守っていかなければならない。「インプット」処理のオペレーションは入力項目のガイダンスに従いデータをインプットすれば、システムの方で入力データをチェックするのである程度気楽である。しかし業後のオペレーションは直接NCR499を動かすコマンドを入力して、ソート（キー順に並びかえる）やマージ（複数のファイルから同じキーのレコードをまとめる）を行ってから作表プログラムを起動させることが多い。このような処理は一般行員にとってはなじみがないので苦労するだろう。武田はコンピュータ処理の仕組みを説明しながら業後処理を一通り教えてきた。その後、秋野に一人でやってもらうと、なかなかできなかった。秋野にとってはしんどいだろうが、自分一人で自信を持ってオペレーションできるように何度も繰り返し練習してもらった。キャンディにも業後オペレーションを英文マニュアルを示しながら教えていった。武田の英語力では教わる方もたいへんだったろうが、キャンディは音をあげることもなく覚えてくれた。

一月二五日（火曜日）

毎日テストデータを作って秋野やキャンディの業後バッチ処理練習を行っていたが、その中で「DUE DATE LIST」（期日リスト）を打ち出すプログラムにバグがあった。武田は日本で十分テストを行ってきたつもりだったのでショックだった。エラーの原因はすぐ分かったので、薄田にプログラムを修正してもらった。薄田は明日帰国するのでギリギリ間に合って武田はほっと胸をなで下ろした。武田は今後が心配になってきたので、急遽薄田にプログラムの修正方法を教わることにした。コボルの読み書きはできるので、NCR499のプログラム修正操作を覚えるだけだった。一時間ほどでできるようになった。これでもう心配することはなくなったがまさに間一髪のことだった。

この日は定時に出張組三名で支店を退出した。いったんホテルに戻った後、近くにあるロブスター料理店「CHANTY」に向かった。この店のことは伊藤から聞いていた。五一ストリートを二ブロックほど歩いた所にあるレストランだった。席に座ると若いウェイトレスが注文を取りにきた。一番英語を話せる添島がまとめて注文することにした。ロブスターの重さと調理方法を指定するまでは順調だったが、ウェイトレスが付け合わせを三つほど挙げて何にするか聞いてきたときだった。早口だったので武田にはちんぷんかんぷんだった。添島も聴き取れないようで何度も聞き直していたがようやく一つを選ぶとウェイトレスはほっとしたように戻っていった。

「まったく料理を頼むのも一苦労だな。アメリカ人は食べ物については妙に厳格だね。ホットドッグ一つ頼むのもあれこれ決めなければならないからもう注文するのが嫌になるな」

武田がぼやくと添島がうなずいた。

「こちらの人はほんとうに細かく調味料を指定しますね。何でもいいというのが通じませんね」

「ところで付け合わせは何にしたの」

「『コールスロー』とかいっていましたが、キャベツのサラダのようですね」

添島も知らないようだった。

しばらくすると大きな皿に載せられたメイン州で捕れた真っ赤なロブスターが運ばれてきた。付け合わせの小皿にキャベツを刻んだものが入っていた。添島が「これがコールスローなんですね」と笑った。ロブスターはハサミが異常に発達していて、指をはさまれたらちぎられそうだった。アメリカではエビまで獰猛ななりをしている。専用の鋏が添えられていて、それを使って殻を割りフォークで身を取りだした。伊勢エビより固いがまずくはない。しかしバターを溶かしたようなソースはしつこ過ぎた。酢醤油でもあればもっとうまく食べられただろう。

それでもニューヨークの名物料理を楽しみ、酒も飲んだのでいい気分になって店を出た。ホテルまでは大した距離ではない。物騒なニューヨークだが男三人連れなら襲われることもないだろうとタクシーを拾わずに歩きだした。南北の通りは幅が広く人通りも多かったが、東西の通りは幅も狭く一歩足を入れると人通りは途絶えた。街灯は点いているが道の両側は人の気配のない建物が続いていた。通りすぎる車もなく、まだ九時前だというのに深夜のように静まりかえっていた。道のりの半ばを過ぎたころ、前方から黒人の男が一人こちらに向かってきた。五メートルほどに近づいたとき男は何か喚きながら駆けよってきた。武田はぎょっとして「向う側に逃げよう」というなり反対側の歩道に向かって早足に歩きだした。てっきり添島も薄田も付いてくると思ったが、渡りきって振りかえると添島が男と向きあっていた。男は添島に顔を近づけて何かしゃべっている。すると添島は内ポケットから財布を取りだしドル紙幣を渡したようだった。男はもっと出せといっているようだった。武田はハラハラしながら見ていたが、やはり傍にいって助けようと歩きだしたとき、添島がもう一度紙幣を差しだした。男はそれをひったくると信じられないような素早さで路地の暗がりに消えていった。武田は凶器を持った強盗ではなかったのでほっとしたが、同時に何ともいえぬばつの悪さを感じながら添島のもとに行った。

「いくら取られたの」

「二〇ドルです」

「とんだ災難だったな。半分負担しよう」

「いえ、僕が勝手にやったものですから」

添島は武田の申し出を断った。武田は自分がいち早く逃げだしたことが後ろめたくてそれ以上何もいえなかった。名物料理を楽しんだ余韻も吹っとび、みんな無言のままホテルに向かった。

一月二六日（水曜日）

薄田が午前中に帰国するので武田と添島はホテルからＪＦＫ空港まで見送ることにした。秋野もホテルまで来て一緒に行ってくれた。九時半にタクシーで出発した。薄田は面識のある者は誰もいない中で黙々と仕事をしてくれた。急に結婚式のことを持ちだされてびっくりしたが十分仕事をしてくれた。今は結婚を祝福するのみだった。搭乗機はジャンボ機で羽田までの直行便だった。薄田は日曜日に結婚式を挙げたらすぐにハワイに新婚旅行に行くということだった。時差惚けの連続でたいへんだなと思ったが新婚旅行なら苦にならないだろう。三人が見送る中、薄田は手を振って一人で搭乗口に入っていった。

一二時に支店に戻って仕事を続けた。

一月二七日（木曜日）

武田が作成した資料による秋野、キャンディ、デビィに対するオペレーション研修は終了した。秋野のシステム全般の理解も進み武田はほっとした。もう武田がいなくても大丈夫だと思った。

一月二八日（金曜日）

午後四時から六時まで支店の会議が行われ、武田と添島もオブザーバー参加した。ＮＣＲ４９９関連では全係で三月の取引を想定したシミュレーションテストを行うことになった。会議の後、武田と添島もシミュレーションテスト関係の作業を手伝うことにした。開店日が間近になり支店の日本人スタッフは連日残業をしていた。この日も照焼弁当の夕食を取って武田と添島も一二時半まで残業し、近い者同士でタクシーに相乗りして帰宅した。地下鉄は深夜も運行していたが、支店では夜の地下鉄は危険なので乗らないことにしていた。

一月二九日（土曜日）

武田は昼近くまで寝ていた。添島は同期の秋野の仕事を手伝いに行くといっていた。支店の何人かは休日出勤しているようだ。起きると近くのデリカテッセン（サンドイッチや持ち帰り用の食品を売る店）に行ってパンや飲物を調達して朝食兼昼食を済ませた。今日は高野とバレエを鑑賞して、その後高野の家に泊まることになっていた。先週、高野宅に泊まったとき、ニューヨーク・シティ・バレエ団の『白鳥の湖』昼公演チケットがあるので一緒に行かないかと誘われた。武田は夫婦で楽しみにしていたものをもらう訳にはいかないと固辞したが、夫妻は武田がせっかくニューヨークに来たのだからと譲らなかった。結局武田は高野夫妻の好意を受けることにした。

一時に高野がホテルに迎えにきて、武田はショルダーバッグを肩に提げ高野と一緒にグランド・セントラル駅に入った。地下鉄に乗りタイムズ・スクエア駅で乗換えて四つ目がリンカーンセンター駅だった。表に出るとすぐ近くにリンカーン・センターの敷地が広がっていた。左側にニューヨーク・シティ・バレエの本拠地であるニューヨーク州立劇場があった。右側にはニューヨーク・フィルハーモニックの本拠であるフィルハーモニック・ホール、その奥にメトロポリタン・オペラ・ハウスがあった。戦後に建てられたコンサート、歌劇、バレエ、演劇などのホールや、芸術学校、図書館などがある総合芸術施設だった。高野は通い慣れているように州立劇場に入った。二人の席は一階席のまんなかだった。広い一階席を何層かのボックス席が囲んでいる。二五〇〇席以上あるという広さときらびやかさに驚かされた。ミュージカルの劇場より遥かに大きかった。

チャイコフスキーの曲が流れだしバレエが始まった。ミュージカルの『マイフェアレディ』で唾を飛ばして熱演する役者を目の当たりにした後なので、ダンサーが無言で踊っているのが静か過ぎて戸惑った。バレエシューズが床を踏むカタ、カタという音が妙に気になった。武田は中学生のころ名画座でバレエ映画『赤い靴』を観て、主演のバレリーナ、モイラ・シアラーに魅せられた。映画のバレエにくらべて本物のバレエは少し淡泊に感じた。しかし舞台が進むにつれて少しずつ引きこまれていった。高野夫妻の好意によって観ることができた『白鳥の湖』はやはり一生の思い出になるだろう。

五時に地下鉄に乗り五〇分ほどでシェイ・スタジアム駅に着いた。高野の家に向かう途中に大きなスーパーがあった。高野はオモチャ専門の量販店「トイザラス」だといった。オモチャのスーパーマーケットとはいかにもアメリカらしいと感心した。武田が子どもたちに土産を買わなければならないので明日帰りに寄ってみるというと一緒に付き合うといってくれた。

夕食をごちそうになった後、高野とウイスキーを飲みながら話しあった。つまみに出されたサーモンの生ハムとチーズが非常にうまかった。

一月三〇日（日曜日）

朝食を済ませリビングで寛いでいると、北向きのベランダに面したガラス窓から大型旅客機がゆっくり下降していくのが見えた。飛行機はその先のラ・ガーディア空港にゆっくりと着陸した。空港の横は海で氷で覆われている。海水が凍るのだから零下一〇度か二〇度くらいになるのだろう。武田はヨーロッパから移民してきた人々はなぜもっと温暖な土地を選ばなかったのか不思議でしょうがない。左手にはマンハッタンの摩天楼が見えた。こんな寒い所に摩天楼を作ったアメリカ人は大したものだと感心する。

一〇時に高野の家を出た。夫人と長男も一緒だった。オモチャを買いに行くというのでうれしそうだった。「トイザラス」はだだっ広い店舗だった。武田は憲子の土産にミッキーマウスの帽子を、泰斗には自動車のオモチャを買った。スーツケースを借りた義弟の甥と姪用のオモチャも買った。子どもたちの土産が「トイザラス」で済んだので気が楽になった。

そこで高野一家と別れた。二週間にわたってたいへん世話になった。

昼過ぎにホテルに戻り一休みした。四時に水谷次長と伊藤がホテルに迎えに来た。水谷には初日に銀行協会のレストランで昼食の接待を受けたが、今回は伊藤を通じて水谷がミュージカルを観に行くので付き合わないかと誘われた。『バブリング・ブラウン・シュガー』というミュージカルで、ジャズが好きな水谷のお奨めのようだ。武田は昨日に続く観劇ということになった。

タクシーでグリニッジ・ビレッジにあるスペイン料理店に行った。武田はスペイン料理も初めてだった。どの料理にもオリーブオイルとニンニクが入っていたが案外食べられた。パエリアもうまかった。大きなガラスの器に赤ワインとカットした果物を入れたサングリアというカクテルは口当たりがよく気に入った。

食事を済ませ、ちょっと歩いて少し地味な外観のANTAシアターに入った。日曜日の夜なのにほぼ満員だった。一九二〇年から一九三〇年代ごろに全米各地からハーレムに集まってきて「ハーレム・ルネッサンス」といわれたムーブメントを起こしたデューク・エリントンやカウント・ベーシーなどのアフリカ系アメリカンをテーマにしたものだった。ハーレムのナイトクラブを舞台に繰り広げられる歌と踊りとジャズ演奏は迫力があって見応えがあった。しかし英語が聴き取れず観客が笑っても何がおかしいのか分からないのは情けなかった。

一月三一日（月曜日）

各係で開店時に取引を開始する取引先について取引先番号の採番を開始していた。また決算シミュレーション用の伝票の作成も続けていた。武田は秋野に対しニューヨークで最終的に仕上げた「システム運用マニュアル」に基づき、決算日、期初日の業後バッチ処理オペレーション研修を行った。

二月一日（火曜日）

各係で期末月のシミュレーションテスト用の伝票作成を継続していた。

秋野に障害時のシステム復元について研修を始めた。システムの障害は突然停電になってシステムが止まったり、NCR499が故障して動かなくなったり、ディスクパックに異常が発生したり、いろいろなことが起こりうる。障害が発生すると誰でも一瞬パニックになってしまう。まずは冷静に電源、マシンの故障、ソフトのバグなど故障の原因を探らなければならない。停電により止まってしまったときはリカバリー処理を行う。基本は前日末のディスクパック装置をマシンに読みこみ、当日の伝票を打ち直して修復する。機械の故障ならNCRのCEをコールする。ソフトのバグでプログラムに原因があるときは事務管理部に連絡して修復方法を相談する。故障内容によって対処方法も変わってくる。それらをケース分けして対処方法を伝授した。武田が帰国した後は秋野が対処しなければならない。支店内で相談する者もいないので心細いだろうが頑張ってもらうほかはない。

二月二日（水曜日）

この日から期末月のシミュレーションテストとして三月二五日分の取引から入力を開始した。各係で二五日の想定取引伝票を起こし、「インプット」処理を行った。入力が終わると秋野とキャンディが業後バッチ処理を行った。打ち出されたバランスシートや計表のチェックは担当係が行った。武田はすべての操作を支店に任せていた。

終業時刻になると武田は支店を抜けだし、高野との待ちあわせ場所であるグランド・セントラル駅に急いだ。この日はエディオン・シアターで上演されているミュージカル『オー！　カルカッタ！』を観ることになっていた。駅で合流し食事をしてから劇場に向かった。『オー！　カルカッタ！』は出演者全員がオールヌードで演じることで評判になっていた。およそヌードなどに興味はなさそうな高野が誘ってくれたのは不思議だったが、武田のために今ニューヨークで一番注目されているミュージカルのチケットを取ってくれたのだろう。劇場に入るときは成人映画を観るときのような後ろめたさを感じた。しかし観客は女性がやや少ないように感じたが、今までに観たミュージカルの観客とそれほど違いはないようだった。席は後ろの方だった。開演までに時間があったので英文のパンフレットを捲っていると、タイトルの由来は「オー・カルカッタ」という発音がフランス語の「何といい尻なんだ！」という発音に似ているからだそうだ。インドのカルカッタとはまったく関係がないので、カルカッタ市はいい迷惑であろう。幕が開いてしばらくするとロープで体を隠して踊っていた俳優たちが男女を問わずローブを放りなげてほんとうに一糸まとわぬ裸になった。場内に声にならぬ声が漏れた。女優も男優も全裸でおおまじめに歌い踊っている姿に武田もある種の感銘を受けていた。日本なら猥褻物陳列罪で捕まるだろうが卑猥な感じはしなかった。第一後ろの方の席からは動きまわっている俳優の局所はよく見えないのだ。セックスに係わるコントを展開しているようだが、英語の台詞が聴きとれない武田には面白くも何ともなかった。武田はアメリカの性風俗の規制が緩いのには驚いた。無修正のポルノ映画が堂々と上映されているし、全裸のミュージカルも上演されている。米国人はキリスト教徒が多いので性倫理については厳格なのだろうと思っていたので意外だった。しかしポルノが市中に溢れているのかというとそうでもない。日本の一部週刊誌には局所をぼかしているが大胆なヌード写真が掲載され家庭に持ちこまれている。

二月三日（木曜日）

シミュレーションテストは三月二六日、二七日が休業日なので、二八日と二九日の二日分の処理を行っていた。

この日の午後六時から不銀の取引先や関係者を招待したパーティーが開催された。武田と添島も参加するようにいわれていた。図書室がパーティー会場になった。まんなかにテーブルを並べて寿司やオードブルが並べられ、ウイスキー、ビール、日本酒も用意されていた。邦銀や商社、米銀などの担当者が集まってきた。定刻に井岡が英語で短いスピーチを行ってパーティーが始まった。支店の行員はホスト役として積極的に参加者に話しかけていた。あちこちで輪ができて賑やかに歓談していた。

外国人が半分近くいて英語の会話が飛びかっていた。武田はみんな賑やかに会話しているので、部外者がしゃしゃり出るまでもないだろうと添島とウイスキーのグラスを手に壁際にひっそりとしていた。二時間ほどでパーティーは終了した。若手が後片づけを始めたので武田と添島も手伝った。パーティーが盛況だったので支店のメンバーは赤い顔をして上機嫌だった。

伊藤が「パーティー、退屈しなかった?」と聞いてきた。

「みなさん楽しそうに会話していたね。ホスト役も堂々としていて感心したよ」

武田が答えると伊藤は満足そうにうなずきながらいった。

「僕らは井岡さんに鍛えられているからね。壁際にずっと立っていたら井岡さんに怒られたもんだよ」

武田は冷やっとした。武田は人の輪に入らず文字通り「壁の花」だった。せっかくパーティーに参加させてもらったのに何の役にも立たなかったのはまずかったなと思った。井岡がそれを注意しなかったのは武田と添島を客人扱いしていたからだろう。それにくらべ伊藤たちは日本人、外国人を問わず積極的に話しかけて来客を持てなしていた。この半年間、井岡の薫陶を受けみな立派な国際人になっているようだった。

二月四日(金曜日)

期末月のシミュレーションテストは順調に進んでいて、この日は三〇日、三一日分の入力を行った。三一日は決算日であり、当日分の伝票入力を終えた後の業後バッチ処理で補正リストを打ち出し、各係で補正伝票を起票した。その分を再度入力処理して、業後処理を行い補正後の貸借対照表を打ち出した。それらを検証して間違いのないことを確認した。

武田と添島もテスト結果の検証を手伝い一〇時過ぎまで残業して、伊藤と一緒にタクシーで帰った。

二月五日（土曜日）

週末になるとやはり疲れを感じて昼ごろまで寝ていた。

昼過ぎに伊藤がホテルに迎えにきてくれて、タイムズ・スクエアにある「インペリアル・シアター」まで歩いた。歴史を感じさせる建物で内部はヨーロッパの歌劇場のような造りだった。一階席の後ろに被さるようにかなり急な二階席、三階席があり、左右にボックス席もあった。ブロードウェイのミュージカル劇場はどれも個性的で面白い。演目は四年以上もロングランを続けているミュージカル『ピピン』だった。若い王子が色々な冒険をして人生の目的を探っていくというような筋書きだった。サーカスのようなパフォーマンスは見応えがあったが、ストーリーにリアリティーが感じられないまま終わってしまった。ニューヨークに来てからいろいろなミュージカルに案内されたが、いずれも何の予備知識もないまま観劇したので、やや消化不良のまま終わってしまったのは残念だった。それでもニューヨークの人々にミュージカルが愛されていることはよく分かった。

その後、フランス料理店に案内され、武田はフルコースの料理を残さず平らげた。三週間もニューヨークにいて武田も多少は当地の食事に慣れてきたようだ。伊藤の父親は朝鮮銀行出身で現在は旅行会社の社長をしている。伊藤は話しずきで面倒見のいい好人物だった。まだ独身でベルモントホテルの近くに部屋を借りていた。昨年六月にニューヨークに来たときはテレビを見ていてもほとんど何も分からなかったが、半年も経ったころ急に意味が通じるようになったといっていた。

二月六日（日曜日）

昼まで寝ていた。添島は秋野と食事をするといっていた。武田は昼過ぎにエンパイア・ステート・ビルに行ってみることにした。

ホテルを出ると厳しい寒さに驚いた。マフラーをしてオーバーを着ていたが帽子がないので頭がスースーした。セント・パトリック大聖堂やパンナム・ビルを見ながら五番街を南に歩いた。余りの寒さに頭がジンジンしてきた。零下一〇度くらいに感じた。どこかに一時避難したかったがオフィスビルばかりで中に入れそうもなかった。足の先が冷えてきた。急ぎ足で歩きようやくエンパイア・ステート・ビルに着いた。ビルの中に入ってほっとした。最上階の展望台の入場券を買いエレベーターに乗った。日曜日だったがさすがに真冬のニューヨークに観光客は少なく、行列することなくエレベーターに乗った。途中で一回乗り換え一〇二階の展望台に出た。全面ガラス張りでその眺望は素晴らしかった。東側のイースト川と西側のハドソン川の向う側は広い原野が広がり、二つの川に囲まれたマンハッタン島には無数の高層ビルが蝟集していた。ベルモント・ホテルの方を眺めるとパンナム・ビル、クライスラー・ビル、国連ビルなどが間近に見える。クイーンズボロ橋から先を辿ればJFK空港も見えた。

二月七日（月曜日）

四週目を迎えた。最後の週だ。シミュレーションテストで四月一日の期初戻し入れの処理を行っているとき、トラブルが発生し秋野が武田に助けを求めてきた。調べてみるとキャンディが操作ミスをしたようだった。キャンディは覚えも早く処理も速いが、タイプを打つような感覚でやや無雑作に入力するのでオペミスが出たのだろう。結局ファイルを復元して再入力することにした。リカバリー処理のよい練習になった。

この日の夜は高野と、経済学部で一年後輩だった中原と食事をした。中原と会うのは大学卒業以来だった。中原は三菱商事に勤めていてニューヨークにもう五年も滞在している。イタリア料理店で食事を済ませた。その後近くの高層ビル最上階にあるバーに入った。高野がいっていた「日本人のいないバー」のようだった。カウンターでバーテンダーに飲物を注文しその分の代金を支払った。客は少なく至って静かだった。武田はスクリュードライバー、二人はウイスキーのオンザロックを手にして窓際の席に座った。武田は二人に聞いてみたいことがあった。

「僕らが『経済学研究会』で勉強していたころはアメリカ帝国主義に批判的だったが、実際にアメリカで暮らしてみてどんな風に感じている？」

高野が答えた。

「一言でいうのは難しいな。非常に奥が深い国だと実感している。アメリカは多民族国家として運営され貧富の差は著しいが、中産階級の層は厚く全体に生活水準は日本よりも遥かに上だ。恵まれた生活基盤と圧倒的な軍事力で世界一の国という独善的な気風がある。アメリカの国益を第一に考える国で、日本にとって手強い相手であることは間違いない。そんな国を敵に回してはいけないけど、自民党のように迎合するばかりというのも問題だ。どのように折りあっていくのかその辺が難しい」

中原が続いた。

「僕も高野さんと同じような認識ですね。民主主義の水準は日本より上だと思いますよ。それと政府を批判する健全なジャーナリズムがあるということは本当に羨ましい。僕は『ワシントン・ポスト』紙が『ウォーターゲート事件』に関する事実をすっぱ抜いてニクソン大統領を辞任に追いこんだことに感動しましたよ。日本の新聞では絶対にできないことですよ」

武田もその点については同感だった。

「僕も『ワシントン・ポスト』紙の二人の記者が書いた『大統領の陰謀』を読んで感動したな。調査報道でジワジワと大統領を追いつめていくところは迫力があった。彼らに情報を提供した『ディープスロート』と呼ばれた政府高官にも驚いたな。日本ではこんな官僚は絶対出てこないだろうな。マスコミが権力の監視機能を果たしているのは本当に凄いと思う」

高野がうなずきながら続けた。

「二年前の四月三〇日、サイゴン陥落も非常に印象的だったな。アメリカの敗北であることは明らかだったが、若者を中心としたベトナム反戦運動の勝利だったといえるだろう。自分の国が始めた戦争を止めさせるのはたいへんなことだが、アメリカ国民はそれを無血で成しとげたんだ。アメリカの民主主義は地に足が着いている」

武田は学生時代を思い出していた。

「高野と僕はアメリカが『トンキン湾事件』をでっちあげたとき妙高でゼミ合宿をしていたんだ。帰りの駅の新聞スタンドで米軍攻撃開始の大見出しを見たときの暗然とした気分は忘れられないな。もう就職間際だったからデモには参加しなかったけどね」

高野が応じた。

「そうだったな。それから米軍の北爆が始まり全面戦争になったんだが、正直にいうと僕はベトナムが勝つとは思えなかった。何しろ日本がコテンパンにやられたアメリカが相手だからね。北ベトナムも南ベトナム解放戦線も大したもんだよ」

中原が続いた。

「僕は当時三年でしたから一年間はベトナム反戦運動をやっていましたよ。小田実らのべ平連の反対運動も盛りあがっていました。世界中で反戦運動が起こっていたからそれらの運動も寄与したに違いないが、僕も高野さんのいう通り米国内のベトナム反戦運動が主要な勝因だったと思いますよ。一方、ベトナム難民の受入れをめぐっては、ニューヨーク・タイムズはアメリカに協力した人々を見捨てるべきではないという論陣を張りましたが、一般の人たちはこんな失業率の高いときにアメリカ人の雇用機会を減らす難民受入れは反対だという声が多かったですね。やっぱりアメリカは理想主義というより現実主義の国なんですね」

一杯目のグラスが空になったのでみんなでカウンターに行って二杯目を取ってきた。夜の摩天楼も趣がある。窓の明かりでビルの形が浮かびあがる。

席に戻って高野が口を開いた。

「アメリカは世界一の軍事力を擁し他国に介入するのは当然と思っている。僕はＣＩＡの非合法活動に興味を持って調べているが、外国要人の暗殺のためにマフィアを利用したり、マフィアの古株がその問題で議会で証言することになったら暗殺されたりする。怖い国だよ」

中原が話を継いだ。

「経済面でもアメリカ・ファーストの発想は変わりませんね。一九六五年以降、日米間の貿易収支が逆転して緊張が高まっています。一九七二年の日米繊維交渉では譲歩しない日本に対しニクソンは対敵通商法で輸入制限をちらつかせました。そのため日本は対米輸出自主規制を余儀なくされました。最近は鉄鋼、カラーテレビで日本の対米輸出超過が槍玉に上がっています」

高野が同情するようにいった。

「商社はたいへんだね。金融の方は今のところ邦銀のアメリカ進出にクレームがつくことはないようだが、この先どうなるか分からないよ」

中原が煙草の火をつけながらいった。

「アメリカ人の発想はよく分からないところもありますよ。彼らと話していると僕を同じアメリカ人と見なしている節があるんです。彼らの意見に対して『日本としてはこう思う』と感想を述べると心外そうな顔をするんです。彼らはアメリカに住んでいる奴はアメリカ人だと思っているんじゃないですかね。街を歩いているとアメリア人が平気で道を聞いてくることがよくあります。日本で外国人に道を聞くなんてことは絶対ないでしょ。ある意味非常にオープンですが、それと裏腹に公然とあるいは隠然と人種差別がありますね」

高野がうなずいた。

「それはあるよね、やっぱり。だけど昨年七月の建国二〇〇周年、こちらでは『バイセンテニアル』といっていたが、党派、人種を越えて祝賀イベントに参加して非常に盛りあがっていた。アメリカのアイデンティティに係わることには一致団結する。人種差別という根深い問題を抱えながらもいざというときは一つにまとまる。この辺が移民国家アメリカの底力なんだろうな」

武田は高野と中原の会話を聞きながら、彼らは「経済学研究会」のころと変わっていないなと思った。武田は彼らがニューヨークでハードな仕事をこなしながら、ときどき会って学生時代のように政治、経済を議論している姿に心を打たれた。

二月八日（火曜日）

この日で期末、期初のシミュレーションテストは終了した。支店側もNCR499のオペレーションに自信を持てたのではないかと武田は一安心だった。

仕事を終えて武田はゼミの同期だった東京銀行の九鬼と食事をした。九鬼はヨット部に所属していて授業よりヨットに乗っている時間の方が長かったというスポーツマンで、ジョージ・チャキリスに似たハンサムだった。最初のゼミで三年生が自己紹介したとき、まっ黒な顔をしていたのが武田と九鬼だった。山と海とフィールドは違ったが体育会系だったので親近感はあった。九鬼がニューヨークにいることを高野に聞き、電話をかけてみると会おうということになった。九鬼は不銀の支店まで迎えに来てくれた。近くのレストランで食事をしながら近況を語りあった。その中で武田は九鬼が黒人文化に傾倒していることに驚かされた。彼はジャズ好きで、デューク・エリントンやカウント・ベーシーのファンなのだそうだ。ハーレムにあるアポロ劇場にもたびたび行っていたが、最近は資金難や治安の悪化から閉館していると残念そうだった。武田が「僕も銀行の連中に『ハーレムは危険だから絶対行くな』といわれているよ」というと、「いや、こちらが黒人に偏見を持たなければ大丈夫だよ。僕は黒人の友人もいるし、付き合ってみれば白人も黒人も変わらない」といった。

武田は学生時代はノンポリだった九鬼の意外な一面を見たような気がした。差別意識というものは政治観というより人間性の問題なのかなと思った。日本人も白人には引け目を感じるが、黒人や他のアジア人は下にみるという差別意識があるのではないか。武田は九鬼こそ真のコスモポリタンだなと感服した。

食事を終えたとき、九鬼にハーレムにある黒人バンドの演奏が聴けるバーに行かないかと誘われたが、連日夜が遅いのでと丁重に断った。疲れていたのは事実だったが、付き合った方がよかったかなと少しばかり後悔した。東京銀行は外為専門銀行なのでニューヨーク支店の歴史も古く規模も大きい。邦銀の中でも海外では圧倒的なプレゼンスがある。九鬼のような人物がいることに武田は東銀の自由な行風を垣間見たような気がした。

不銀のニューヨーク出店により都長銀全行がニューヨークで顔を揃えることになった。不銀の前身である朝鮮銀行はニューヨークに支店があったようだが、最近邦銀が信託銀行を含め続々とニューヨークに支店を開設するのは日本経済の発展を反映していた。敗戦による荒廃から再出発した日本が今雪崩のようにアメリカに侵出している。武田は東京大空襲や広島、長崎への原爆投下により日本を完膚なきまでに破壊したアメリカに対する経済による反撃と思えば悪い気はしない。しかし日本の銀行が十数行も支店を出すのは少し多過ぎるような気もした。

二月九日（水曜日）

秋野から要望がありリカバリー処理等の異例処理について再度オペレーション研修を行った。一度だけのテストオペレーションでは不安があったのだろう。武田がいなくなればすべて秋野が責任を持って処理しなければならないので心配は当然だった。念には念を入れて説明した。

ＮＣＲ４９９の研修も終了し、武田と添島は当初予定通り土曜日に帰国することになった。最後の週となったので支店側は支店長以下全行員が参加する食事会を開いてくれた。残業を早めに切りあげ、日本人夫婦が切り盛りしている「寿司幸」という店に繰りだした。寿司屋というより和食店という感じだった。支店の馴染みの店のようで、テーブルを動かし向かいあいになって座った。銘々で好きな料理を頼みビールで乾杯した。バドワイザーだハイネッケンだと銘柄を指定しなくてもビールが運ばれてくる。料理名をいえば注文が済む。やはり日本語が通じる店は寛げる。独身の伊藤はちょくちょく食事にきているようで女将と気軽に雑談している。ビールを飲みながらの会話は自然に井岡を中心にして進む。

井岡が「『ティージーアイエフ』という言葉を聞いたことがあるかい」とみんなに聞いた。誰も知らなかった。

「『Thank God, It's Friday』の頭文字を並べたものだよ。直訳すれば『神様ありがとう、今日は金曜日だ』ということだね。最近流行っている言葉で、『This week has been so long! But TGIF!』なんて使うようだよ。『今週は長かったな、だけど今日は金曜日だ』というところかな」

飯島が感心したようにいった。

「なるほど、金曜日の午後は何となく気分が浮き浮きしてきますが、ぴったりな頭字語ですね」

武田は井岡らは駐在員事務所のころから、このようにして折に触れて生きた英語を勉強していたのだろうと想像した。

「寿司幸」で食事を終えた一行はタイムズ・スクウェアのピアノバーに行った。ピアノ演奏付きのサロンのようなところだった。日本の会社関係者は接待用に使っているようだった。テーブルを囲んでソファーに座ると整った顔の白人女性が二人やってきた。二〇歳ほどに見える若い女性が武田と添島の間に座った。日本のキャバレーのような肌を露出したドレスではなく、街中を歩いてもおかしくないスーツを着ていた。ウイスキーの水割りで乾杯すると内輪の集まりなので話はやはり海外で仕事をする上での苦労話が多かった。武田の隣に座った女性は日本語が分からず手持ちぶさたのようだった。黙っているのも気詰まりなので拙い英語で話しかけた。趣味の話なら万国共通であろうと、自分はスキーが得意だがスキーをしたことがあるかと聞いてみた。通じたようで「オー」とやや大袈裟に反応し、自分はまだスキーをしたことはないと答えた。それでは貴方の趣味は何かと聞いてみると、バイクに乗るのが趣味だといった。今度は武田が「オー」と多少オーバーにリアクションした。女性のバイク乗りというのは意外だった。武田は「ハーレーダビッドソンに乗ったことはあるか」と聞いてみた。聴きとれなかったようなのでもう一度発音したが困ったような顔をしている。バイクに乗るというのに自国産の大型バイクのことを知らないのかなと思い、米国製の大型バイクで映画『イージー・ライダー』でピーター・フォンダが乗っていたモーターバイクだなどと英語で詰まり詰まり話していると、彼女は突然目を輝かせて、「オー！　ハーリィデビソン」と声を上げた。ようやく通じたが「ダビッドソン」と発音したのは如何にも和製発音だった。いっそのこと「ハーリ・デベソ」といったら通じたかもしれない。英語の達人になるにはもっともっと恥をかかねばならないようだ。

二月一〇日（木曜日）

武田は添島にキャンディとデビィを昼休みに和食レストランに誘ってみようといった。添島も賛成したので二人に声をかけてもらった。デビィは和食と聞いて尻ごみしたが、キャンディは行くということだった。昼休みに三人で連れだって飯島に案内してもらった和食レストランに行った。キャンディは日本食は初めてということでメインディッシュを何にするか迷っていた。添島が料理の説明をしていたが武田と同じカツ丼にした。外国人向けにはフォークやスプーンも用意されていたが、キャンディは箸にトライしていた。なかなか好奇心が旺盛のようだ。外交辞令もあるのだろうがおいしいといっていた。添島が主に話し相手になっていたが、一時間ほどそれなりに話が通じて楽しかった。

この日は開設日付の本番用ディスクパックを作成した。取引先の登録などを行えるようにするためだ。残りの七個のディスクパックにはイニシャライズ処理（使用可能な初期状態にすること）を行っておいた。稼働後は毎日の最終状態のファイルをディスクパックにコピーして七日分のバックアップを保存することにした。これで武田の作業はすべて終了した。

二月一一日（金曜日）

ニューヨーク支店出張の最終日だった。支店では本番の取引先開設処理を始めていた。

五時に武田と添島は一緒に支店の全員に離任の挨拶をして回った。この日は「ＴＧＩＦ」だったが、開店を間近にした支店では全員残業をするようだった。

地下鉄でホテルに戻り、添島とホテルのレストランで夕食を取った。食事を済ませると部屋に戻って帰りの荷造りをした。

二月一二日（土曜日）

八時に起きて、残っていたパンと牛乳で朝食を済ませた。それから帰り支度を始めた。スーツケースに洗面用具や土産物を詰めこんだ。最後にいつものように枕銭五〇セントを枕の横に置いた。今日はベッドメークのサービスを受けないので不要なのかなと思ったが、まあいいかとそのままにしておいた。武田は支払い基準がはっきりしないチップという文化にはなじめなかった。部屋を出るときに見納めに四週間近く過ごした室内を一瞥した。アメリカサイズというのか広い部屋でベッドも大きかった。寒いニューヨークだったが部屋の中はいつも暖かかった。それが何よりだった。

スーツケースを持って一階に降りると、添島はすでにチェックアウトを済ませていた。武田がフロントでチェックアウトをしていると伊藤が見送りにやってきた。

ホテルの玄関でタクシーに乗り空港に向かった。この日も寒くて晴れていた。伊藤はケネディー空港で武田らが搭乗するまで付き合ってくれた。伊藤と握手をして手厚いもてなしに感謝し、支店開設の最後の追い込みにエールを送った。

帰国便は羽田直行のジャンボ機だったがその大きさに驚いた。アメリカ大陸を横断したがつくづく広い国だなと思った。それから延々と太平洋上を飛んだ。帰りは時が進まない。ずっと昼間のままだった。そのうち映画が始まり乗客はブラインドを閉めた。『男はつらいよ』という映画だった。主役が雪駄を履き腹巻きをしたテキヤというのには驚いた。武田は国際線の機内で上映しても外国人には分からないだろうなと思いながら、いつの間にか眠ってしまった。

同じ日の午後、羽田空港に着陸した。ジャンボ機がふわりと滑走路に着地すると、それまでずっと続いていた緊張感が消えていった。

到着ロビーには裕子と添島夫人と槙原が出迎えに来ていた。槙原はハイヤーを手配してくれていた。疲れているだろうからと挨拶もそこそこに武田らをハイヤー乗場に案内してくれた。槙原の行きとどいた配慮に感謝するのみだった。

ハイヤーは首都高速に合流した。曲がりくねった狭い道路、周りの建物も小さくゴチャゴチャしている。ニューヨークとは正反対だった。だが何となく心が落ちつく風景だった。東京は春のように暖かだった。

第二巻終章　総合オンラインシステム苦難の船出

二月一二日に帰国した武田は連休明けの一五日に事務管理部に出勤した。ニューヨーク支店システムの開発プロジェクトは終了したので武田と添島は元の部に復帰した。武田は出張中に溜まっていた回覧文書などを片づけていた。ニューヨーク支店の様子も気になり添島に電話してみた。すると添島は体調を崩して休んでいるということだった。

翌週月曜日に槇原から電話がかかってきた。添島と三人で昼飯に行こうという誘いだった。本店前で落ちあい飯田橋近くまで歩いて讃岐うどんの「讃岐路」に入り、この店の名物「肉うどん」を注文した。まだ若い夫婦がときどき口げんかしながら店を切り回していた。

武田は先週休んでいた添島の体調を聞いた。

「昨日あたりからようやく元に戻ったようです。でもこんなことは初めてなので自分でも驚いています。今まで毎日残業が続いても何ともなかったんですがね」

武田は添島の体調が戻ってきたようなので一安心だった。やはり海外での仕事は肉体的にも精神的にもきつかったんだろうと思った。

武田は槙原にニューヨーク支店の様子を聞いてみた。

「明日の開店に向けて最後の追いこみをしているようだが順調そうだよ」

それを聞いて武田もうれしかった。

肉うどんの鉄鍋が運ばれてきた。うどんの上に薄切りの牛肉が載っている。箸と木のスプーンでフーフー冷ましながら太くて固いうどんを食べた。それから喫茶店に入りニューヨーク支店のことが話題になった。武田はニューヨークで手厚いもてなしを受けたこと、井岡を先頭に支店スタッフのチームワークが素晴らしかったことなどを話した。槙原は無事にシステムや帳票類がニューヨーク支店に引きわたされたことを喜んでいた。

昼食を終えて部に戻った武田は何となく胃の調子が悪くなってきた。うどんが消化されていないような感じがした。気分も悪くなってきたので三時に早退したが、電車の中で吐き気がしてきた。何とか堪えて松戸駅のトイレに辿りつきもどした。帰宅してからも胃痛と吐き気が続いていた。

翌日はニューヨーク支店の開店日だったが体調が回復しないので休みを取った。

翌二三日はまだ胃がムカムカしていたが出勤した。日本とニューヨークとの時差はマイナス一四時間なので、午前九時はニューヨークでは二二日午後七時だった。何かシステムに不都合があればニューヨークから電話がかかってくるだろうと待機していたが幸い連絡はなかったのでほっとした。

木曜日は出勤したが、金曜日はまだ胃の不調が続いていたので年休を取った。ゆっくり休養して早く治そうと思ったが、午後になると左眼が白っぽく霞むようになってきた。土曜日は週休で一日中休んでいたら左眼は元に戻っていた。日曜日になると今度は頭が痛くなってきた。近所の医者は休みなのでじっと我慢しているだけだった。

週が明け、いつまでも休む訳にはいかないので出勤した。すると一〇時ごろにまた左眼が白く霞んできた。照明を見ると光の周りに虹のような輪ができる。原因が分からないので非常に不安だったが午後になると症状は治まった。

三月になった火曜日の朝、顔を洗っているときに左眼が真っ赤に充血していることに気が付いた。左眼の視野が白いベールを当てられたように白濁していた。

水曜日、充血はかなり治まっていたが、視野は白くかすみ軽い頭痛は続いていた。昼休みに食堂に行くと同期の藤岡がいたので向かいあいに座った。雑談を交わしているうちに武田が眼の調子が悪くてとぼやくと、藤岡は知人の都立大塚病院の眼科医長を紹介してやるといった。名医と評判が高いそうだ。武田はなかなか治らない症状に不安を感じていたので藤岡に紹介してもらうことにした。

その週の土曜日、武田は都立大塚病院に向かった。山手線大塚駅で降りて一〇分ほど歩いて病院に着いた。しばらく待って眼科医長の診察を受けた。武田は先週の金曜日に左眼が白く霞むようになってからの経過を話した。問診が済むと医長は武田に眼を観察する機械（細隙灯顕微鏡）の顎当てに顎を乗せるようにいった。それから両眼の眼圧を測った。右が一八で、左が二四といった。それから左眼を仔細に観察していたが、しばらくして「ポスナー・シュロスマン症候群ですね」といった。珍しい病気らしく、周りにいた医師や研修医を呼んで順番に武田の左眼を観させ、「治りかけているが虹彩に炎症の跡があるでしょ。ポスナー・シュロスマン症候群特有の症状です」などと説明していた。武田はモルモットになったような気分だった。

ほかの医師の観察が終わると医長は武田に説明を始めた。

「ポスナー・シュロスマン症候群は戦後アメリカのポスナーとシュロスマンにより症例が報告されました。発作的に眼圧が急上昇し、緑内障と同じような視野異常が起こります。霞目、虹輪視、白目の充血、頭痛などの症状が現れます。片方の目に起こることが多く、男性にやや多い傾向とされています。虹彩炎がきっかけで発生するようですが原因は分かっていません。ストレスが要因の一つともいわれていますが今回の発作はほぼ収まりつつありますが、今後も一年、二年から数年の間に再発することが多いようです。眼圧を下げる目薬と抗炎症剤の目薬を処方しますので、一日三回点眼して下さい。来週月曜日にもう一度来て下さい」

医長の説明は非常に分かりやすく病名も分かったので不安は消えていった。名医を紹介してくれた藤岡には感謝するばかりだ。同期はありがたいものである。

週明けの七日、出勤前に大塚病院で診察を受けると、眼圧は右一八、左一四で今回の発作は終了したということだった。

眼の不調が治って何とか体調が元に戻ってきたと思っていたら、水曜日にまた目まいや頭痛、吐き気がしてきたが出勤を続けていた。三月の第二週は総じて頭痛、目まいに悩まされていた。土曜日は週休を取れたので週末の二日間はほとんど寝ていた。

翌週、昭和五二年三月一四日、月曜日は武田にとって特別の日だった。この日、横浜支店と業務管理部で総合オンラインシステムがスタートすることになっていた。武田は昭和四六年二月にオンライン開発の第一次要員として配属されてから六年間、待ちに待った日だった。週末に休養していたせいか、ずっと悩まされてきた不快感は消えていた。武田は最近、千代田線のラッシュアワーの殺人的な混雑を避けるため早めに家を出ていたので八時一〇分ごろには銀行に着いていた。いつもは一番乗りだったがこの日は松木や興津など多くの部員がすでに出勤していた。八時半から四階のマシンルームで開かれる総合オンライン開始セレモニーの出席者のようだった。武田は出席を要請されていなかった。武田は昨年七月初めに「部長特命事項」という部内辞令を受けてオンライン業務から離れ、ニューヨーク支店のシステム開発に専念していた。その任務は完了したが、まだ正式にはオンライン班に復帰していないという扱いのようだった。確かにオンラインプロジェクトの最終局面には参加していなかったが、しかしそれは上から命じられた結果であり、オンライン開発フェーズではそれなりの仕事をしてきたという自負はあった。オンラインシステムスタートの喜びをみんなで共有することができなかったのは残念だった。

ＩＢＭ会長などの来賓も見守る中、九時に渡会頭取がテープカットし、江川副頭取がオンライン開局のキーインを行った。なにはともあれ事務管理部が総力をあげて開発した総合オンラインシステムが無事にサービスインした。

武田はその後も休むほどではないが何となく調子が悪かった。三月も下旬になってようやく体調も回復してきたので武田は添島を昼食に誘った。千鳥ケ淵の桜も咲きはじめ、道行く人も浮き浮きとしているようだった。飯田橋方面に少し歩きカウンター中心の小さな洋食レストランで木の椀に豚肉とサラダを盛った「スタミナサラダ」を注文した。

「ニューヨークから帰ってきてすぐ君が体調を崩していたが、僕もこの前、讃岐路で昼飯を食った後から調子が悪くなって、かれこれ一カ月もグズグズしていたよ。今まで健康だけは自信があったんで参ったよ」

「そうですか、武田さんも体調を崩されたんですか。お互い疲れが溜まっていたんでしょうね」

「そうだね。やはりニューヨークではずっと緊張しっぱなしだったからな」

同病相憐むという感じで添島はうなずいた。

「ところでニューヨーク支店は順調にいっているのかい」

「ええ、極めて順調のようですよ。井岡さんは周到な準備をされていましたからね」

「さすがだね。僕もいろいろ教えられることがあったよ。井岡さんは僕らを呼ぶとき『さん』付けで呼んでたでしょ。ニューヨーク支店ではみんなも役職名でなく名前で呼びあっていたよね。僕もこれを見習っていこうと思っているんだ」

「そうですね。僕らは上司を呼ぶときは役職名で呼べと教育されてきましたが、『さん』付けで呼ぶ方がお互いを尊重する雰囲気が出てきますよね」

「それから退行するとき井岡さんは机の上に何も残さなかっただろ。検査部の検査でも退行時に申請書などを机の上に置きっぱなしにしていたら指摘事項になるけど、雑誌や参考書が乱雑に積まれていても指摘はされないだろ。だけど僕はいっそのこと何も残さずに、机の上でピンポンができるようにしようと思っている。その方がスッキリするよね」

添島は武田の極端さが可笑しいのか笑っていた。

「本当にみなさんにいろいろな所に案内してもらいましたね」

「そうだね。ずいぶんミュージカルに誘われたね。僕はミュージカルを観たのは初めてだったけど、なかなか面白かったたな。英語の台詞が聴きとれなかったのは残念だったけど」

「そうですね。でも本場のミュージカルを観られてよかったですね。本当はメトロポリタン歌劇場にも行ってみたかったんですが」

「君は歌劇が好きなのかい」

「ええ、歌劇を含めてクラシック音楽を聴いているときと、こけしを眺めているときが一番心が落ちつきますね」

「へえ、こけしって東北の温泉地で土産として売っているこけしかい?」

「そうですが、僕が集めているのは伝統こけしというものなんです。こけしって元々は東北地方の子どものおもちゃだったんですよ。そういう素朴なものなんですが、こけしの顔には一つ一つに個性があるんです。我が子を亡くした工人のこけしは哀しい顔をしています。それぞれに工人の思いがこもっているので、こけしを眺めていると本当に心が癒されます」

武田は伝統こけしが収集の対象になっているとは知らなかった。

「なるほど。こけしのコレクターもいるんだね。そういえば僕の家にもこけしが飾ってあるよ。結婚したとき同期の内川君がお祝いにくれたんだ。夫婦こけしっていうのかな男と女のこけしだった」

「こけしの作者は工人と呼ばれているんですが、何という人だったか覚えていますか」

「それは覚えていないな。ただ作並と書かれていたような気がするけど」

「こけしの産地は作並とか土湯、鳴子、蔵王などが有名です。それぞれに特有の様式があるんですよ」

添島は福島出身だった。武田は素朴なこけしを愛する添島に東北の人の優しさを感じた。


新年度が始まる四月一日は大勢の新入行員が希望を胸に初出勤してくる日である。しかし中堅行員にとっては悲喜こもごもの日でもある。四月一日に昇格辞令が発令されるからだ。この年は武田ら昭和四〇年入行組の数名が副主事から主事に昇格することになっていた。四年前の四月には同期全員が副主事に昇格してみなハッピーだったが、今回からは多くの者が失望することになる。昇格辞令は頭取から交付される。武田は前日に人事部から辞令交付の案内がなかったので副主事据えおきであることは分かっていた。当日回覧された人事通知には同期の約三分の一ほどの名前が載っていた。名古屋支店で一緒だった三村も内川も昇格していた。二人が昇格したことは喜ばしかったが、自分が落とされたことは不愉快だった。武田としては担当業務であるオンライン開発でも、ニューヨーク支店システム開発でも十分仕事をしてきたつもりだった。同じ部門で働いていれば優劣を付けられても仕方がないが、異なる部門で働いている者をどのように評価するのだろうか。結局は事務管理部が他の本部より低く見られているということなのだろうか。武田は出世を目指して銀行に入ったのではないから出世が遅れたこと自体に不満がある訳ではない。しかし事務管理部の仕事が正当に評価されていないという思いは禁じ得なかった。だがこの人事を予想していなかった訳ではなかった。それは昨年四月に松木が主事にならなかったからだ。松木は三九年組のエリートだった。債券本部で活躍し、長期経営計画を策定する臨時総合企画室のメンバーにもなった。そしてその長期計画の提言に基づき発足した事務管理部オンライン班のリーダー役となった。その松木が昇格しなかったことは周囲に波紋を呼んだ。噂話が流れていた。正田会長は行員の離婚を非常に嫌悪していたので松木の昇格が見送られたというのである。武田はそれが事実なら極めて不当な人事だと思った。会長の家族観がどのようなものであれ、それを人事考課に反映するべきではない。まさにワンマン経営の弊害だと思った。その松木が今年昇格するのは当然だったが、その場合武田を昇格させると松木と武田が同格になってしまう。松木と武田はシステム設計上の意見の違いで確執があった。人事部あるいは事務管理部上層部は松木のプライドを考慮して武田が同格になることを避けたかったのではないか。そんなことを考えていたが、所詮処遇は銀行が決めることなので不満は腹にしまっておくことにした。

四月中旬、入江恭子が退職した。国際部の佐々岡と結婚するということだった。佐々岡は昨年秋に甲斐駒、仙丈に一緒に登った国際畑のエリートだった。入江は事務管理部内を挨拶して回ったが、ニコニコとうれしそうだった。武田は入江の結婚を心から祝福していたが、一抹の淋しさも感じていた。得がたい山仲間でありスキー仲間であった。

しばらくしてＩＢＭ社のユーザー向け広報誌に不銀オンラインシステムの紹介記事が掲載されていた。「世界初のＩＭＳによる総合オンライン・システムがカット・オーバー」という見出しが付いていた。

当銀行のアプリケーションは預金、債券、貸付の三業務です。

科目連動処理、およびオペレーショナル・システムと情報化システムとの一元化というアプリケーション上のニーズへの対応、また、システム開発・メインテナンスのワーク・ロードの軽減を図るため、全面的にＩＭＳを採用されました。

これまでのバンキング・システムでは、ＩＭＳは情報システム分野に限られていましたが、当のシステムはＤＢ／ＤＣシステムを窓口オンラインまで含めて全面的に利用するものであり、今後のシステムの方向を示す先駆的役割を果すものといえます。少ない開発要員でこれだけのＡｄｖａｎｃｅｄ Ｓｙｓｔｅｍを実現できたのは、トランザクション量が比較的少ないということも有利に働き、ＩＭＳが当客先のニーズに非常にマッチしていたためです。

『不銀』のオンライン・システムの特長は次のような点にあります。
①オペレーション・システムと情報システムの一元化
体系化された設計思想のもとに、データの処理・収集・蓄積のためのオペレーショナル・システムと、分析・加工・評価のための情報システムとが、有機的インターフェースをもっていること。
②全顧客に対するＩＭＳデータ・ベースによる名寄せ
全顧客を全店一連一元管理のＣＩＦ番号体系に持ち、ルート・セグメントに顧客属性、従属セグメントに各科目レベルのデータ、および取引データを持っています。これはＣＩＦ

（Customer Integrated File）と呼ばれ、システムの中心をなすデータ・ベースです。

③科目連動処理のためのプログラム構造

計理勘定が動くもの（計理）と動かないもの（非計理）の各グループで、インターフェースを汎用化しており、また、科目連動のコントロールのため、ＡＣＰ（Application Control Program）が、ＭＰＰに入ります。

④顧客サービス

投資・融資の相談業務の充実があげられます。

不銀システムの特長を的確にまとめた記事だった。武田は表題に「世界初」と書かれたことがうれしかった。もっともＩＭＳは不銀の開発したシステムではないが、その長所を最大限に活用したことは不銀に先見の明があったということであろう。当初はＩＢＭ自身がオペレーショナル・オンラインでのＩＭＳ使用に疑問を呈していたのである。またＩＢＭがＩＭＳを中心に不銀のシステムを評価するのは当然だが、その中で武田が独自開発した完全科目連動システム、「ＡＣＰ」を紹介していることもうれしかった。銀行勘定系システムで完全科目連動を実現したのも恐らく「世界初」だろうと思った。

しかし武田が「世界初」のバンキングシステムと喜んでいたのは束の間のことだった。一号店の横浜支店では特に問題なかったが、順次各支店でオンライン移行が進み、一〇月に一番取引件数の多い本店がオンライン開始したころから、不銀システムが抱える本質的な問題点が明らかになってきた。

それはＩＭＳのパフォーマンスの悪さだった。端末で完了キーを押してから応答が返ってくるまでの時間が極端に長くなりはじめたのだ。一二月に福岡、広島支店を最後に全店の移行が終了したころには全店で不満が高まっていた。

レスポンスが悪いことは武田の耳にも入ってきた。武田はオンラインシステムの運用には関わっていなかったので不銀計算センターの井川課長に様子を聞いてみた。

「オンラインのレスポンスが悪いようだがどんな状態なの」

「いやー、この前塚田さんに頼まれて各店のオンライン推進担当者が集まる会議に同席したんですよ。そしたら本店の推進委員が『完了キーを押しても画面表示がいつまで経っても変わらないんで事務管理部に聞いてみたら分かりませんの一点張り、一体どうなっているんだ』と怒られました。別の支店の方にも『こんなに遅くてはオンライン化の意味がない』とまでいわれました。困った塚田さんが僕に今後の改善策について何か話してくれといわれて参りましたよ。まるで吊し上げに遭っているようでとんだとばっちりでしたよ」

武田は井川がぼやくのも無理はないと思った。

移行班の若手からも「債券営業部の検印者から『完了キーを押してから応答があるまでにタバコ一本ゆっくり吸えるんだからのんびりしたオンラインだよね』と皮肉をいわれました」という話を聞いていた。

武田が一番懸念していたことが起こっていた。それはＩＭＳの負の部分、パフォーマンスの悪さによるものだった。三年前の「葉山会議」で松木と衝突したのも、ＩＭＳを奔放に使っていたらたいへんなことになると危機感を覚えたからだった。武田はＩＭＳは効率面を考慮して抑制的に使うべきだと思っていた。議論の結果、計理取引で更新するデータベースは三階層以内の構造にすることにした。この結果一件あたりの処理時間は一秒前後になった。計算上は一時間に三六〇〇件処理できるはずで、ピーク日ピーク時予測もその程度の件数だったので何とかなると考えていた。しかしその予測は甘かった。オンラインシステムは処理能力の限界に近づくとレスポンスが極端に悪化するという特性を軽視していた。またオンライン処理は計理取引だけでなく非計理取引もあるということをネグレクトしていた。武田はＩＢＭを巻きこんでもっと過負荷テストを行うべきだったと後悔していた。

パフォーマンス改善は喫緊の課題となった。その作業は主としてＩＢＭと不銀計算センターによって進められていた。

ＩＢＭではＳＥの藤川が中心になって三項目のパフォーマンスチューニング作業を行った。

1　アクセス時間の短い固定ヘッドディスク装置（ＩＢＭ２３０５）を増設し、ＡＣＰが必ずアクセスする共通ＤＢを配置することにした。これによりアクセス時間が短縮された。

2　ＩＭＳのプリロード機能を活用し、預金ＡＣＰ、債券ＡＣＰ、貸出ＡＣＰなどをあらかじめ仮想記憶に読みこんでおく（プリロード）ことでレスポンスタイムの短縮を図った。このために必要な仮想記憶として主記憶装置を増設した。

3　共通ＤＢの物理構造を「ファストパス」ＤＢ化することで処理時間を短縮した。

これらのチューニングによりレスポンスタイムはかなり改善された。ただしハードウェアの増設費用三〇〇〇万円が必要となった。

武田もＡＣＰの処理時間を短縮する方法がないか調べていた。ＩＭＳに「ファストパス」という新機能が追加されたことを知った。これは二階層以下のデータベースにのみ適用されるが「ファストパス」機能を使って読み書きすれば通常の更新処理より四〇ミリ秒ほど短縮することができるということだった。武田は日計ファイルの構造を二階層に減らしていたので、日計ファイルを「ファストパス」でアクセスするように修正した。

これらの対策でオンラインのレスポンスは改善し、ようやく営業店の不満も収まった。

不銀計算センターではシステム担当の永井や貸出担当の坂井などが業後バッチ処理の効率改善に当たっていた。不銀システムではオンラインだけでなく業後バッチ処理も非常に時間がかかった。月末などは翌朝六時、七時になってもバッチ処理が終了しなかった。バッチ処理が終了しなければ翌日のオンライン処理は開始できない。そんなことになったら営業店はたいへんなことになる。しかし業後バッチ処理の効率改善は一朝一夕には実現不可能だった。そんな中で最もスリリングだったのは住宅ローンの一斉利下げのときだった。この処理を土曜、日曜の二日間で終えなければならなかったが、処理時間を見積もると二日間ではとても間にあわないことが判明した。そこで苦肉の策としてＩＭＳのアンロードファイルの中身を分析して、利下げ処理後のデータで直接アンロードファイルを変更し、それをリロードしてデータベースを再構築するという、ＩＢＭも保証できないという非常手段で何とか乗りきった。

その後、「日本不動産銀行」は「日本債券信用銀行」と改名し、さらにバブル崩壊後一時国有化されて「あおぞら銀行」と行名を変えた。この間、勘定系システムは「ＡＣＰによる科目連動」という基本コンセプトを維持していたが、二〇一六年にＮＴＴデータにアウトソーシング（外部委託）した新システムへの移行により運用を終了した。システムライフは当初の七年という計画を遥かに超えて実に三九年という長命なシステムであった。

（第2巻　システム開発篇　了）

第二巻　あとがき

『昭和の銀行員』第2巻は私が日本不動産銀行で国内オンラインシステムとニューヨーク支店システムを開発していた昭和46年から同52年までの記録である。システム開発は銀行の本来業務ではなかったが、第1巻で描かれていたような算盤でパチパチという事務から、コンピュータ化した事務への移行は必然だった。大手銀行では相当数のシステム要員を養成し、コンピュータ化に鎬を削っていた。私もそういう仕事をしていたので、コンピュータ用語が数多く出てくる。辟易される読者も少なくないと思うが、難解で退屈な箇所は読みとばして先に進んで下さいとお願いするほかはない。

本巻でも多くの方々をモデルにさせて頂いた。その中で私がぜひ本書をお届けしたいと思っていたお二方が既に幽明境を異にしておられるのは痛恨の極みである。

伊藤博之さん（元事務管理部長、2012年ご逝去）がリーダーでなかったら、時代の先端を行く不銀総合オンラインシステムは実現しなかったと私は思っている。伊藤さんは常に理想のシステムを目指して開発チームをリードしていた。即断即決で引っ張ってゆくのではなく、あくまでも穏やかに部下の提案に乗った形で、伊藤さんが理想としていたシステムを実現させた。まさに不銀オンラインシステムの生みの親であった。若くして外部に転出されたが、伊藤さんのよう理性的な方が日債銀の経営陣に残っていたらと残念でならない。

添田宏夫さん（元日債銀常務取締役、2003年ご逝去）は私とニューヨーク支店システム開発でパートナーになって以来、日債銀の国際業務システムの開発に共同して当たっていた。添田さんは私が知る限り日債銀で最も有能で誠実な人物だった。「幻のシステム」となったプロジェクトの責任者として挫折を味わう事もあったが、その後実力を認められ若くして常務取締役に抜擢された。しかし1998年12月、日債銀が経営破綻し、経営陣全員が辞任するという不運に見舞われた。添田さんはキリスト教に帰依し、2003年に最愛のご家族に見守られ安らかに旅立った。55歳であった。あまりにも早い別れに私は未だに寂寥感から抜け出せないでいる。

一方、本書を読んで頂きたいと思っていたお二方がお元気でおられるのはうれしいことである。

井筒昭さん（元日債銀常務取締役）は私がニューヨーク支店システムを開発したときのニューヨーク支店長だった。井筒さんは私が接してきた日債銀の役員の中で、識見、実行力、人格において一頭地を抜いていた。私は日債銀に君臨してきた勝田会長が、大蔵省出身の安川頭取の後継として頴川氏と松岡氏を選んだことについては大いに疑問を持っている。私は安川頭取をもう一期続投させるなどして、その後を井筒さんに任せていたら日債銀の破綻はなかっただろうと確信している。

桑原節雄さん（元日債銀常務取締役）はよき先輩であり、生涯の山仲間だった。桑原さんと登った日本百名山は、北は利尻岳から南は宮ノ浦岳まで計34座に上る。私が百名山に登頂することができたのは桑原さんのお陰である。最初の職場で巡り合ったことはまさに人生における僥倖であった。

さて第3巻「幻のシステム篇（仮称）」のあらすじは以下のようなものである。

武田と添島はニューヨーク支店の後、ロンドン支店などの海外店システム開発を行っていた。そんな折、大蔵省出身のYが頭取になった。システムに関心が高く、いち早くパソコンの将来性を見抜いていた英明な人物だったが、強烈な国産派で、勘定系IBM機の能力増強もなかなか認めなかった。第二次オンラインとして外国業務システムの開発に執念を燃やす武田は、苦肉の策で富士通のミニコンを使用した分散・集中型の「外国業務システム」を添島とともに1年半で完成させた。その後、Y頭取の主導で発足した「情報処理特別調査室」に移った武田は、日債銀の情報産業化への一環として、大型コンピュータ用の多通貨会計による外国業務システムを富士通と共同開発し、パッケージ化して販売することを提言し、事務管理部起案で正式に決定し富士通と契約した。添島がリーダーとなってこのプロジェクトがスタートしてまもなく、頭取が江川に替わった。これを奇貨として事務管理部のIBM派とIBM社の巻き返しが始まった。武田と添島は辞表を胸にプロジェクト継続を主張したが衆寡敵せず、富士通との契約は破棄された。江川頭取の意向を反映したものであろう。富士通やパッケージ導入を内定していた地銀に多大な迷惑をかけることになった。

第3巻の発刊時期はだいぶ先のことになるだろうが何とか完成させたいと思っている。

最後に取材に協力して頂いた元IBM社の山岡斉さん、藤田育夫さん、元日債銀総合システムの井手正さん、永野雅祥さん、坂田実さん、ありがとうございました。

また花伝社の平田勝社長、近藤志乃さんには心からの謝意を申し上げます。

二〇二四年春　　　　上杉幸彦

上杉幸彦（うえすぎ・ゆきひこ）

1943年生まれ、東京大学経済学部卒業。

1965年、日本不動産銀行（1977年、日本債券信用銀行に行名変更）入行。

1971年、事務管理部配属、総合オンラインシステム、海外店システム、外国業務システムの開発に従事。

1988年、個人業務部長。

1994年、日債銀総合システム常務取締役。

1998年、同社退任。

著書
『日債銀破綻の原罪（上、下）』（東銀座出版社、1999年、筆名：田代恭介）
『青いシュプール』（東銀座出版社、2003年、筆名：田代恭介）
『昭和の銀行員　第1巻　支店遍歴篇』（花伝社、2023年）

文芸誌『白桃』同人
ホームページ　百名山登頂記他　http://home.p00.itscom.net/tashiro/

カバー 表1：日本不動産銀行本店（千代田区九段北）
出典：『ふぎん』第12号（昭和42年10月1日）
カバー 表4：ニューヨーク支店が開設されたウォール街
出典：『ふぎん』第26号（昭和46年7月20日）
表紙 表1：日本不動産銀行本店玄関
表紙 表4：テープカットをする渡邊頭取（日債銀コンピュータセンター）
表紙出典：『廿年の歩み』（日本不動産銀行創立二〇周年記念行事推進委員会発行、1977年）

昭和の銀行員　第2巻　システム開発篇——1971-1977年

2024年5月25日　初版第1刷発行

著者 ——上杉幸彦
発行者 ——平田　勝
発行 ——花伝社
発売 ——共栄書房
〒101-0065　東京都千代田区西神田2-5-11出版輸送ビル2F
電話　03-3263-3813
FAX　03-3239-8272
E-mail　info@kadensha.net
URL　https://www.kadensha.net
振替 ——00140-6-59661
装幀 ——佐々木正見
印刷・製本—中央精版印刷株式会社

ISBN978-4-7634-2117-3 C0095

昭和の銀行員
第1巻 支店遍歴篇 1965-1971年

上杉幸彦　**定価2200円**

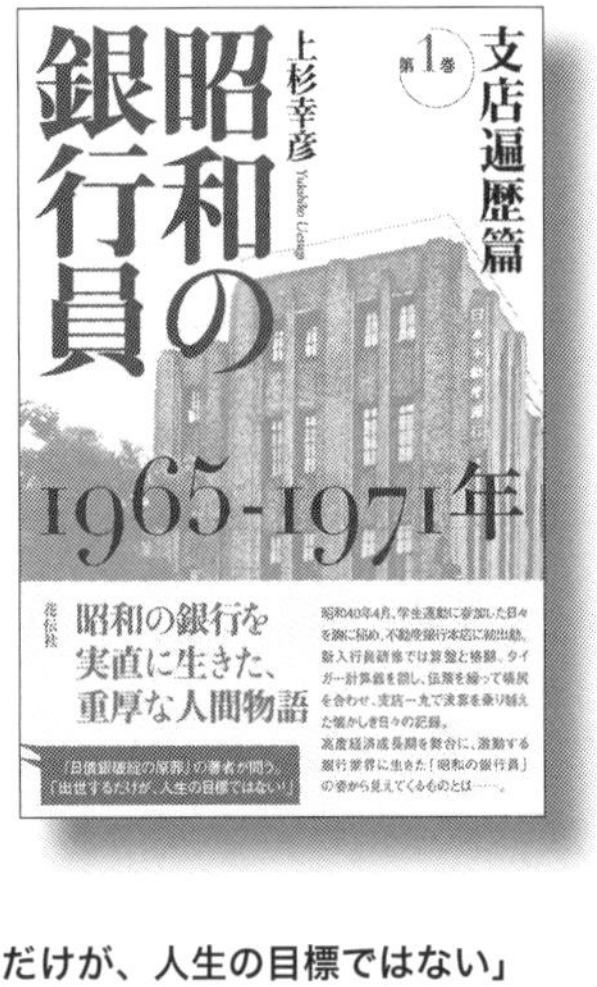

●「出世するだけが、人生の目標ではない」
1965年春、学生運動に参加した日々の思いを胸に秘め、日本不動産銀行に入行した武田。初任地の名古屋支店、転勤先の金沢支店で仲間と共に、仕事・登山・スキーに熱中した銀行員の修行時代を描く。昭和の銀行員たちの熱き群像劇。